西行歌私註

松村雄二

青簡舎

目次

まえがき

＊

当「私註」は、基本的に次の二つのことを念頭において書き下ろした。

一つは、日常生きていた西行の生身《なまみ》の姿をできるだけ確認したいということである。従来の西行論は、西行人気の高さにあやかって、どうかすると西行を、日常性という次元から離れた何か特別な存在であるかのようにみなす傾向があったように思われる。各人がそれぞれ西行への熱い思いを抱くあまり、彼が現実に呼吸し生きていた日常世界の感触が希釈され、西行の行状をどこか高みに置いてみる気配があった。西行は何となく最初から偉いのである。

西行を、そのようなある種の先入観から解放し、そこいらにいるごく当たり前の一遁世者として確認できないかということが、本書執筆の最初の動機になっている。それには、一首一首の歌の表現やその表現からうかがわれる西行の性情といったものを、もう一度自身の目で読み取る必要があった。西行の日常性は、そこにこそ現れているはずだと思ったからであり、本書を西行の作家論とせず、鑑賞の書としたのも同じ理由による。

もう一点は、西行が、生涯にわたってなぜこうも多くの歌を詠み続けたのか、その理由を自分なりに探ってみたかったということである。武士という非貴族的な環境から出発したにもかかわらず、なぜ彼は、貴族の専売特許も同然であった和歌を詠むことを一生の道として選択したのか、という問題である。それは、早くに世を捨て去った人間としては、貴族の世界に挑戦するおおけなき行為を意味していたのではなかったか。西行は、およそ目の前の現象の何にでも反応して、歌にしてやまなかった人間だが、なぜそれほど歌という世界に固執したのか、その意味を探るには、やはり一首一首の歌を下敷きにして考えるほかなかった。あるいはそこにこそ、いろいろと取り沙汰されてきた西行の出家の原因が隠されているのではないかと密かに期待したりもした。

＊

西行に関しては、遁世の事実、高野入り、奥州旅行や四国への旅といった伝記上のエポックに当たる主要な行動については、ほぼ明らかにされてきたといってよい。しかし、そうしたエポックを日々つなぐ日常生活の具体的細部については、ほとんど分かっていない。西行自身がそういうことを細かに語ることを拒否しているからだが（目崎徳衛『西行の思想史的研究』）、西行という人間やその日常の時間を具体的に埋めるには、やはり生涯に夥しく詠み溜められた一首一首の歌を丁寧に読みこむ以外にはない。「凡《およ》そ詩人を解するには、その努めて現そうとしたところを極めるがよろしく、努めて忘れようとし隠そうとしたところを詮索したとて、何が得られるものではない」（小林秀雄「西行」）。

しかしそうはいっても、そこにはやっかいな問題が伏在する。一首一首の読みに、評者の西行に対する先入観や恣意的な独断、あるいは好き嫌いといった感情がどうしても入りこんでしまうからだ。そうしたものから独立して完璧な鑑賞を約束する実証的方法など、かつて発明されたことはなかった。言葉でもって言葉を説明し、人間が人間を判断する以上、どうしてもそこに憶測や断定が入りこむ余地が残る。これはあらゆる古典作者たちに対するときに否応なく我々の前に立ちはだかる不可避のジレンマといっていい。西行の場合、遁世という行為や、一見実情主義的と見なされがちなその歌の魅力が最初から人を惹きつけるために、特にそのジレンマの要素が増す。

しかしながら、幸いに、二千三百首を越える彼の歌は、その生涯の一瞬一瞬に彼が抱いた想念や感情の数々を我々の前に垣間見せてくれている。その場合、西行が既存の貴族和歌が規範としてきた約束事、たとえば題詠・本意・百首歌などにほとんど囚われることなく、主として自分の生活の範囲内に起きたこと、思ったことを気ままにうたったということが、結果としておのずからその日常を埋めることに役立っている。ほぼ七十年に及ぶ生涯をつなぐ日常が、そこに二千三百のコマ撮りとして刻印されているからである。

「最もよく西行を知るには、歴史伝説の如きはさもあらばあれ、直下にその作歌に接するに如《し》くはなし」（藤岡作太郎『異本山家集』付録西行論）という考えは、その後の論者も皆一様に言うところだが、実際には、語ることがあまりにも多く、かつ短いページ数で語らねばならないという拘束があって、性急な推論の結果を自分の間尺のまま網羅的に投げ出したものが多かったように思われる。その轍《てつ》を踏まないように、本書では一首一首の歌の解説にページを費やすことを惜しまなかった。そのため出版を引き受けて下さった青簡舎さんには多大の御迷惑をお掛けすることになった。最初に述べた本書の目論見《もくろみ》が成功しているかどうかはまだ分からないが、結果として西行の多面的で変幻自在な風姿や、西行が和歌をうたい続けたことの意味は、多少なりと浮彫りにできたのではないかとも思っている。

＊

本書は、二千三百首に及ぶ西行の歌の中から、彼の日常的風貌を何らかの形で伝えてくれると思われる歌を六十五首、見出し歌として選び、その一首一首についての私解を付したものである。各鑑賞文の中で、それと関連ある他の西行歌をできるだけ取り上げるようにしたので、西行の歌は、全部で四百首弱を眺めることになった。巻末の西行和歌索引には、その全部を反映させた。ゴシック体のものは見出し歌、それ以外の歌は本文中に比較の意味で取り上げたものである。

なお、本書は、西行以前の古歌や、西行以後の歌で西行歌と同じモチーフを有するようなものにも言及した。西行が貴族和歌という伝統に囚われることなく、どういう新基軸を打ち出したかをできるだけ浮き彫りにしたかったからであるが、漢詩なども含め、古歌や後代の歌の総数も約二百五十首にのぼるだろう。ただしその索引化はしていない。

＊

見出しに掲出した歌や、本文に引用した歌の表記と歌番号の類は、西行のそれに関しては、久保田淳編『西行全集』（日本古典文学会・一九八二）に依拠した。同書は主要な西行家集を何本か付載するが、そのうち『山家集』本文は陽明文庫本、『西行上人集』（西行法師家集・異本山家集）は石川県立図書館李花亭文庫本、『聞書集』は天理図書館本、『聞書残集』は宮内庁書陵部乙本、『御裳濯川歌合』は内閣文庫本、『宮河歌合』は宮内庁書陵部本のそれに従った。この他『山家心中集』は同書収載のうちの伝西行自筆本を使用し、版本『山家集』松屋本書入れ歌も同書による。また、勅撰集所載歌は、主として『新編国歌大観』（角川書店）、平安時代および鎌倉・室町時代の私家集類に関しては『私家集大成』（明治書院）に従った。その他、歌論書・日記・物語・謡曲については、適宜民間通行のテキストを使い、いちいち断っていない。（ただし『袋草紙』の本文・章段番号は塙書房刊『袋草紙注釈』に従っている。）

引用本文の表記については、読みやすさをモットーにするため、漢字やふりがな、濁点などを適宜に当て、また何箇所か、本文を校訂して示した箇所もある。

＊

西行は余りにも多くの人間にもてはやされてきた。そのことによって、西行本人が果たして得をしているのか損をしているのかは分からない。最初に触れたように、これまで西行について書かれたものの多くは、その生き方や歌に、論者が自得した結果の後光をかけてしまう傾向があった。篤実な研究者が書いた著作などでも、西行に対する美化がうっかり透けてみえたりする。敬愛する歴史学者目崎徳衛も、一般向けに書いた本などでは、「当代の宗教・文学・政治・芸能・故実などすべての方面に関係した巨人、つまり中世的自由人の典型」（人物叢書『西行』）などとつい持ち上げたりしている。こういう惹句やコピーは果たして西行の得になっているのか。

芭蕉と並んで、古来、西行や西行の歌を愛する人は圧倒的に多い。その反対に、塚本邦雄のように西行は嫌いだと断言する人や、加藤周一のように花鳥風月を愛した西行の歌は、貴族和歌への降伏だと酷評する人もいる。斎藤茂吉が「西行は古来一部の人からは歌神の様に崇拝されて来た。また一部の人からは全然駄目であると迄云はれて来た」（『山家集私鈔』序言）と述べている通りであるが、実際問題として、西行嫌いの人はどうみても、西行信奉者の数の多さには及ぶところではない。

西行に対する好き嫌いの二極分布は、良寛についても言える現象であろう。しかし中には西行と良寛は別だという人もいる。西行についての論著を四、五冊も出している歌人川田順は、かつて「良寛は純真だ純真だと猫も杓子も言ふ」が、あながちそうでもなく「案外にいや味で、気障で、衒気紛々たるところがあって、「どうしても私は良寛が嫌ひなのである」「野卑な言葉を使へば、虫が好かないのである」と書いて、純粋な良寛党から猛反撃を受けた（『新古今論抄』所収「良寛の歌を嫌ふ」）。しかし、川田自身は猛烈な西行ファンであるのだから、西行と良寛をひとしなみに扱うのも避けなければならないのだろう。

本書は、もとより論文として書きあげたものではない。筆者の気ままで恣意的な読みを基本にしているという点では、本書もまた、御多分にもれず西行信奉書の一つの亜流に堕しているのかもしれない。が、それはそれでかまわないと思う。少なくとも、この「私註」を書いたことによって、西行はその日常性に基づく具体的な顔や詩人としての活力を、いくらかでも私に届けてくれたように思えるからである。

西行略伝

西行は、俗名を佐藤義清《のりきよ》（憲清・則清とも）といい、元永元年（一一一八）、左衛門尉康清《やすきよ》の子として京都に生まれる。母は蹴鞠や今様の名手であった監物《けんもつ》清経の女《じょ》とされる。

西行の血脈は、藤原氏北家魚名《うおな》の孫鎮守府将軍俵藤太秀郷《たわらのとうたひでさと》から出ている。秀郷の子千晴《ちはる》の系統は、関東以北に蟠踞《ばんきょ》した小山《おやま》・結城《ゆうき》・武藤・足利《あしかが》といった氏族や、平泉に住した奥州藤原氏を形成し、弟千常《ちつね》の流れは、都にあって朝廷や摂関家に奉仕する系統になり、千常の孫文行《ふみゆき》の頃から代々左衛門尉《さえもんのじょう》を襲う家柄となって佐藤と称した。文行から五代後が西行である。都にあって武を売ったという点で、同時代の清和源氏の源義朝、桓武平氏の忠盛・清盛ら在京武士団と基盤を同じくする。清盛は西行と同僚・同年であり、義朝は五歳年下であった。

父康清とは三歳前後で死別し、同族の間で育てられたらしいが、財政的基盤を紀伊国紀の川の流域、摂関家領田仲荘に置いて、かなりの財力を有していた。保延の初年、十八、九歳頃より徳大寺家の家人《けにん》となり、左大臣実能《さねよし》に仕えた。さらに鳥羽院の下北面《げほくめん》に推挙されて数年を経るが、早くから出家への意志を育てていたらしく、保延六年（一一四〇）の十月十五日、二十三歳という若さで遁世に踏み切った。

大寺への入門を嫌い、当時の流行であった非僧非俗の遁世者の一人として、出家後しばらく東山や西山、嵯峨、鞍馬の奥など都の近辺に庵を構えて住んだ。二十七、八歳の頃、最初の奥州旅行を敢行し、その後三十二歳で高野《こうや》に入山し、山地に庵を構えた。以後三十年近く、同地を拠点に勧進《かんじん》行為などに携わるとともに、その間、播磨書写山や安芸一宮への旅、吉野、大峯、熊野等への数度の修行を行い、都へも何度も往返している。五十歳の年には四国に行脚、崇徳院陵を訪問したあと、弘法大師生誕の地善《ぜん》通寺《つうじ》辺の山に庵を結んだ。その後また高野に戻ったが、六十三歳になって、静謐の地伊勢の二見浦に移住。六十九歳の年、重源《ちょうげん》の東大寺大仏再興事業の勧進のため再度奥州に向かう。帰京後の二、三年、ふたたび嵯峨辺に住んだが、その後、河内の奥、南葛城《かつらぎ》石川の弘川寺《ひろかわでら》に移住、文治六年（一一九〇）二月十六日、七十三歳で同寺（京都に帰っていたという説もある）で入滅した。

若年時から和歌に目覚め、出家後の長い隠逸生活の中で、孤独な内面の葛藤や旅先での感懐をうたい続けるかたわら、徳大寺家周辺の貴族や女房、俊成や成通ら一部貴族や、大原の三寂、俊恵の歌林苑の会衆らとも交友しつつ、貴族和歌の伝統に拘泥しない自由な発想の歌をうたい続けた。その基本姿勢は、晩年鎌倉で出会った頼朝に語った「詠歌は花月に対して動感の折節、僅かに三十一字を作るばかりなり。全く奥旨《おうし》を知らず」という言葉に尽きていよう。生涯に詠み残した歌は二千三百首余、中心となる家集に『山家集』があり、他にその原型を伝える『山家心中集』、異本の『西行上人集（西行法師家集）』や、歌集にはない歌を集めた『聞書集』『残集』等がある。七十を過ぎて歌作の総決算として「諸社十二巻歌合」なる自歌合《じかあわせ》を企画し、そのうち、俊成・定家親子に判を依頼した「御裳濯川《みもすそがわ》歌合」「宮河歌合」二巻を伊勢の内宮・外宮に奉納。また伊勢の祠官《しかん》たちとの交流から生まれた『西行上人談抄』に歌話を残している。

死後まもなくから、一所不住の旅と数奇《すき》に生きた遁世の歌僧としての偶像化が始まり、没後十五年余りで完成した『新古今集』には、一介の沙門としては破格の九十四というトップの入集《にっしゅう》数で遇されたほか、『西行物語』『西行物語絵巻』『撰集抄』などの草子や絵巻、説話集の主人公として偶像化され、中世には謡曲の登場人物としても活躍、また日本各地に、西行桜、西行戻り橋・遊行柳・富士見西行などの多くの遊行伝承を残した。連歌師たちの推賞をえたかたわら、江戸時代に入って芭蕉が西行を追慕したことがさらに大きな後ろ盾となり、近代以降も多くの日本人の憧憬を誘った。

I

苗代《なはしろ》に堰《せ》き下《くだ》されし天《あま》の川《がは》止《と》むるも神の心なるべし

（山家集・中・雑・七四九）

能因のその昔、天の神が、天の川の水を苗代《なわしろ》にせき下されたというその戸を閉めてこの雨を止めてくださるのも、やはり神の御心《みこころ》ということでありましょう。

【詞書】本文中に意訳して示す。
【語釈】○堰き下す─天の川の水をせき止めていた堰《せき》の戸を開けて雨を降らせること。能因の有名な雨乞歌「天の川苗代水《なはしろみづ》にせき下せ天降《あまくだ》ります神ならば神」（金葉集）を本歌とし、その上句を踏まえる。

当「私註」のかわきりをこの歌から始めよう。

続いて数首、何らかのエピソードをともなう歌や、一風変わったテーマの歌を取りあげる。西行が持つ多面的な風貌のいくつかが、それなりの輪郭をもって浮かび上がってくるからである。

孔子は「怪力乱神を語らず」（論語・述志）[1]と言った。西行も一生を通じて怪力乱神の世界とは縁がなかったといっていいが、一度だけ、言霊《ことだま》の力によって吹き荒れる嵐を止めるという小さな奇跡を起こしたことがある。これはその奇跡のもとになった歌。動乱あいつぐ中世始発期の出来事とはいえ、この嵐のエピソードには、めずらしく古代的な雰囲気がただよう。

『山家集』下巻・雑《ぞう》部に、昔、待賢門院《たいけんもんいん》に仕えていた女房たちとの交流をつづった数首の歌があり、これは、帥局《そちのつぼね》や中納言局《つぼね》といった女房が西行と連れ立って実際に経験した

1 しいていえば、撰集抄・巻五の十五「人形を作る事」にみえる話が怪力乱神に近い。京都に去った親友の西住が恋しいあまり、人から聞いて高野の原に出て人骨を拾い人間に組み立ててみたという話であるが、もとより山家集には一切その痕跡がなく、事実とは思われない。撰集抄自体が、これは好奇心から発した試みでしかも失敗に終わり、「由《よし》なしと思ひ返して、その後は作らぬなり」と突き放している。

話。次のような長い詞書と後文が付されている。意訳して示そう。

もと待賢門院《たいけんもんいん》女房であった帥局《そちのつぼね》が、同僚女房で京の小倉山から高野の麓の天野《あまの》[2]の別所に移り住んだ中納言局《ちゅうなごんのつぼね》の許を訪れ、粉河《こかわ》[3]まで遊びに出ようとしたとき、ちょうど高野から下りていた私も誘われてこれに加わった。粉河《こかわ》を見物して和歌吹上《ふきあげ》[4]まで足を伸ばすことになったが、途中暴風雨にあい、なんとか吹上までたどり着いて社《やしろ》で雨がやむのを待った。そのとき私は、能因の雨乞《あまごい》の故事を思い出して、

天下《あまくだ》る名を吹上の神ならば雲晴れ退《の》きて光あらはせ

苗代《なはしろ》に堰《せ》き下《くだ》されし天《あま》の川《がは》止《と》むるも神の心なるべし

の二首を社の柱（板壁か）に書きつけた。すると、風向きが変わって雨雲が晴れ、日が差してきたのだった。

西行はこう記したあと、「末の世なれど、志《こころざし》至りぬることには験《しるし》あらたなりけることと人々申しつつ、信起こして、吹上、和歌浦《わかのうら》、思ふやうに見て帰られにけり」と書いている。今は末の世だけれど、心操が澄み極まると、こうしたあらたかな霊験があるのですねと言いつつ、一行はさらに信心を起こして吹上や和歌浦の景色を堪能《たんのう》して帰ったという。西行が本貫とした荘園の田仲荘は、紀ノ川の流域、粉河寺と根来寺《ねごろでら》のほぼ中間に位置していたから、西行は、案内者としてわざわざ請われて参加したのかもしれない。

詞書にある能因の雨乞の故事というのは、十一世紀の中葉、国守の藤原資業《すけなり》について伊予国三島に下ったところ、正月から三、四月まで雨が降らず、苗代《なわしろ》が育たなかった。雨乞の祈禱をしても一向に効き目がなかったので、資業は能因に命じて歌を詠ませた。

天の川苗代水《なはしろみづ》にせき下せ天降《あまくだ》ります神ならば神[5]

2 現大阪府河内長野市天野。出家した女性の多くが住み、女人高野といわれた。発心集の説話では、西行の妻と娘もこの別所に住んだという。

3 和歌山県紀ノ川市。粉河寺縁起で有名な粉河寺がある。

4 現和歌山市の紀ノ川の河口から雑賀《さいか》の西浜にかけての海岸。当時は四国へ渡る要路としても知られた。

5 金葉集・雑下・六二五・能因法師。詞書に「範国朝臣に具して伊予国に罷りたりけるに」とあるが、正しくは範国ではなく資業である。

という歌がそれである。するとその歌の徳によって、三日三晩にわたる雨が降り注いだという。『金葉集』の左注には、「神感ありて、大雨降りて三日三晩やまず」とある。

西行が詠んだ二首のうち、最初の「天下《くだ》る名を吹上の神ならば」という歌は、吹上という地名に掛けて、雨雲を吹き上げるように神に命令したもの。吹上の神ならば、嵐ぐらい吹き晴らすことは容易であろうと訴えたのである。ついでこの二首目の歌で、能因が天の川の水をせき下せと詠んだのと逆に、嵐を止めるために、天の川の戸を閉めて風雨を止めてほしいと呼びかけた。

西行のこの歌は、能因のときのように旱魃《かんばつ》といった国事に関するものではない。遊山《ゆさん》の途中の一時的な嵐にすぎなかった。それでも歌の徳で風雨がやんだというのであれば、これが一種の奇跡であることに変わりはない。

雨乞の行事といえば、貞観年間に行われた神泉苑の祈雨《きう》の儀式がよく知られている。中でも空海が祈ったとき、竜神が昇って雨を降らせたという『江談抄《ごうだんしょう》』巻一にのる奇瑞《きずい》が有名であるが、巷間では、小野小町が詠んだという歌、

千早《ちはや》ふる神も見まさば立ちさわぎ天《あま》の戸川の樋口《ひぐち》開けたまへ[6]

が広く流布していた。能因の右の祈雨の歌も、この小町歌の系譜につながっている。

周知のように、和歌という非日常的な言語には、「力をも入れずして天地《あめつち》を動かし、目に見えぬ鬼神《おにがみ》をもあはれと思はせ」（古今集仮名序）という言を持ちだすまでもなく、現象を揺り動かす「言霊《ことだま》」としての霊妙な呪力があると信じられてきた。紀貫之が蟻通《ありとおし》明神を感応させたという歌徳《かとく》説話もよく知られた話だが、[7]平安末期になってもこうした力はまだ信じられていた。たとえば『小侍従《こじじゅう》集』に、二条天皇に出仕していた小侍従が、天皇

6 流布本小町集・六九。ただし小町の真作ではなく、後人が付加した伝承歌とみられている。

7 貫之集・八〇六に見える歌徳説話。貫之が和泉国の蟻通《ありとおし》明神の前を乗馬したまたま通ったとき、馬が泡を吹いて倒れた。明神が怒ったので馬が倒れたのであろうと聞いて、「かき曇りあやめも知らぬ大空にありとほしをば思ふべしやは」という歌を捧げたところ、馬は息を吹き返したという。「ありとほし」の「あり」に「大空にあり」の「あり」を、「ほし」に雲が隠した「星」を掛けた秀句を神がめでたのである。

の風邪の気を払うために歌を詠めと命じられたという話がみえている。[8] 能因の雨乞の歌や、小町の伝承歌なども言霊の発動をうながしたものにほかならなかった。

西行の時代は、彼自身が右の後文で「末の世」と書いているように、すでに末法の時代に突入していた。西行自身も、別の歌では自分たちの時代を「言《こと》の葉《は》のなさけ絶えにし折《をり》節《ふし》」[9]、つまり和歌が衰退した時代とみていたから、歌の力自体も衰えつつあると思っていた。しかし今、西行が起こしたこの事実を目の当《ま》たりにして、居合わせた人々が、西行の歌人としての心操の高さが奇瑞《きずい》を起こすまでに至っていると賞賛したことはおそらく間違いあるまい。

しかしその一方で、人々の心の中には、こんなにうまくいくなんてねというまさかの思いもあったであろう。そうした半信半疑の思いは、西行自身にもあっただろうし、実際問題として、嵐はじっと待っていればいずれ上がっただろうから、これは奇跡と呼ぶほどのものではないという自覚もあったに相違ない。理性的に考えれば、そうでなくてはならないはずである。

白洲正子《しらすまさこ》は、西行が本気で神に祈ったとは考えられないとして、この歌のあと、女房ら一行が「和歌・吹上、思ふやうに見て帰られにけり」とあることをみても、この段には「遊興気分が横溢している」と書いているが、[10] そういう気分も確かにあったに違いない。いずれにせよこの小さな奇瑞譚は、もと待賢門院の女房らの口を通じて、彼女らの周辺に拡がっていったと思われる。ただこの歌は『新古今集』や後続の勅撰集にも採られず、『西行物語』のような伝説的エピソード集にも取られなかったことを考えると、結果としては小品的なひとコマに終わったとみるほかないようである。

8 小侍従集・一二二に「上《うへ》、御風邪の気むつかしく思し召したるに、様々の物見ゆ。歌詠みたらば治るべしと仰せごとあれば、君が代は高麗《こま》の里人数そひて絶えずそなふる貢ぎ物かな」とある。

9 山家集・下・雑・一二二八。19で扱う。

10 『西行』（新潮社・一九八八。のち新潮文庫）。

しかし西行自身が、この小事件を『山家集』に書き留めたということは、西行の思考回路の中で、この事実を多少なりとも末法時の奇跡として取りなしてみたかったという意識が働いたとみてもおかしくない。多少自慢げな気配もないではないからだ。しかし、その場合でも、前述の詞書や後文から明らかなように、西行はこの出来事を、あたかも他人事のように淡々と叙述し、決して事大《じだい》主義的な喜びにまで高めていないことに注意すべきであろう。西行当人も醒めていたのである。

実在した西行は、おそらく、いつもこういう醒めた人間としてあったと思われる。西行の生きた時代とは、末法の時代という認識とともに、もはや奇跡の実現などを期待しようにもそれがはかない夢でしかありえないことを自覚した、見離された時代でもあったからである。[11]

11 中世の人々はこの世を、前仏である釈迦がすでに去り、後仏である弥勒《みろく》の出世が遙か先であるという意の二仏の中間、無明長夜の時代としてとらえた。この意識は、梁塵秘抄の「釈迦の月は隠れにき。慈氏（弥勒）の朝日はまだ遙か。その程長夜の闇《くら》きをば」という今様や当時の和讃類や謡曲の詞章等に頻出し、弥勒の出世を待望する弥勒信仰として流行した。唐木順三は、方丈記の一文「古京はすでに荒れて新都はいまだならず」に引き寄せ、この時代を見離された時代と規定した（『中世の文学』筑摩書房・一九五五）。

2

世の中を厭《いと》ふまでこそ難《かた》からめ仮《かり》の宿りを惜《を》しむ君かな

（山家集・中・雑・七五二、新古今集・雑下・九七八、他）

俗世の汚濁《おだく》を嫌って潔《いさぎよ》くこの世を捨て去ることは難しいだろうが、一夜の宿を貸すことぐらいはそう難しくないでしょうに。それなのに、どうしてあなたは一夜の仮の宿りを惜しんだりなさるのか。

【詞書】天王寺へ参りけるに、雨の降りければ、江口と申す所に宿を借りけるに、貸さざりければ（山家集）。

【語釈】○難からめ―むずかしいであろう。「め」は推量の助動詞「む」の已然形。

西行の『山家集』の歌は、周知のように、庵住まいの独居生活の中で桜や月をながめて心にきざした想念を内省したものや、無常や恋といったテーマにそった詠、あるいは旅先で見たものを詠んだ歌などが圧倒的に多い。そしてそのあいだあいだに、和歌の同好の士や隠者仲間、あるいはかつて知り合っていた女房歌人たちと交わした贈答歌がまじっているというのが、大方の見取り図である。

これは前歌の三首あとにおかれている一首。めずらしく未知の女性との間で交わされた歌で、『新古今集』にも採られ、西行歌の中でも特に評判の高い歌となった。なにしろ西行が贈答した相手というのが、遊女だったからだ。

詞書によれば、あるとき天王寺に詣でた西行が俄雨《にわかあめ》に降られ、淀川《よどがわ》の下流江口の里で宿を借りようと立ち寄ったところ、その家の女主人に宿を断られたので、からかい気味によみ入れたといういわくつきの歌であった。いつごろ詠まれたのかははっきりしないが、出家後まもなくの、比較的若い頃の歌と考えておかしくはない。

背景から、宗教者と遊女、聖と俗という対極にある同士の歌ということが否応《いやおう》なく浮かび上がってきて、数ある西行のエピソードの中でも、もっともドラマチックな要素が備わっている。もっとも余りにもドラマチックであることから、西行が作りだした虚構ではないかとみる向きもないではない。[1] しかし『新古今集』に登録されていることや、西行の行動がしばしば場に応じた臨機応変の自在性に富んでいることから考えて、このやりとりも事実と考えてよいように思われる。虚構として退けるのは、西行を神聖視するあまりの一種の贔屓目《ひいき》であろう。

江口は、その名のとおり淀川沿にあった河口。現在の大阪府東淀川区、厳密には淀川と現尼崎市の神崎川《かんざき》の分流点にあった要衝の津で、ここから瀬戸内海の室津や鞆《とも》、あるいは紀州方面へと向かう際の港として栄え、平安時代中ごろから、神崎川河口にあった神崎宿とともに、多くの遊女屋が軒を連ねていた。

宿の主人から断られた西行は、たった一夜の仮の宿を断るなんて、なんと心の狭い人よという意味のこの歌を詠んで、宿の主人に申しやった。仏徒らしく、この世は仮の世だから一晩の仮の宿を断るまでもあるまいと、仏教の教理に託《かこつ》けて軽い冗談口をきいたのであって、むろん本気で抗議したわけではない。これに対し、宿の主からは、次の歌が返ってきた。

家を出づる人とし聞けば仮《かり》の宿心止《と》むなと思ふばかりぞ[2]

『新古今集』には、初句が「世を厭ふ」で出ている。あなた様が出家者とお聞きしましたので、一夜の仮の宿などにとらわれることはございますまい、そんな執着なぞお持ちな

1たとえば瀧川政次郎『江口・神崎』（至文堂・一九八〇）は、この贈答を西行の創作とする。

2山家集・中・雑・七五三、新古今集・雑下・九七九。

さいますな、と切返してきたのである。さすがの西行も、まさか自分が言った論理を逆手《さかて》に取った、こんな見事な逆襲に出あうとは思いもしなかったに違いない。

もっとも、この返歌を承《う》けて、西行がすごすごと立ち去ったと考えるのは早計である。西行自身、この程度のやり取りに眼クジラを立てたとは思われないし、面白がっていたからこそ家集にものせたのであろう。また、人外に生きる遊女も世を捨てた沙門も、体制外に生きるという点では同じ境遇にあった。おそらく宿は借りられたはずである。その証拠といえるかどうかわからないが、この歌をのせた『西行上人集』の左注には、「かく申して宿したりけり」という一文が付加されている。誰かこの痛快な話の結末が気になって、後日、西行に確かめるようなことがあったのかもしれない。『撰集抄』でも、主の遊女がうち笑ってこの返歌を西行に呈したあと、「急ぎ内に入れ侍りき」「一夜の臥所とし侍りき」という言葉がつけ足されている。

ところで、このやりとりのポイントは、いうまでもなく「仮の宿り」という言葉にあった。西行が、世俗的な意味で「一夜だけの仮の宿り」を惜しむなんてとからかったのに対し、相手の遊女は、「この世は仮の世」という仏教の教理そのものを押し立てて、正攻法で応じてきたのである。この根本義を楯に取られては、さすがの西行も退散せざるをえない。機知に富んだ宿の主人のこの応《こた》えは見事というほかなく、この問答は明らかに西行の負けである。

この女主人は、おそらくは何軒かの遊女屋をたばねていた江口の長《おさ》であったのではないかとみられている。『新古今集』と『西行上人集』は、はっきり「遊女妙《あそびめたえ》」と記しているが、しかし、この名はどうやら固有名詞ではなかったようだ。稲田利徳《としのり》は、鎌倉時代の語源辞書『名語記《めいごき》』に、「江口と申す泊りの遊君の長者をば必ず、たへと名づくるなり」とあることや、定家の『明月記』建仁三年（一二〇三）五月十三日の条に「神崎の妙、すべりて顚倒《てんとう》す」などとある例をあげ、江口・神崎辺の遊女の長は、代々「妙」と名乗っていたのではないかと考証し、『新古今集』の段階で、後人がその長者の通称である「妙」の字を付加したのではないかと推察している。[3] おそらくそうなのであろう。

　この遊女の長の見識はなかなかのものといわざるをえない。一口に遊女といっても歴史的にはさまざまな女性がいた。本来は神と交感する霊性を備えた聖なる巫女《ふじょ》に端を発し、やがて歩き巫女《みこ》とか遊行婦女、あるいは傀儡女《くぐつめ》や白拍子など、諸国をさすらう「遊び女《め》」に転化した女性たちがその後進となった。官女から身を崩した女性たちも多くいて、教養の程度はかなり高かったとみられる。東海道筋の近江の青墓《あおはか》や鏡の宿のほか、瀬戸内の要港である室津とか鞆《とも》にも、旅客相手の多くの宿が形成され、旅先でこうした遊女と結ばれて子をなした貴族もいた。鎌倉時代初期には、神崎辺の遊女宿の長者の娘と貴公子との恋を扱った『藤の衣《ころも》物語絵巻』という白描絵巻も作られているし、早い話、平清盛の母や西行の母の出自も今様謡いであったのでないかという伝承や推定も多い。

　その伝統は、記録に残る名でいえば、たとえば勅撰集に名を留める檜垣《ひがき》の嫗《おうな》や、白女《しろめ》、宮木《みやき》といった女性や、道長が寵愛した小観音、白河院の寵姫であった祇園女御、清盛が愛した祇王や仏御前、後鳥羽院が愛した舞女亀菊、義経の愛妾白拍子静などがおり、あるいは曽我十郎の愛人大磯の虎といった名から、江戸時代に一国の大名を相手にして引けを取らなかったという京島原や江戸吉原の花魁《おいらん》まで、営々と続く。余談であるが、吉川英治の小説『宮本武蔵』にも、本阿弥光悦《ほんあみこうえつ》や灰屋紹由《はいやしょうゆう》、沢庵《たくあん》らと対等に付きあう吉野大夫《だゆう》とい

3稲田利徳『西行の和歌の世界』（笠間書院・二〇〇四）第四章第八節「西行と遊女妙との贈答歌をめぐって」、および第五章「西行の名歌説話の生成と展開」。

う六条柳町の名妓が登場し、決闘から帰ってきた武蔵を愛蔵の琵琶を断ち切ってたしなめるというエピソードが描かれている。『新古今集』に、西行の贈答相手として堂々と名がのったこの遊女妙も、そうした見識の高い遊女の一人であったのだろう。西行をたしなめたというただこの一点の史実によって、その名を永く歴史に留めることになった。

ここからすこし廻り道になるが、僧侶と遊女という関係には、前史がある。中でも『後拾遺集』の釈教の部にのる、右にも名を出した難波の遊女宮木《みやぎ》と、播磨書写山の性空《しょうくう》上人[4]との話が有名であった。性空は身分の隔てなく誰にでも接するという評判で知られ、和泉式部も性空に、

冥《くら》きより冥き道にぞ入りぬべき遙かに照らせ山の端の月[5]

という歌を贈ったことは、『拾遺集』によって名高いが、性空と宮木との話は、およそ次のようなものである。

難波の宮木という遊女が、性空の結縁経供養に布施を出したところ、性空はどうしても受け取らなかった。そこで宮木は、次の歌を届けた。

津《つ》の国の難波のことか法《のり》ならぬ遊び戯《たはぶ》れまでとこそ聞け[6]

「難波」に「何は」を掛けた歌で、津の国の難波ではございませんが、何はあれどもこのお布施を受け取るべきと存じます、仏の教えでは児童の遊びや戯れであっても受け入れるというではございませんかと、児童の砂遊びも法塔となるという『法華経』方便品の「乃至童子戯」の句を踏まえ、性空の非をなじったのである。『梁塵秘抄』の法華経二十八品歌にも、

古へ童子の戯れに砂を塔となしけるも、仏に成ると説く経を、皆人持ちて縁結べ。

4 橘善根の子。三十六歳で比叡山に上って良源に学び、五十七歳で播磨の書写山に円教寺を建立、以後同寺に住し書写の上人として衆庶に人気を得た（九〇三―九七二）。

5 拾遺集・哀傷・一三四二・和泉式部。このままでは現世の暗い道から冥土の闇へと入ってしまいそうです。どうか真如の月よ、私の行く先をはるか先まで照らしてほしい。

6 後拾遺集・釈教・一一九七・遊女宮木。歌意は本文に示した。

という今様があり、宮木もこの今様を愛唱していたのだと思われる。

西行は『山家心中集』（伝冷泉為相本）の跋文ともいうべき一節に、「末に見給はむ人、空しき言葉をひるがへして、竜華《りゅうげ》の暁、悟り開けむ契りになし給ふべし」と書き、そのすぐあとに「宮木が歌かとよ、遊び戯れまでもと申したることの侍るは。いと畏《かしこ》し」と述べているから、確実にこの話は知っていた。そうだとすれば、西行のことだから、『山家集』の中に、自分のミス・ポイントであるにも関わらず、あえて遊女妙との贈答を書きのせたのは、性空が宮木という遊女にたしなめられたという話にみずからもあやかろうとしたのではないかと想像したくもなる。そういう遊び心や諧謔の精神を、西行は確かに持っていた。

ところで、右の性空と宮木の話がそうであり、また西行と遊女妙の贈答がそうであるように、僧と遊女とをめぐる話は、いうならば民衆好みの伝承パターンにほかならなかった。性空は、『古事談』巻三・僧行や『十訓抄』第三に次のような伝承も残している。

かねてから正身の普賢菩薩《ふげんぼさつ》に会いたいと願っていた性空は、ある時、神崎の遊女の長《おさ》を拝めという夢の告げをえた。そこで神崎まで出かけていってその遊女の長を拝したところ、折から接客中であった彼女が、鼓《つづみ》を打ちながら、

周防室積《むろづみ》（室津）の中なる御手洗《みたらい》に風は吹かねどもささら波立つ

と謡っていた。性空が目を閉じると、その遊女の顔が、六牙《ろっき》の象に乗り眉間《みけん》から光りを放って道俗を照らす普賢菩薩となってまざまざと映った。目を開けてみると、普通の顔である。また閉じると普賢の顔に変ずる。この行為を何度か繰り返した性空は、涙を流して遊女を敬礼《きょうらい》したという。

（古事談・第三・僧行）

2　世の中を厭ふまでこそ難からめ仮の宿りを惜しむ君かな

性空はどうやら民衆のアイドルとして遇される魅力的なタレントであったらしい。実は西行と遊女妙の間の話もまた、普賢菩薩の化身であったとされるこの神崎の遊女の長と性空の話に被《かぶ》せられて、意外な展開を見せることになった。

西行と遊女妙が江口で交わした贈答はじわじわと拡がっていき、前述したように『新古今集』に採られたのをはじめ、『撰集抄』や『西行物語』にも紹介されることになったが、室町時代初期には、謡曲「江口」にも恰好の素材を提供し、そこで妙もまた、普賢菩薩と結びつくのである。

謡曲「江口」は、世阿弥の父観阿弥作とされる夢幻能。旅の僧が江口で一本の石塔を見て、里の女に由来を問うと、女は西行と遊女妙とのこの贈答のことを語って去る。やがてそこへ一人の女が現れ、自分がその遊女であると語って消えるが、その女が実は普賢菩薩であることが供の口から語られる。その夜、遊女の舟遊びの幻を見た僧は、遊女が語る罪業の苦しみを供養すると、女は普賢菩薩に、舟は白象に化して天に昇っていくという内容。謡曲「江口」の作者は、西行と遊女妙の右の贈答を知って先の性空の話に結びつけ、遊女妙を、普賢菩薩の化身にまで昇華させるという趣向を整えたのである。

さらにまた、江戸時代にはこの伝承がさらに展開し、一休と泉州高須の遊女地獄太夫の話へと変貌することになった。「聞きしより見て恐ろしき地獄かな」という一休の前句に対し、地獄大夫が「しに来る人も落ちざらめやは」と付けたという問答譚であるが、『一休諸国物語図絵』にのる挿絵には、江口の遊女妙が白象に乗った普賢菩薩として西行に対している図がかかげられている。この図柄は当時広く出回っていたらしく、江口の妙は、確かに普賢菩薩に擬せられているのだ。

もちろん西行当人はあずかり知らないことではあるが、西行と遊女妙の話は、流転さすらいの売身の苦を背負って生きる遊女が、実は普賢菩薩にほかならないという民衆の間に潜在する夢につながり、神崎の遊女の長、江口の妙、そして高須の地獄大夫という系譜をなす。要するにこの一対の贈答は、西行伝説の磁場の広さということを、角度を変えて教えてくれてもいるのである。

西行のエピソードが思わぬところまで発展してしまった。ここでもとの話に戻れば、西行と遊女妙との贈答は、西行が聖で遊女が俗であるのに、歌の内容は西行が俗人で、遊女が聖人のような構図となっている点がミソであったと言いかえられるだろう。聖である西行が、俗人である遊女にギャフンと言わせられたのがなんとも面白いのである。それは、性空と宮木の話にも共通するモチーフでもあった。

高橋英夫の岩波新書『西行』（一九九三）は、「西行伝説」の章の「同質性を求めて」の項に西行のこの話をのせているが、民衆が喝采したこの逆転劇の構図は明らかに、高橋自身も同書「笑われた西行」の中で指摘しているように、後世、民間に広く流布した「西行戻し」の伝説につながっている。[7]

しかし何はともあれ、西行が残した二千三百余首の歌の中に、こうしたドラマチックなハプニング歌が混ざっていたことは我々にとっても幸運であった。西行和歌が包含する多様性の一つは、まさにこういう歌の中にこそあったのである。それはまた、西行という人間が持つ数ある風貌のうちの一つの断面にほかならないだろう。

7 和歌文学大系『山家集・聞書集・残集』（明治書院・一九九八）で西沢美仁は、この歌の注で「後世の西行伝承に見られる『やりこめられる』西行像の原型」と端的に指摘している。「やりこめられる西行」というのは、老女や幼童との問答に負けて退散するという日本各地に広範に伝わっている「西行戻し」の説話のことである。なお松本孝三「西行伝承研究の視点と可能性」（『西行学』創刊号・二〇一〇）を参照。

3　伏見《ふしみ》過ぎぬ岡屋《をかのや》になほ止《とど》まらじ日野《ひの》までゆきて駒《こま》こころみん

（山家集・下・雑・一四三八）

もう伏見を過ぎた。まもなく岡屋だが、そこでも止《と》まるまい。今日は日野あたりまで脚を延ばして、この馬の脚力がどれほどのものか試してみよう。

【語釈】○伏見―京都の南、伏見稲荷がある地。○岡屋―伏見から南東に向かった宇治川のほとり。○日野―さらに北東に走って、宇治と醍醐の間に位置する地。

制作年は不明であるが、馬の力を試した試乗の歌とみられる。出家以前の鳥羽院の北面《ほくめん》の武士であった時代の、若き西行の風姿《ふうし》を伝えてくれるめずらしい歌だ。もっとも、出家以前と限定していいかどうか、疑問視する見方もないではないが[1]、ここでは大方の識者に従って、武士時代に詠んだ歌とみておく。

伏見―岡屋―日野と、馬を駆って通り過ぎる地名が畳みかけるように連ねられ、そのテンポは、馬上の乗り手が体感しているスピード感をそのまま歌のリズムに移しているようである。このリズムから、汗をほとばせながらいま目の前を駆け抜けていく青年武士の颯爽とした勇姿が直接見えてくるだろう。かりにこの歌が後年に作られたものであっても、歌に表れた体感は、乗り手である若き日の西行の経験をビビットに再現したものであることはまぎれもない。

『山家集』その他の西行の家集には、出家以前の作ということが明らかな歌、またそう推定される歌が二十首あまりみえ、これと同じく、武士時代の西行の視線を髣髴《ほうふつ》とさせる

1久保田淳『新古今歌人の研究』（東京大学出版会・一九七三）は、この歌を単純に武士時代の歌とするのは、実感至上主義的鑑賞を先行させたもので客観性を有するとはいえないと批判し、角川鑑賞講座『新古今和歌集・山家集・金槐和歌集』（一九七七）の松野陽一も、在俗時代でなくても詠める歌という立場を取る。

次のような歌も入っている。

　武士《もののふ》の馴らす遊《すさ》みは面立《おもだ》たしあちその退《しざ》り鴨の入首《いれくび》[2]

　これは武士が修練する早業《はやわざ》や相撲の訓練をうたった歌。武士が訓練する遊び業《わざ》は武士の面目をよく示していて面白い、中でも「あちその退り」や「鴨の入首」などの業は面目躍如としたものだ、といったような意であろう。出家後に、西行が他の武士たちがやっている運動を見てなつかしくなって詠んだ歌といえなくもないが、何よりもその鍛練の名が、具体的な職能用語であることが、歌に嘘とはいえぬ迫力を与えている。

　さて掲出歌であるが、馬は、古代から交通の手段として必須の動物であり、武士たちにとっては戦闘に欠かせなかったから、馬を詠んだ和歌はけっこう多い。『万葉集』にも馬を詠みこんだ歌が九十首近くみえるが、[3]ただ、その後の歌を含めてみても、この歌のように、馬と共に疾駆する躍動感を詠みこんだ例はそうそうは目にとまらない。これはやはり西行でなくては詠めなかった歌だといっていい。ここにも歌の約束などというものにとらわれない、西行の自由奔放さがある。およそ歌とも思われないこうした表現が、古典和歌の中に、たまたまでも残ったということ自体がまれで貴重である。

　一首の中に「伏見」「岡屋」「日野」という地名が京から遠のく順で、三箇所連続して登場している点もめずらしい。遠乗りの歌だから当然といえば当然といえるが、地名を連ねる道行文《みちゆきぶん》はいうまでもないとして、今様《いまよう》の類でも「須磨の関、和田の岬をかい廻《ま》うたる車舟、牛窓《うしまど》かけて潮や引くらん」[4]などいくつかある。この歌と同じ「伏見」と「岡屋」を

2　山家集・中・雑・一〇一〇。「鴨の入首」は、反手《そりて》の一種で相手の首を巻く相撲の業をあらわす。久保田淳はそこから「あちその退り」も相撲の退く足さばきを指す言葉ではないかとみている（有斐閣新書『西行山家集入門』・一九七八）。

3　乗馬シーンの歌としては、人麻呂の「日並《ひなみし》の皇子《みこ》の命《みこと》の馬並《な》めて御猟《みかり》立たしし時は来向かふ」（巻一・四九）、大伴家持の若い頃の歌「千鳥鳴く佐保の河門《かはと》の清き瀬を馬うち渡しいつか通はむ」（巻四・七一五）や越中国司赴任時代の歌「鵜坂《うさか》川渡る瀬多みこの吾《あ》が馬の足掻《あがき》の水に衣濡れにけり」（巻十七・四〇二二）といった歌がある。

4　梁塵秘抄・巻二・四七四。須磨の関から和田岬へと車輪を付けた車船は潮を引っ掻いて進むよ。備前の牛窓の崎を目がけて潮が引っ張る、という意。

3　伏見過ぎぬ岡屋になほ止まらじ日野までゆきて駒こころみん

詠みこんだものに「日暮れなば、岡屋にこそ伏し見なめ。明けて渡らん櫃河《ひつかは》や櫃河、櫃河の橋」[5]という例もあり、西行がこういう今様を思い出して、歌に仕立てた可能性もないではない。丸谷才一がしきりに主張したように、[6]歌謡のリズムが、平安末期の歌人たちの歌に、陰に陽に影響を与えたことは大いに考えられることで、西行自身が当時都で大流行した今様を常々口ずさんでいて、それを歌に応用したとみてもおかしくはなかった。

ここで思い出されるのは、西行の母方の祖父に、今様と蹴鞠の名手として知られた監物《けんもつ》源清経《きよつね》という人物がいたことである。若いころに今様狂いをした後白河院に今様を伝授したのは、その監物清経が養女とした乙前《おとまえ》という青墓出身の傀儡女《くぐつめ》で、一部には西行の生母かもしれないとも想定された女性である。その血脈がそのまま西行に受け継がれているとは限らないが、西行の歌にしばしば見える俗語と一体になったような軽快なリズム感が、そうした歌謡のリズムを受け継ぐものである可能性は捨てきれない。

が、それはそれとして歌に戻ると、西行自身はほとんど語ることはないが、彼が武士としてのたしなみである蹴鞠《けまり》のことはもちろん、弓術や馬術にも長《た》けていたことは、後年の二度目の奥州への旅の途中、鎌倉で将軍頼朝と対面し、「詠歌」と「弓馬」のことを夜を徹して語りあったという話が伝えている。鎌倉幕府の記録『吾妻鏡』文治二年（一一八六）八月十五日の条に記されている話で、[7]よく出来すぎた話として、『吾妻鏡』の脚色とみる考えもあるが、後になって、この会見の場で西行が流鏑馬《やぶさめ》の射法について語ったという説を、海野幸氏《ゆきうじ》という御家人が北条泰時の前で[8]披露しているから、事実とみて間違いないようだ。西行が頼朝から貰った銀の猫を門前の子供たちにあっさりと与えたという西行伝のよく知られたエピソードも、この時のことであった。

5梁塵秘抄・巻二・四七六。日が暮れたなら岡屋に泊まって明日通る伏見の方を伏しながら見よう。夜が明けたら渡ろうよ、岡屋の北にすぐ架かるあの櫃河の橋を。

6筑摩詩人選『後鳥羽院』（一九七三）を参照。『新々百人一首』（一九九九）の西行歌の項などでも、新古今集に歌謡のリズムが導入されていることを強調している。

7この記事については63でくわしく記す。

8吾妻鏡・嘉禎三年（一二三七）八月十九日の条。執権北条泰時から流鏑馬の射手の一文字のことを下問されたとき、海野幸氏という武士が、頼朝生存時に西行がその一文字の故実のことを語って一座に感銘を与えたと答えている。

西行が晩年作った歌に「戯れ歌《たはぶれうた》」と題した連作（58で見る）があるが、勅撰集的なオーソドックスな歌の規格から外れているという点では、この乗馬の歌もおそらくその「戯れ歌」の範疇に入るものであろう。若い頃の作だとしても、習作といった範疇からも外れている。頼朝と弓馬のことを話したときには、若いころの乗馬の記憶は、遙か昔に遠のいていたと思われるが、『山家集』編纂のときにこの歌を帙底《ちつぞこ》から見出して、西行の血は、かつての青年武士時代と同じようにざわめいたのではあるまいか。

4

播磨潟灘《はりまがたなだ》のみ沖《おき》に漕《こ》ぎ出でてあたり思はぬ月を眺《なが》めん

（山家集・上・秋・三二一、山家心中集・五〇、他）

播磨潟の灘の海の沖合までひとり舟を漕ぎ出して、周りのことを気にしないで心ゆくまで月を眺め尽くしたいものよ。

【語釈】○播磨潟―今でいう播磨灘。「灘のみ沖」も同じ。兵庫県西南部の前に拡がる瀬戸内の海域で、小豆島《しょうど》と淡路島の中間の辺り。

「あたり思はぬ月を眺めん」とはまた、なんと野放図《のほうず》な言い方であろうか。瀬戸内の海のまん中で、たった一人で思う存分月を眺めつくしたいなどという願望は、これまで誰も抱いたことはなかった。ほとんど前代未聞といってもいい歌である。それだけ彼が月に魅せられていた証拠ともいえるが、この欲求には、大人とは思えないような子供じみた稚気《ちき》がある。

これは『山家集』上巻・秋の、月を詠じた一連の歌の中に、「月」という単題で並ぶ十二首のうちの一首。この歌を西行がいつ詠んだのかはわからない。他の箇所にも「清見潟」や「難波潟」に月を配した例があるから、海に寄せた月の歌を気ままに詠んだときの手すさびの一首と考えられなくもない。

しかし、この手放しのうたいようには、実地に播磨灘の海の広さをを見た経験がなければ生まれてはこない意気込みがある。『西行上人集』では、下二句が「西に山なき月をみるかな」となっていて、実際に眺めたことになっているが、題詠では、行ったこともない土地でも行ったことにしてうたうのは常套だから、そう決めつけることもできない。第一、「西に山なき」では、説明が小うるさくなって面白くない。単に見たというだけの歌になってしまって、西行の熱い思いが伝わってこない。

播磨潟は淡路《あわじ》島と小豆《しょうど》島の間に開けた広い海域で、明石・赤穂から小豆島の北の備前牛《うし》窓《まど》にかけて拡がる沖合を指す。瀬戸内海の中では比較的穏やかで島影も少ない。時間も気にせずゆっくりと月を眺めることができ、すぐ西や東に山がある京都と違って確かに「西に山なき」海なのであるが、しかし、そんな地理的条件や、実際に見たかどうかよりも、「あたり思はぬ月を眺めん」とした方が、西行の月に対する心の昂《たか》ぶりや肉声がじかに聞こえてくる気がする。誰にも邪魔されずに月を眺めたいなどと平然とうたうこと自体が、西行の心のおおらかさに直結する。

もっとも、西行が実際にこの願望を実行したかどうかは別である。やろうとすれば可能な夢だから、できないことはなかったろうが、夢は夢のままであってもよいから、実行しなくても差しつかえない。

播磨灘は京都からはかなり遠く、西行にしても見慣れた海ではなかった。だが、出家前の北面の武士時代に、何かの用向きで明石より先まで出向いたことがあったことは考えられる。『山家集』によれば、西行は、出家後のまだ若いころにはるばる安芸《あき》の一の宮（現厳島《いつくしま》神社）まで行った[1]ことがあるし、播磨の書写山や備前児島の八幡社にも一時籠もったことがあったようだから、その途中でこの海域を通過し、その広さに目を奪われ、帰京後に歌に定着したかとも思われる。しかし『山家集』は、そうした細かいことについては簡単なメモ程度でしか書かないから、それ以上のことはわからない。ただ、この歌に流れて

1安芸一の宮については、山家集・上・四一四の詞書に「心ざすことありて、安芸の一宮へ参りけるに、高富の浦と申す所に、風に吹き止められて程へにけり」とある。書写山の歌は「野中の清水」を詠んだ歌（山家集・一〇九六）。また備前児島での歌は、八幡社の松の老木を詠んだ歌（山家集・一一四五）に「昔見た」云々とみえている。

いる豪気ともいうべき昂ぶりからみても、この「播磨潟灘のみ沖に」の歌は、西行二十代か三十代の壮年ころまでに詠まれた歌と思われる。

播磨潟に月を配したのは、『千載集』に藤原親隆の叙景歌が一首あるくらいで、[2]この西行の歌がほとんど初めてであったといってよい。そしてまたそれは、その後の和歌史の中では孤立したままに終わった。

西行と月との縁の深さについては、その桜嗜好《しこう》と並んで、多くの西行ファンが言いふるしてきた。彼が残した月の歌は、なんと生涯で三百五十首以上にも及ぶ。しかし今さらそれを紹介して屋上屋《おくじょうおく》を架すこともないので、本書では、後半で取り上げる歌を併せ十数首程度ですませたいが、ここで特に言っておくとしたら、それは、彼が幼い頃から月を眺める習性を持っていたということだろう。

思ひ分《わ》く心なかりし昔だに月をあはれと見てぞ過ぎ来《こ》し[3]

物の分別もまだつかない幼年の昔でさえ、私は月を「あはれ」と思って眺めてきたという。少年西行が夜分、縁側に出て透明な月を眺めているシーンは、それ自体なにか異様である。和泉式部も早くから月を眺めては親にたしなめられる少女時代を送ったようであるが、[4]西行本人が「昔だに」とあえて「だに」を使って述べているぐらいだから、これは事実なのであろう。西行が魔のような月の妖しい光に魅入られてしまうのは、幼い頃からの本性であったというほかない。

さらに前がかりでいっておけば、これも多くの論者が指摘していることだが、少年時は

2 播磨潟須磨の月よみ空さえて江島が崎に雪降りにけり（千載集・雑上・九八九・親隆）。

3 松屋本山家集・三四一の書入「八月十五夜五首の歌、人々詠み侍りけるに」中の一首。

4 「たらちめの諫《いさ》めしものをつれづれと眺むるをだに問ふ人もなし」（和泉式部集・二八六）という歌がそれを物語っている。

ともかく、出家者として後半生を生きた西行は、月に、新たな意味と価値を見出すことになった。中古天台が育てた本覚思想や密教思想には、完全な円である清浄な月に仏性を見る「円頓菩提《えんとんぼだい》」といった考え方があって、月はその仏性の顕現を図る「月輪観《がちりんかん》」という観想の対象でもあったからである。これは西行にかぎらず、当時の出家者であれば誰もが抱いていた認識であったはずであるが、西行も出家者として生きる以上、澄みきった月を通して、そうした究極の悟りの境地を思い描いていたことは疑いえない。

しかし、大事なのは、西行にとっての月が、いつもそうした宗教的観想の手立てとしてあったわけではないということである。この「播磨灘」の歌もそうだが、実際には空にかかる月を月として、そこに自分の日常的心情を反映させる素材として詠んだ歌の方が圧倒的に多い。幸いに、西行には何が何でも宗教に拘泥《こうでい》するというかたくなさはなかった。さもなければ西行の歌は、観念的な硬直性から逃れられなかったはずであろう。

大寺に住して学問や修行に励む道を取らず、半僧半俗の孤独な草庵の暮らしを選んだ西行にとって、月は桜と同様、常に自分の周囲にあって、自分を見詰め返してくれる四時《しいじ》の友にほかならなかった。自分の心を宗教に向かって励起《インスパイヤー》させるものとしてのみあったのではなく、むしろ自己の内なる心を解放するために、積極的に対話を交わす相手にほかならなかった。月と交わされたそうした対話が、言葉との格闘を通して、結果として三百五十首もの月の歌を生み出すことになった、そう捉えるべきものであろう。

掲出したこの「播磨灘」の月も、宗教的な観想といった意味合いとは無縁である。といって、月そのものの実態を客観的に写生したものでもない。さえぎるものが何もない三百六十度の視野で拡がる夜空にまん丸の月が輝くというこの構図は、大日如来を描いた宗教画にもそのまま通じるようにも思われるが、西行は、ただ皎々《こうこう》と遍満する月に思う存分包まれていたいという自分自身の至福の夢を追っているのである。あたりに邪魔する物が何もない夜空にかかる月を、完璧な大きさのまま、この眼でじかに確かめたかったのではあるまいか。そう考えてはじめて、この子供のような願望の奥に潜む西行の昂ぶる心が見えてくるように思われる。

西行には、月の歌ではないがこの歌と極めてよく似た願望をうたったもう一首、53で扱う歌がある。

遙かなる岩の狭間《はざま》にひとりゐて人目包《つつ》まで物思はばや[5]

他人に邪魔されずに深い山の中で一人、思う存分「物思いをしたい」というのは、「あたり思はぬ月を眺めん」というこの歌の渇望と相似形をなしている。西行の歌は、孤独の寂しさをうたった作品が取り上げられることが多いが、こうした歌から見えてくるものは、それとはうらはらに、一人居ることの恍惚感を味わおうとしている西行の飽《あ》くなき好奇心なのではあるまいか。

5西行上人集・六四七、新古今集・恋二・一〇九九。「物思はばや」の物思うとは、53でみるように、直接的には恋の物思いを指す。

5　忌《い》むといひて影に当たらぬ今宵《こよひ》しも割《わ》れて月見る名《な》や立ちぬらん

（山家集・下・雑・一一五四）

月食があるという今宵、皆、不吉だといって外に出ず、月光にも当たらないようにしているが、そういう夜にわざわざ外に出て月を眺めるこの私を称して、月狂いという噂が立ってしまいそうだ。

【詞書】月蝕を題にて歌よみけるに。

【語釈】○忌む―月食を不吉なものとして怖れること。○割れて―しいて、無理に。○名や立ち―有名になること。「名立て」という言葉もあり、西行は自分を「花の名立て」として自認していたこと（7でも触れる）が参考になる。

月の異色作をもう一首。「月食」を詠んだ歌だ。「月食」を詠んだ歌などそうそうはお目にかからない。灘《なだ》のみ沖で心ゆくまで月を眺めたいとうたった前歌と同様、これもまた西行らしく、きわめて異彩に富んだ歌だといっていい。

「月食」は「月蝕」とも書き、月が蝕《むしば》まれることをいう。西行の時代にも当然あったはずで、歴史天文学の報告では、出家から没するまでの約五十年の間にかなりの数の月食があったという。この歌がいつ作られたのかは不明であるが、「月食を見る人」という自分の「名」を問題にしていることをみると、まだ何回も月食を経験していない比較的若いころの作と受け取ることができる。

完全な月がわけもなく欠け出すのを見て、当時の人が恐れ戦《おのの》いたというのは、十分想像がつくことだ。そんな月を見たら、自分の命に何か悪いことが起きるかもしれないと畏怖して、家の中に閉じこもるのは当然であった。しかし西行は違っていた。今夜は月食だと聞いて、彼は、わざわざ外にたたずむ。外はシーンと静まりかえっている。

　別に月食ならずとも、古くは月を見ること自体が不吉だとみなされていた。『竹取物語』に、月に眺め入るかぐや姫に向かい、侍女が「月の顔を見ることは忌むこと」と制する場面がある。『源氏物語』宿木《やどりぎ》巻にも、「一人、月な見給ひそよ。心空になればいと苦し」と、匂宮が中君《なかのきみ》に注告したり、老女房が「今は入らせ給ひね、月見るは忌み侍るものを」と、中君をたしなめるシーンがみえる。前項で引用した和泉式部の歌にも、「たらちめの諫めしものを」とあった。迷信深い年寄りたちは、月光が物思いをする人の魂を吸い取ると畏怖していたのである。[1] 中国でも、『白氏文集《はくしぶんしゅう》』巻十「内《つま》ニ贈ル」の七絶に、「月ノ明キニ対シ往時ヲ思フナカレ。君ガ顔色ヲ損ジ君ガ年ヲ減ゼム」とあるように、月を見あげて物思いをすることは老いや死を引き寄せることと考えられていた。透明かと思えばそうでもない異様な月の澄み方が、この世ならぬ不吉な世界を人々に幻視させたのであろう。

　西洋神話の月の女神ルナが、気違いじみたという「ルナティック」という形容詞を派生させたことが思い出される。そういえば『新古今集』の秋の部に、月の歌が六十首余も並ぶのに対し、『古今集』にはたった五首しかないという事実もある。月に対する古代的な畏怖の感情が、『古今集』の時代にはまだ強かったということであろう。

　しかし、この月食の歌は、よく見れば、その月食をみて西行がどう思ったかという肝心の点については何も語っていない。欠け始めた月を見て、西行の心に普段と違う感情が浮かんだことは間違いあるまいが、残念ながら西行はその感情を言葉にしなかった。その代わりに、彼は月食を見る男としての自分の「名」が世間に立つことを面白がっている。実はこの歌の見どころは、この「名立て」という点にあった。


1後撰集に「月をあはれといふは忌むなりと言ふ人のありければ」という詞書をともなった「独り寝の侘びしきままに起きゐつつ月をあはれと忌みぞ兼ねつる」（恋二・六八四・読人知らず）という歌がある。「忌みぞ兼ねつる」とあるから、不吉だからとはいっても、物思いの種はつきず、つい見てしまうのである。

二首あとの７の鑑賞で、私たちは、桜について彼自身が自分のことを「花の名立て」[2]と呼ぶのをみることになるが、この歌では、あの月狂いの坊さんは、今夜も月食を見ているぞという噂が立つだろうと、自分で自分のことを予測しているのである。常識人であれば、不吉な月食なぞ見ないはずだが、「割れて」月食を見る自分の姿を、まるで第三者のように外側から眺めている余裕がある。

どんな月であれ、月ならば見たいという衝動が、西行を月食を見ることへ駆りたてているが、その衝動は、自分が風変わりな男だと噂される外聞を軽く凌駕していた。字面《じづら》の上では、実際にこの日西行が、本当に月食を見たかどうか確証はないが、見なければ、「名立て」という噂自体が消滅するから見たに違いあるまい。と同時に、世間に噂が流れることがテーマになっている以上、この歌も結局のところ、月そのものをうたった作ではなく、やはり自分をうたったものだということになるだろう。

前項でも述べたように、西行の月の歌は、月そのものを客観的対象として描写した歌ではないことに留意したい。観想としての月の歌もあることはあるが、西行の月の歌は、月を通して自分の心をあれやこれやと思んばかったといった体《てい》の歌がほとんどであった。この歌にもそうした西行の姿勢がのぞいているが、この歌からうかがわれるのは、人から狂気じみていると思われていることを自覚しつつ、それを進んで甘受しようとする西行の偽《ぎ》悪《あく》的な気概、ほとんど天邪鬼《あまのじゃく》といってもいいような不敵な魂であろうか。

西行にとって、月は単なる詠歌のための素材ではなかった。それと同時に、我々はこの歌から、月食でもなんでも好奇心の対象に変えてしまう、西行という人間の日常的な息づかいがどこにあったか、を読み取ることができるだろう。

2 眺むるに花の名立《なだ》ての身ならずはこの里にてや春を暮らさん（山家集・上・春・九七）。７の後半で扱う。

5 忌むといひて影に当たらぬ今宵しも割れて月見る名や立ちぬらん

6　なかなかに時々《ときどき》雲のかかるこそ月をもてなす飾《かざ》りなりけれ

（山家集・上・秋・三六一）

雲が月にかかって月を隠すのは厭《いと》わしいことだ。しかし、考えてみれば雲が時々月を蔽うのは、月をさらにもてなすための飾りともいえ、かえって喜ばしいことではないか。

月ついでに、もう一首ユニークな歌を見てみよう。あとで触れるように、芭蕉がこの歌をモデルに句作したことで、芭蕉研究者の間ではよく知られるようになった歌である。

初句の「なかなかに」という語は、下に常識に反する逆説的な事実を用意し、「なまじ…よりはかえって…の方がましだ」という構文を作る語。つまり時々雲が隠した方が、月を惜しむ気持ちがかえって増してよいというような意になる。この「なかなかに」は西行好みの語であったらしく、

なかなかに慣《な》るる辛《つら》さにくらぶれば疎《うと》き恨みは操《みさを》なりけり 1
なかなかに問はぬは深き方《かた》もあらん心浅くも恨みつるかな 2
なかなかに浮草しげる夏の池は月すまねども影ぞ涼しき 3

【詞書】月歌あまたよみけるに。
【語釈】○なかなかに—なまじ…するよりかえって…だというニュアンスを表す副詞。したがってここは、雲があった方がかえっていいという意になる。○もてなす—大切なものとしてもて扱う。馳走をすることにも使う。

1山家集・中・雑・六八一。逢うことに馴れた後でまた逢えなくなる辛さに比べれば、逢えずにいた時の恨みの方がまだ一途であったよ。
2同・中・雑・八三七。相手の心を深く問わない方が、かえって奥ゆかしいこともある。それなのにつれないあの人を恨んで、浅はかにも相手の本心を尋ねてしまったことだ。
3聞書集・一九三。浮草が繁っている夏の池の面は月を映さないのでおもしろくないが、そのかわり涼風を運んでくるという取りえがあるよ。

など、この語を初句においた歌を十四も残している。西行は、常識をくつがえすこうした逆説的な物言いが好みだったようで、このことは彼が、逆説でなければ言い表せないようなところまで、物ごとの深奥を究めようと苦心していたことを物語っている。

ところで、通常、月は「隈《くま》なき月影」という状態が理想であって、「月に叢雲《むらくも》」という状態、つまり雲が月を蔽ってしまう状態は忌避《きひ》されてきた。そのことは、

秋の夜の月に重なる雲晴れて光さやかに見るよしもがな[4]　後撰集・読人知らず

夜もすがら見てを明かさむ秋の月今宵の空に雲なからなむ[5]　拾遺集・兼盛

といった既存の歌がいくらでも語っている。雲はせっかくの名月を隠してしまう邪魔な存在であって、嫌われものでしかなかった。西行自身も、月が澄む秋の夜に雲などなければどんなにいいだろうと正直にうたった、次のような歌を残している。

いかばかり嬉しからまし秋の夜の月澄む空に雲なかりせば[6]

しかし、この掲出歌では、その厭うべき雲が、よく考えれば、かえって月を一層美しく見せる一種の装飾、「もてなし」でもあるのだという。つまり嫌われものである雲の価値を、あえて是認しようというのである。「こそ…けれ」という強調語法を使ったことも、西行のいたずらっ気にあふれた姿勢を見てとることができよう。

「もてなす」という語は、取りなす、取りつくろうという意から出て、誰かを何らかの方法で歓待するという意味になった語であるが、散文的な言葉であるためか、西行以前にも西行以後にもほとんど歌に用いられることがない。それを西行は、人間以外の「雲」が

4 後撰集・秋中・三二〇・読人知らず。月に重なって月を隠す雲が晴れわたって、秋の夜の今宵の月をくっきり見る方法がないものか。

5 拾遺集・秋・一七七・平兼盛。この美しい月を一晩中眺めて明かしたい。今夜の空にはどうか雲など掛からずにいてくれ。

6 山家集・上・秋・三一〇。秋の夜の月がくっきりと輝く空に雲というものがなかったなら、どんなにか嬉しいだろうに。

月を「もてなす」というふうに使ったのである。

彼は、何かが月を「もてなす」というこの発想が気に入っていたようで、他にも、

今宵《こよひ》はと心得顔にすむ月の光もてなす菊の白露[7]

葎《むぐら》しく庵《いほり》の庭の夕露を玉にもてなす秋の夜の月[8]

という歌を詠んでいる。前者では菊の白露が月光をもてなすといい、後者では、逆に月の方が庭の白露を玉のように輝かせていることを「もてなす」とした。月はもてなす側であったり、もてなされる側であったりするが、いずれにしても月と雲、月と露など、月との距離を、よりむつまじいものとして詠んでいることは変わりない。

西行にこういう発想が可能であったのは、

ひとり住む庵に月のさしこずは何か山辺の友にならまし[9]

柴の庵は住み憂きこともあらましをともなふ月の影なかりせば[10]

ここをまた我住み憂くて浮かれなば松は一人にならんとすらん[11]

といった歌からわかるように、月や松を心あるものとして擬人化し、一個の友であるかのように見なしてきたからにほかならない。月にかかる雲がかえってもてなしの具となるというこうした発想は、日ごろから彼が、月への思いをさまざまな角度で反芻《はんすう》して詠んできたことを考えれば納得できよう。そういう意味でこの「もてなす」の歌は、生まれるべく

7山家集・上・秋・三七九。今晩こそは、判っているよという顔をして、月が精一杯輝こうとしているが、菊におく露がさらに持てなして月を美しく見せることだ。

8聞書集・九〇。庵の庭に生い茂った雑草に夕露がおりた。その露を今宵の秋の夜の月が玉石のように美しくもてなしていることよ。

9山家集・中・雑・九四八。一人ぽっちで住むこの庵に月がさしこんでこなかったなら、何が山辺の友になろうというのか。

10同・中・雑・九五〇。この粗末な柴の庵に友のように訪れる月光がなかったなら、さぞかし住み憂いことがいろいろあるだろうに。

11同・下・雑・一三五九。この山がまた住みづらくなって私がふらふらと出て行ってしまったら、あの松は元の一人になってしまうなあ。

して生まれたものであった。

　人間以外のものが何かを「もてなす」というこの発想は、江戸時代の芭蕉に大きな影響を与えた。たとえば芭蕉は、貞享五年（一六八八）『笈《おい》の小文《こぶみ》』[12]の旅の途中、岐阜の豪商加嶋鷗歩《おうほ》宅の水楼を褒めた俳文「十八楼《ろう》の記」[13]の中で、「里人の往きかひ繁く、漁村軒を並べて、網を引き釣りを垂るる」といった周囲の光景を「ただこの楼をもてなすに似たり」と書いた。「十八楼」という数に、雅趣に満ちた鷗歩邸の水楼のたたずまいが、瀟湘《しょうしょう》八景と西湖《さいこ》十景を合わせたごとくだという意をこめて賞めちぎったものだが、さらに里人たちの姿が、水楼を「もてなしている」ようだと駄目をおしたのである。

　芭蕉にはまた、「西行の歌の心をふまへて」という前文を付した次のような句がある。

　　雲折々人を休むる月見かな[14]

　貞享二年（一六八五）八月十五夜に詠んだ一句。前文にいう「西行の歌」が、掲出した「月をもてなす飾《かざ》りなりけれ」の歌であることは間違いない。「もてなす」という語こそ使っていないが、雲が時々月を隠すおかげで月見の客が折々は休めるのだと吟じ、雲が月見の人を休ませようともてなして気づかっていると取りなしたのである。芭蕉はよほどこの句が自慢だったらしく、六年後の元禄四年（一六九一）八月十五日、近江の堅田《かただ》の同人たちと月を観賞した折にも、この句を持ち出している。彼はまた、

　　蕎麦《そば》はまだ花でもてなす山路かな[15]

という句も作った。蕎麦はまだ実がついていないから、蕎麦を打ってご馳走できないが、その代わりに、今まっさかりの蕎麦の花で客をもてなすのだと詠んだのである。芭蕉もまた西行と同様、自然の有情化をはかることに貪婪《どんらん》であった。

12 笈の小文は、貞享四年（一六八七）十二月から翌五年（元禄元年）にかけ、芭蕉が東海道を下って故郷の伊賀まで旅をした時の紀行文。
13 貞享五年六月ころの俳文。水楼をめぐらした鷗歩の屋敷は長良川の河岸にあった。
14 貞享二年の「春の日」所収。「続虚栗《みなしぐり》」「泊船集」などにも。
15 元禄七年九月三日の作。「続猿蓑」「芭蕉翁追善日記」などにみえる。

周知のように、芭蕉の俳文には西行の面影がそこここに覗いている。なかんずく『笈《おひ》の小文《こぶみ》』冒頭に「西行の和歌における、宗祇《そうぎ》の連歌における、雪舟《せっしゅう》の絵における、利休《りきゅう》の茶における、その貫道するものは一《いつ》なり」と宣したことは有名である。彼が、宗祇や利休らの文人たちの先頭に西行を置いたのは、単なるポーズではなかった。この西行の掲出歌は、「もてなす」を通じて、たしかに芭蕉にまで達していた。

いずれにせよ、この歌には、逆説好みという西行の発想がじかに読み取れておもしろい。それはまた、最初に触れたように、逆説という形でしか真実というものは開示されないという思索者特有の表現手立てでもあるだろう。西行は表現者としてそういう所にまで至っていた。

ちなみに、こうした逆説のポーズをもっともよく示す歌を一首紹介しておく。

身の憂さを思ひ知らでや止《や》みなまし背《そむ》く習ひのなき世なりせば[16]

普通であれば、わが身のつらさを思い知るからこそ出家するのであるが、これは逆である。私の前に遁世という風習が用意されていなかったなら、身の憂さを思ひ知ることもなかったであろうに、という。別に出家するまで身の憂さといものを知らなかったというのではあるまい。それまでにもさんざん苦しみ、それ故にこそ出家したはずだった。しかし、わが身のつらさや不甲斐なさということが、出家した後になってさらにはっきり見えてきたというのであろう。桶谷秀昭はこれは、出家したことによって「心の間諜《かんちょう》」(『カラマーゾフの兄弟』のドミトリイ・カラマーゾフの言葉)につけこまれることを警戒した歌では

16山家集・中・雑・九〇七「五首述懐」。わが身のつらさをここまで思い知らずに終わったであろう。世を捨てるという風習がなかったならば。

ないかとし、「自分の心が出家という世のならいを掴んだのではない。世のならいが自分の心を掴んだのだ」と解説する。[17] 常識が常識でなかったことを、逆説を通じて表明しているのである。

　これほどの強い調子でなくとも、西行の歌には、しばしば世の常識を転倒するかのごとき軽いギャグを放ったものがよく見受けられる。二、三あげてみよう。

秋の夜のいざよふ山の端《は》のみかは雲の絶え間も待たれやはせぬ[18]

波しのぐことをも何か煩はん君に逢ふべき路と思はば[19]

足引きの山の彼方に君住まば入るとも月を惜しまざらまし[20]

いずれも反語や反実仮想を利用した歌々である。もしかしたら西行が本領としたのは、意外にもこういう冗談口の中にあったのかもしれない。孤独な草庵生活の中で、彼はこうした歌を時々思いついては、ゲーム感覚のように楽しんでいたのではあるまいか。

　さて、掲出歌であるが、月に対し西行らしさを示したこの歌と同様の逆説を弄した歌が、桜の歌にも見出される。項をあらためてみよう。

17 桶谷秀昭「西行」(『中世のこころ』小沢書店・一九七七所収)。

18 山家集・上・秋・三八四「雲間待月」。秋の夜に気を持たせるのは、山の端からなかなか出てこない月を待つことだけか。いやいや雲に隠れた月が顔を出すまで待たれないことなぞあるはずもない。

19 同・中・恋・六一一「海路恋」。荒波をかき分けて行くことなんて、何も面倒ではない。あの人に逢うことができる路と思うなら。

20 同・中・恋・六二七。山の向こうにあなたが住んでいるというのなら、山の向こうに月が沈んだってちっとも惜しいことなんかない。

7 花見にと群《む》れつつ人の来るのみぞあたら桜の咎《とが》にはありける

（山家集・上・春・八七、玉葉集・春下・一四四）

花を見にこんな山中まで人が群《む》れ立ってやってくることだけが、あえていえば、もったいなくも美しい桜が背負った罪といえるのだろうなあ。

解説に入るまえに、西行が桜と人間の関係をどうみていたか、ということがわかる歌を一首紹介しておこう。詞書に「かき絶え、言問《ことと》はずなりにける人の、花見に山里へ参《まう》で来たりと聞きて詠みける」とある歌である。

年《とし》を経て同じ梢《こずゑ》に匂へども花こそ人に飽《あ》かれざりけれ[1]

桜は何年もこうして同じ梢に咲き輝くが、それというのも、花の方こそ人間に飽きずに人を引き寄せるからだな、というような意味である。しばらく音信も途《と》絶えて姿を見せなかった不実な友人が、何年かぶりにこの山里へ訪ねてきた。西行は、友は自分を訪ねてやってきたのではあるまい、あれは桜が引き寄せたのだと皮肉をこめてうたっている。人間と桜との情の対比が鮮やかで、詞書に「かき絶え、言問《ことと》はずなりにける人」とあえて強調している点からすると、この歌は、かの紀貫之が、人間の心の不確かさを詠んだ歌とし

【詞書】閑《しつ》かならんと思ひける頃、花見に人々まうで来たりければ。

【語釈】○あたら―形容詞「可惜《あたら》し」の語幹、副詞的に使い、もったいないことに、惜しむらくは、というニュアンスを表す。

1山家集・上・春・八九。何年たっても桜は相変らず美しい花を同じ梢に咲かせるが、こうして人がやってくるのも、花の方が人間が嫌にならずに人を引き寄せるからであろうよ。

てよく知られた、

人はいさ心も知らず古里は花ぞ昔の香《か》に匂ひける[2]

という「百人一首」の歌と相似形《そうじけい》であるように思われる。

貫之の「花」は梅の花、しかも貫之の方がしばらく相手を訪ねなかったとあって、位置は逆であるが、状況は瓜二つである。そういう意味では、これは貫之歌の西行版にほかならない。西行が貫之の歌の向こうを張って作ったのかどうかは別として、一方でこの歌が、中国詩以来の、自然の永遠性と人間の営みのはかなさとを対置させる伝統的なうたい方[3]に寄り添っていることは間違いないだろう。

月の歌と同様、西行が詠む桜も、いつも人間的な装いをまとってうたわれている。自然を擬人化して、人間的にその心をあれやこれやと忖度《そんたく》してうたうことは、西行の他の桜の歌にも通有することであった。この「年を経て」という歌は、貫之歌との類似という点を除けば、それほど問題となる作ではない。しかし、対象との対話を心掛けてやまない、西行持ち前の姿勢をよく示す歌として、一度は触れておく必要のある歌である。

もう何首かあげてみよう。

分きて見ん老木《おいき》は花もあはれなり今いく度《たび》か春に逢ふべき[4]

山桜の中には老いさらぼえた桜もある。こういう老木は取り分けてしみじみと眺めようではないか、この桜もあと何年しか春に会えないのだと思うと、特別に心うたれることよ、といった意味であろう。西行自身が老年だったからこう詠んだのだ、などと考えては

2 古今集・春上・四二・貫之。詞書に「初瀬《はつせ》に詣づるごとに宿りける人の家に久しく宿らで、程へて後に到れりければ、かの家の主《あるじ》、かく定かになむ宿りはあると言ひ出だして侍りければ、そこに立てりける梅の花を折りて詠める」とある。私を迎えてくれるあなたの心が昔どおりかどうか、さあそれは分からないこと、しかし梅の花だけは昔と同じような香りを漂わせている。

3 有名なところでは、唐の劉希夷《りゅうきい》の「年々歳々花相似タリ。歳々年々人同ジカラズ」（白頭ヲ悲シム翁ニ代リテ）、杜甫の「国破レテ山河アリ。城春ニシテ草木深シ」（春望）など。

4 山家集・上・春・九四。

なるまい。西行はいつもこういうふうに人間化してうたうのである。

山桜霞の衣《ころも》あつく着てこの春だにも風つつまなん[5]
惜しまれぬ身だにも世にはあるものをあなあやにくの花の心や[6]
惜しめども思ひげもなく徒《あだ》に散る花は心ぞ賢《かしこ》かりける[7]
いかでかは散らでであれとも思ふべきしばしと慕ふ歎き知れ花[8]

本来非情である草木をうたった歌でも、木々や草は、西行から常にこうした人間的な親愛の情をもって遇されている。以下おいおい明らかになるように、それは、花を散らす風、山奥の鹿、夜に訪れるコオロギ、空に浮かぶ雲、谷底に立つ一本の松、道の辺の柳、窓を叩く枯葉といったものに対しても変わらぬ西行の態度であった。西行が、一方では強《こわ》もてする剛情な面を見せながら、他方で人々に慕われる人なつこい面を示すのは、持ち前のこの優しさに負っていたのであろう。

西行と同時代の貴族歌人たちは、西行のように、みずからの人間的側面を歌にさらけ出すようなことはしなかった。彼らが理想としたのは、題の本意に従いながら、自分とは無関係の外部に、伝統的な風情や趣向を新しく作りあげることであった。特に新古今歌人が展開した歌は、作歌主体の心というものを極力消し去ったものが多い。[9]西行の歌は逆に、そういう時代の好尚に背を向けるかのように、対象の中に自己を投影させずにはいないという方法から成っていた。要するに西行は、桜そのものをうたっているのではなく、自分の思念をうたっているのである。西行の歌を称して「思想詩」（小林秀雄「西行」）というと

5山家集・上・春・八〇。山桜よ、せめてこの春だけでもいいから、霞の衣を厚くまといつかせて、風に散らされないよう風を警戒してほしい。

6同・上・春・一一六。人に惜しまれもせず長らえる人間だってこの世にあるというのに、ああ、こんなに惜しまれているくせに、花はどんどん散っていく。花の心のなんと憎たらしいことよ。

7同・上・春・一二二。いくらこちらが散るのを惜しんでも、桜は平然とした顔をして無駄に花を散らしていく。してみると桜の心は人間より賢いにちがいない。

8同・上・春・一二三。人はなんであれ、花に向かって、永遠に散らずにいてくれなどと思ったりしよう。ほんのちょっとでもいいから散らずにいてくれと願うのがせいぜいだ。花はそういう人間のけなげな思いをもっと理解すべきだ。

9たとえば、14「心なき身にもあはれは知られけり」で扱う定家・寂蓮の三夕の歌などが典型。

すれば、そういう意味においてでなければならない。

さて、「花見にと群《む》れつつ」の掲出歌に戻る。これは「年を経て」の歌とは違って、どちらかといえば桜の欠点を指摘した歌としてめずらしい。『山家集』上巻・春の部に二十五首並んでいる桜歌群の直後に、「閑《しづ》かならんと思ひける頃、花見に人々まうで来たりければ」という詞書が付されてのる一首。

歌意は比較的わかりやすい。美しく咲く桜には何の罪もないが、しいていえば人を呼び寄せることが罪だといえるであろうか、それが惜しいというのである。どっと人がやって来て一頻《ひとしき》りザワザワしたあと、ふたたびもとの静けさに戻ったとき、ふと思いついて詠んだ歌と思われる。現在でも花見だというと、人が群らがる点では変わらないが、西行に、花見の人を呼び寄せることが桜の罪だと言われれば、なるほどそうかもしれないと、妙に納得させられるものがある。「あたら」という語がよく効いている。「あたら」も「なかなかに」同様、逆説的なニュアンスを帯びた言葉であり、これも、前項でみた「なかなかに時々雲のかかるこそ」と同じ、西行好みの一種の逆説の歌といってよい。

この歌にも、歴史的な後日談がある。室町時代初期、世阿弥《ぜあみ》はこの歌に眼をつけ、桜の精と西行との問答を中心とした謡曲「西行桜」のメインテーマに採用した。

西山の大原野[10]に庵を構えていた西行が、「それ、春の花は上求《じょうぐ》本来の梢に現れ、秋の月下化迷闇《げかめいあん》の水に宿る。誰《たれ》か知る、行く水に三伏《さんぷく》の夏もなく、澗底《かんてい》の松の風、一声《いっせい》の秋を催すこと、草木国土自《おの》づから見仏聞法《けんぶつもんぼう》の結縁《けちえん》たり[11]」と静かに観念していると、そこへ桜狩りに出た下京辺の一行が尋ねてくる。昨日は東山清水《きよみず》の桜を探訪し、今日はこうして名高い西行庵の桜を求めてここ大原野までやってきたという。西行はとりあ

10 原文の「西山」を、嵯峨の二尊院にある西行庵碑によって、嵯峨小倉山とみる説もあるが、近来では「花の寺」として有名な西京区大原野の勝持院説が有力、また証菩提院《しょうぼだいいん》（現在の西光院）がその地とする説も浮上している。

11 桜が梢に咲き月が水に宿るのは、人々に菩提を求めるように勧進するためである。自然には本来春も夏もなく、草木国土に表れる自然の啓示は、そのまま見仏聞法《けんぶつもんぼう》の結縁《けちえん》であるという、きわめて宗教的な思弁に満ちた詞章。

えず一行を迎え入れるが、ガヤガヤと騒々しい連中に閉口した西行は、ちょっと心外だと言って、この「あたら桜の咎《とが》にぞあるらん」という歌を口ずさむ。舞台は、桜狩りの一行が帰っていった夜へと移る。西行の夢の中に、老木の洞《うつほ》から白髪の老人に化した桜の精が現れ、あなたは先ほど、桜狩りに訪れた人々を前に、「花見にと群《む》れつつ人の来るのみぞあたら桜の咎《とが》にはありける」とうたい、それが私どものせいだと述べられたが、どういう積もりかと問う。西行が、憂き世に一人心を澄ましている身に貴賤群衆《くんじゅ》が厭わしく思われて詠んだだけと答えると、老人は「憂き世と見るのも山と見るのも当人の心から発するもの。もともと非情無心である我ら草木に世の咎はない」と迫る。西行も即座にこれを肯定し、そのあと、心を持たない草木もすべて成仏が約束されていると教え諭す。桜の老木は、西行の教えに謝意を述べ、その礼に西行を伴って花の名所をさまざまに案内したあと、後夜《ごや》の勤行の鐘の音と共に静かに消えていく。夢から覚めた西行がふと見ると、そこには桜の花びらが翁びて散り敷いていた——。

西行の夢中に展開するこのシーンは、桜の精を登場させ、老体の寂しさと華やかさを演出してきわめて幽玄であるが、人間と自然、老いと若さ、寂しさと華やかさといった相反する要素の葛藤を含んでいてドラマチックでもある。が、それはそれとして、世阿弥のこの能が、西行の右の歌を一曲の中心に置いたということは、西行の歌が、謡曲一編を創り出すに足る美的ポテンシャルを持っていたことを物語るものであろう。この事実は、前項でみた、「なかなかに」という歌に触発された芭蕉が「雲折々《をりをり》人を休むる月夜かな」「蕎麦はまだ花でもてなす山路かな」の二句を作ったこととも重なるだろう。

この歌に関して、もう一つ考えておいていいことがある。桜狩りの一行が西行庵の桜の名木を見に尋ねて来るということは、桜といえばあの西行のところだという西行像が、中世に定着していたためにほかならないということである。西行はすでに桜狂いの世捨て人として有名人になっていたのである。

『山家集』に、「修行し侍りけるに、花の面白かりける所にて」という詞書を持つ次のような歌がある。

眺むるに花の名立《なだ》ての身ならずはこの里にてや春を暮らさん12

「花の名立ての身」でなければ、桜がすばらしいこの里でもっとのんびりと春を暮らしてみたいとは思うが、そうもいくまいというのである。「名立ての身」とは妙な表現だが、「名立て」とは、5でみた月食の歌で、月に目がない自分を「名に立つ」とうたっていたことと重なっている。「名立て」とは名前を世間に挙げることだから、要するにこれは、すでに西行が桜を愛翫して止まない男として世間の評判になっていたことを示している。そして西行自身も、その名が自分の代名詞として通行していることを自覚していたことを明かしていよう。

彼は「花の名立て」であることを回避しようとしていない。むしろそれを自分の表看板として是認している気配さえある。さもなければこの桜が美しい里にもっと留まっていただろうが、「花の名立て」である以上、桜の美しい場所を発見しにまた外へ出なければならないという。それが桜に対する責任だと思っているのであろう。これもまた桜への愛ゆ

12山家集・上・春・九七。桜を眺めるのに、私が花の名立ての身でなかったなら、この桜が美しい里に長居してひと春を暮らすであろうになあ。

えのことであった。これと関連して、次の歌も視野に入れておきたい。

あはれわが多くの春の花をみて染めおく心誰《たれ》に譲らん[13]

これだけ桜の花を何年にもわたって見てきて、すっかりその魅力に染まったわが心を、今度は誰にバトンタッチしようかというのである。花の数奇者としての自分の後継者を、次の時代に見つけたいとはなかなかいえないことだ。「花の名立て」である自分を、よほど自負していた証拠である。

西行が愛した山としては、修行のために何度も入った吉野が有名であるが、吉野にかぎらず、桜と連帯することは、彼が修行のために入った山や里のどこでも同じであった。また「眺むれば」の歌に戻れば、この桜が美しい里も、単に通りすがっただけの土地ではなかったはずである。とすれば、「花の名立て」についても、修行との二重性を考慮に入れてもいい。桜に責任を負うといっても、別に西行はそのことを真剣に考えていたわけではあるまい。桜や自身や世間に対する西行らしい軽口に近いユーモアではなかったか。「なにせ私は桜の名立てだからネ」といったところなのだろう。

いずれにせよ、花見客を呼び寄せることが桜の罪だなどと諧謔《かいぎゃく》じみてうたったからといって、百パーセント信用するわけにもいかない。一方では、

花も散り人も都へ帰りなば山さびしくやならんとすらん[14]

13西行上人集・四八。ああ、この私が多くの春の花を見てその美しさを染み込ませたこの心を、次に誰に譲ろうか。

14山家集・上・春・一五七。花も散って人も皆都へ帰ってしまったら、この山もさぞかし寂しくなるだろうなあ。

と、花見の一行が帰った後は寂しいものだと、うそぶいてもいるからである。

西行と桜の結びつきは、約二百十首という桜をうたった数の多さからいって、過小評価するわけにはいかないが、といって西行といえばすぐ「桜」というように過大評価することもできない。桜狩りに人を誘い出すことを「桜の咎」と言ったのも、桜への認識をさまざまにうたった挙句の、西行らしいおおらかな心から出た美的なユーモアとみるべきであろう。

なお、「桜の咎」ならぬ「風の咎」や「月みる咎」という語を詠み込んだものに、次のような歌があることも付け加えておこう。

春ふかみ枝も揺るがで散る花は風の咎《とが》にはあらぬなるべし[15]
露けさは憂き身の袖の癖《くせ》なるを月みる咎に負ほせつるかな[16]

「春ふかみ」の歌については42で扱うが、後者がいう「月見る咎」というのも、涙っぽい自分の性《さが》を「月見る咎」の所為《せい》にするという意味では、「月の咎」を詠んだ歌といえないことはない。西行は、自分が好きなものであればあるほど、それをあえてなんらかの「咎」としてなじりたくなる、ある種加虐《かぎゃく》的なうたい方も好きだったようだ。

15 同・上・春・一二八。42で扱う。
16 同・下・雑・一四一一。袖がいつも涙でぬれて露っぽいのは、つらいわが身を嘆くいつもの癖のせいだが、それをつい月を見る咎だと、月のせいにしてしまうよ。

8　ほととぎす人に語らぬ折《をり》にしも初音《はつね》聞くこそ甲斐《かひ》なかりけれ

（山家集・上・夏・一七九）

ホトトスギスの初音を今日ようやく聴いた。しかしそれは私が無言行《むごんぎょう》に入っていた最中のこと。この歓喜を人に語れないとは、なんとまあ。せっかく初音を聴いた意味がないことよ。

この辺でちょっと軽い歌をみてみよう。

桜が散ったあとの和歌の歌題で主たるものは、ホトトギスであった。人々は古来、初夏の闇を鋭くつん裂いて鳴き過ぎるホトトギスの声を聴いて、その思いをさまざまの歌にした。国司として越中に赴任した大伴家持《やかもち》が、毎年のようにホトトギスの到来を待ちわびてうたったことはよく知られているが、『古今集』の時代になると、その夏部の冒頭に、

わが宿の池の藤なみ咲きにけり山ほととぎすいつか来鳴かん[1]　読人知らず

夏の夜の臥すかとすればほととぎす鳴く一声に明るくしののめ[2]　貫之

といった歌を含め、ホトトギスの歌がなんと二十九首も並べられることになった。

時代が下るにつれ、ホトトギスの初音を誰よりも早く聴くために徹夜で待ちわびるという習慣が生まれ、

初声の聴かまほしさにほととぎす夜深く目をも覚ましつるかな[3]　読人知らず

【詞書】無言《むごん》なりけるころ、郭公《ほととぎす》の初声《はつこゑ》を聞きて。

【語釈】〇人に語らぬ折―詞書にいう「無言」行を実行しているとき。

1古今集・夏・一三五・読人知らず。わが家の池の藤なみが咲いた。ホトトギスが早く来て鳴かないものか。

2同・夏・一五六・貫之。この夏の夜、横になったと思ったらホトトギスの鳴く一声にあっというまに東の空が白んできたよ。

3拾遺集・夏・九六・読人知らず。ホトトギスの初音を聴きたいばかりに、まだ夜更けだというのに目を覚ましてしまった。

宵の間《ま》はまどろみなましほととぎす明けて来鳴くとかねて知りせば[4]　橘資成

夜もすがら待ちつるものをほととぎす又だに鳴かで過ぎぬなるかな[5]　赤染衛門

などとうたわれるようになり、その思いは、歌人たちの間で強迫観念といえるほどまでに肥大することになった。

西行も例外ではなかった。『山家集』上巻・春は、桜の歌のあと、菫《すみれ》・早蕨《さわらび》・躑躅《つつじ》・山吹の歌が続き、次いで夏の最初の卯花がきて、その後にホトトギスの歌が二十数首一挙に並べられている。何首かピックアップしてみよう。

尋ぬれば聴き難きかとほととぎす今宵ばかりは待ち試みん[6]

ほととぎす待つ心のみ尽くさせて声をば惜しむ五月《さつき》なりけり[7]

ほととぎす聴かで明けぬと告げ顔に待たれぬ鶏《とり》の音《ね》ぞ聞こゆなる[8]

ほととぎすいかばかりなる契りにて心尽くさで人の聴くらん[9]

最初は、ホトトギスを探すのはもう止めたという居直りの歌。二首めはホトトギスの非情さへの怨み節。三首めは鶏への八つ当たり。最後の歌はホトトギスの声を運よくきけた人間に対する嫉妬。こう並べてみると、西行も、とっかえひっかえ角度を変えてホトトギスへの期待をうたっていることがわかる。

さて掲出歌であるが、これは右の一連のホトトギス詠のとっぱなに据えられた歌。いきなり初音を聴いても甲斐がないという、マイナスイメージの歌を掲げたことがいっそ痛快でもある。西行にとってもよほど悔しい印象があったのか、それで最初に持ってきたのか

4後拾遺集・夏・一八七・資成。ホトトギスが夜明けごろに来て鳴くと前もって知っていたなら、宵の間ぐらいウトウトできるだろうに。

5同・一九四・赤染衛門。一晩中寝ないで待っていたのに、ホトトギスは二声と鳴かずにもう通りすぎていったらしい。

6山家集・上・春・一八三。これまで何度もホトトギスの声を聞きに山に入ったが、聴けなかった。では今夜は、このままここで待ってみよう。

7同・上・春・一八四。五月になった。しかしホトトギスは、人の心を尽くさせてだけいながら、声を惜しんで、なかなか声を聴かせてくれない。

8同・上・春・一八六。ホトトギスの声を聴かぬまま夜を明かしてしまった。その代わりに鶏が、わざわざ夜が明けたという告げ顔をして鳴くわい。

9同・家・春・一九四。ホトトギスの声をこんなに心も尽くさずに

もしれない。

一首の意味は、やっとのことでホトトギスの初音を聴いたが、今は無言行の実践中だから、せっかくの喜びを外部の人間に語ろうにも語れないではないか、なんたる無意味かとこぼすのである。しかし西行がこんなことを真面目くさって主張しているとはとても信じがたい。これもまた、どこか斜《しゃ》に構えた遊び心の歌とみるべきだろう。

詞書にいう「無言」とは、仏家が行う「無言行」のこと。身・口・意の三業《さんごう》のうちの口（言葉）を七日間断つという実践行で、後には民間でも行われた。さしてむずかしい修行とも思えないが、意外に過酷な行であったらしい。こことは直接連関しないが、無住《むじゅう》の『沙石集』巻四の冒頭「無言上人の事」に、次のような笑話がある。

ある山寺の上人が四人、沈黙を尊んだ維摩居士《ゆいまこじ》の例にならい、七日の無言行に入った。深更になって雑役僧が入って来たとき、末座の上人が「承仕《じょうじ》よ、火を掻きあげよ」と言った。そこでその上の僧が「無言の場で話してはならぬ」と注意した。第三の僧が聞きとがめて「物に狂われるな」とたしなめたところ、第一座の上人はこれを嘆息し、「喋らないのは私だけである」と言った。

無住は第一座の上人を「嗚呼《おこ》」だと非難し、以下、心に驕りをもつ人間は誰でもこういう過失を犯すという教説に結びつけているが、別にこういう話を待たずとも、七日も口を利かないという行がいかにしんどいか、ちょっと振りかえれば想像がつこう。人は喋らなくては気がすまないという生理衝動を抱えこんだやっかいな存在であるらしい。

この西行の歌も、我慢行の実際のつらさが身に沁みていなければ、底がわからない歌といっていいが、いうまでもなく、ホトトギスの初音を耳にすることがいかに稀有なことで

聴ける人もいる。いったいどういう前世の因縁でそうなっているのか。

あったかということを前提としなければ、生まれることがなかった。

しかし、それはそれとして、初夏という一時期、孤独な草庵生活の中でホトトギスを待つという時間は、西行になかなかの楽しみを与えていたに違いない。先に遊び心を秘めた歌だと書いたが、相手が生き物であるせいか、西行のホトトギス詠には、どれも余裕を秘めた遊び心が感じられる。第一、無言行の最中で歓喜を他言できなかった、とこの歌はいうが、歌としてこう残している以上、西行自身がその無言行を率先して破ったことになりはしないか。西行は「甲斐がない」といいながら、ホトトギスの声を聴いた喜びを、搦め手からちゃんと伝えているのである。

蛇足ながら、『新古今集』は、こうした遊び心を認めなかったのか、この歌を含む『山家集』上に並ぶ二十数首のホトトギス詠からは一首も採らなかった。その代わりに『新古今集』が採ったホトトギスの歌は、次の二首であった。

聴かずともここを瀬にせんほととぎす山田の原の杉の群《むら》だち[10]
ほととぎす深き峰より出でにけり外山《とやま》の裾に声の落ち来る[11]

この二首は、ホトトギスの鋭い息づきを、それを迎えるにふさわしい「山田の原（伊勢の歌枕）の杉の群《むら》だち」や「深き峰」「外山の裾」といった絵画的状況の中でダイナミックに示しており、迫真性という点では、確かにこれまでにみたどのホトトギス詠より勝っている。そこが新古今歌人の眼鏡に叶ったのかもしれない。

10 新古今集・夏・二一七。山家集にはみえない歌。山田の原は伊勢の地。「ここを瀬にせん」とは、ここをホトトギスを聴く絶好の場所にしようという意で、伊勢という神聖な場所が何らかの要因として働いていたと思われる。
11 同・夏・二一八、西行上人集・五一、御裳濯川歌合にも自撰。この歌については17の後半でもう一度取り上げる。

9　惜《を》しむとて惜しまれぬべきこの世かは身を捨ててこそ身をも助けめ

（西行上人集・六三七、玉葉集・雑五・二四六七）

惜しむといって遂に惜しみ切ることが可能なこの世とは思われません。俗世のこの身を捨てることによってこそ、本当にこの身を惜しむ、つまり助けることになるのです。私もこの際、思い切ってこの身を捨ててわが身を助けようと思います。

【詞書】鳥羽院に出家の暇《いとま》申すとて詠める。

【語釈】○惜しむ―ここはわが身を愛して惜しむこと。下の「捨てる」と対比的な意味を帯びる。

ここから西行遁世前後の歌に戻って、ほぼその軌跡をなぞりながら、出家に関わる彼の心意をいくつか眺めていこうと思う。

詞書によって、西行が北面《ほくめん》として仕えていた鳥羽院に出家の暇乞《いとまご》いをしたときの歌だとわかる。したがって、二十三歳の十月十五日（百錬抄による。本によっては八月）の出家に先だって詠まれた歌であると知られる。辞任届けに添えて出したのか、その折に記念として一人で詠んだ歌なのかははっきりしないが、多分前者であろう。

暇乞いを申し出たという事実によって、西行の出家があらかじめ計画されていたこと、鳥羽院もそれをうすうす察知していたのではないかといったことがいろいろと推測できる。つまり、西行の出家は、決して突発的なものではなかったということである。

すぐ目につくのは、「惜しむ」「惜しまれぬ」「身を捨てる」「身を助く」という対立語を、上句、下句ともに連ねて一首を構成していることであろう。対立語や畳語《じょうご》を好むのは西行の傾向の一つであるが、こうした表現は歌としての優雅さをそこないがちで、この歌も歌らしい歌とはいえない。切迫した思い詰めた息づかいを、そのまま三十一字に投げ出したという性急な主張という感じである。しかし、一箇の立言《りつげん》としてみれば、これはこれで筋が通っている。

初句の「惜しむとて」は、第四句の「身を捨てる」に対比されているようにみえる。しかし対立してはいない。身を捨てるというのも、わが身を助けるために惜しむこと、つまりわが身を救うことだからである。ただ「惜しむ」方向が違う。上句の「惜しむ」は、現在の仕事や家庭を大事に惜しんで出家しないことを指すが、下句の「捨てる」は、出家者として生きたいという願望を優先して、我欲に満ちた日常の自分を捨てることを意味している。「惜しむ」という行為自体はどちらも変わらないが、どちらを惜しむかという難題を抱えて、後者を取ろうというのである。

一つの選択が、その後の一生を決めることはよくあることだ。西行のこの物言いには、そういうさんざん選択に迷った末の決断めいたものがある。せっぱ詰まったあげくの一種の跳び越えといってもいい。別言すれば、これは自分を納得させようとした根拠づくりの歌であるし、自分を出家に向かって押し出すための投身ともいうべき覚悟であり、西行のとっての一つの宣言《マニュヘスト》にほかならなかった。

ところで、西行の『聞書集』に、この主張をそっくり和らげたような歌がある。

捨てがたき思ひなれども捨てて出でむ真《まこと》の道ぞ真なるべき[1]

1聞書集・四三。この世を捨てられないという思いは強いが、捨てて家を出て仏に仕えることこそが真の道となるのではないか。聞書集の最初にのる法華経二十八品歌の一首。清信士度入経の「流転三界中、恩受不能断、棄恩入無為、真実報思」の偈を詠んだもの。

表現は違うが、言っていることはそう変わらない。「捨てる」という後ろ向きの言葉を、「真の道」という言葉に置き換えただけといっていい。同じころに作ったのであろうが、ただこの歌は、理窟が真っ正直すぎて面白くない。言いわけめいていて、掲出歌のような緊迫したリズムの躍動がない。暇乞いの形見として提出するのなら、やはり「身を捨ててこそ身をも助けめ」の方でなければならないだろう。実際彼はそうした。

ちなみに、この暇乞いの歌「惜しむとて惜しまれぬべきこの世かは」は、平康頼の『宝物集』の一本に、第一話の末尾の釈迦の「我身命ヲ惜シマズ、但シ無上道ヲ惜シム」という偈《げ》の心を述べた歌として、「読人知らず」の名でのせられることになった[2]。『宝物集』の成立は、鬼界島に流された康頼が、許されて帰京した治承二年（一一七八）以降のこととされるから、西行の出家から二十八年も後のことである。康頼の原本に後人が「読人知らず」として付加した可能性があるが、いずれにせよ、西行がこの時詠んだ歌が、西行の名が冠せられないまま世間に流布していたようである。おそらく待賢門院側近の女房たちの間で、鳥羽院に提出したこの歌が話題になり、それが周辺に伝わったものと思われる。そう見てみればこの歌は、同じ語の繰り返しなど俗耳《ぞくじ》に入りやすいものがあり、内容も、後世の道歌《どうか》のような教訓性があって、歌としてよりも一種の諺として、民間に流布するポテンシャルを持っていたということだろう。

出家の決意を、周囲の親しい人間に伝えた歌は過去にもあった[3]。しかし、その心意や動機を、こんなふうにあからさまにさらけ出した人間はいなかった。本来歌にすべきことではない内容だからかもしれないが、そういう意味でも、この歌は珍重するに値する。

2宝物集では、上句が「惜しとても惜しみ果つべきこの世かは」。この形で流布していたと思われる。

3たとえば西行の先達空仁が出家時に人に宛てた「かくばかり憂き身なれども捨て果てむと思ふになれば悲しかりけり」（千載集・雑中・一一一九）という歌。後ろ向きの悲嘆を告げるだけで、出家の動機を語ってはいない。

さて、以下は一種の贅言《ぜいげん》であるが、この「惜しむとて」に関連して、触れておかなければならない歌がある。崇徳院の命令で、藤原顕輔が編んだ第六勅撰集『詞花集』雑二にのっている次の読人知らず詠である。詞書にはただ「題しらず」とある。

身を捨つる人はまことに捨つるかは捨てぬ人こそ捨つるなりけれ[4]

大意は、わが身を厭い捨てて出家する人は、本当にその身を捨てたことになるのか、いや、俗世の絆《ほだ》しに引かされて捨てずにいる人こそ無駄に自分を捨てているのであるよ、といったような意味。[5] 要旨は、掲出歌とほとんど同じである。

なぜこの読人知らず詠が問題になるかというと、現在これが、勅撰集にのった西行の最初の歌として定説化しているからである。それまでは、これが西行の作だとは誰も思っていなかったが、明治三十九年十月、藤岡作太郎が現石川県立図書館李花亭《りかてい》文庫に蔵されていた西行家集の一伝本を『異本山家集』として活字刊行して以来一変した。同本にこの歌が、初句「世を捨つる」という形で採集されており、これは西行の歌ではないかという推測が急浮上したからである。この『異本山家集』は現在『西行上人集』として通行しているが、とにかく同本にそうあるということは、少なくとも『西行上人集』の一部編者たちが、これを西行の歌だとみなしていたことを物語っている。しかも、もしこれが西行の歌だとすると、西行の歌で勅撰集に採られた最初の作だということになって、西行伝における画期的な新事実の発見になる。

この推測を後押ししたのが、西行の没後三十数年後に成立した順徳院の『八雲御抄』

4 詞花集・雑下・三七二・読人知らず。

5 もっともこの歌に関しては、江戸時代の季吟の八代集抄は、「身を捨つるは身を安くせむとなれば、誠に捨つるにはあらず。憂ひに堪えるこそ捨つるなれとなり。また大隠《たいいん》の心なり云々」とし、世に隠れ住む「市《し》隠」や「大隠の心」を述べたものとした。季吟はこの歌を西行の歌とはみていなかったのでそう解釈しているのだが、西行でなくとも、西行の時代には都市生活の中に身を韜晦《とうかい》する「市隠」といった生き方はまだ成熟していない。

だった。院は「撰集故実」という記事の中で、「読人知らずとは三様あり。一は知らざる、二は知るといへども凡卑、三は詞など憚りある歌なり」という清輔の『袋草紙』の記事を敷衍《ふえん》し、その第二「凡卑」のケースに「西行かくの如し」と書きつけた。つまり鎌倉時代中期の順徳院の周辺では、この『詞花集』の読人知らず詠は西行の歌であり、その身が下賤であるという理由によって名を伏せられて登録されたという認識があったことになる。この順徳院の証言が決定的な証拠となり、研究者の間では、この「身を捨つる」の詠は、西行の歌に間違いないということになった。

確かにこの歌をみると、畳みかねるような逼迫《ひっぱく》したリズムと表現が、鳥羽院に提出した掲出歌「惜しむとて」の歌と酷似《こくじ》していることに気づく。「捨つ」という語を都合四度も繰り返す点、特にその後半が「身を捨ててこそ身をも助けめ」と重なっていて、うたおうとしている趣意と構造が近接していることが否めない。要するに、西行がうたった歌としてもおかしくなく見えるのである。

かくして最近の西行論はすべて、『詞花集』のこの歌をもって、西行の勅撰集初出歌として引用する。顕輔がこの歌をなぜ「読人知らず」としてのせたのかといった周辺の経緯等については、詳細な検証がなされているのでそれに譲るが、[6]『詞花集』の初句が「世を捨つる」ではなく「身を捨つる」となったのも、撰者顕輔による恣意的な改変であろうという説まで提示されるようになった。

しかし、本当に西行が詠んだのかどうか、正直なところ、疑問を感じざるをえない。第一は、鳥羽院への暇乞いに詠んだ「惜しむとて」にあっては、「惜しむとて」の「とて」、「この世かは」の「かは」、「身を捨ててこそ」の「こそ」、「助けめ」の「め」といった助

6 犬井善寿「『詞花集』入集西行歌『読人不知』考」（徳江元正編『室町芸文攷』三弥井書店・一九九一）。

詞や助動詞の使い方の中に、作者主体が苦しむ内心の呻《うめ》きが瞬間瞬間に反映されていると読み取れるが、『詞花集』のこの歌の「捨てる」四語には、客観的な結果としての「捨てる」という行為が規定条件的に繰り返されるだけで、内心の呻きといったものが感じられないという点にある。

第二に、この下の句「捨てぬ人こそ捨つるなりけれ」には、押しつけがましい断定的ニュアンスが満ちていて、あたかも後世の道歌《どうか》のような人を教訓しようという気配があることである。作者の内面的な逡巡が出ておらず、こうした一方的な物言いは、どうも西行らしくないのである。

同一語を繰り返して軽妙に人の意表を突くこうした言い方は、実は一つの伝統になっていた。詳述する余裕はないが、たとえば『古今集』の誹諧歌に、

我を思ふ人を思はぬ報ひにやわが思ふ人の我を思はぬ 7

という同語を繰り返した歌があり、また西行より一世代前の覚鑁上人《かくばんしょうにん》に、

夢のうちは夢も現《うつつ》も夢なれば覚《さ》めなば夢も現《うつつ》とを知れ 8

というような歌もあった。ややあとの慈円にも、

心あれば心なしとぞ思ひ知る嬉しきものは心なりけり 9

人心つらしと思ふ人なれど人をぞ頼む人の習ひに 10

といった「心」や「人」を繰り返した歌が見える。また『一遍聖絵《ひじりえ》』にも、

心より心をへんと心得て心に迷ふ心なりけり

心をば心の怨《あた》と心得て心のなきを心とはせよ

身を捨つる捨つる心を捨てつれば思ひなき世に墨染《すみぞ》めの袖

7 古今集・雑躰・一〇四一・読人知らず。私を慕ってくれる人を私が想わない報いだろうか、私が本当に好きなあの人は逆に私のことを想ってくれない。

8 続後拾遺集・雑下・一二二一。夢の中では夢も現も皆夢だから、目が覚めたら、見た夢も現実だと知るがよい。

9 拾玉集・第四・三四六六。心があるからこそ心無しということがわかる。してみると嬉しいものは心であるよ。

10 同・第四・三四八八。人は他人のことをつらいと思うが、やっぱり他人を頼ってしまうのは人間の習性というべきか。

9 惜しむとて惜しまれぬべきこの世かは身を捨ててこそ身をも助けめ

といった歌が多出する。謎めいて意味が取りにくいが、それぞれ、「自分の心によって心の奥まで辿り着こうと心得ているが、結局はその心に翻弄されるのがわが心であるよ」「自分の心こそ心の敵だと心得て、その心を捨て去った無心の状態を心とせよ」「身を捨てようとするその捨てる心まで完全に放棄すれば、墨染めの袖を持つ出家者も、なんの愁いもない世に住むことができよう」といった宗教的教訓を含意しているのであろう。禅宗がはやった室町期には、宗教の教義を民衆に優しく説くこの手の道歌や教訓歌がさらに大量発生してその風が滲透し、江戸初期の臨済僧沢庵《たくあん》も、

思はじと思ふも物を思ふなり思はじとだに思はじや君[11]

などと詠んだ。米沢《よねざわ》藩主上杉鷹山《ようざん》の歌として周知の「なせばなるなさねばならぬ何事もなさぬは人のなさぬなりけり」という歌も、この伝統にそうものである。

同一語をわざと繰り返す軽妙な語呂合せともいってもいいこの種の歌は、宗教者の間では、民衆を教化する格好の方途《ツール》として特に好まれていたとみることができる。『詞花集』がのせた右の「身を捨つる」一首も、西行以前に、民間で人気の高い説教歌、道歌としてすでに流布していた歌ではなかったか。井上宗雄や松野陽一は、この歌の中に、重苦しい内容に軽妙な感を与えるという「詞花集的性格」をみているが[12]、顕輔はそれゆえにこそこの歌を気軽に『詞花集』に採歌してはばからなかったのではないか。人の俗耳に入りやすい謎解きのようなこの歌の措辞が、そういう思いを強く引き起こす。

第三の点。『詞花集』は仁平元年（一一五一）に崇徳院に献納されたが、この時西行は三十四歳。出家からすでに十一年もたっている。もし西行が詠んだものであるなら、歌人としての名はある程度周辺に知られていたであろうし、いくら顕輔でも、そういう西行の歌

11 沢庵が柳生但馬守に活人剣の極意を説いた書「不動智神妙録」にみえる。思うまいと思うのも物を思うからのこと。君よ、せめて物も思うまいとだけでも思わないようにできないか。

12 井上宗雄・片野達郎校注『詞花和歌集』（笠間書院・一九七〇）、松野陽一校注『詞花和歌集』（和泉書院・一九八八）の各頭注および補注。ただし両著とも、この歌を西行の歌とみなして、その「詞花集的性格」を指摘したもの。

を、あえて卑賤ないし体制外の人間として「読人知らず」におとしめ、さらに初句の改変までして採らなければならない理由があったとは思われない。逆に、好意からあえて「読人知らず」としてのせてやったと考えられないではないが、顕輔は『詞花集』の編纂を息子の清輔らに手伝わせたにもかかわらず、彼らの歌を一首も採らなかった人間である。そういう非情な人間が、何らかの理由によって意図的に西行の名を伏せたとしても、補助役を務めた清輔あたりがそれに気づかなかったはずはないし、西行を知っていた鳥羽院や崇徳院、あるいは待賢門院やその女房たちがこのことに気づいたら、西行を卑賤ゆえに「読人知らず」としたことに抗議の声を発したと思われる[13]。

顕輔はごく普通に、当時民間に流布していたこの歌を読人知らずそのものとして、何の疑いもなく採歌したのではなかろうか。顕輔には、これが西行だという認識はこれっぽっちもなかった。そう考える方が、西行の歌をあえて読人知らずとしてのせるより、よほど自然である。また西行本人、これが自分の歌で、しかも勅撰集に初めてのった記念すべき歌だったとしたら、そもそも『山家集』になぜこの歌を収録しなかったのかといった疑問が、基本のまま残る。

先に述べたとおり、従来の研究書は、『詞花集』のこの詠を、『西行上人集』や『八雲御抄』を介在させることによって、西行の勅撰集初出歌として扱ってきたが、以上記したように、どうも怪しい。最近の一般書や西行家集の類でも、『詞花集』に西行の勅撰集初出歌が「読人知らず」としてのるとあっさり記す程度ですましている。最初から疑問を抱かないのであろうが、少なくとも右にあげたような疑問に対する答えを用意して書くべきであろう。

13 三寂の一人寂超（為経）が『詞花集』を駁するために編んだ『後葉集』は、西行の初度奥州行脚での詠「白河の関屋を月のもる影は」を採っているが、この「身を捨つる」詠はのせていない。西行の歌であると知っていたら何らかの処置をしたのではあるまいか。

決定的なことはいえないが、やはりこれは西行の歌といえないのではないか。『西行上人集』の一部の編者や順徳院は、誰かが言いだした西行説をそのまま素直に信じて、西行として処理してしまったのではなかったか。

もっともこの歌にしても、全体を、ツイッターめいた疑問をのべた歌とみなすことはできないではない。確かに西行は、内心にきざした想念を、自問自答に似た呟きのように一首の中で反芻することがあった。この断定調の中に、実際にはそう断定することに逡巡している気配があると主張することは可能かもしれない。しかし、それでも西行はここまで押しつけがましく、一本気に断定直叙するということはしなかったはずだ。結局は受け取り方の違いというよくあるジレンマに帰するのだが、私には「捨つ」という言葉を禅問答のように転がしたこの歌は、やはり、西行とは別に当時流布していた道歌の一首だと思えてならない。

長い蛇足になったが、本書では、これは西行の歌ではないとして扱っておく。大胆な想像をすれば、鳥羽院に出家の届けを出すにあたって、西行は、すでに民間に流布していたこの「身を捨つる」という読人知らず詠のリズムにならう形で、「惜しむとて」という暇乞いの歌をあらたに作り出したのではなかったかという思いさえ抱くのである。

10 さてもあらじ今見よ心思ひ取りてわが身は身かと我も浮かれむ

（松屋本山家集・七四一書き入れ歌五首中）

このままうかうかと何もせずにこまぬいてはいまい。心よ、見ていなさい。私も臍《ほぞ》を固め、この身を今の身のままで置くものかと決意し、先人たちにならってこの世から浮かれ出ていこうと思うのだ。

【詞書】思ひを述ぶる心五首、人々詠みけるに。

【語釈】○さてもあらじ―そういう状態ではおるまい。第五句の「浮かれむ」に対し、「さてある」は浮かれぬままでいる状態を指す。

引き続いて出家前の決意をうたった歌から一首。前歌にもまして切迫した息遣いが感じられる過激な調子の歌である。一読したくらいでは、何を言おうとしているのかよくわからない歌といってもいい。

六家集板本『山家集』七四一番に書き入れられた松屋本《まつのや》のみにある五首の冒頭にみえる歌。詞書に「思ひを述ぶる心五首、人々詠みけるに」とあるから、仲間の武士たちとそれぞれの感懐を詠み合った時の一首であろう。西行の手許に歌稿が残らず、その時同座した誰かが書き留めておいたものか、通常の『山家集』類には収録されなかった歌である。

結句に「我も浮かれむ」とある。先人にならって私もまた浮かれ出ようという意だが、あるいはこれは、次の増基《ぞうき》法師の歌などを念頭にしていたのかもしれない。

ともすれば四方《よも》の山辺にあくがれし心に身をも任せつるかな[1]

増基は、どうかすると私の心は四方の山にあこがれてしまう、その「心」にこの「身」

1後拾遺集・雑三・一〇二〇・増基。詞書に「修行に出で立つ日、詠みて右近の馬場の柱に書き付け侍りける」とある。ややもすると四方の山にあくがれてきた私の心に、この身を任せて修行に出たことであった。

を任せて旅に出ようとうたうのであるが、まるで西行自身が詠んだとしてもおかしくない歌だ。掲出歌にも同じ「心」と「身」が使われているから、西行は増基にならって、私もまた浮かれ出ようといっているようにもみえる。しかし、増基の場合はすでに出家を決意した者が修行へ向かうときの心はずむ旅立ちの歌であり、西行の場合は、出家への決意をみずからに向かって無理にでも督促しようとしているという段階的な違いがある。

その決意は、リズムの上でも歴然としているだろう。西行の歌は、読めば明らかなように、最初から最後まで言葉が断続的に詰まっており、歌とは思えないような急迫のリズムで言い下されている。西行の全歌中でも、コマ切れの息づかいをそのまま歌にしたという点では一番といっていい歌である。前項でみた鳥羽院への暇乞いの歌もこれに似た息づかいがあったことを思い出すが、西行の歌には時々こういう、歌であって歌でないような歌が噴出する。それでもこれは群を抜いている感じだ。

松野陽一はそのリズム感を口語に移すべく、「もうこのままではいまい。さあ見ていよ、心よ。覚悟を定めて、これが躊躇ばかりしていた我が身と同じ身なのかと驚くばかりの決意で、世を捨てた先人に続いて、私も世を浮かれ出ることにしよう[2]」という複雑な解を与えているが、「我が身と同じ身なのかと驚くばかりの決意で」あたりがこなれていないようだ。もともと「わが身は身かと我も浮かれむ」という表現が舌足らずである上に、「心」と「身」の対比が切迫して並んでいる点が、こうした屈折した解を要求したのだと思われる。しかし、この歌の解はもっと直線的であろう[3]。

西行が「身」と「心」の間に横たわる心身遊離の問題を、一種のトラウマのように抱えていたことは、いずれ38で詳しくみるが、この歌の「身」は、まだ出家へと踏み切れな

2鑑賞日本古典文学『新古今和歌集・山家集・金槐和歌集』（角川書店・一九七七）での解。

3この点で、西沢美仁の訳「このままではいないぞ。さあ見ていろ、我が心よ。出家への決意を固めて、昨日までの私と全く違う私の門出に、さあ出発だ」（角川ビギナーズ・クラシックス日本の古典『西行―魂の旅路』・二〇一〇）はすっきりしている。

いでいる客観的な存在としてのわが身を指す。自分は現在のままではいないぞ、現在の身を脱して新しい身になるぞと「心」に向かって宣言しているのである。「今見よ心」というこの呼びかけの調子は命令に近いが、この歌ではまだ、身と心は相互分裂という状態まで至っていない。身を統御する心の存在はしっかりと保持されていて、その心に「見届けよ」と命じているのである。その意味では、この歌には若さの躍動がもたらすバネの強さがある。馬を笞打つように、西行はおのれの「心」を叱咤激励しているのである。

末句の「浮かれむ」という語も、西行の生来の本性を象徴する語であるが、心が身から離れてフラフラと外へ「浮かれ」出るのは、月や桜という一定の対象に向かう場合と、非日常の旅に向かってさまよい出る場合の両様がある（38を参照）。この場合の「浮かれむ」は、出家することを暗示しているから後者に属するが、いずれにせよ、「浮かれる」という語には、まなじりを決して飛び出すといった急迫の意味合いはない。といって、逡巡とかたゆたいといったニュアンスもないことからすれば、やはりこの歌は、西行の出家以前のある時点における、希望がまだまっすぐな状態にある段階を反映しているのだろう。最終的な決断の時には至っていない、そのしばらく前の覚悟表明という感じである。上句の「今見よ心」という強い命令調と、末句のこの「浮かれる」の語義との間にはまだ余裕があると思われる。

そういう意味では、これは、前歌９より以前に詠まれた歌なのであろう。西行はこうした歌をその時々にうたいながら、出家への決意を徐々に内心に蓄積していったのに違いない。

11
鈴鹿山《すずかやま》憂き世をよそに振り捨てていかになりゆくわが身なるらん
（山家集・中・雑・七二八、新古今集・雑中・一六一三）

この憂き世をよそのものとして振り捨て、今こうして鈴鹿山を越えているが、これから先、どのようになってゆくわが身であるのだろうか。

【詞書】世を遁《のが》れて、伊勢の方《かた》へまかりけるに、鈴鹿山にて。

【語釈】○鈴鹿山―現三重県鈴鹿郡一帯の山。もと鈴鹿関が置かれ、鈴鹿郡には国府があった。京都から伊勢や桑名方面に出る旧東海道の要路で、伊勢国の歌枕としても知られた。

詞書に「世を遁《のが》れて」とあるから、二十三歳での遁世後まもなく、伊勢へ赴いた途中で詠んだ歌であることが知られる。歌に流れている明るい色調からすると、この鈴鹿越えは出家翌年の春のことだったのかも知れない。

西行が出家者として踏み出した早いころの心を伝える歌として貴重な歌であるが、残念ながら、その内面のひだひだは輪郭程度にしかわからない。ただ、出家後の浮き立つとも漠とした期待ともいえる心情を、こうしててらいなく歌に残したということ自体が稀少で、早くも内心にきざした思いを次から次へ歌にしてしまう西行の西行らしさが見えているというべきであろう。

詞書の「世を遁れて」というコメントは、「世を遁れて東山に侍りけるころ[1]」「世を遁れて鞍馬の奥に侍りけるに[2]」など、都の近郊を転々としていたころの生活をうたった歌に頻出する自記。この前後のことは、生涯の転機となった出来事として、「世を遁れて」という言葉と抱き合わせになって、西行の心に深々と焼きついていたと思われる。

1山家集・上・春・一〇四の詞書。
2同・上・春・五七一の詞書。

「鈴鹿山」がうたわれているのは、晩年、西行が伊勢に惹かれて移住までしたことを考え合わせると、出家者の道を選んだ西行の一生の最初と最後に、神の聖域である「伊勢」の地がからむのは何かの暗号のようでもある。ただしこの鈴鹿越えが、どういう用事があって行われたのか、理由はわかっていない。人によっては、時期をもう少し後にずらして、最初の奥州行脚の際に鈴鹿を越えて旅立った時の歌はないかとする。

鈴鹿山は、現在の三重県亀山市西北一帯に拡がる山。京から大津へ出て南下し、伊賀越えを経て桑名へ出る旧東海道筋の要所にある。古くは鈴鹿の関が置かれ、盗賊などが多く出没する難所として知られていた。

『宝物集』一本に、奈良坂の金礫《かなつぶて》と並んで「鈴鹿山の立烏帽子《たてゑぼし》など申す者侍り」という女盗賊の名があり、謡曲「田村」や御伽草子「田村の草子」では坂上田村丸がこの立烏帽子を退治したことになっている。『古今著聞集』第十九・偸盗にのる検非違使別当隆房家の女盗賊の話にも、最後に「昔こそ鈴鹿山の女盗人《ぬすびと》とて言ひ伝へたるに」とあり、坂口安吾の小説『桜の森の満開の下』も、この鈴鹿山をメイン舞台とした盗賊譚である。西行は別に盗賊を怖れていたわけではあるまいが、それまで勇んで歩いてきて、伊勢の入口ともいうべき名にし負う鈴鹿山に達してほっとしたというところだろうか。

旅にからまる「鈴」という点では、公使が駅舎に着く前に鳴らす「駅路の鈴」が有名であるが、和歌の世界では「鈴」の縁語である「音」「鳴る」「振る」などの語を詠み入れることが普通であった。[3] 西行もこの歌の中で、伝統に従って「ふる」と「なる」という縁語を掛詞風に使っている。しかし、たとえ措辞上そうだとしても、この歌に西行自身の経験が鮮やかに刻印されていることはまぎれもない。「鈴」と「なる」「ふる」の語によって、

3 音もせずなりもゆくかな鈴鹿山越ゆてふ名のみ高く立ちつつ（後撰集・恋六・一〇四〇・読人知らず）、思ふことなるといふなる鈴鹿山越えて嬉しき境とぞ聞く（拾遺集・雑上・四九四・村上天皇）、世に経れば又も越えけり鈴鹿山昔の今になるにやあるらん（同・四九五・斎宮女御）、神無月時雨の雨の降るままに色々になる鈴鹿山かな（金葉集・冬・二六〇・参河）など。

さわやかな鈴の音が旅の前途とこれからの人生の前触れのように響いていて、この時の西行の躍り立つような心が伝わってくる。出家直後だからといって、思い詰めたような暗い雰囲気や、後ろ髪を引かれるといったような執着は、ここにはない。

出家前に詠んだ作にも、これと似たような心境をうたった歌がある。「世にあらじと思ひ立ちけるころ、東山にて人々、霞に寄する述懐といふことを詠める」という詞書でのる次の一首である。

空になる心は春の霞にて世にあらじとも思ひ立つかな[4]

西行の遁世は、『百錬抄』によれば保延六年(一一四〇)の初冬、十月十五日であったから、これはその八ヶ月ほど前の春霞が立つころに詠んだ歌。人々と共に詠んだ題詠であるが、おのずから当時の心境が映し出されている。大空にむかって果てしなく拡がっていくわが心は、春の霞のようなものであって、そのように出家したいという気持ちが止めどなく拡がることよ、といったような意味。もっとも、白洲正子に「誰もこのような上の句から、このような下の句が導きだされるとは、思ってもみなかったに違いない」[5]という指摘があるように、出家の決意が春霞のようだなどという突拍子もない言い方は西行でなければできない芸当だっただろう。また「同じ心を」として並ぶ次の歌。

世を厭《いと》ふ名をだにもさは留《とど》め置きて数ならぬ身の思ひ出《いで》にせん[6]

4山家集・中・雑・七二三。「世にあらじ」とは、この俗世にはいまいという意。

5白洲正子『西行』(新潮社・一九八八)。

6山家集・中・雑・七二四。

皆さんには私が出家する決意の本当のところはお分かりいただけないでしょうから、ではせめてあいつは世を厭って出家したという名前だけでも残して消えていきましょう、私は数にも入らぬ身ですから、せめてその思い出だけでも残れば満足です、といった意味になろうか。

この「世を厭ふ名をだにも」には、「数ならぬ身」という世間に対するやや屈折した思いが籠もっているが、いずれにしてもこれらの歌からは、前々項で見た鳥羽院に出家の暇を申し出た歌「惜しむとて惜しまれぬべき」に流れていたせっぱ詰まった深刻な衝動や、前歌10の「さてもあらじ」ほどの強い調子はまだ感じられない。この「空になる」「世を厭ふ」二首が、詞書どおり出家前後の西行の心境を伝えたものであるなら、「惜しむとて」や「さてもあらじ」という歌にみえる深刻な衝動と、これらの歌から感じられる憧れめいたものとの間にある懸隔《けんかく》をそのまま受け入れるほかあるまい。つまり西行の心がこの時、漠《ばく》とした未来に対する期待と、「惜しむとて」の強迫的な衝動との間でさまざまな振幅をもって揺れ動いていたとみるほかないだろう。

そうだとすれば、この「鈴鹿山」一首内部に、上句「憂き世をよそに振り捨てて」に毅然とした態度を、下句「いかになりゆくわが身なるらん」に将来に対する漠とした不安を読み取り、その両者が混然とした形で振幅をもって揺れ動いていたというふうに取ることも可能かもしれない。

しかしやはり、表現の上からいえば、そう無理して二つに分けるより、この歌には躍り立つように浮遊する心が一首の中に一筋に貫流しているとみるのが正しいように思われる。小林秀雄はこれらの歌から、西行の中にあった嘲笑と希望という二重の思いを読み取っている。「自ら進んで世に反《そむ》いた二十三歳の異常な青年武士の世俗に対する嘲笑と内に湧き上る希望の飾り気のない鮮やかな表現だ。彼の眼は新しい未来に向って開かれ、来るべきものに挑んでいる」[7]。また桶谷秀昭も、この「ふりすてていかになり行く」という一首を一呼吸のうちにうたわれたものと取り、その言葉の続け方に「西行を掴んだデエモンの激しさとそれに直面した自覚」[8]を読み取っている。芭蕉が「片雲の風に誘われて」「そぞろ神の物に憑《つ》きて心を狂はせ、道祖神の招きにあひて」（奥の細道）と言い残して旅に出た心境も、この時西行を掴んだデエモン（魔物）のそれに近かったのではあるまいか。捨て去るものよりも、未来に待つものの方に西行は賭けたといってもいい。

　この将来に対して解き放たれたような茫洋とした思いは、最晩年の西行が東海道の旅の途中で詠んだ、

　風になびく富士の煙《けぶり》の空に消えて行方《ゆくへ》も知らぬわが思ひかな[9]

という歌と、奇《く》しくも時空を隔ててつながっているとみられるが、ここでその点について論ずるのはまだ早い。西行の一生は、何事にもとらわれまいとする飄々《ひょうひょう》とした一所非住の心で一貫しており、その心は、出家前後におけるこうした歌の中にも早くものぞいているというべきであろう。

7小林秀雄「西行」（『無常といふ事』創元社・一九四六）。

8桶谷秀昭『中世のこころ』（小沢書店・一九七七）。

9西行上人集・三四六。64であつかう。

12

主《ぬし》いかに風わたるとて厭《いと》ふらんよそに嬉しき梅の匂ひを

（山家集・上・春・三八）

この庵のご当主はどうして風が渡ってきて梅の匂いを散らすのを嫌っているのだろう。風が梅を散らしてくれるおかげで、私といえばこうして外から漂ってくる梅の匂いをたっぷり堪能できるというのに。

遁世後の西行が、その草庵生活の中でどういう暮らしをしていたかは、彼自身が書いていないので、なかなかわからないが、ここで、その一コマと思われる歌をみてみよう。

西行は出家後の数年を、嵯峨の小倉《おぐら》山の麓や東山長楽寺《ちょうらくじ》、嵐山法輪寺《ほうりんじ》あたりに小庵を作って暮らした。鞍馬《くらま》の奥の別所芹生《せりょう》や静原辺に住んだこともあったらしい。貴族の子弟として幼児から大寺に入って修行するのでないかぎり、そのような庵居住まいをすることは、西行のような途中出家者のいわば常道であった。

当時、京都の近郊には、宮仕えを止めた女房や、出家して閑居する非僧非俗の人間がかなり住んでいて、それぞれの山里の孤独をかみしめながら清貧の暮らしを送っていた。『山家集』に見える人々でも、忍西《にんせい》や空仁《くうにん》、大原の三寂《さんじゃく》、想空、阿弥陀坊《あみだぼう》といった遁世者[1]の名がかなり出てくる。北面の武士時代からの仲間であった西住[2]（源季政《すえまさ》）や、待賢門院に仕えていた女房たちもいずれそうした生活に入る。平安時代後期、末法の世の到来とと

【詞書】嵯峨に住みけるに、道を隔てて坊の侍りけるより梅の風に散りけるを。

【語釈】○よそ―庵の主人に対して他人である西行をさす。

1忍西は山家集・下・雑・一一五九の詞書に登場する。西仁、静忍のこととする説もある。空仁は聞書残集・二二、二六で、出家前の西行と連歌を交わしている。空忍とも書き、もと神祇少副大中臣清長。西行は晩年の伊勢時代にこの空仁と再会している。大原の三寂は、丹後守藤原為忠の子の寂念・寂超・寂然三兄弟で、常盤の三寂ともいう。末弟の唯心房寂然は年齢が近かったので西行と親しく交わった。想空（静空とも）はこの三寂の舎兄為盛かとみられ、聞書残集・一四、一五にのる。阿弥陀坊は、山家集・中・雑・七二五にみえる人物。東山に住んでいた。

2俗名を源季政といい、西行とは北面の同僚で兵衛尉であった人物。西行の後を追って出家し、

もに山里志向が急速に高まっていたが、その志向が、戦乱の濁世《じょくせ》を避ける形でさらに一般化し、西行の時代には、東山や嵯峨野、大原あたりの山里に暮らすことが一種のブームになっていた。

西行というとすぐ山奥にでも籠《こ》もって、隠遁思想をリードした人間のように考えがちであるが、西行の先達となる遁世仲間はすでに周囲にたくさんいた。西行の庵が、実際にはすぐ近くに寺があったり庵が散在する洛外であったことは、それなりに留意しておいていいことである。交際はけっこうあった。そうした事情は、人恋しさの心境を偽らずに述べた次のような歌が証拠だてているだろう。

捨てたれど隠れて住まぬ人になればなほ世にあるに似たるなりけり[3]
世の中を捨てて捨て得ぬ心地して都離れぬわが身なりけり[4]
淋しさに堪へたる人の又もあれな庵並べむ冬の山里[5]

一首め二首めでは、まだ「世にあるに似る」といい、「捨てて捨て得ぬ心地して」「都離れぬわが身」という。遁世したのにその決意を貫くことができずに、都の周辺にいる自己の中途半端さを自嘲的にうたった歌である。無住の『沙石集』第十の四「俗士遁世したる事」に、信西《しんぜい》の子明遍《みょうへん》が語ったという「遁世と申すは、世をも捨て世にも捨てられて、人数ならぬこそその姿にて候へ」という有名な言葉が出てくるが、西行の遁世は、世間からも「捨てられる」という開悟徹底したものでついにありえなかった。しかし、だからといって西行の優柔不断をなじっても始まらない。兼好がいう「ひたぶるの世捨人」（徒然

山家集には同行の親友としてその名や歌が多出する。十訓抄・第八・諸事に堪忍すべき事にのる西行北面時代の逸話に同僚として名が出る。

3山家集・下・雑・一四一六。世を捨てることを選んだにもかかわらず完全に隠れ住むことをしないこの身は、相変わらず俗世に生きる人間と似た状態であるだろうなあ。

4同・下・雑・一四一七。世の中を捨てたけれども捨て切れぬ気分が残り、相変わらず都の近くをうろうろしている不甲斐ないわが身であったなあ。

5同・上・冬・五一三。私と同様この寂しさにじっと我慢している人が他にいないものか。冬の山里に庵を並べて住みたいものだ。

草・第一段）といったような過激な行為は、西行の選んだ道ではなかったことを、当時の一般的な隠者のあり方の帰結として素直に認めなければならない。実は西行が生涯にわたって歌を捨てなかったということと、これは通底するのだが、それについてはまたおいおいと述べていく。

三首めでは、もっとはっきりと、自分のような遁世者に付きあう者がいないかと訴える。自分は世捨人だということを常に自覚しながら、その一方で、人恋しさの思いを語ってやまないのである。そういう意味で西行は、人を毛嫌いするような人間ではなかった。

掲出した歌からも、そうした人恋しさをほのかに漂わせた草庵生活の一コマがのぞく。たまたま西行の庵と道を隔てた向こうに庵があって誰かが住んでいた。この隣りというのは、西行が秋になって八重葎が垣根を蔽うとうたった、

立ち寄りて隣り訪《と》ふべき垣《かき》に添ひて隙《ひま》なく生《は》へる八重葎《やへむぐら》かな 6

という歌の「隣り」と同じであろう。詞書に「嵯峨に住みける頃、隣りの坊に申すべき事ありてまかりけるに、道もなく葎《むぐら》の茂りければ」とある庵である。

ちなみに、西行が嵯峨に住んだのは出家後まもなくのことではなく、再度の奥州への旅から帰ってきたあととする見方もあるが、7 この歌の軽いリズムには、出家後に庵生活を始めた頃の、まだ期待感に満ちた思いが流れているような感じがする。

それはともかくも、隣家の庵の庭には立派な梅の木が植わっていたらしい。上句の「主《ぬし》いかに風わたるとて厭《いと》ふらん」の「風わたる」とは、下句とのつながりからしていささか

6 山家集・上・秋・四七一。

7 嵯峨の地が出る初期の歌はすべて「まかる」とか、嵯峨に住む別の人間を訪ねたことを詠んだ歌であって、詞書に「嵯峨に住みけるころ」とあるのは、晩年二度めの奥州旅行から帰ってきてから住んだ嵯峨生活を指すのではないかとする説〈和歌文学大系『山家集・聞書集・残集』解説を参照〉。

言葉足らずで坐りが悪いが、事実は、隣家の梅の香りがこちらまで漂ってくるということであろう。西行はそれを喜んでいるにもかかわらず、この歌はどういうわけか、その隣家の主人の心を「風を嫌うのか」と忖度《そんたく》するおせっかいに近いものとなっている。

その梅の木が厳重に囲われているとでもいうのなら、隣家の主人の独占欲を笑うこともできるのだろうが、詞書にはそれを示唆するような言葉はない。互いに干渉しないように距離をおいて付き合っていたであろうし、なにも隣りの主人をからかう謂《いわ》れはなかったと思われるのだが、西行に何か隣りの主人に含むものがあったのだろうか。そうとでもみないと、隣りの庵の主人がなぜ風を厭っているのだろうかと、あえて推量する理由が出てこない。道が八重葎で通れなくなってしまうほど、隣りの主人は無頓着な性格であったのであろうか。

おそらくはこの時、風向きによって西行がいる庵の方に一方通行的に梅の香が送られてくるという事態が起きたのではなかったか。それで、自分の所には香を送っていないといって、梅の持主の隣りの主人は、今ごろさぞ風を嫌っているに違いないと、西行の方で勝手に推量したのではあるまいか。そうこじつけて解釈するほかないようだ。あるいはこの主人は普段から風嫌いで、風がそういう主人を避けてこちらの方にばかり香を送ってきてくれるというのであろうか。大意にはどっちつかずの解釈を示したが、いずれにしろ、そんな西行の思惑を別として、これは隣坊の主人にとってはあずかり知らぬ、要《い》らぬ詮索というものであろう。隣りの主人もとんだとばっちりを受けたものというほかない。

ところが、文明本『西行物語』は、ここのところを、「側《そば》なりける筵《むしろ》に、垣根の梅の心なく風に誘はれて懐かしく散りけるを見て」とし、

主《ぬし》いかに風辛《つら》しとは思ふらんよそに嬉しき梅の匂ひを

と二、三句を変えて掲げている。「側なりける筵」とあるのがはっきりしないが、伝阿仏尼筆本では「隣りなる庵の軒場の梅」となっているから、やはり隣家の庭の筵を指していったのであろう。が、それよりも「主いかに風辛しとは思ふらん」とあるのが問題で、この表現によれば、この「主」とは隣りの主人のことではなく、「梅」当人が、風がこんなに自分を散らしてしまうなんてと、風を恨んでいる意になる。したがって、掲出した「主いかに」の「主」も、そう解釈できないことはない。[8] しかし、掲出歌の詞書に「道を隔てて坊の侍りけるより」とある以上、やはりそうは取れまい。

この歌は、西行の歌としてこれといった論ずべき点があるわけではない。しかしこの歌が、西行の人恋しさから出た歌であることは確かである。人恋しさのあまり、こういうちょっとしたことでも歌にしてしまう西行の性癖を示すいい見本であろう。勅撰集にのるような完成された歌ではないが、こうしたうたい捨てたような和歌の中にこそ、むしろ西行の日常がまぎれもなくのぞいていることがわかる。

8 この歌の前に「庵の前に梅の花の咲きたりけるを見て、過ぎける人さし入りて眺めければ」という詞書で、「心せん賤《しづ》が垣根の梅の花よしなく過ぐる人留めけり」「香を求《と》めむ人をこそ待て山里の垣根の梅の散らぬ限りは」という二首がのっているが、いずれも梅を主体としていて、隣家の主人に触れていないことも、この「主＝風」説を後押しするかもしれない。

13 津《つ》の国の難波《なには》の春は夢なれや蘆《あし》の枯葉《かれは》に風わたるなり

（西行上人集・四〇七、新古今集・冬・六二五）

能因がうたったあの津の国の難波の春の景色、あれは夢に過ぎなかったのか。いま、眼の前に拡がる冬の難波には、一面の蘆の枯葉にただ風が吹き渡っているだけである。

この歌がいつ詠まれたのかはわからない。ただ晩年近くの歌とすると、それまでに何度も難波辺りを通っているはずだし、この歌でうたったような発見の驚きの感情は薄くなるだろうから、やはり若い頃の歌とみておきたい。

津の国は、現大阪府のほぼ全域。そして難波津といえば、昔、天武帝の離宮があり、聖武天皇の時代に難波宮が営まれた地。現在の大阪城の南方、東区法円寺坂町界隈とされ、かつての入江はこの辺りにまで拡がっていた。『古今集』の仮名序に、和歌の父母として引かれる、[1]「難波津に咲くやこの花冬ごもり今を春べと咲くやこの花」という歌は、この地の春の光景を初々しく詠んだものとされる。

西行が数奇《すき》の先達として仰いだ能因の歌に、[2]『後拾遺集』の、[3]

心あらん人に見せばや津の国の難波わたりの春の景色を

というよく知られた歌があった。「心あらん人」とは、物の情趣が分かる人というような

【語釈】○難波―現在の大阪府西北部、淀川河口近くの西側一帯の地を指す。かつて天武天皇や聖武天皇の難波宮があったが、その後は低湿地の入江に蘆が拡がる地と意識され、難波といえば蘆が付き物となった。難波江・難波潟とあれば大阪湾全体を、また難波津とあれば今の天満の辺りにあった瀬戸内海方面への航路の出発港あたりを指す。

1もう一首は「浅香山《あさかやま》影さへ見ゆる山の井の浅き心をわが思はなくに」。

2平安時代中期の歌僧。「都をば霞とともに立ちしかど秋風ぞ吹く白河の関」（後拾遺集・羇旅・五一八）の歌で知られる。西行より百数十年前に陸奥へ二度の旅行を敢行しており、西行はこの能因が尋ねた歌枕を追って奥州へ出かけた。31を参照。

3後拾遺集・春上・四三・能因。

意味で、能因が敬愛した先達大江嘉言《よしとき》に、早く、

心あらん人に見せばや朝露に濡れてはまさる撫子《なでしこ》の花 4

という同趣の歌があることを参着すれば、当時の風流人士に流行した表現だったようだ。能因の歌もこの嘉言の歌にならって作られたのであろうが、「心あらん人」に見せたい景としては、嘉言の朝露に濡れた庭の撫子より、難波の春景の方がより遠大で深奥であることはいうまでもない。能因がこの時見た春の難波が、はたして一斉に花が咲く華やかなものであったかどうかはわからないが、とにかく能因は、この難波の春の景色を「心あらん人」に見せたいとうたった。能因のころの難波の春は、まだ人々の心を大いに誘うものであったらしいのだが、それより百年近く後の西行も親交した侍従大納言成通《なりみち》の兄季通《すえみち》に、この能因の歌に直接呼応した、

心なきわが身なれども津の国の難波の春に堪へずもあるかな 5

という一首がある。自分は「心なき身」で、とても「心あらん人」ではないと卑下しながら、季通は能因と同じ春の景を見ることができたらしい。

しかし、いま西行が見た冬の難波江は、一面の蘆の枯葉をゆらして風が渡っていく荒涼とした光景を見せるだけである。春と冬では季節が違うから当たり前だなどと取ってはなるまい。「津の国の難波の春」とうたう以上、右の季通の歌と同様、能因の歌を意識していることは確かである。西行は難波には何度か足を運んでいたようだから、蘆が芽ぐむ春の難波を眺めたこともあったに違いないが、さほど感銘しなかったのか、難波の春をうたった歌は残さなかった。

そして今、西行が眼前にした難波の冬景色には、能因が見たはずのものが一切なかっ

4 嘉言集・一二五。

5 千載集・春下・一〇六・藤原季通。自分は風流を解さぬ心なき身であるけれども、この津の国の難波の春の景色には心を動かされずにはいないことだ。

た。そこにあったのは、想像を絶するほど荒涼とした景色だけだった。そのときのすべて無であるという激しい衝迫が、難波の春ならぬ難波の冬のこの歌を叫ばせたのであろう、そう考えるしかないようだ。彼は「夢なれや」と溜息を洩らして、その夢を手に入れられなかった寂しさを吐露するが、しかし、たとえ眼前の光景が索莫としたものであっても、それをともかく「夢」と表現しているからには、難波の美しい春の景色が、西行の脳裏になお幻影として映っていたはずである。その幻影がどんなものであったかはわからないにしても、我々もまた、入江に佇んでいる西行とともに、荒涼とした難波の光景の向こうに、能因の春を重ねて思い描くのである。

歌を読むということは、あるいは詩や小説を読むということはそういうことであろう。作者が思い描いたことを、現地にいなくても、言葉を通して追体験するという営みにほかならない。西行が見ていたものを我々も一緒に見るのである。

ところでこの歌は、『西行上人集』の「無常」歌群に入っているところから、無常をテーマにしたものだとする意見がある。しかしそうした観念の世界にずらしてしまっては、西行の意図から外れてしまうだろう。西行の歌にはいつも、具体的形而下的なものに意を注ぐ姿勢があることを思い出すべきであり、観念を先に立ててそれを具象化するというような方法は西行の選択肢にはなかった。

ちなみにこの歌は、西行がみずから編んだ「御裳濯川《みもすそがわ》歌合」二十九番に、

狩り暮れし天《あま》の河原と聞くからに昔の波の袖にかかれる[6]

6 ここがあの天の河原と聞くと、あの一日を狩に暮らして辿りついた昔の業平のことが偲ばれて、袖に涙の波がかかることだ。この歌は西行の家集類には見えず、御裳濯川歌合にのみ見える。

という左の歌に合わされ、俊成はその判詞で、「ともに幽玄の躰《てい》」と評している。「狩り暮らし」の歌は、『伊勢物語』八十二段の、

狩り暮らし棚機《たなばた》つめに宿からむ天の河原に我は来にけり 7

を踏まえた歌で、やはり古歌を背負っている。俊成は、この「津の国の」の歌が、能因の「心あらん人に見せばや」という古歌を背景に優美に仕立てられていることと、前者が「春」と「冬」、後者が「昔」と「今」と、いずれも時間がもたらす差異をうたっている点に目をつけて、「ともに幽玄」と評したに違いない。俊成がそう判断している点からも、西行の歌が、能因の詠に応じた歌だという推察がなりたつ。主眼は能因が見た難波の春を追慕する姿勢にあったのであって、無常を説こうなどという意図は、西行にはなかったとみてよい。

西行のこの歌から約二百年後、室町時代の連歌師で歌人であった心敬は、先に引用した季通の歌に続けるように、難波の春の景色をふたたび次のように詠んだ。

深き夜の月に四《よつ》の緒《を》澄める江《え》も如《し》かじ難波の春の曙《あけぼの》 8

心敬は、都から流れて来た老遊女が琵琶を奏でるという哀話で有名な白居易の『琵琶行』の潯陽《じんよう》の江と比較し、この難波江の春の曙の景色はその潯陽の江に勝るとも劣らないと、うたったのである。能因の歌に先祖帰りしたような歌だといってもいい。難波江の春は、どうやら、詩人たちの心を揺すってやまないどこか悠久の美を思わせるものを秘めていたようである。

7古今集・羇旅・四一八にも業平の名でのる。狩をして一日を送るうちに天の川原にたどりついた。今夜はその名にあやかって織女姫に宿を借りようではないか。

8文明二年芝草句内岩橋・下。『四つの緒』は四弦琴の琵琶のこと。あの潯陽《じんよう》の江の深更の月に琵琶の音を弾きすましたという景色も、この難波江の春の曙にはとうてい及ばないよ。

14 心なき身にもあはれは知られけり鴫《しぎ》立つ沢の秋の夕暮

（山家集・上・秋・四七〇、新古今集・秋上・三六二）

物の情趣もろくに解しえない出家者のわが身でも、鴫が静寂を破って突然バタバタと羽音を立てて飛びたっていくこの沢の秋の夕暮のなんともいえぬ物哀れな情趣には心が動かされることよ。

【詞書】秋、物へ罷《まか》りける道にて。

【語釈】○心なき身―物事の情趣を解しえない身という一般的な意味と、人間の心を捨てた僧の身という意という二つの説が大きく対立しているが、無理にどちらか一方にしぼる必要はあるまい。○鴫―クイナに似たシギ目に属する鳥。体長は十センチから二十五センチ大、嘴《くちばし》や脚・足幅が長く飛翔力に富み、羽音の大きさで知られた。主に水辺に棲む。

前歌で、藤原季通《すえみち》の「心なきわが身なれども」という歌を引用したので、同じ「心なき（わが）身」という言葉を持つ、有名な「鴫立つ沢」の歌を取り上げよう。

いうまでもなくこれは、『新古今集』上に寂蓮と定家の「秋の夕暮」の歌と並列され、後世「三夕《さんせき》の歌」[1]として持てはやされた一首である。現代人である我々にも、何かしみじみとした印象を残す歌だ。江戸時代には、この歌を本にした「菜《さい》もなき膳にあはれは知られけり鴫焼き茄子《なす》の秋の夕暮」（鹿都部真顔《しかつめのまがお》）というパロディまで作られた。

この歌がいつ作られたかはわからない。ただ、六十歳以前の西行がそれまでに書きためていた歌稿を精選して、当時私的な打聞を編んでいた俊成に届けたという『山家心中集』にこの歌を入れているし、晩年七十二首を選んで伊勢の内宮へ奉納した「御裳濯川《みもすそがわ》歌合」にも選入しているから、相当に自信を持っていたことは確かである。

しかし、俊成は、『千載集』に「円位法師」の名で採った西行歌十八首には、この歌を

1 新古今集・秋上に、寂蓮の「寂しさはその色としもなかりけり槇《まき》立つ山の秋の夕暮」（三六一）、西行のこの歌、藤原定家の「見渡せば花も紅葉もなかりけり浦の苫屋《とまや》の秋の夕暮」（三六三）と並べられている三首。

入れなかった。そこで、後世に次のような有名なエピソードが生まれた。

ある人いはく、千載集の頃、西行、東国にありけるが、勅撰ありと聞きて上洛しける道にて登蓮《とうれん》に行き合ひにけり。勅撰の事訊ねけるに、「はや披露して御歌も多く入りたり」と言ひけり。「鴫立つ沢の秋の夕暮といふ歌や入りたる」と問ひければ、「それは見えざりし」と答へければ、「さては見て要なし」とて、それよりまた東国へ下りけると云々。

（頓阿・井蛙抄・雑談）

話は『千載集』撰進後のこと。新しい勅撰集が編まれたと知って、西行は東国から戻ってきた。途中で出遭った旧知の登蓮法師から、あなたの歌も多く入っていますよと聞いて、この「鴫立つ沢」が入っていたかどうか訊ねたところ、入っていないというので、では見るまでもないと言い残して、また東国へひき返したという。

右は南北朝初期の『井蛙抄《せいあしょう》』にみえる記述で、いかにもエピソードらしいエピソードといっていい話である。ところがこの話は、西行没後およそ五十年余りにしてなった藤原信《のぶ》実《ざね》編の『今物語』にほとんど同話がみえているから、[2]あながち根拠のない話ではなかったようだ。信実は、俊成の後妻に入った美福門院加賀の前夫寂超の一男隆信の子で、定家の義理の甥《おい》に当たる。とすれば、定家らの周辺ではかなり早い頃から、これに似た話が何らかの形で話題になっていた可能性がある。

また、右の話に出る登蓮は、清盛邸にも出入りし、『無名抄』にも登場する数奇法師で、『千載集』にも自身の歌を四首のせる歌人。久安二年（一一四六）、西行二十九歳の八月に催された覚雅僧都の六条坊歌会に同座するなど、西行とは早くから面識があった。したがって、ここに登蓮が登場するのも辻褄《つじつま》があっていて、謡曲『西行塚』は、この登蓮が都

2 今物語は西行から半世紀近く隔てた仁治元年（一二四〇）頃の成立。その四十二話に次のようにみえる。
西行法師が陸奥国の方に修行しけるに、千載集撰ばると聞きて、ゆかしさにわざと上りけるに、知れる人行き合ひにけり。この集の事ども尋ね聞きて、「鴫立つ沢の秋の夕暮といふ歌や入りたる」と尋ねけるに、「さもなし」と言ひければ、「さては上りて何にかせん」とて、やがて返りにけり。

に戻って右の話を伝えたとつけ加えている。ただし、東国の旅から戻ってきた途中という点については、西行の再度の奥州旅行は、『千載集』成立の二、三年前のことだから、年時的な齟齬《そご》がある。

もっとも最初に述べたように、俊成に届けた『山家心中集』にはこの歌が収められているし、さらに「御裳濯川歌合」にも入れているから、俊成はこの歌を確実に知っていた。その「御裳濯川歌合」の判詞で、彼は「鳴立つ沢のといへる、心幽玄に姿及びがたし」と賞めておきながら、結局は負の判を下した。[3] これは、二人の間に交わされたれっきとした事実である。『千載集』の完成はその判詞執筆の一年後、文治四年（一一八八）のことだから、俊成は『千載集』に採って採れないことはなかったはずであるが、結局のところ、この歌を『千載集』にのせなかったし、「御裳濯川歌合」でも負にした。その辺に、俊成の側に何かわだかまりめいたものがあったようだ。貴族和歌の正道を歩む俊成は俊成で、この歌に流れているストレートな物言いが、しっくりこなかったのかもしれない。[4]

いずれにせよ、この歌が『千載集』に入らなかったことを周囲が惜しんだのか、西行の死から十数年後に成立した『新古今集』にすくいあげられ、そのおかげで「三夕」の名誉を獲得することになり、西行の代表歌の一首として大いに喧伝されることになった。新古今の撰者たちは、右の『今物語』に類する話を周辺から聞き及んでいた可能性がある。

歌を見てみよう。第一句の「心なき身」は、早く平安時代中期の増基《ぞうき》法師が、みずからのことを「心なき身」と称したように、[5] 主として世俗の人間としての心を持たない出家者の身を指すとする見解と、物のあわれという人間的な情趣を理解しえない身であるとする二つの説の間で大きく揺れている。どちらももっともという感じはするが、一般人が自己

3 俊成はこの歌の左に番えられた「大方の露には何のなるならん袂に置くは涙なりけり」という左の歌の方を「詞浅きに似て心ことに深し」として勝にしている。

4 久保田淳は、この歌の上句「心なき身にもあはれは知られけり」の「描写に頼らずに、底を割って自己の心情を説明してしまっている」点に、「いわば押しつけのようなものが感じられる」として、俊成がそういう押しつけがましさに反発したのではないかとみている（『山家集入門』有斐閣新書）。結果として俊成は『千載集』には採らなかったわけだから、この東海道でのエピソードには、西行と俊成の歌に対する態度の本質的な差異も反映されているとみてよいようである。

5 増基集・五の歌「乙女子が天の羽衣引きつれてむべもふけゐの浦に降るらむ」の長文の詞書に、「ふけゐの浦」（紀州の吹上の浜）の夜の美しい浜辺で鳴く鶴や他の鳥々の声を聞いて、

を卑下して「心なき身」と呼んだ先例には、『後撰集』に伊勢の、

心なき身は草葉にもあらなくに秋くる風に疑はるらん[6]

という歌があるし、前項でみたように季通《すえみち》にも「心なきわが身なれども津の国の難波の春に堪へずもあるかな」という歌があった。季通にはもう一首、

野分《のわき》する野辺の景色を見わたせば心なき人あらじとぞ思ふ[7]

という歌もあるから、これは、僧俗に限らず使う一種の慣用句であったとみてよいだろう。西行以前の先蹤《せんしょう》には事欠かなかったともいえるが、西行以後は、この西行の『新古今集』所収歌に触発されたのか、中世歌人が好んでうたうようになった。

ひと筋に心なき身と思へども憂きをば袖に知る涙かな[8]　京極為兼

心なき身に思ひなす辛さこそいとど恨みの数をそへけれ[9]　頓阿

堪へてのみ眺むるままに心なきわが身知らるる秋の夕暮[10]　吉田兼好

要するに「心なき身」とは、別に僧ならずとも、物の情趣を解さない心という意味で踏襲されるいわば一般語であったといえる。

そして当然ながら、その裏返しの「心ある人」でありたいと望むことは、風流の道を志す人々にとっては、自他ともに願わしいあり方であったろう。大江嘉言《よしとき》や能因の「心あらん人」がそうである。先に見たとおり、西行が「津の国の難波の春は夢なれや」とうたったのも、その能因の「心あらん人」に追随しようとしたからにほかならなかった。

西行が「鳴立つ沢」の歌を詠んだとき、おそらく嘉言や能因の「心あらん人」や、そのネガとしての「心なき身」という表現が意識されていたはずで、ごくスムーズに自己のことを「心なき身」として使ったのではなかったか。西行が見た一面の蘆の原である難波の

「心なき身にもあはれなること限りなし」とある。「心なき身」の初出例か。

6後撰集・秋中・二八六・伊勢。心なき身といったって草葉じゃあるまいし、それを草葉に吹きつける秋風みたいに飽きられたあなたに疑われようとは。

7千載集・秋上・二五八・季通。野分が吹くこの野辺の景色を見わたして、心を打たれない人はいないと思う。

8新千載集・恋一・一〇七〇・為兼。わが身をひたすら心なき身と思っているが、私の袖は恋の辛さに流す涙をよく知っていることよ。

9草庵集・一一〇七。この辛さを心なきわが身のせいと思いなしてきたが、それ故にこそますます恨みが増すことになったよ。

10兼好集・二一五。じっと我慢ばかりしてこの世をつくねんと生きてきたが、この秋の夕暮は、心なきわが身のことが一層つらく感じられることだ。

冬景色と、この鴫立つ沢の荒涼とした景色は意外に近いものがあるのである。

しかしその一方、西行が俗世を厭い捨てた自分を常に鼓舞し続けてきた出家者であったという事実を無視することはできない。この歌にあっても、ただ単純の物の哀れを解しない人間という卑下の意味で使ったとも思われない。人間的な心から遠ざかった出家者としてのわが身という意味を重ねていたに違いないのである。したがって最初に掲げた大意では、その両者を重ね合わせて、「物の情趣もろくに解しえない出家者のこの身」とややぼかし気味に書いておいた。

三、四句にまたがっている「あはれは知られけり」という表現もユニークである。一般に秋の寂しさやその夕暮の寂しさは、『拾遺集』にのる読人知らずの歌、

春はただ花のひとへに咲くばかり物のあはれは秋ぞまされる[11]

や、『後拾遺集』にのる良暹《りょうぜん》法師の、

寂しさに宿を立ち出でて眺むれば何処《いづく》も同じ秋の夕暮[12]

のごとく、「物のあはれ」を一段と誘うものとされてきた。しかし、具体的な対象を指していうのではなく、漠然とした光景を指していう場合が多い。

それに比べて、この「鴫立つ沢の秋の夕暮」の光景は、極めて具象的な光景である。鴫《しぎ》は普段は、沼沢に群生する葦の中に溶け込んでいてあまり目立たない。同じ草むらに隠れる鳥でも、野に住む小型の鶉《うずら》は歌に詠まれてきたが、鴫をうたったものは「鴫の羽掻き」[13]を詠んだもの以外はあまりなかった。

秋の夕暮どき、すたすたと道をやってきた旅の僧は、沢の静寂にすっかり溶け込んでいる鴫にはもちろん気づかないでいる。突然、その静けさを破って、バサバサという大きな

11拾遺集・雑下・五一一・読人知らず。春はただ花がひたすら咲くばかりだ。それに比べると、物のあわれは秋の方が一段とまさることだ。

12後拾遺集・秋上・三三三・良暹。秋の夕暮、あまりにも寂しくて宿を出て眺めると、どこもかしこも寂しさで一杯だ。

13古今集・恋五・七六一・読人知らずの「暁の鴫の羽掻き百羽《ももは》掻き君が来ぬ夜は我ぞ数かく」という恋の歌から成語化した語。鴫のいる光景を点綴したものは「鴫の臥す刈田に立てる稲ぐ

羽音が響いてきた。その音に驚いて、僧はその行方を見やる。鴫だなと思ったときは、その姿はもう夕闇の中に消えていて見えなくなっていただろう。辺りはもとの静寂に戻るが、その羽音だけは耳に大きな余韻を残している。その時になって、眼前に蕭条と広がる葦原の侘びしさに、なんともいえぬ衝迫《しょうはく》を感じたのである。西行の前には最初から「あはれ」があったのではなかった。突然の羽音が切り裂いた景色が「あはれ」という情感を浮かび上がらせたのである。西行はその衝迫を、取り立てた言葉で飾ることなくそのまま歌にした。音によって鋭く切り開かれたこの光景は、動的かつリアリスティックである。

　これまでに、秋の夕暮の「あはれ」を、音を媒介にしてリアルに伝えた歌はなかった。後の新古今歌人宮内卿に、

　竹の葉に風吹き弱る夕暮の物のあはれは秋としもなし[14]

という、竹の葉のそよぐ音に「あはれ」を見出した歌があるが、これは西行より後の例で、しかも秋とは別の季節の、ひそやかな夕暮の静けさを詠んだ歌。これに対し、西行の歌はあくまでも、秋の夕暮という伝統の枠内に留まりながら、先人の誰もが見出しえなかった新しい「あはれ」の発見であった。

　あらためていえば、上句の「心なき身にもあはれは知られけり」という表現が、新たに発見されたその「あはれ」の衝迫を背後からよく浮き立たせている。それは、物の「あはれ」を感じるはずのない自分にも「あはれ」をまざまざと感じさせるような、そういう能動的な「あはれ」の発見だった。西行が「御裳濯川歌合」に自撰した自信は、その新しいあわれの発見に由来していたのだと思われる。それはまた、先の逸話にまで仕立てずにはおかない潜在的な革新性とでもいうべきものを持っていた。

きの否とは人の言はずもあらなん」（後拾遺集・恋一・六三一・藤原顕季）、「鴫のゐる野沢の小田を打返し種まきてけり標《しめ》はへて見ゆ」（金葉集・春・七四・津守国基）が見える程度である。

14　新古今集・雑下・一八〇五・宮内卿。竹の葉に吹きわたる風の音が弱まってきたようだ。夕暮のあわれとは別に秋の夕暮と決まっているわけでもない。

この歌はまた、聴覚をよむことが少ない日本の和歌にはめずらしく、一瞬の音の余韻が響いていて余情きわまりない。たとえば西行には、同じく音による衝動を捉えた、

古畑の岨《そば》に立つ木にゐる鳩の友呼ぶ声のすごき夕暮15

という次項で取りあげる歌があるが、「友呼ぶ声のすごき」この夕暮の侘びしいシーンと、沢から立つ鴫をうたった掲出歌とは似た性格を持っている。西行は、景と情が動的な形で溶け合った光景に鋭い感覚を示した才能の持主といえるのかもしれない。

蛇足であるが、「三夕」の他の二首、定家と寂連の歌を比較してみれば、そのことはもっとはっきりする。

寂しさはその色としもなかりけり真木《まき》立つ山の秋の夕暮16

という寂蓮の夕暮は、寂しさの色を求めるという客体的な静寂の光景である。また定家の

見渡せば花も紅葉もなかりけり浦の苫屋《とまや》の秋の夕暮17

という歌も、秋の夕暮の海浜には花も紅葉もないという幻影と実景との重なりをよんでいるものの、やはり光景の美である。両者とも確かに伝統的な「秋の夕暮」を超えるそれなりの新しさを持っているが、音という点でいえば、静寂の音というしかない。要するに、「三夕」の他の二首が、静止画面としてのたたずまいを見せて拡がっているのに比べ、西行の夕暮の歌は、「心なき身」である作者の心に衝撃を与えた音の響きがそのまま前面に押し出され、読者の心に理屈や観念を超えてじかに侵入してしまう「実事」の歌となっている。西行はこういう景色に触発された「心」というものを、オブラートで包まずに、そ

15 山家集・中・雑・九九七。次項で取り上げる。

16 新古今集・秋上・三六八・寂蓮。寂しさというものは決まった色があるわけではないが、真木の木が立つこの山の秋の夕暮こそそれであろうか。

17 新古今集・秋上・三六三・定家。苫屋が点在するこの浦の秋の夕暮の景色には、春の花も秋の紅葉もないことよ。

のまま歌にまでしてしまうところがあった。

　やや長い鑑賞になった。いずれにせよ、この有名な「心なき身にもあはれは」の歌に、西行が相当の自信をもっていたことは確かだと思われる。その自信が、最初にみた『今物語』や『井蛙抄』のようなエピソードを呼び寄せる要因ともなったこともほぼ確かなようだ。その説話的形成についてては、ここでは触れないが、稲田利徳『西行の和歌の世界』[18]に詳細な解説があるので、関心ある向きは参照されたい。

　ちなみに、最初に挙げた登蓮との逸話で「東国」が出て来たことに促されたのか、『西行物語絵巻』の一伝本（久保家本）は、西行が相模の国大庭《おほば》の砥上《とがみ》が原を過ぎたときに、夕暮になって沢辺の鴫が飛び立つ音がしたので詠んだ歌だとしている。この伝承を室町期の連歌師たちがさらに喧伝したのであろう、文明年間になった道興《どうこう》法親王の『回国雑記』は、砥上原からやや離れた西の大磯《おおいそ》の地に「鴫立つ沢」という地名があることを記し、また江戸の寛文年間にはそこに鴫立庵が作られることになった（現在も近くの磯馴松《そなれまつ》に西行庵とされる茶亭が残っている）。

　しかしこれは『西行物語』などに触発された架空の伝承というべきで、歌の表現からすれば、別に砥上とか大磯という特定の地に結びつける要素は何もなく、京都近辺の沢辺でも十分に詠みうる歌とみることができる。『山家集』や『山家心中集』の詞書に、ただ単に「秋、物へ罷《まか》りける道にて」とそっ気《け》なく書いていることがそのことを物語っている。むしろ、どこででも詠みうる歌だからこそ、この歌は「三夕」としての普遍性を得ることができたのではないかとみてよさそうである。

18笠間書院・二〇〇四年刊。第五章「西行の名歌説話の形成」一「鴫立つ沢」。

15 古畑の岨《そば》の立つ木にゐる鳩《はと》の友呼ぶ声のすごき夕暮

（山家集・中・雑・九九七、新古今集・雑中・一六七六）

古畑が崖の傾斜になって終わる岨《そば》の辺りに立つ枯木に山鳩が一羽とまって、友を呼ぶのかぞっとする凄まじい声で鳴いている。なんともの寂しさの極みである夕暮か。

【詞書】題知らず。

【語釈】○岨—崖の傾斜地。ソマ・ソワともいう。

前項で引き合いに出した歌。やはり道の途中の夕暮時に西行を立ち止まらせた音がうたわれている。どこでいつ詠んだかということは、例によってわかっていない。

ある日の夕暮、太陽が落ちてうらぶれた暗がりの道を、旅の僧が急いで歩いてくる。山裾に見捨てられたように残る古畑の脇を通ったとき、山鳩の声が聞こえた。これも、樹上の鳩の黒い影に僧の方が気づいたのではなく、突然聞こえた不気味な声にびっくりして、その後に鳩の存在に気づいたという順序であろう。

歌の解釈に特にむずかしい点はないが、しいていえば「友呼ぶ声」に表現上のアヤがある。友を呼んでいるのかどうかは、本当には分からないことだからだ。

谷の間《ま》に一人ぞ松は立てりける我のみ友はなきかと思へば[1]

1山家集・中・雑・九四一。狭い谷底の間に一本松が立っている。友がいない孤独な身は私だけかと思っていたが、この松もそうであったよ。

など、西行の歌に「友」や「人」を恋い求める歌が多いことはよく知られており、[2]この「友呼ぶ鳩」も、いつも同行《どうぎょう》の「友」を求めて止まない西行の心意がおのずから投影されたとみるべきであろう。その凄き一声に、宇宙に投げ出されてあるおのれの孤独を一瞬感得した衝動が、こういう景情一致というべき歌の形を取らせたのだ。前項でみた「鴫立つ沢」と似た状況である。季節は特定されていないが、この「夕暮」は、晩秋か初冬の夕暮がふさわしい。

芭蕉に「枯れ枝に烏《からす》のとまりけり秋の暮」（曠野《あらの》）の一句がある。西行のこの歌のイメージから生まれたのではないかと推量したくなるが、この芭蕉の「烏」については、一羽なのか数羽なのかという議論があるらしい。西行の右の歌も一羽なのか数羽なのか気になるところだが、「友呼ぶ声」とある以上、やはり一羽と解すべきであろう。

「すごき」についていえば、西行にはもう一首、「すごき夕暮」を詠み込んだ歌がある。

　吹き渡す風にあはれを一占《ひとし》めていづくもすごき秋の夕暮[3]

風吹きすさぶ秋の夕暮の野をズバリとらえた歌。ここに流れる情感も「鳩の友呼ぶ声のすごき夕暮」に近接している。「あはれを一占めて」という表現が絶品である。

「すごし」という語は、ぞっとして鳥肌がたつといった感覚をいい、現代語の「凄絶《せいぜつ》」や「凄惨《せいさん》」の「凄」に近い。「すごし」という語が、西行が好んだ特異語であることはすでに知られているが、和泉式部にいくつかの用例があり、西行は彼女からこの「すごし」を学んだのではないかともいう。[4]

2 6で月にからめて一部をみたが、44でも触れる。なお、高橋英夫の岩波新書『西行』（一九九三）は、西行における「友」の存在を「同質性を求める」西行の心的機制として特に注視する。

3 山家集・上・秋・二八九。野に吹きすさぶ風にあわれのすべてをひとくくりにさせて、見わたすかぎりどこもかしこも荒涼とした秋の夕暮よ。

4 稲田利徳『西行の和歌の世界』（笠間書院・二〇〇四）第一章第一節「和泉式部と西行」。

ところでこの歌であるが、前歌の「鴫」同様に、「山鳩」が詠まれている点でめずらしい。算賀の祝いには鳩をかたどった「鳩の杖」がよく贈られるが、生きた鳩は、物語や戦勝を祈願する武士の奇瑞譚などにたまに姿をみせる程度で、歌では『古今六帖』に、

我を秋と降る露なれば山鳩の鳴きこそわたれ君松の枝《え》に[5]

が、また『和歌童蒙抄《どうもう》』に古歌として、

深山《みやま》出でて鳩ふく秋の夕暮はしばしと人をいはぬばかりぞ[6]

という歌があるくらいで、『新古今集』にこの西行の歌がのるまで、勅撰集には一首も見当たらない。『源氏物語』[7]夕顔巻に、光源氏に廃屋に連れ出された夕顔が、家鳩の鳴声をこわがったとあるように、もっぱらその声が気味悪がられ、『枕草子』の鳥づくしでも、鳩は無視されている。

しかし西行は、そういう雅趣に欠けた鳥でも、その姿や声を見聞きすれば、それを歌に詠まずにいられなかった。通常歌に詠まれることのない鳩の不気味な鳴き声を即座に歌にするあたりは、やはり西行ならではのことといってよい。高野での生活をうたった歌の中には「梟」も登場するし、[8]獣では「熊」を詠みこんだ歌もある。[9]そこに何事にもとらわれぬ西行の姿勢が出ている。彼が伝統からとっくに超脱していることは、先に見た武士時代の乗馬の歌や、タブーを犯して月食を見る歌などと同然である。

西行にもう一首、山鳩をうたった歌がある。「やはりすごく聞こゆる」という。

夕されや檜原《ひばら》の峯を越えゆけばすごく聞こゆる山鳩の声[10]

5古今六帖・一一八九。歌意が通じにくい。あの人を待っている私の家の松の木の枝に不気味な山鳩が鳴きわたる。私を飽きたというので頻りに降らす秋の涙の露だとでもいうのか、といった意味か。

6これも意がよく通じない。この秋の夕暮、深山から出てきた山鳩が怖ろしい声を吹いている。もう少し続けようとあの人に言わないだけのことで、私たちの恋はもう終わった、というような意か。

7「竹の中に家鳩といふ鳥のふつかに鳴くを聞き給ひて、かのありし院にこの鳥の鳴きしを、いと怖ろしと思ひたりし様の」とある。

8山深みけぢかき鳥の音はせで物恐ろしき梟の声（山家集・下・雑・一二〇三）。25を参照。

9熊のすむ苔の岩山怖ろしみ宜《むべ》なりけりな人も通はぬ（同・中・雑・九六二）。49を参照。

10山家集・下・雑・一〇五二。歌意は読んだとおり。

山道であるから、この山鳩も、もしかしたら掲出歌の古畑の岨《そば》の木に止まっていた鳩と同じ鳩だったかも知れないが、「檜原の峯を越えゆけば」という山道の空間の中にその「すごき」鳴声が拡散されるから、ぎょっとする度合いはかなり寛和されている。いずれにせよ、この歌でも、その声をやはり「すごく」と表現する。鳩の鳴き声は、右に引用した『童蒙抄』の古歌がいうように、「ふく」とでもいうしかない独特の鳴き声であったのだろう。鳩の鳴声は通常「クックゥ」と表現されることが多いが、実際には「ボーボー・グゥ」のなまったような濁声《だみごえ》で、確かに他の鳥にはない異様な音を響かせる。その声が「すごき」情趣を助長するのである。

和歌に登場する動物の鳴声といえば、通常は、鶯やホトトギスの声、帰りを急がせる鶏鳴、妻を呼ぶ鹿の声といったところであろうか。動物以外では、入相《いりあい》の鐘、滝の音、野を渡る風、松風、屋根を打つ霰の音などがあり、けっこう多種にわたっているが、それら音は、その時の詠み手の心情を代替えするものとしてうたわれるのが常であって、西行のように、音そのものの音質をそのままにとらえたような歌はめったに見つからない。

それにしても、音ならずとも、古典和歌の中で、こうした眼前の情景を即物的にうたった原色そのままの作品にぶつかると、新鮮な驚きに打たれる。『古今集』以来、王朝和歌の大半は、作者による理知的な解釈がほどこされて、事実に何らかの人工的ベールを掛けてしまうからだ。たまに、貴族的な優雅な情感などをどこかへ取っ払ったような歌に出会うと、一挙に現代が出現したような稀有《けう》な感動を受ける。

たとえば、顕輔《あきすけ》の「百人一首」歌、

秋風にたな引く雲の絶え間より漏れ出づる月の影のさやけさ[11]

11 新古今集・秋上・四一三・顕輔。歌意は読んだとおりである。

といった歌などがそうであり、『玉葉集』が採った定家の、

行き悩む牛の歩みに立つ塵《ちり》の風さへ暑き夏の小車《をぐるま》12

という印象派風の味わいの歌などもそうである。

ごく少数であれ、こういう歌を古典の中に持ち得たこと自体多《た》とするべきで、和歌という詩の世界の幅の広さがあらためて実感される。この山鳩の歌なども、さしずめそうした一首として貴重である。空間を破って聞こえた音に世界の深奥が一瞬覗く、そういった神秘的な思いへまで人を誘いこむ一首といえよう。これもまた、何事に対しても数奇心旺盛な西行の詩魂が作動した例といっていいのかもしれない。

12 玉葉集・夏・四〇七・定家。真夏の都大路を小車が行く。苦しげに行き悩む牛の一歩一歩の足もとから立つ埃《ほこり》をまき散らす風までが暑くるしい。

16 道の辺《べ》の清水《しみづ》流るる柳陰《やなぎかげ》しばしとてこそ立ち止《ど》まりつれ

（西行上人集・六二一、新古今和歌集・夏・二六二）

街道に沿って一本の柳の木が立っている。その下に涼しそうな清水が流れていた。暑い中をせっせと歩いてきたので、ちょっとその木陰に立ち止まって一息ついたのはいいが、ついつい長居してしまったことだよ。

【詞書】題知らず（新古今集）。
【語釈】○道の辺の―新古今集では「道の辺に」。○しばしとてこそ立ち止まりつれ―「こそ…つれ」の已然形止めは逆説の意を含むから、立ち止まったはいいものの、つい長びいてしまったというニュアンスを残す。

『西行上人集』に「追って加へ書く西行上人和歌、次第不同」としてまとめて掲載されている一連の歌の中の「題知らず」十首中の一首。この十首中には、

寄られつる野もせの草の影《かげ》ろひて涼しく曇る夕立の空 1
松に這《は》ふ正木の葛《かつら》散りぬなり外山《とやま》の秋は風すさむらん 2
秋篠《あきしの》や外山《とやま》の里やしぐるらん生駒《いこま》の嶽《たけ》に雲のかかれる 3

など、輪郭鮮明な自然詠がいくつか見られる（「寄られつる」の歌は次項であつかう）。いずれも、道すがら目にとめたと思われる何気ない光景で、スナップショットのような歌であるが、一見無造作なようでありながら、「涼しく曇る」「風すさむ」など、印象的な言葉で的確にうたい止めていて、西行の表現能力の高さを教えてくれる歌々である。この歌の「し

1 西行上人集・六二一。17でみる。
2 同・六一八。松に這っている正木の葛の葉が千切れて飛んでいるようだ。外山の里の秋はさぞかし風が吹き荒れていることだろう。
3 同・六一九。生駒の嶽に雨雲が掛かっているのが見える。秋篠の外山の里あたりは今頃しぐれていることだろう。

ばしとてこそ」という表現も、その一つであろう。

西行が経験した旅先でのひとコマをうたった歌に、次のような歌もあることを思い出す。

旅人の分くる夏野の野を繁み葉末に菅《すげ》の小笠《をがさ》外れて[4]

花薄《はなすすき》心当てにぞ分けて行くほの見し道の跡しなければ[5]

夏の原野を分け進む旅人の小笠が、高い雑草に触れて脱げ掛かる、薄が一面に生い茂った秋の原野を、道を見失った旅人が当て推量で薄を掻き分けながら辿って行く。ここに出る旅人は西行自身にほかならないのだろうが、どちらにせよ、自然の中を難渋して進む旅人のこうした光景をうたった歌は、古典歌の中にあってはめずらしい。西行が骨頂とする歌作りの一面である。

この「道の辺の柳蔭」の歌も、西行自身の旅中の体験をさっぱりと伝えた歌で、その点では、右の夏の原野や薄原の中を行く旅人の歌に近いものがある。同じ戸外の光景をうたった歌でも、最初に掲げた「寄られつる野もせ」以下の三首が、作者との間にいくばくの距離を置いた歌であるのに対し、「道の辺」の歌は、行動する作者が風景の中にそのまま溶け込んだような趣きがあり、こちらの心にすっと沁み込んでくる、なにかホッとさせてくれる内容の歌だ。暑いなどという語を一言も表に出さずに、一幅の納涼シーンをうたって猛暑の夏をこれだけ感じさせる技量は、凡庸ならざるものを思わせる。

この「道の辺に」の歌は、『西行物語』の類には、出家以前の義清《のりきよ》が待賢門院の皇女上

4 山家集・上・夏・二三七。旅人が分け入る夏の野は草が高く生い茂っているので、その葉末に菅の小笠が引っかかって外れたりして。

5 同・上・秋・二七四。遠くからはほの見えていた原野の中の道を、いざ分け入ってみると道が分からず、薄の中を当て推量に進んでいくことだ。

西門院の屏風絵の柳に寄せた机上歌としてのっているが、もちろんこれは史実に合わず、『西行物語』の勝手な脚色である。ここにうたわれているのは、日本の田舎道なら到る所にありそうな光景と、そこに涼を取る人の姿であろう。げんに日本の各地に、西行がここで休んだという道辺柳や遊行柳の伝承がいくつか残っている。中でも有名なのは、観世小次郎信光作の能「遊行柳」の白河の柳と、『奥の細道』の途次で芭蕉が立ち寄った下野《しもつけ》那須の蘆野《あしの》の西行柳であろう。

謡曲「遊行柳」は、奥州下向の遊行上人が、白河の関近くの里で老人から西行柳の由来を聞き、朽木柳の精と化したその老翁の苦悩を払って成仏せしめるという筋。7でみた、西行と桜の老翁が問答する謡曲「西行桜」に通うものがある。芭蕉の話は、那須の殺生石を探訪したあと、蘆野の領主民部資俊にかねて奨められていた西行柳を実見したもの。その柳は、当時は田の畔《あぜ》の中の塚にあり、芭蕉は「田一枚植ゑて立ち去る柳かな」の一句を残した。

遊行柳の話ついでに、ここで西行死後に拡がった西行伝説について、簡単に触れておきたい。すでに『撰集抄』や謡曲の西行もの、無住の『沙石集』といった説話類にその萌芽が見られるが、中世以降、日本全国に伝えられた民間伝承の中に、弘法大師や宗祇、あるいは小町や和泉式部などと並んで、西行という名を持つ遊行者の影が落ちていることは周知の事実であろう。西行戻り橋、西行堂、西行桜、富士見西行、西行坂、見返り松といった民俗語彙で知られる各地の口伝に多く出てくる西行がそうである。そのうちのメインとなるのは、橋や村境など境界となる土地で、土地の老女や村童から歌問答を仕掛けられ、結局負けてすごすごと退散するという「西行戻し」のパターン（2でも触れた）を基本とするものであるが、その伝承の領域は分厚くて広い。

現在の西行研究の主流は、歴史の中に個として生きた西行の実像よりも、そのような伝承世界の西行像を各地にたどることを通じて、文化伝播者《でんぱしゃ》としての西行を追求することに移ってきた観があり、従来型の和歌の解釈や鑑賞を通じて西行の人間像を考究する、方法は影を潜めつつあるようだ。「西行」という存在よりも文化神話としての「西行的なるもの」へ関心が移りつつあるといっていいだろうか[6]。西行から芭蕉につながる系譜もそうした観点から新たに見直されつつある。

それはそれで、日本の民俗文化の根幹に関わる重要課題であることはいうを待たないが、本書ではあえて、旧来型の西行歌の鑑賞にこだわることを基本に置いた。２でみた西行と江口の遊女妙の贈答話で、僧と遊女という説話パターンに足を踏み込んだのがせいぜいというところである。本書が、西行の人間像における多面性ということや、西行が執拗に歌を読み続けた理由はどこにあったのかという問題を繰り返すのも、そうしたこだわりから出ていることをお断りしておきたい。

掲出した西行柳の光景についても、日本の田舎道ならどこにでもありそうな光景だと述べたが、それは、「鴫立つ沢」の項でも触れたように、西行の歌がどこででも当てはまる普遍性のある歌だということを意味しよう。日常の中にある馴染みやすい光景をそのまま言葉にしたようなこういう歌は、やはり西行でしか詠めなかったというべきであろう。むしろ西行が詠んだそのような個を越えた普遍性が、中世になって展開した西行の説話的伝承像の源基となったのではないかという気がしないでもないのである。

6 西行学会編の機関誌『西行学』（笠間書院刊行）がこの方面を精力的に開拓している。

17　寄られつる野面《のもせ》の草のかげろひて涼しく曇る夕立の空

（西行上人集・六二一、新古今集・夏・二六三）

風にあおられて一つの方向へいっせいになびいた草原の草が、突如、空をおおった雲の陰に入って涼しく曇ったかと思うと、そこへさあっと夕立の雨が降りかかってきた。

【詞書】題しらず。

【語釈】○寄られつる―「よられ」の「よる」を「撚《よ》る」「捩《よじ》る」と取り、暑さでよじれた状態の草とする解がほとんどだが、風で草原の草が一方向にいっせいになびく「寄られ」であろう。○かげろひて―陽炎《かげろう》ではなく「陰《かげ》る」の転化「陰ろふ」。陰になる、暗くなる。

『新古今集』夏の部に、前歌「道の辺の」のすぐ後にのせられている一首。やはり『西行上人集』の十首歌群中の歌である。夏の昼下がりの夕立がくる一瞬前の、雲と草原との景を壮大にとらえ、その後に夕立を降らせた時間移動が何とも秀逸である。

自然をうたった作品としては群を抜いた一級品の歌といっていい。数ある西行の歌の中でも、いや『新古今集』の夏の歌、あるいは『古今集』以来の夏の歌の中でも、こんなに生動感あふれたパノラマシーンはなかったというべきか。十九世紀の英国のターナーや、フランス印象派の陰影に富んだ風景画、あるいはアメリカのホイットマンの自然詩を思い出させるような外光の陰陽の美がここにはある。一首前の「道の辺の柳」でみたように、ここにも西行しか詠めないような自然への見事な感性の定着がある。

夕立は、西行のころから『新古今集』にかけて流行した新しい歌題だった。院政期の『金葉集』『詞花集』や『千載集』ではまだ各一首にすぎなかった「夕立」の歌が、西行のこの歌を含め、『新古今集』では六首に増え、後の『玉葉集』では十二首、『風雅集』では十五首の多きに達する。流れゆく時間の中に生動する変化をそのまま見せてくれる夕立という現象は、中世歌人によって発見された、いかにも中世的といっていいテーマであった。西行のこの歌は、そのはしりとして大きな意味を持っていた。

「寄られつる」の「よられ」は、従来は「撚《よ》られつる」と解釈されてきた。つまり夏の陽の暑さでよじれた草と取ってきた。しかし「撚《よ》られつる」では、この歌の命である生動感は減殺《げんさい》されてしまう。第一、夏草は暑さなどで捻《ねじ》れるものなのだろうか。それに、しなしなと元気を失った草が一面に生えている様子では、「野面」の意味が生きてこないではないか。夏になって旺盛に伸びた逞しい草が一面になびくと取ってこそ、「野面」の「かげろひ」がはじめて生かされるというものだ。

夏の草原におおいかかる壮大な夕立雲はいうまでもないとして、この歌にはもう一つのポイントがある。第四句の「涼しく曇る」というそれ自体に多少語義矛盾を含んだ措辞である。「曇る」とあれば普通は陰鬱な気分に誘われるが、それが「涼しい」というのだから、陰鬱とは相反する爽やかさがそこに漂う。これは「やさしく泣く」とか「悲しく笑う」というような言い方に類する。しかしそれゆえに、この「涼しく曇る」には、古い言い回しになじんだ頭に衝撃を与える体《てい》の新鮮な感覚の発動がある。その証拠に、この語句に衝撃を受けた若い新古今歌人たちは、次のような類似歌を詠み始めた。

夏の日をたが住む里に厭《いと》ふらん涼しく曇る夕立の空[1]　藤原家隆

枯れわたる軒の下草うちしをれ涼しく匂ふ夕立の空[2]　藤原定家

夏の雨に庭の小百合《さゆり》は玉ちりて涼しく晴るる夕暮の空[3]　慈円

1六百番歌合・夏下・二十番右・家隆。以下、歌意は省略する。

2六百番歌合・夏下・二十番左・定家。

3拾玉集・第二・二二三一。

衣手《ころもで》に涼しき風を先立てて曇り始むる夕立の空[4]　宮内卿
浜風に涼しくなびく夏草の野島が崎に秋は来にけり[5]　藤原有家
村雨《むらさめ》の露置きとめて月影の涼しく宿る庭の夏草[6]　院大納言典侍

最初の歌は、暑い夏の日はわが家では涼しく曇る夕立の空のおかげで厭わしいとも感じないが、他の土地ではさぞこの暑さを嫌っているだろうという意であろう。家隆は「涼しく曇る」のまま、平気で西行を摸倣しているが、その他の歌人たちは、そっくり同じであることを避けたのか、それぞれ変化を加えていることがわかる。ただしその分、西行の歌に比して風景は微温的である。

この流行現象のためであろう、「涼しく曇る」は、後に、為家の『詠歌一体』がいう「主《ぬし》ある詞」「制詞《せいし》[7]」として登録されることになった。情景に新しい切り口を開いた斬新な表現がいくつもの摸倣作を生んでいたずらに乱立したので、俊成や定家、為家の御子左家師範たちは、歌道の荒廃を恐れて、最初にこの表現を使った歌人のプライオリティ（優先権）を「主ある詞」として特定し、保証したのである。

いずれにせよ、「涼しく曇る」七文字が、西行が最初に詠出した表現として認定されたことに誤りはない。他の歌人たちの「主ある詞」が、概して「嵐ぞ霞む」「空しき枝に」「霞に落つる」「渡らぬ水も」「身も木枯らしの」「末も白雲」といった秀句《しゅうく》的要素を持つのに対し、西行のこの言葉にはそうした奇をてらうあざとさがない。既成美学の伝統的表現に拘束されずに、自己の感覚に正直であった西行和歌の自由な方法がおのずからこうした新しい言葉を生むに至ったのである。

これに似たケースの語に、8の最後で引用した「声の落ちくる」という表現がある。

4千五百番歌合・四四二番・宮内卿。
5続後撰集・秋上・二四〇・有家。
6新後撰集・秋上・二二九・院大納言典侍。
7最初に詠み出した人にその専有権がある句。「禁制の詞」とも言い、定家の近代秀歌によれば、俊成が言い出したらしい。為家の歌論の詠歌一躰に「近き世のこと、ましてこの頃の人の詠み出だしたらむ詞は、一句もさらさらに詠むべからず」とか「先達難ヲ加ウル歌」などとして、約五十句が見える。西行の歌からはこの「涼しく曇る」が一つ選ばれている。

ほととぎす深き峰より出でにけり外山《とやま》の裾に声の落ちくる[8]

初夏になって、深い谷の奥に籠もっていたホトトギスがいよいよ外に出てきたのだろう、その鳴き声が突然落ちてきたというのである。「出でにけり」と小気味よく三句切れで切って中止し、それを「外山の裾に声の落ちくる」で鮮やかに受けた措辞が、ホトトギスの鋭い鳴き声が耳をつんざいた衝撃のほどをよく伝えている。「声の落ちくる」という直線的な落下の描写が、この歌に鋭角的な余韻を与えることに成功した。この「ほととぎす」詠は、掲出した「寄られつる」の歌に比すと、上句の「深き峰より出でにけり」に作者の判断が働いていて、その分、自然詠としての純粋度に欠ける面があるが、「声の落ちくる」という表現が人々の賞賛をさそい、やはり多くの摸倣作を生むことになった。

花の色をおのが鳴く音《ね》の匂ひにて風に落ちくる鶯の声[9]　良経
雲路まで匂ひや出づるほととぎす花橘に声の落ちくる[10]　家隆
五月雨の雲間の軒のほととぎす雨に代はりて声の落ちくる[11]　慈円
ほととぎす鳴き出づる山の麓ゆく舟に落ちくる声聞こゆなり[12]　慈円
ほととぎす夜半《よは》の旅寝のあけぼのに山飛ぶ声の雲に落ちくる[13]　後鳥羽院

ともあれ、題詠による本意にこだわってきた日本の和歌史の中に、十二世紀末という時点で、こうした印象派風の清新な自然詠を持てたことは幸いというべきであろう。西行以後にあっても、京極派和歌の一部を除いて、こういう歌はまた見えなくなるのである。

8西行上人集・一五一、新古今集・夏・二一八、御裳濯川歌合・十六番左。
9秋篠月清集・二五一
10壬二集・三二七
11玉葉集・夏・三六九。
12拾玉集・第三・三三一七。
13後鳥羽院御集・一三五六。

18　その折の蓬《よもぎ》がもとの枕にもかくこそ虫の音《ね》にはむつれめ

（山家集・中・雑・七七五）

私が死んだあと横たわる荒れ果てた蓬の宿でも、今夜のようにコオロギの鳴き声を枕元に親しく聞く状態であってほしいもの。

【詞書】物心細くあはれなりける折しも、きりぎりすの声の枕に近く聞こえければ。
【語釈】○蓬―キク科の多年草。ヨモギ餅やモグサの原料となる草であるが、「蓬の宿」「蓬が門」など、蓬が生い茂る荒れ果てた宿というイメージをともなう。○むつれめ―「むつる」は「睦る」と書き、睦まじくする、身近で慣れ親しむという意。

ここで、虫の歌を一首とりあげよう。

この歌は、一見これといった見所のない歌のように見える。しかし、西行の死に対する幻想の一端をうかがわせる歌として興味深い歌だ。

初句「その折」は、このままでは言葉不足だが、荒れ果てた「蓬がもと」とあるから、自分が旅先で野たれ死んだ時を指して言ったものと思われる。私が死んだ時も、今夜のように虫たち（詞書にきりぎりすとあるが、実体は今でいうコオロギ）は私の枕もと近くで鳴いてくれるのだろうかというのである。ただ、虫に対して自分の死を悲傷してくれるよう期待しているのか、賑やかに見取ってくれるよう望んでいるのかはっきりしないが、下句で「かくこそむつれめ」と「むつれめ」の語を使っていて、西行は現在も虫たちに自分の孤独を慰めてくれる相手として聴いていると取れるから、自分の死に際しても、虫たちに賑やかに見取ってほしいと期待しているとみるのが自然であろう。

この「むつる」という語は、西行の愛用語だったらしく、

雪閉ぢし谷の古巣を思ひ出でて花にむつるる鶯の声 1

籬《ませ》に咲く花にむつれて飛ぶ蝶の羨《うらや》ましくもはかなかりけり 2

いざさらば盛り思ふも程もあらじ藐姑射《はこや》が峯の花にむつれし 3

など、いずれもむつまじく慣れ親しむというような意味で使われている。そうとすれば虫たちは、自分の死を親しく見守ってくれるという点で、有名な、

願はくは花のしたにて春死なんその如月《きさらぎ》の望月《もちづき》のころ 4

という歌の「花」や「月」と、同じ地平にあるといっていいかも知れない。

ところで、西行のこの虫の歌は、「来ん世」や「むつる」「虫」といった用語を有する点で、俊頼の次の歌と重なっている。

惜《を》しみかね我も散りなば来ん世にも花にむつるる虫とならばや 5

しかし、俊頼の「虫」は蝶。花を愛《め》でるあまり、死後に蝶に化して花に戯れたという大江佐国《すけくに》説話を踏まえ、[6] 虫となってでもなお桜にむつれたいというのであって、西行の歌とは直接にはつながらない。この西行歌の読みに関しては、同じく俊頼が記した『俊頼髄脳』にみえる次の話の方が、むしろ有力なヒントを与えてくれるだろう。長くなるが、意訳して示す。

藤原為時《ためとき》という儒者《じゅさ》の子に惟規《のぶのり》という人がいた。父親が越中の守になって下った際に

1山家集・上・春・六一。花にむつれる鶯の声が聞こえる。雪に閉じられていた谷の古巣を思い出して梅の白さが嬉しいのだろう。

2同・中・雑・一〇二六。ませ垣に咲く花にむつれて飛ぶ蝶は、羨ましくもあるが、一方でははかないことであるよ。

3同・下・雑「百首」・一五〇三。さあお別れだ。仙洞御所《せんとうごしょ》に咲く桜に親しんできたが、その花の盛りを親しく思うのも残り僅かになった。出家まじかの作か。

4同・上・春・七七。43であつかう。

5散木奇歌集・七六。桜の花がなんとも惜しみかねるので、私も死んだなら、あの世では花にむつれて飛ぶ蝶になりたいものだ。

6発心集・第一の八「佐国花を愛し蝶となる事」。稲田利徳の『西行の和歌の世界』第一章に指摘がある。

蔵人《くらうど》だったので一緒に下れなかったが、その後官位を得て越中に赴いた。しかし道で病を得て、越中に着いた時には臨終も同然だった。為時は様々に治療を加えたが、回復しない。死を待つしかないと知って、為時は僧を呼び寄せた。僧は惟規の枕もとで「あなたの死はすでに定まったが、地獄へ行くかどうか決まるまでは、中有《ちゅうう》といって鳥・獣さえいない遙かな荒野をたった一人で行かなければならない、その心細さや人恋しさは堪えがたいものがある。それを覚悟しなさい」と告げた。これを聞いた惟規は細目で僧を見上げ、「その中有の旅の空には、嵐にたぐふ紅葉、風にしたがふ尾花などの下に、松虫や鈴虫の声などが聞こえぬものでしょうか」と息絶え絶えに尋ねた。僧は憎さのあまり声を荒げて「何のためにそんなことを尋ねるのか」と質《ただ》したところ、「もしそうなら、それを見て慰もうと思って」と言ったので、僧は狂惑の奴と怒ってほうほう逃げ帰ってしまった。こんな心ばえの人間もいたのだと知ってもらうために、無益だけれども書くのである。[7]

為時は、いうまでもなく紫式部の父。したがって「越中の守」は、正しくは「越後の守」である。惟規はその長男。この話は『今昔物語集』にものっているから、俊頼の歌を通じて西行も知っていた可能性が高い。この話を踏まえれば、西行歌の「その折の蓬《よもぎ》がもと」とは、右の話の蓬のはびこる「中有の荒野」と同じだとも考えられる。ただ「蓬がもとの枕」とあるから、死後、肉体が横たわる死の床まで意識していると取れるだろう。いずれにせよ、「むつれめ」とある点や、惟規の言葉に、松虫や鈴虫の声が聞こえるかとある点に鑑みて、西行の場合も、コオロギの類を「紅葉」や「尾花」とともに、自分の死を慰めてくれる存在として考えていたとみて間違いあるまい。

7 俊頼髄脳・十五にみえる話。今昔物語集・巻三十一・二十八にも同話がのる。

惟規の紅葉や尾花、松虫や鈴虫への執着を語るこの話は、先にあげた蝶に化したという大江佐国の話と並んで、数奇への源流を示すものとみられる点で注目されるが、惟規の態度は、僧が呆れ果てて怒って逃げてしまったように、当時にあってはまだ社会的な認知を得ない一種の烏滸《おこ》話として伝わっていたと思われる。風雅への執着は、往生を妨げるものとしてまだ否定的にみられていたのである。

これに対し、西行の歌では、数奇に対するそうした否定的評価がすっかり影を潜めている。西行は自分の孤独を慰めてくれる目の前のコオロギに向かって、死んだ時にもそうであるようにと期待してはばからないのである。西行も、数奇が一方では狂言《きょうげん》綺語《きぎょ》に通ずると自覚していた人間であるが、[8]にも関わらずそれとは別に、コオロギに見守られて死にたいなどという歌を残して何の拘泥《こうでい》もしていないことからすれば、数奇が自分を支える表現世界の源基であることは自明であったというほかない。右の話を批判的に紹介した俊頼自身が、先の歌のように、死後に佐国のように蝶となってに花にむつれたいとうたっているくらいだから、惟規の時代とは明らかに隔たっていた。

掲出した虫の歌は、いはば西行における死の夢想を表明したものであった。彼は、これに似た死の幻想をしばしば思い描いており、『山家集』には自分の死の場面を演出した歌がさらにいくつか見つかる。先に触れた「願はくは花のもとにて春死なん」の歌はその最たるものだが、次のような歌もある。

仏には桜の花を奉れわが後の世を人とぶらはば[9]
久《ひさ》に経てわが後《のち》の世をとへよ松あと偲《しの》ぶべき人もなき身ぞ[10]

8 2の遊女宮木のところで、この点に多少触れた。

9 山家集・上・春・七八。43で扱う。

10 同・下・雑・一三五八。37で扱う。

いづくにか眠《ねぶ》り眠りて倒れ臥さんと思ふ悲しき道芝の露[11]

死にて臥《ふ》さん苔《こけ》の筵《むしろ》を思ふよりかねて知らるる岩陰の露[12]

これを見ると、「願はくは」「仏には」「久に経て」の歌のように、死に対する甘美《かんび》ともいうべき美的幻想をうたったタイプと、それとは裏腹な孤独の憂愁に閉ざされたタイプの二つがあったようだ。「願はくは」「仏には」の二歌は問題作なのでまた後で取り上げるが、後者に属する「いづくにて」「死にて臥さん」といった歌には、旅の途中にあって野たれ死をするかもしれないという西行の暗い想念が吐露されている。

西行が野たれ死という暗い予感を抱いていたことは、26であらためて触れるが、掲出した虫の歌に関していえば、そこまでの暗いイメージがあったと考える必要はあるまい。もっと率直に、虫の仲間を自己の友と見なしているにすぎないとみてよいようだ。西行にあっては、桜や月と同様、松も虫も自身と孤独を共有する存在であった。

西行は生き物の中で、特に虫が好きであったらしく、次のような歌もある。ここでいう「きりぎりす」は今でいうコオロギを表す[13]。

きりぎりす夜寒《よさむ》に秋のなるままに弱るか声の遠ざかりゆく[14]

虫の音を弱りゆくかと聞くからに心に秋の日数をぞ経《ふ》る[15]

秋の盛りには枕もと近くに聞こえたコオロギの声が、秋が深まり夜寒になるままに遠ざかって聞こえるようになった。それを思わず「弱るか」と嘆声し、過ぎ行く日数を数える

11 同・中・雑・八四四。私は旅先で日々眠りを続け、道芝の露が落ちるように、どこかではかなく倒れ死ぬのかと思うと悲しい。

12 同・中・雑・八五〇。いずれ私も死んで苔のむしろの上に臥すかと思うと、この岩陰の墓におりる露のことが前もって浮かんでならない。

13 古くはキリギリスとコオロギは混同されていたらしく、江戸時代になって関西地方から徐々にコオロギとキリギリスを個体として判別するようになったとされる。

14 西行上人集・二七〇、新古今集・秋下・四七二。

15 山家集・上・秋・四五六。

のである。作者はその細くなった声に、みずからのうちに忍び寄る孤独の影を見ている。晩秋になって虫の声が次第に弱まる様子をうたうこうした歌は古来多いが、西行もそれにならったのであろう。

秋の夜は露こそ殊に寒からし草むらごとに虫の侘《わ》ぶれば[16]　読人知らず

秋風に声弱りゆく鈴虫のつゐにはいかがならんとすらん[17]　大江匡衡

秋深くなりゆくままに虫の音の聞けば夜ごとに弱るなるかな[18]　隆源

夜を重ね声弱りゆく虫の音に秋の暮れぬる程を知るかな[19]　公能

また『千載集』所収の花山院の歌に、

秋深くなりにけらしなきりぎりす床《ゆか》の辺りに声聞こゆなり[20]　花山院

という歌もある。これは今まで庭で聞こえていたコオロギの鳴き声が床のあたりから聞こえ出したので、寒さが増したのかと思いやった歌である。西行にも、枕近くで鳴く虫を詠んだ次の歌がある。あるいは右の花山院の歌に学んだものかもしれない。

きりぎりす夜寒になるを告げ顔に枕のもとに来つつなくなり[21]

中世も深くなると、自然の中に人間の孤独な陰影を重ねた後の京極派歌人たちが、この閨《ねや》に鳴くコオロギを好んで詠った。

庭の虫は鳴きとまりぬる雨の夜の壁に音するきりぎりすかな[22]　京極為兼

降りまさる雨夜の閨《ねや》のきりぎりす絶え絶えになる声も悲しき[23]　永福門院

秋更くる夜や寒からしきりぎりす手枕《たまくら》近く声の聞こゆる[24]　進子内親王

16古今集・秋上・一九九・読人知らず。

17後拾遺集・秋上・二七二・大江匡衡。

18堀河百首・八二九・隆源。

19千載集・秋下・三三一・公能。夜を重ねるにつれ虫の声が弱ってゆく。その音色で秋が暮れていく度合が知られるよ。

20同・秋下・三三二・花山院。歌意は分かりやすい。

21山家集・上・秋・四五五。

22風雅集・秋中・五六四・京極為兼。

23玉葉集・六〇三・永福門院。

24新千載集・秋下・四九三・進子内親王。

秋の夜に断続的に鳴く虫の声は、身近で聞くか、離れて聞くかなどによって、それぞれの作者のそれぞれの思いを誘ったのである。それだけ人間に寄りそう身近な生物として意識されていたということだろう。同じく虫をうたった、

野辺に鳴く虫もや物は悲しきに答へましかば問ひて聞かまし[25]

秋の夜を一人や泣きて明かさまし伴ふ虫の声なかりせば[26]

には、虫たちのことをあたかも自分の同行《どうぎょう》であるかのように見ている西行がいる。自分のすぐ脇にいて鳴く虫は、まさに西行の孤独によりそう友にほかならなかった。これらの虫の歌は、一見何でもない歌のようにみえるが、孤独な生活を共有したもの同士の静かな心の通いあいがあって、そこに草庵に生きる日常的時間の重い陰りがあり、温かで静かな余韻を残す。自分の死の枕にもいてほしいとうたった掲出歌は、こうした歌の延長におのづから生まれるべくして生まれたものであることは、ほぼ間違いなかった。

25 山家集・上・秋・四五〇。野辺に鳴く虫もやはり秋は物思わしいと思って鳴くのであろうか、もし答えが返ってくるものなら、尋ねて聞いていたいものだ。

26 同・上・秋・四五一、玉葉集・秋下・六一六。秋の夜、私と一緒に泣いてくれる虫の声がなかったなら、私は一人ぼっちでこの夜を泣き明かすしかないだろう。

19　末《すゑ》の世もこの情《なさ》けのみ変はらずと見し夢なくはよそに聞かまし

（西行上人集・六七六、新古今集・雑下・一八四四）

夢の中で、末法《まっぽう》のこの時代でも歌の道だけは昔に変わらないという教えに触れなければ、あなたの百首は他人事として聞いて終わったでしょう。

【詞書】寂蓮、人々勧めて百首歌よませ侍りけるに、否《いな》び侍りて熊野に参《ま》うでつる道に、「何事も衰へゆけど、この道こそ世の末に変はらぬものはあれ。なほこの歌よむべき」よし、別当湛海《たんかい》、三位《さんみ》俊成に申すと見侍りて、驚きながらこの歌を急ぎよみ出だして遣はしける奥に、書きつけ侍りける（西行上人集）。

【語釈】○この情け―和歌の情け。和歌の道。○よそに聞く―関心の外のものとして聞く。

昔の人は、しばしば夢見を通じて然《しか》るべき啓示を受けた。高僧や武将の誕生譚、出家譚、悟達談等に頻繁に見られるパターンである。芸術にまつわる話も多く，たとえば、後白河院の『梁塵秘抄口伝集』にも、院が神々から霊夢を得て一層今様に精進《しょうじん》したという話が何度か記されている。

西行が信昵《しんじつ》し、師とも仰いだ同時代の蹴鞠の名手侍従大納言成通《なりみち》にも、次のような夢見の話がある。

ある時成通が、熊野十二社権現の西御前で、後舞《うしろまい》・後鞠《うしろまり》の二百度の鞠を一度も落とさなかったという抜群の演技を披露した日の夜、別当から梛《なぎ》の葉を一枝貰い受ける夢を見た。昼間の成通の演技に感心した別当や常住の僧たちから、報償として梛《なぎ》の葉を貰ったという夢である。目覚めた成通が見ると、手に梛の葉を握っていたので、それ以後成通は、その梛の葉を守袋に入れて大事にした。（古今著聞集・蹴鞠・第十七）

梛の葉はその葉脈が強靭《きょうじん》であることから、もっぱら災難除《よ》けに使われていた葉。熊野の椰の葉は特に有名で、熊野詣での人は髪や笠にこの葉を指して災難除けとした。成通に椰の葉を授けた熊野の別当は熊野の神に等しいから、この成通のエピソードは、達人成通の鞠の業《わざ》が神域に達し、熊野神の応護をえたことをおのずから語っている。

西行がこの「末の世も」の歌を詠んだ夢見は、詞書によれば、顔なじみの寂蓮が勧進してきた百首歌の制作を断って、修行のために熊野へ向かっていた途中でのこと。夢で、熊野の別当湛海《たんかい》が、西行が懇意にしていた俊成に向かって、「何事も衰へ行く末の世であるけれども、この和歌の道こそは昔に変わらない。やはり詠むべきである」と語ると見て目を覚まし、さっそく百首を詠んで寂蓮に遣わしたとある。歌道の永遠なることを告げるこの夢を見なければ、この百首を詠むこともなかったでしょう、というのである。

右の成通の夢想ほど神秘的ではないが、芸道の話として、これも奇瑞《きずい》といえば奇瑞に当たるのだろう。歌を生涯の道として選んだ西行としては、神の啓示として決して無視するわけにはいかないそういう夢であった。別当湛海《たんかい》の言葉は、成通の場合と同様、いわば熊野の神の神託に等しかった。

ただし、このとき寂蓮が勧進した百首のことはよく判らない。安元から治承のころ、つまり西行五十八、九歳ごろに寂蓮が発起したものとされているが、[1]それより二年ほど前の承安四年（一一七四）ごろと推定する説もある。いずれにせよ、この百首は散逸して残っておらず、西行の家集中のどの歌がその一部なのかも不明である。[2]

歌に戻ろう。詞書にみえる別当湛海が俊成に語ったという「何事も衰へゆけど」、つまり何事も衰微した澆季《ぎょうき》の世という認識は、I歌で見た「苗代に堰き下されし天の川」の歌の後文に見える「末の世なれど」という言葉や、『山家集』の別の箇所にある、

1 窪田章一郎『西行の研究』の説。久保田淳は、山家集・下・雑の最後にある「百首」がそれであってはいけないかと微妙な言い回しをしているが（『新古今歌人の研究』）、この下巻末の百首は尾山篤二郎、伊藤嘉夫ら多くの論者が初期のころの虚構的作品とする。

2 寿永元年（一一八二）に賀茂の神主重保《しげやす》が編んだ『月詣《つきもうで》和歌集』や、鎌倉時代の天福時代に編まれた寂延法師の『御裳濯《みもすそ》和歌集』、さらに『玉葉集』『夫木和歌抄』といった各歌集にのる西行と同時代歌人の歌に「百首歌の中に」という詞書でみえるものがそれではないかともみられているが、確定するすべはない。

情けありし昔のみなほ偲《しの》ばれて永らへま憂き世にも経《ふ》るかな 3

という西行の歌と重なっている。しかし、昔は「情け」があったというこうした下降史観は、西行に限らず、当時の誰でもが持っていた共通認識にほかならなかった。

和歌の道自体も衰退したという思いも、この澆季の世という認識に重なってくる。俊頼は「あはれこの道の目の前に失せぬることを」（俊頼髄脳）と歎き、俊成も「住吉社歌合」の跋文に「この道の衰へゆかんことを嘆き思ふあまりに」と書いているし、定家も「ただし世下り人の心劣りて、長《たけ》も及ばず詞も卑しく成りゆく」（近代秀歌）という言を残している。要するに「末の世の歌」「末代の歌」といったタームは、この時代の歌人たちの一種の決まり文句《フォーミュラ》でもあった。西行自身、そのことをはっきり歎く、次のような歌を残していた。詞書に「讃岐《さぬき》へおはしまして後、歌といふことの世にいと聞こえざりければ、寂然《じゃくねん》が許へ言ひ遣はしける」としてのる歌である。

言《こと》の葉《は》のなさけ絶えにし折節《をりふし》にあり合ふ身こそ悲しかりけれ 4

和歌の道の情けが絶えてしまったこの時節に、たまたま巡り逢ってしまったわが身が残念でならない、と歎いた歌だ。詞書がいう「讃岐へおはしまして後」というのは、いうまでもなく保元の乱に敗れた崇徳院が、讃岐高松へ配流になってからこの方《かた》という意味。これに対して親友であった寂然《じゃくぜん》は、

3山家集・中・雑・七一三、新古今集・雑下・一八四二。「情けありし昔のみなほ偲ばれて」という言い方は、まるでこの掲出歌を準備していたかのようである。なおこの歌の二首あとにも、「何事も昔を聞くは情けありて故あるさまに偲ばるるかな」という歌がある。

4山家集・下・雑・一二二八。「あり合ふ」は、たまたまそこに居合わせること、偶然出合うこと。

敷島や絶えぬる道に泣く泣くも君とのみこそ跡を偲ばめ[5]

という歌を返してきた。西行の失望に同調して、せめてあなたと共に衰えた和歌の道の跡を偲ぼうではないか、というのである。

回り道になるが、ここで西行と崇徳院との関係について概略を述べておこう。右にあげた歌の詞書に崇徳院の名がみえるように、和歌の道の衰退には、崇徳院の讃岐配流という事実が深い影響を及ぼしていた。

保元の乱に敗れる以前、崇徳院は、和歌を愛する若き帝王として、歌界から期待される存在であった。在位中頻繁に周辺の歌人を募って歌会を催したこと、かつて堀河天皇が実現した最初の応製百首「堀河百首」の企画を襲って、二十歳前後で早くも百首歌を召したこと（ただし散逸）、ついで三十歳過ぎの久安年間に、公能《きんよし》や教長《のりなが》、顕輔《あきすけ》、俊成、堀河ら当時の有力歌人十四名から「久安百首」を徴して俊成にその部類を命じたこと、「句題百首」（散逸）を企画したことなどが主要な事跡であった。こうした事跡に併せて、天養元年（一一四四）には、六条顕輔に六番目の勅撰集『詞花集』の撰進を命じ、仁平元年（一一五一）に奏上させてもいる。和歌に打ち込んだのは、父の鳥羽院から冷遇される境遇にあったということも一因であったが、『今鏡』に幼時から和歌を好んだという記述があるから[6]、一部は院の本性でもあった。

西行と崇徳院の縁は、西行が十代の末年、崇徳院の母待賢門院《たいけんもんいん》璋子《しょうし》の実家徳大寺家に出入した時から始まっていた。待賢門院は、西行が仕えた徳大寺実能《さねよし》の直接の妹で、崇徳の父鳥羽院の後宮《こうきゅう》に入った。系図上では、崇徳は父鳥羽院と璋子の間に生まれた第一皇子に当たるが、『古事談』第二・臣節等によれば、璋子の美貌を愛して養女としてかわい

5 山家集・下・雑・一二二九・寂然。「敷島や」は和歌の道をいう枕詞。

6 今鏡・すべらぎの中・春の調べに「帝の心ばへ、絶えたる事を継ぎ古き跡を起こさむと思ほし召せり。幼くおはしましけるより歌を好ませ給ひて、朝夕、候ふ人々に隠題《かくしだい》よませ、紙燭《しそく》の歌、金椀《かなまり》打ちて「響きの内に詠め」などさへ仰せられて、常は和歌の会ぞせさせ給ひける」とある。

がっていた鳥羽院の祖父の白河法皇が、彼女に通じて生ませた不義の子だということが隠然たる秘密となっていた。鳥羽院は当然崇徳院を忌避《きひ》した。[7] この鳥羽・崇徳親子の不和や軋轢をそば近くで見ていた西行は、和歌を愛した、自分とほぼ同年齢のこの崇徳院を深く敬慕した。勅勘をこうむった親戚筋の恩赦を願う歌を崇徳院に贈ったり、[8] 保元の乱の直後に剃髪して仁和寺《にんなじ》に幽閉された院を、わざわざ高野から出向いて訪ねているし、その後、讃岐院となった崇徳に院の女房らを通じて歌を届けたりもしている。

　和歌の道の衰微ということは、保元の乱後、崇徳院が四国へ去ったという理由が大きかったが、崇徳院の後を嗣いだ後白河院天皇が今様《いまよう》にのめり込んで、和歌にあまり関心を示さなかったという事情もあった。『詞花集』の後、次の勅撰集である『千載集』が編まれたのは、文治四年（一一八八）、西行の死のわずか二年前のことである。この間、つまり西行三十四歳から七十一歳までの三十数年は、いわば勅撰集空白期間だった。

　西行は先の歌で、「言の葉のなさけ絶えにし折節にあり合ふ身」と詠んでいるが、「あり合ふ」というのは、たまたまそこに居あわせるという意だから、短絡させれば、その勅撰集空白期間に居あわせた自分の不運を嘆いたものとみることもできる。とすれば、寂然の返歌の「敷島や絶えぬる道」というのも、当然その空白期間を指していると取れよう。西行も寂然も『詞花集』が編まれたときには、すでに三十半ばに差し掛かっていたというのに、『詞花集』には一首も採られなかった。（ちなみに、従来『詞花集』の雑上に「読人知らず」としてのる「身を捨つる人はまことに捨つるかな」一首が西行の歌とされてきたが、疑問であることは9に記した。）

　崇徳院が顕輔に命じて撰じさせた『詞花集』は、曽禰《そね》好忠や和泉式部などの前代歌人を

7鳥羽院は、崇徳院を「叔父子《おじご》」と呼んで嫌っていた。自分の祖父白河院の子で叔父であるという意味だが、この「叔父子」に「祖父子《をじご》」を当てる説もある。また鳥羽院の臨終に駆けつけた崇徳院は父の意によって門内に入れられなかったという。

8山家集・下・雑・一一六四。最初、崇徳院が赦免の申請を拒否してきたので、西行は再度「強く引く綱手と見せよ最上川《もがみがわ》その稲舟（否ぶね）の碇（怒り）おさめて」という歌を贈って院から勅許を得たとある。

極端に優遇して、当代歌人の歌を少数を除いてほぼ各人一首に限定したこと、公表されていなかった俊頼の三奏本『金葉集』から多くの歌をそのまま選入したことなど、編集方針に対する多くの不満が続出し、寂然の兄寂超などは、顕輔の死後『後葉和歌集』を作って対抗する姿勢を示した。崇徳院自身も改撰の意向をもらしていたというが、讃岐配流によってその機会も遠のいてしまった。つまり西行や寂然の歌が入集する可能性は、そこで頓挫してしまったのである。

　西行が、貴顕が主催する公的な歌会に出て名を揚げることはありえない話であったが、人並みに何らかの撰集にのることを期待していたことは間違いない。たとえば『山家集』には、「左京大夫俊成、歌集めらるると聞きて、歌遣はすとて」という詞書で、次のような歌がのっている。この詞書は、俊成の『長秋詠草』に「西行法師、高野に籠もり居て侍りしが、撰集のやうなるものすなりと聞きて、歌書き集めたるもの送りて、包紙に書きたりし」とあるのと付合する。

　花ならぬ言の葉なれどおのづから色もやあると君拾はなん[9]

自分の歌は決して優雅とは言えないでしょうが、あなたのお眼鏡にかなうものも少しはあるでしょう、というような意味の歌である。俊成がこのとき進めていた「撰集のやうなるもの」という打聞《うちぎき》は、彼が左京大夫であった応保から永万にかけての頃、おそらくは『詞花集』に対抗する意図をもって私的に集めていた歌集を指している。『和歌現在書目録』や『八雲御抄』にその名が見える俊成の私撰集『三《さん》五代《ごだい》集』がそれではないかとさ

9山家集・下・雑「恋百十首」・一二二九。「色」は華やかな色、つまり秀れた歌を指す。

れ、『山家心中集』がこのとき俊成に送ったものとみられているが、いずれにせよ、すでに四十代半ばに達していた西行が、それまでに書きためてきた自歌の入集を期待して歌稿を届けるというようなことがあったのである。西行もまた、自身の歌が撰集にのることを期待する人間の一人であった。

寂然とは親友同士だから愚痴がこぼし合えたが、西行や寂然にとって、自分たちの歌が撰集にのらないまま終わることは、そのまま和歌の道の衰退を意味すると考えたとしても無理はなかった。およそ表現者は、親しい知己に見てもらう他にも、目に見えない究極の読者を想定する。さもなければ表現する意味がない。自分の営為が社会的に意義があるのかどうか確認したいという思いは、誰しもが抱く思いであったろう。出版によって直接読者に届ける手立てなどなかった当時としては、歴史に名を残す手段は、勅撰集や何らかの私撰集にのせることしかなかった。究極の詩人は詩を作らぬ詩人だとも言うが、それを彼らに求めるのは酷《こく》というものだ。

『新古今集』に、熊野別当行範《ぎょうはん》の息法橋行遍《ぎょうへん》が詠んだ次の歌がのっている。[10]

怪しくぞ帰さは月の曇りにし昔語りに夜や更けにけん

詞書に「月明き夜、定家朝臣に会ひて侍りけるに、歌の道に心ざし深きことは何時《いつ》ばかりのことにかと尋ね侍りければ、若く侍りし頃、西行に久しく相伴ひて聞き習ひ侍りしよし申して、その上《かみ》申しし事など語り侍りて」とあり、行遍は若い頃、西行から歌のことを親しく教わったらしい。定家に歌に志した動機を訊かれて、そう答えたのである。

こういう話を読めば、西行の和歌好きが、単に歌を好んでいただけのことではなく、その信念が行遍の生き方を変えさせるほど確固としたものであったことがわかる。晩年、伊

10新古今集・雑上・一五五〇・法橋行遍。不思議なことに帰る時は月が曇ってしまった。昔語りに夢中になって夜が更けてしまったのでしょうか。

勢に移り住んで、「歌は数奇の源」という持論のもと、伊勢の神官たちに「心清く澄みて和歌を好むべきなり」（西行上人談抄）と説いていることなども思い合わされるところだ。歌の道が、世俗的な浮沈や利害を超えて何か永遠なるものに通じる文事であることを、彼は早くから確信していたのであろう。西行が歌に求める真意がそういう点にあったのだとすれば、歌の道が衰えるということは、そのような永遠なるものから疎外されていることと同然であったはずである。

和歌が衰えた現在というものに対して抱く西行の哀しみは、おそらく我々が想像する以上に深く重かったに相違ない。その哀しみの深さは、崇徳院が単に遠島にあったといった歴史的な事由にだけ起因するものではなかった。西行が自己の生の証しとして一生をかけて残した歌自体が、無意味に終わる可能性があったのだ。

もう一度掲出歌に戻るなら、寂蓮から請われて一旦は断った百首を、夢見によって急遽詠んで送ったというのも、おそらく西行の心に潜むそうした空しさとどこかで呼応したからと思われる。それは、修行と和歌とどっちが大事というような二者択一的なことではなかった。どちらも西行にとっては重要な営為であった。夢の中で、湛海が俊成に語ったという「何事も衰へゆけど、この道こそ世の末に変はらぬものはあれ」という言葉によって、西行はあらためて、歌の存在価値の永遠なることに思いを致したに相違ない。晩年、伊勢の内宮と外宮に二種の自歌合の奉納を思い立った動機も、あるいはこの時の夢想に由来するものであったのかもしれない。

20 見る人に花も昔を思ひ出でて恋しかるべし雨に萎《しを》るる

（山家集・上・春・一〇一）

花見の見物客の中に、昔の白河御幸《ごこう》の際に参加されたあなたのお顔を見出したので、桜の花も懐旧の涙にくれ、その涙で皆さんの袖がぬれたのでしょうよ。

【詞書】上西門院《じやうさいもんゐん》の女房、法勝寺《ほつしようじ》の花見侍りけるに、雨の降りて暮れにければ帰られにけり。又の日、兵衛《ひやうゑ》の局《つぼね》の許へ「花の御幸《みゆき》思《おぼ》ひ出でさせ給ふらんと思えて、かくなん申さまほしかりし」とて、遣はしける。

【語釈】○昔―保安五年（一一二四）閏二月、白河法皇以下の貴顕が揃って御幸した白河法勝寺の花見のことを指す。『金葉集』春部には「白河の花見の御幸に」として鳥羽院・太政大臣源雅忠・太宰大弐長実の歌に並んで兵衛の「万代の例《ためし》と見ゆる花の色を映しとどめよ白河の水」（春・三三）という歌が採られている。兵衛は当時、姉の堀河局とともに待賢門院に出仕していて、この花見にも供奉した。

ここから西行の幅広い交遊の一端を垣間《かいま》見させる歌として、昔、なじみになった女性たちと交わした贈答歌をいくつか取り上げてみよう。女性との贈答といっても、別に恋のかけ引きの歌ではない。

これは、歌人として有名であった待賢門院堀河の妹、兵衛局に贈った贈歌。『山家集』中巻雑部には、侍従大納言成通《なりみち》、中院右大臣雅定《まささだ》、常盤為業《ためなり》ら、やや年配の男性歌人と交わした歌に続けて、待賢門院《たいけんもんいん》に仕えていた女房たちと交わしあった贈答が並んでいるが、これはそれらとは別に、花のテーマで上巻・春に置かれた贈答である。

この歌は、詞書がなければ歌としての自立性に欠ける一首である。「昔」とはいつか、「人」は誰を指すのかといったことが具体的にわからなければ、なんのことかつかめない。当人たちだけがわかっている贈答の場合、こういうことはしばしばあった。

詞書中の「上西門院」とは、待賢門院と鳥羽天皇の間に生まれた第二皇女統子内親王のこと。また「法勝寺」は、白河天皇が洛東白河の北に創建した広壮華美な寺で、「花の御幸」は、保安五年（一一二四）閏二月、白河法皇・鳥羽上皇・摂政藤原忠通・待賢門院以下の貴顕がうち揃ってその白河法勝寺の花見に御幸したことを指す。『今鏡』「すべらぎの上」に「白河の花宴」として詳しくみえていて、当時評判になった花見であった。西行はこの時まだ七歳だったが、大きくなって、この花見のことをいろいろと聞くことがあったのであろう。詞書によれば、ある年の春、上西門院に仕えていた兵衛局と若い女房たちが法勝寺の花見に出かけた。あいにく夕方まで雨に降り籠められ、空しく帰ってきたと聞いて、同情した西行は、翌日、一行の一人で古なじみの兵衛局に歌を届けた。

あなたはきっとあの評判の高い保安五年の御幸のことを、懐かしく思い出したことと存じますが、雨に降りこめられたのは残念でした。しかしその雨は、さぞかし昔の御幸を偲んだ桜が、一行の中にあなたの顔を見て、懐かしさのあまり流した懐旧の涙でしょう、と取りなしたのである。

話を聞いた西行が、翌日すぐに兵衛に歌を贈っているところからすると、西行が都にいた当時のこと、初度の奥州旅行から高野に引っ込むまでの間、西行三十一、二歳ごろのことであろうか。兵衛は五十に手が届く年代になっていたのではあるまいか。

雨が降ることを自然が流す感涙とみる考えは、たとえば『山家集』中・雑部に、後白河天皇の乳母であった紀伊二位が亡くなった時の葬儀の日、「暮れけるままに雨のかき暮らし降りければ」として、西行が院の女房の少納言局に贈った、

あはれ知る空も心のありければ涙に雨を添ふるなりけり [1]

1 山家集・中・雑・八二九。

という歌にも見えている。空も人の悲しみを知る心があるからこそ、こうして皆様の涙に同情して雨を添えるのでありましょうという意。現在でも人は、葬儀の日に降る雨は、天が感じて降らす涙だという言葉をしばしば口にする。

舞台となった洛東北白河は、加茂川を越えた志賀越えの道の途中にあった。南方には長楽寺や法勝寺などの寺も創建され、俊恵もその白河の自坊で、歌林苑という歌サロンを開くなど、平安時代後期から特に発展した土地であった。この地は古くから桜でも有名で、西行自身も、

白河の梢を見てぞ慰むる吉野の山に通ふ心を[2]

風あらみ梢の花の流れきて庭に波立つ白河の里[3]

あだに散る梢の花を眺むれば庭には消えぬ雪ぞ積もれる[4]

といった歌を残している。また「世を遁れて東山に侍りける時、白河の花盛りに人誘ひければ罷りて、帰りて昔思ひ出でて」という詞書を持つ、

散るを見で帰る心や桜花昔に変はるしるしなるらん[5]

という歌もこの白河の桜を詠んだもの。白河の花には、西行自身特別な思い入れがあったのであろう。掲出歌をわざわざ兵衛の許に贈るなど、ややおせっかいにも似た思いやりの心が偲ばれる。こういう所にも、人の心をそらさない西行の魅力があった。

2山家集・上・春・六九。桜が咲いた。私の心は早くも吉野の花に飛ぶが、行くのもままならぬから、せめてこの白河の花を見て慰めるのだ。

3同・上・春・一三六。風が荒く吹くので梢の白い桜がここまで流れてきて庭に波立たせている。さしずめこれこそが文字通り白河という川なのだなあ。

4同・上・春・一三七。なんと無駄に花を散らすことよと梢の花をみては悲しみ、さて今度は庭に積もる花を見ると、おや消えずに雪となって残っているではないかと思う。

5山家集・上・春・一〇四。花が散り終わるまで見届けずにさっさと帰ってきてしまったが、以前はずっと眺めていたのにと昔のことが思い出される。これが出家する前とあとで違った証拠なのであろうか。「散るを見で」を「散るを見て」と清音で取って解する説もある。

これに対する兵衛の「返し」の歌。

いにしへを偲《しの》ぶる雨と誰《たれ》か見ん花もその世の友しなければ6

あなたが言うように、今日の雨が、桜が昔を偲んで流した涙だと誰が思いましょう、昔の御幸に同行した多くの友はもうこの世にいないし、花もそれを悲しんでいるのでしょうよ、と切り返してきたのである。

この兵衛の返歌には、「若き人々ばかりなん、老いにける身は風の煩はしさに厭《いと》はるることにて」という言葉が添えられてあったので、西行は「優しく聞こえける」と書いている。「若き人々ばかりなん」というのは、今日の花見に出掛けたのは若い女房だけだったという単純な意味ではない。昔の御幸に連れ立った古い友人たちは皆死んでしまった、残っている若い女房たちは、あの時のことをもう誰も知らないといった寂しさを表したものである。それに加え、私もすっかり老いて少しの風も厭う身になり、外出が楽しいわけでもなかったから、桜だって、私のことなど気には留《と》めなかったでしょう、と歎いたのである。西行は、寂しさをうちに隠したその兵衛の心を愛《め》でて「優しく」と評したのだ。

満足な花見ができなかったという些細な事実をめぐる贈答に過ぎないが、西行の思いと兵衛の老いの孤独が沁みでているいいやりとりである。ちょっとした日常のことでもこうして歌にして交歓すれば、風流の世界がそこにすっと立ち現れてくる。この贈答は、歌という表現がもたらす、そうした詩的機微をよく語っている。

6山家集・上・春・一〇二。

21

世を捨てぬ心のうちに闇《やみ》こめて迷はんことは君一人かは

（山家集・中・雑・七三九）

この世を捨てきれずに、心の中になお闇を抱えて迷っているとおっしゃいますが、その悩みはあなた一人だけのことではありません。皆そうなのですよ。

【詞書】返し。

【語釈】○闇―女房の贈歌に「長き闇」とあるから、釈迦・弥勒二仏の中間である無明長夜の長い闇を踏まえ、さらに女房の内部に宿した心の闇を指すのであろう。○一人かは―「かは」は強い反語を示す。

前項の最初に触れたように、『山家集』中巻・雑には、もと鳥羽院妃の待賢門院《たいけんもんいん》に仕えていた女房たちと交わしあった贈答が連なっている。これは「ある人、様《さま》を変へて仁和寺の奥なる所に」住んだという一女房と交わした二首贈答のうちの、二首めの返歌。

この贈答相手を、前歌の兵衛局とする説もあるが、兵衛であれば、待賢門院《たいけんもんいん》の落飾後、その皇女の上西門院に再出仕しており、また「ある人」とぼかす必要もないだろうから、兵衛とは別人と考えるべきだろう。その女房から二首の歌が届いた。

昔なじみのある女房が様《さま》を変へて、仁和寺の奥に庵を構えて住んだと聞いて訪ねてみたが、留守を預かる人が「ちょっと用事があって京に出た」と言うので、空しく戻ってきた。その後、人を遣わして「先日、お訪ねしましたが逢えずに残念でした」と言ってやったその返事として、女房から次の二首が届いた。

立ち寄りて柴の煙《けぶり》の哀れさをいかが思ひし冬の山里[1]

惜しからぬ身を捨てやらで経《ふ》るほどに長き闇にやまた迷ひなん[2]

1山家集・中・雑・七三六。
2同・中・雑・七三八。

前者は、せっかく立ち寄って下さったのに、留守にして惜しいことをしましたが、寂しい冬の山里に柴の煙を焚く哀れな住まいをどう御覧になりましたか、という問い掛けの歌。これに対して西行は次の返歌を返した。

山里に心は深く入りながら柴の煙《けぶり》の立ち返りにし[3]

3山家集・中・雑・七三七。

あなたが入った山里の趣きを見て、あなたの奥ゆかしい心を感じとりましたが、柴の煙がたな引く方向にまかせてまた戻らざるをえませんでした、というような意味であろう。挨拶がわりの軽い調子の歌である。

そして二首めの「惜しからぬ」の歌に対する返歌が、掲出した歌。この二首めの女房の歌は、最初の歌に応えた西行の返歌のあとに、「この歌も添へられたりける」と行を替えてのせているから、わけがあって別の紙に書かれていたようだが、それは大したことではない。歌意は最初の歌に比べるとずっと重い。この身はいつ捨てても惜しくないが、結局は捨てきれずに生きてきてしまいました、こうしているうちにも、無明長夜《むみょうじょうや》のもっと長い闇の中へまた迷い込むのでしょうか、といった意味であろう。形だけは出家して来世に備えてはいるが、心底悟りきることをえず、中途半端に生きているわが身の有様をこぼして、出家者としてすでに大先輩であった西行の心に寄りすがったのである。

西行は当然その迷いを受け止めて、生きることを説いて彼女を励ます必要がある。そこで、あなたの迷いはあなた一人のものではない、と端的に諭《さと》したのである。

皆と同じということは、当然、自分自身もそうだということである。悩みを抱えている人間にとって、苦悩に対する直接の解決にはならないとしても、私も同じだという励ましほど心の支えになるものはあるまい。実際、彼自身、「ひたぶるの世捨人《よすてびと》」（徒然草・第一段）たらんとすることがいかに至難であるか、信仰心というものがいかに脆弱《ぜいじゃく》なものか、身をもって知っていたことは、西行自身が次のような歌を残していることから推定される。

いつの世に長き眠《ねぶ》りの夢醒めて驚くことのあらんとあらん 4
世の中を夢と見る見るはかなくもなほ驚かぬわが心かな 5

この女性の悩みは、西行にとって他人事ではなかったのだ。

ところで、この贈答の数首後に、このやりとりとほとんど同工異曲といってもいい、もう一人の女性とのやりとりがのっている。「ある所の女房、世を遁れて西山に住むと聞きて尋ねければ、住み荒らしたる様《さま》して、人の影もせざりけり。辺りの人に、かくと申し置きたりけるを聞きて、言ひ贈れりける」という詞書があり、右の女房と同様、たまたまその女房も留守であった。というより、「住み荒らしたる様《さま》して」とか「申し置きたりける」などと書いているから、すでにその場所を引き払っていたらしい。後日、西行が来たと近所の人から聞いたのであろう、次の歌を西行に届けてきた。

潮《しほ》なれし苫屋《とまや》も荒れて浮き波に寄る方《かた》もなき海人《あま》と知らずや 6

姿をくらましたこの女房は、こんなに年とって、潮にさらされて荒れはてた海辺の苫屋に波が寄らないように、私は寄る辺なく漂っているさすらいの海人にすぎません、私なぞいてもいなくても同じこと、そんなことはとっくにお分かりでしょうにと、「海人」に

4山家集・中・雑・七五八。この無名長夜の長い眠りの夢から覚醒して、一体いつの世に目覚めることがあるというのか。

5同・中・雑・七五九。この世ははかなき夢といくら見なしても、一向に目覚めようとしないわが心の愚かさよ。

6山家集・中・雑・七四四。

「尼」を掛け、ややからむような感じで訴えてきた。結句の「海人と知らずや」という言い方は、そういう挑戦的なニュアンスをともなう表現である。この挑戦に対して西行は、

苫《とま》の屋に波立ち寄らぬ景色にてあまり住み憂きほどは見えにき[7]

と返している。『西行上人集』はこの相手が「待賢門院の堀河局」だと記しており、この女房を堀河とする説もあるが、堀河は23で触れるように、西行より三十歳近くは年上で、かつ名にしおう歌人でもあったから、「ある所の女房、世を遁れて西山に住むと聞きて尋ねければ」といった他人行儀な書き方はしないだろうし、その後、姿を隠したというような行動は、堀河にふさわしくないように思われる。歌の調子からすると、堀河よりもう少し若い女房で、しかしそれなりの人生経験を踏んだ、かなりやりての女房であったのではあるまいか。

この女房の贈歌に対し、西行は西行で、「あまり」に「海人（尼）」を掛け、仰せのとおり、あなたが一人住み憂く暮らしている様子はちゃんとこの目で見届けましたよと、相手の挑戦をそのまま認めて返したことがわかる。このベテラン女房には、なまじのおべんちゃらや励ましが通用しないことを西行の方も十分心得ていたのだ。その場と相手に応じて、西行はこういう臨機応変の対応をとることができたのである。

ともあれ、出家した女房たちとの間で、こうした贈答が気楽に交わされているのをみると、西行はどうやら、女性たちにとっては何かあると自分を励ましてくれる頼りになる存在であったらしい[8]。今流にいえば、西行には多くのファンがいたということであろう。

7山家集・中・雑・七四五。

8目崎德衛は、これに関連し、西行が多くの人間に頼まれて歌の代作をしてやっている事実をとりあげ、それらの代作が「恋・喪・暇乞・勘当など、総じて人間関係に生じた微妙な摩擦に対するとりなし」であることを指摘し、西行が「いかにも頼り甲斐ある人柄であったことが偲ばれる」と書いている（『西行の思想史的研究』第五章二「山里の草庵生活の具体相」）。

22

山下《お》ろす嵐の音の烈《はげ》しさをいつ習ひける君が住処《すみか》ぞ

（山家集・中・雑・七四六）

小倉山の山上から吹き下ろしてくるこの苛烈な嵐の音は、いかな私でも悲しくつらく感じます。こんな寂しい住まいにあなたはいつから住んで、この嵐に独り習い親しんでいるのでしょうか、頭が下がる思いです。

【詞書】待賢門院の中納言局、世を背《そむ》きて小倉山の麓に住まれける頃、罷りたりけるに、事柄まことにいうにあはれなりけり。風の気《け》色《しき》さへ殊に哀《かな》しかりければ、書きつけける。

【語釈】○嵐の音―大井川を挟んで小倉山の対岸にある嵐山の「嵐」をきかせていると取る説が多いが、西行にはそこまでの意識はあるまい。

これは、前項後半でみた某ベテラン女房とのやりとりの直後にのっている歌。詞書によれば、相手は、1の粉河の歌に、帥局《そちのつぼね》とともに名前が出た待賢門院中納言局。小倉山にしばらく住んだあと、高野の麓天野《あまの》の別所に移り住んだとあった女房である。

あるとき、西行は小倉山の麓に隠栖した中納言局の庵を訪ねた。いつのことかわからないが、待賢門院が出家したあと、彼女は兵衛局とともにその皇女の上西門院に仕えているから、髪を切って小倉山に引っ込んだのは、その宮仕えも終え、中年をかなり過ぎてのことであろうか。詞書には会えたとは記していないが、前項の如く留守だったとも明記していない。留守だったとすれば、侘びしいその庵住まいをことさら強調したようなこの歌を残して帰るのは、帰ってきた局に対する一種の追打ちになりかねない。西行がそんな無慈悲なことをするとは思えないから、会えたと考えておく。

詞書の「事柄まことにいうにあはれなりけり」の「いう」に、注釈書の多くは「幽」の字を当てている。もしこれが「優なり」の意であれば、西行は、中納言局の暮らしが奥ゆかしく風情があると見てとって、その住居のしつらいや清貧な暮らしぶりを賞めていることになる。同じ中巻の雑の歌に、出家以前の西行が東山に阿弥陀坊という上人の庵室を訪問して、「何となくあはれに覚えて」、

　柴の庵と聞くは悔《くや》しき名なれども世に好もしき住まゐなりけり[1]

という歌を詠んだのと同じ意味合、つまり中納言の庵も趣きがあって「好ましい」住まいであったということになろう。来栖野《くるすの》の奥に分け入った兼好が、苔の細道の奥に一軒の庵を見出し、その奥ゆかしいたたずまいに「かくてもあられけるよ」と感動したという『徒然草』（第十一段）の話も思いおこされるところだ。

　しかし、「幽にあはれなりけり」であれば、どこかひっそりとした物侘びしい住まいだと受け取ったことになる。女の一人住まいの頼りなさを感じたというところであろうか。すぐあとで「風の気色さへ殊に哀《かな》しかりければ」とあることから考えると、「優」と「哀しい」では感覚に齟齬《そご》が生じる。ここはやはり「幽なり」であろう。その方が「哀しい」との文脈上のつながりがスムーズになる。

　ともあれ、西行は、中納言局と久しぶりに会って、清談のひと時を楽しんだと思われる。しかし、それは必ずしも陽気な楽しさに満ちたものではなかった。暗闇が近づくにつれ、蓬に蔽われた小庵の侘びしさが次第に二人を包みこむ。と、小倉山からゴオーっと吹き下ろしてきた風が、小さな庵を烈しく揺らした。西行はその余りの烈しさにブルッと

1山家集・中・雑・七二五。柴の庵と聞くといかにも残念な名に聞こえるが、まことに好ましい住まいであることよ。

身を振るわして、「風の気色さへ殊に哀し」という思いがこみあげた。そこで中納言局に断って、彼女に対する思いを、つい襖か柱に書きつけたのだ。

「幽にあはれなりけり」という詞書には、まだしも中納言局に対する挨拶ないし思いやりの心があるが、それに対し、歌がいう「嵐の音の烈しさ」には、まぎれもなく、中納言局を取り囲む過酷な現実に対する同情の念がこもる。

『山家集』の数々の歌が証拠だてているように、西行の山家の一人住まいも、実際にはこの庵に劣らない過酷な現実に満ちていたはずである。西行自身が堪えがたい思いで、押し寄せる嵐の音を聴いた夜は多々あった。その恐ろしさは出家以来、何年にもわたって西行の身に実感として蓄積されていたに違いなかった。ましてやこの庵は、老いた女性の侘び住まいなのである。この歌の中には、そうした独り身の寂しさや悲しさに対する明らかな痛みの感情がこもっていよう。

西行は、嵐の音が「殊に哀しか」ったというが、この「哀しい」は通常の「哀しい」や「悲しい」ではなく、女独りでこうして何日もじっと耐えながら山中に行い耐えている中納言局に対する、慈《いつく》しみにも似た「愛《いと》しい」という感情に裏打ちされていたのではあるまいか。嵐の激しさに、ただ悲しいという思いにかられて哀れを催したというのでは、西行の日頃の感情と矛盾する。

この「哀しさ」の内実は、下句の「いつ習ひける君が住処」という表現と直結していよう。この歌が、中納言局の前にもかかわらず、あえて柱に書きつけるほどの意味を持ったとするなら、「いつ習ひける君が住処」というこの下句も、主人である中納言局に対する一種の讃嘆として受け取らなければなるまい。「習ひける」ともあるから、この激しい嵐の中で毎日を孤独のまま習い耐えている中納言局の強い精神力に打たれたのだ。あるいはその必死の覚悟に驚嘆し、涙したのである。

それかあらぬか、のちにこの庵を訪れた局の同僚兵衛局（先の20の贈答相手、堀河の妹）が、西行が書き残して行ったこの歌を見て、その脇に次の歌を書きそえたという。

憂き世をば嵐の風に誘はれて家を出でにし住処《すみか》とぞみる[2]

いくつかの注釈書は、この歌の「嵐」に嵐山の「嵐」と「あらじ」という意が掛かっていると取り、憂きこの世には「あらじ」と吹く嵐の風に誘われて、ここ嵐山の麓に結んだ庵と見ることですよ、と解している。[3] 字面ではそうなるとしても、兵衛局の意図は「嵐山」という地名を強調することにあったのではないだろう。西行の歌の「嵐の音の烈しさ」という言葉を承け、こんな胆を冷やすような烈しい嵐の中にみずから身を投じようという強い覚悟をもってあなたは出家なさったのですねと、中納言局の不退転の決意を思って、その心情を称えたと取らなければなるまい。西行が書いた「嵐の音」という過酷な言葉に、兵衛局も、中納言局の強い生き方に感銘し、西行と同じ涙をそそられたのだ。

この歌には、先にみた待賢門院の女房たちに対する思いやりの心とはまた別の、西行のシビアな現実認識が溢れているといっていいだろう。相手に寄り添って、その時々で趣きを変えた歌を詠むことができるというのは、西行の硬軟とりどりの多面性を物語るものであるが、次にあげる堀河局とのやりとりでも、それは感じられることである。

2山家集・中・雑・七四七。詞書に「哀れなる罷りたりけるに、この歌を見て書きつける。同じ院の兵衛の局」とある。

3新潮古典集成や和歌文学大系など。

23　ほととぎす鳴く鳴くこそは語らはめ死出《しで》の山路に君しかからば

（山家集・中・雑・七五一）

ご要望どおり、あなたが死出の山路にさしかかった折には、私がホトトギスとなって涙を流しながら、鳴いてその道をご案内いたしましょう。

堀河局《ほりかわのつぼね》と交わされたこの贈答は、1で取りあげた、帥局《そちのつぼね》や中納言局たち待賢門院の女房と吹上の社で嵐を止めたという話のすぐ後にのっている。江口の遊女妙《たえ》との贈答2がこのあとという順である。

あるとき、出家していた堀河局から、

この世にて語らひおかんほととぎす死出の山路の導《しる》べともなれ　1

という歌が贈られてきた。ホトトギスがうたわれているので、初夏のことであろう。しかも「死出の山路」という語句を詠みこんでいることからすれば、晩年、死を間近にひかえた堀河が、間もなく訪れるその旅立ちを前に、西行に引導役（善知識）となることを依頼してきた歌なのであろう。「語らひおかん」とあるから、生きているうちにあなたと約束を交わしておきたいというのである。すぐあとでみる『山家集』八五四番の詞書に「堀河局、仁和寺に住みけるに」とあることからすれば、これも仁和寺に身を寄せていた頃のことであろうか。待賢門院が四十五歳で崩御したあと、一人淋しく取り残された自分の処遇

【詞書】待賢門院《たいけんもんいん》の女房堀河局のもとより言ひ贈られける。「この世にて語らひおかん時鳥《ほととぎす》死出の山路の導《しる》べともなれ」返し。
【語釈】○ほととぎす―死出の田《た》長《おさ》とも言う。あの世とこの世を往復し、死を導く鳥とされた。「不如帰」という当字はそのことによる。なおホトトギスの当字は「時鳥」「郭公」「鶗鴂」「子規」と多い。○鳴く鳴く―「泣く泣く」が掛けられていよう。○君―歌を贈ってきた待賢門院堀河を指す。

1山家集・中・雑・七五〇・堀河局。生きているうちにあなたと約束しておきたいもの。私が死出の山へ旅立つときは、あなたがホトトギスとなって私を導いてくれることを。

をあれこれ考えた末の依頼とみるべきであろう。

待賢門院堀河は、院政時代に歌人として名を売った神祇伯《じんぎはく》源顕仲《あきなか》の娘で、その長女とされる女性。崇徳院の「久安百首」には女性の筆頭格として加わり、『金葉集』以下の勅撰集に六十六首を残した当代一流の女房歌人だった。「百人一首」の、

長からむ心も知らず黒髪の乱れて今朝《けさ》は物をこそ思へ[2]

の名歌を残したことでも知られている。妹が待賢門院兵衛《ひょうえ》であることは20でみた。

堀河の生没年は不詳であるが、少なくとも西行より三十歳近くは年配であったと思われる。[3]康治元年（一一四二）の待賢門院の落飾に合わせて出家したのは五十歳前後、西行にこの歌を贈った時はすでに六十近くに達していたのではあるまいか。死を準備する年齢としては十分であったろう。

ホトトギスは、8で触れたように、初音が待たれる鳥として歌に詠まれてきたが、同時に、『古今集』雑体《ざってい》の歌に、

幾ばくの田を作ればかほととぎす死出の田長《たをさ》を朝な朝な呼ぶ[4]

とあるように、その不吉な泣き声から「死出の田長《たおさ》」とも呼ばれ、死出の山に生育してこの世とあの世を往来する鳥としても知られ、またその縁から、血を吐く鳥ともされていた。ちなみに正岡子規の号「子規《しき》」や徳富蘆花の小説『不如帰《ほととぎす》』のタイトルが、その血を吐くという連想から付けられた名であることはいうまでもない。

西行が堀河局から、死への導師として信頼されたのは、他の待賢門院の女房たちと同じく、出家前の西行が、鳥羽院皇后であった待賢門院にしばしば出仕していた縁と、西行出家後も、その縁から歌を交わしあってきた間柄であったことにもよる。西行のその後の仏

2千載集・恋三・八〇一・堀河。あなたの心が長く続くかどうかは分かりませんが、今朝の私の心は寝起きの黒髪そのままに乱れて物思いを尽くすのです。

3私家集研究者森本元子は、康和二年（一一〇〇）の生まれと推定したが（「院政期の女流歌人―特に待賢門院堀河とその家集―」（『講座平安文学論究』第三輯所収・風間書房・一九八六）、父の顕仲は康平七年（一〇六四）の生まれだから、康和二年では遅すぎる感じがする。父の二十代末までの出生と仮定して、康和二年には十代にはなっていたのではあるまいか。

4古今集・俳諧歌・一〇一三。お前はどれほどの田を持っているからというので、毎朝「シデノタヲサ」と鳴いて田長を呼ぶのか。「死出の田長」というのは、鳴き声の擬声とされており、「しで」の意は「幣垂《しで》」だとされるが、あるいは「賤《しづ》」の転、「死出」と表記されたのは古今集以降と思われる。

徒としての生き方が堅固なものであることを、堀河や他の女房たちはつかず離れず見知っていたはずで、この贈答もそういう下地があってのことであった。

この西行の返歌自体に、さして複雑な要素はない。あなたが死出の道にお立ちのときは、約束どおり私がホトトギスとなって先導する役目をお引き受けしましょう、というのであるが、死出の田長であるホトトギスのことを気軽に話題にしていることからして、重苦しくない洒脱《しゃだつ》な調子の歌であるとみてよい。こういう洒脱さは、再三述べてきたように西行持ち前の一つだったが、この場合は、西行が周辺の女性たちから、善知識として頼り甲斐のある人間として見られていたということが重要であろう。

堀河との間で交わされた、これに似た交情を伝える贈答に次のような歌もある。

いつの頃かわからないが、同じ頃のことであろうか。仁和寺に住んでいた堀河から、お越しを待っていると請われ、「行きます」と返事をしていたが、しばらく行けずにいたある月の明るい晩、その前を通りかかったところ、堀河から、

西へ行く導《しる》べと頼む月影の空だのめこそ甲斐なかりけれ 5

と愚痴めいた歌が届けられた。あなたを西へ行く導き手の月として仰いでおりますのに、空頼みだったのですね、当てにしていて無駄でしたわ、といってきたので、西行は次のように返した。

さし入らで雲路《くもぢ》をよぎし月影は待たぬ心ぞ空に見えける 6

私はもともと、皎々《こうこう》と差しこまずに雲の中をこそこそ横切る月のようなもの、そんな月

5 山家集・中・雑・八五四・堀河。詞書に「堀河の局、仁和寺に住みけるに、参るべきよし申したりけれども、紛るることありて程へにけり。月のころ、前を過ぎけるを聞きて言ひ送りける」とある。

6 山家集・中・雑・八五五。西行上人集には「立ち入らで雲間《くもま》を分けし月影は待たぬ気色《けしき》や空に見えけん」とある。

を誰も相手にしないように、あなたからもそれほど待たれていないという様子が暗《あん》に見えたので、あなたのお家に立ち入らずに通り過ぎたのですよ、と冗談めかして切り返したのである。二人の間に気安く親密な情が交わされてきたことがわかる。

この堀河局と交わした二つの贈答や、他の待賢門院女房たちと交わした先の歌々からうかがわれるのは、宗教者として信頼に足る廉直《れんちょく》な顔、相手に応じて物事を軽妙に処理することができる顔の二つであろうか。

西行は実に多面的な人間であった。蹴鞠や馬術に堪能な運動家《スポーツマン》としての顔、宗教者としての廉直《れんちょく》で信頼感に溢れた顔、人間としての優しい思いやりに満ちた顔、物事を軽快に処理する洒脱でユーモラスな顔、思い立ったらすぐに実行に移す行動者としての顔、そして常に流動する非定住者として旅の中に自己を見据える顔、桜と月をこよなく愛する数奇者としての顔――等々、これまでにみてきた歌からでも、そうしたいくつもの顔を持った人間であることがわかる。また、こうした顔の裏側には、その出自にふさわしく武士的な剛直性とでもいうべき強靭な性格をみせることもあった。[7] あたかも十一面観音の如く、場面場面によって別々の顔を見せてくるのである。あるいはどの面も一体化してそこにあるというふうにいってもよい。あえていえば、人によってさまざまな変相を見せられる、俗にいう懐《ふところ》の深さというのが彼の真骨頂であったともいえる。

人間西行は、そういういくつもの顔を、歌を通して我々の前に示してくる。人は、西行の歌から自分で好きな顔を見出して、その顔に惹きつけられてしまうのである。しかし我々にはなかなか、複雑に絡み合うその全体像を見抜くことはできない。そしてそのことが、しばしば西行の歌の不可解さが[8]云々される要因ともなっているように思われる。

7 この剛直さという点は、後の29、52、59等でも述べる。なお本書「あとがき」を参照。西行の心に潜む「たてだてしさ」を指摘したのは、古今著聞集・宿執第十四話である。

8 西行ファンが多い中で、初めて西行のわかりにくさということをおもてだって表明したのは、唐木順三の『中世から近世へ』（筑摩書房・一九六一）の「西行」であった（初出は同年二月の岩波古典文学大系月報）。この唐木の論に対し、石田吉貞が「西行の歌の不可解性」という反論を記している（「国語と国文学」一九六四・一）。

24 今宵《こよひ》こそ思ひ知らるれ浅からぬ君に契りのある身なりけり

（山家集・中・雑・七八二）

今晩、はからずもこうして法皇様の葬儀に立ち会うことができ、あらためてわが君と深い契りがある身であったなあと、つくづくと思い知られることです。

【詞書】本文中に意訳して示す。

【語釈】○君―西行が下北面として仕えた第七十四代鳥羽上皇をさす。皇統は白河―堀河―鳥羽―崇徳と継承された。

『山家集』中巻・雑には、待賢門院の死や近衛天皇崩御のことをうたった歌のあとに、鳥羽法皇の葬儀関連の歌を三首並べてのせている。これはその最初の歌だが、相手のいない贈答歌とみていい歌である。

歌だけでは「今宵」とか「君」が何を指すか、具体的な事実がわからないが、長い詞書がついているので、意訳して示そう。

一院（鳥羽法皇）が鳥羽離宮で崩御《ほうぎょ》なされ、その夜、離宮内の安楽寿院《あんらくじゅいん》で葬儀が営まれたが、たまたま私は高野から出て来ていたので間に合うことができた。法皇の死がなんとも悲しくてならなかった。法皇が、後にお住みになる予定のこの安楽寿院の御検分にはじめて出向かわれたとき、当時は大納言であった私の主《あるじ》の徳大寺実能《さねよし》殿下が一人その供をなされ、お忍びの御幸《ごこう》ということとて他には誰もいず、北面《ほくめん》の武士では私だけが供奉《ぐぶ》した。その往時がまざまざと思い出され、御他界なされた今、こうして今夜、図らずも同じ場所に立ち会えたことが、昔・今のシーンとして交互に重なってやまなかったので、この歌を詠んだ。

鳥羽法皇が鳥羽離宮で崩御したのは、西行三十九歳の保元元年（一一五六）七月二日のこと。西行は一人、人々が散ったあとの夜のしじまの中にたたずみながら、昔、鳥羽院に従ってこの安楽寿院を訪れた日のことを、ありありと思い出さずにはいられない。当時まだ下《げ》北面だった西行は、上皇が安楽寿院の下検分に行くというので、主人徳大寺実能の供をして、護衛役としてここに来たことがあった。保延五年（一一三九）のことだから、それから十七年経ているが、記憶はなお鮮明であった。その一年後に、院に出家の暇乞いをしたことなども、この時思いあわせていたはずである。

詞書には「高野より出で合ひて参り遇ひたりける」と、たまたま高野から出て来ていたように書いているが、これは文飾というべきで、崩御間近という噂が立って前もって高野から下山していたに違いない。

この歌の要《かなめ》は、もちろん院との「浅からぬ契り」をつくづくと実感したという点にある。いうまでもなくこれは、十七年という時を隔てて、鳥羽院と自分がこうしてふたたび同じ場所に立ったということに起因している。「浅からぬ契り」と聞くと、つい前世からの因縁という言葉に置き換えがちだが、このときの西行の心意は、そんなありきたりの言葉では言い足りなかったに相違ない。院の死はもちろん悲しい出来事だが、もしこれが普通の人の死や友人の死であったなら、よくある悲しみや、死者と自分の間を隔てた無常を歎く程度で終わり、[1]「今宵こそ思い知らるれ」という深い感懐まで抱かなかったであろう。しかし西行はそうではなかった。相手が天皇という「一人《いちじん》」だったからだ。

現代に生きる我々と異なり、西行が生きた時代には、天皇に対する人々の感情は、我々

1たとえば、侍従大納言成通の死に列して西行がその親族に贈った「行き散らん今日の別れを思ふにも更に歎きや添ふ心地する」（山家集・中・雑・八〇九）や、待賢門院の二位局の死を聞いて詠んだ「流れ行く水に玉なす泡沫《うたかた》のあはれ徒《あだ》なるこの世なりけり」（同・中・雑・八一七）など。

の想像をはるかに超えるものがあったと思われる。神であり神でないという特別な貴種として遇していたのは間違いあるまいが、そういう理解以前に、天皇の前に出れば、おのずから畏怖に襲われて頭《こうべ》をたれてしまう、およそ理非の判断といったものをはるかに超えた超越者としてそこに在《ま》していたのだと思われる。

この歌の「今宵こそ思い知らるれ」という表現には、そういう霊的な貴種であった天皇と、俗人に過ぎない自分との間にまれに成立した一筋の契約に対する思いが、濃密に籠められていたのではなかったか。かたや死の世界へ旅立つ身となり、かたや三十九歳のややくたびれた出家者になったが、十七年の歳月が、ふたたび二人を同じ場所に結び付けたという尊い驚きが根本にあり、その感情は、前世の宿縁というような観念的了解に帰せられるものではなかった。「浅からぬ契り」とは、西行の意識では、まさに「奇縁」とでもいうほかない、言葉にならぬ言葉であったに違いない。そう取らなければ、この歌は単なる王者追悼のありきたりの歌で終わってしまう。

在俗当時の西行は、兵衛尉《ひょうえのじょう》という卑賤の身に過ぎなかったから、身分的にはじかに鳥羽院に言葉をかけられる存在ではなかった。従者として扈従《こじゅう》する間に、時に下問されるようなことがあったとしても、鳥羽院は依然、雲の上の存在だったはずである。こうしてその墓前に額《ぬか》づいたり、その周辺の人間を通じて関係を結ぶことは、容易にできることではなかった。それが今できるのは、ひとえに西行が出家したことによっている。ある意味では僭越ともいっていいこの歌を残しえたのも、その出家したという事実がもたらした特権といってよいのだろう。普通の貴族であれば、天皇との個人的体験を直接うたうことは滅多にできないが、出家者西行だからそれができたのである。

このことは単なる推量ではない。この歌に続く、葬儀が果てて参列者がみな帰ったあと、一人「始めたること」（読経だとされる）があって、夜が明けるまでそこに残って詠んだという次の歌が、そう語っている。

訪《と》はばやと思ひ寄らでぞ歎かまし昔ながらのわが身なりせば[2]

つまり、昔のままの在俗の身であったならば、こうして院の死を見届けようと考えることもなく、通常のような歎きで終わったかもしれないと、みずから吐露しているのである。裏返せば、今は出家の身であるからこそ、こうして院の死に一介の沙門として向き合うことができたのだという自覚を物語っている。鳥羽院に対する西行の思いは格別なものがあり、それは二人の間でしかわからない人間的な共感であるとともに、出家者として鳥羽院と対等な立場に立ったことに基づく普遍的な思いでもあった。

ちなみに、このとき詠んだもう一首というのは、「納め参らせける所（安楽寿院）へ渡し参らせけるに」という詞書が付された、

道変はる御幸《みゆき》悲しき今宵かな限りの旅とみるにつけても[3]

というもの。こちらでは、これが君の最後の旅だと思うにつけて、生から死へと道を変えて向かったその旅立ちが今夜はいっそうつらく思われると、いったんは治天《ちてん》の君として君臨した院が、常人同様、こうしてはかなく死出の道へと立たざるをえないというその運命

2山家集・中・雑・七八四。昔のままのわが身であったなら、こうして院の死に立ち会おうとは思わず、遠くから悲しむだけで終わったであろう。

3山家集・中・雑・七八三。行く道があの世へと変わる今夜の御幸のことが悲しくてならない。これが君の最後の旅路であると思うにつけて。

を、ストレートに悼んでいる。後に西行は、この歌を「宮河歌合」三十二番左に収めた。いずれ我々は、36で西行が亡き崇徳院に対したときの歌をみるが、西行にとって、鳥羽院との最後の別れを告げるこの歌も、一生の節目となる刻印の一首であったのであろう。

新潮古典集成『山家集』の頭注は、『山家集』中巻・雑に、待賢門院・近衛院・鳥羽院の崩御の際の歌が連続して配列されていることをまとめて、「出家して後もなお京都とのかかわりを捨て得なかった西行の感懐が流露されている」と補足説明しているが、院と自分だけの間に架け渡された二人だけの特別な奇縁を詠んだこの歌を、出家後もなお京都とのかかわりを捨て得なかった感懐一般へと平準化してしまったら、この歌は底の浅い平均的な歌に堕してしまう。

「浅からぬ君に契りのある身」とは、十七年前の出家当時から続く二人の関係性を証すものとしてもっと深い、個人的かつ特殊な重みを持つ言葉にほかならなかった。が同時にそれは、西行が、結局は天皇という後光からついに脱せられない貴族圏に生きた人間であったことをもはからずもよく物語ってもいよう。

25 山深みさこそあらめと聞こえつつ音あはれなる谷の川水

（山家集・下・雑・一一九八）

私がいる高野は山が深いので、谷川の水は寂しさとはこういうものかというような無比の音を立てていますが、一方ではしみじみと哀れにも聞こえ、まんざらでないとも思っております。

【詞書】入道寂然《じゃくぜん》、大原に住み侍りけるに、高野《たかの》より遣はしける。

【語釈】○さこそあらめ―「さあらん」、そうであろうという意の強調。「さこそあらめと聞こえつつ」を、あなたの大原の住まいもさぞかしこうだろうと推察しながら、と取る解もあるが、それでは「聞こえつつ」の語意が生きないので取らない。○谷の川水―通常は「谷川の水」とあるところ。水音の印象をより際だたせるためにこうしたのであろう。

西行の家集には、連作と思われるものが相当数ある。中でも『聞書集』にのる「戯《たはぶ》れ歌」十三首や、「地獄絵を見て」二十七首などが有名だが、『山家集』の中にも「恋百十首」といったものから、「花の歌あまた詠みけるに」「落花の歌あまた詠みけるに」「郭公《ほととぎす》歌五首よみけるに」「人々秋歌十首よみけるに」といった括《くく》りのものが数多くみえる。これらが、連作という意識で作られたものかどうかは特定できないとしても、何らかの意図で括られたものであることは確かである。

この歌も、十首一連の中の一首。都の郊外洛北の大原の里に隠栖していた友人の寂然《じゃくぜん》に、高野《こうや》から贈った十首歌の冒頭の歌である。西行は別の歌で、高野の哀れさを、

住むことは所がらぞといひながら高野《たかの》は物の哀れなるかな[1]

1山家集・中・雑・九一三。住む内容は場所によって違うとはいいながら、この高野の奥は一段と物の哀れが勝ることだ。

と詠んでいるから、山居の寂しさという点では、高野は群を抜いていたようだ。

この十首贈答を寂然に贈ったのが、いつ頃のことかわからない。高野に初めて入山したときの発見を吐露したものだと考え、三十二で高野に入った時のことと考えるのが素直であろうか。季節は晩秋に統一されている。
二、三句の「さこそあらめと聞こえつつ」というのが、やや意味が取りにくい。谷の川水の音が「さこそあらめ」、山深い谷の寂しさとはさぞかしこうであろうと想像したとおりの寂しさの極みとして聞こえるというのであろう。しかし、「つつ」とあるのが微妙である。「つつ」という以上、寂しく聞こえるとともに、その音が「あはれ」にも聞こえるといっているようだ。西行は寂しいとしかいいようのない山中の完全なる孤独を、「あはれ」として受け止めることによって、そのあわれさの中に浸って楽しんでいるのではあるまいか。そのように理解しなければ、この「つつ」は解釈できない。
二首め以下を列挙してみよう。すべてが「山深み」という初句で始められているから、ある程度遊戯感覚をともなってつづられた連作であろう。

②山深み真木《まき》の葉分くる月影は烈しきものの凄《すご》きなりけり 2
③山深み窓のつれづれ訪《と》ふものは色づき染むる黄櫨《はじ》の立ち枝
④山深み苔の筵《むしろ》の上にゐて何心なく啼《な》く猿《ましら》かな
⑤山深み岩にし垂るる水ためんかつがつ落つる橡《とち》拾ふほど
⑥山深みけぢかき鳥の音はせで物怖ろしき梟《ふくろふ》の声
⑦山深み小暗《こぐら》き峰の梢より物々しくも渡る嵐か

2山家集・中・雑・一一九九。以下一二〇七まで一連。

⑧山深み榾《ほだ》きるなりと聞こえつつ所にぎはふ斧《をの》の音かな
⑨山深み入りて見と見るものはみなあはれ催す気色《けしき》なるかな
⑩山深み馴るる鹿《かせぎ》の気《け》近さに世に遠ざかるほどぞ知らるる

このように、上句なり下句なりに同じ語句を揃えて何首も詠む伝統はけっこう昔からあって、別に西行が先蹤《せんしょう》というわけではないが、[3]西行も遊び心が好きな人間だったから、一度はやってみたいという思いがあったのではあるまいか。

②にいう「真木」は、常緑針葉樹の代表である杉の古名。密集した高い杉木立の梢から洩れくる月光は、都辺の月と違って隔絶した純粋度を示すが、それでもやはりぞっとする凄さがあるという。「凄き」が西行好みの語であることはすでに15で触れた。

③の「黄櫨《はじ》の木」は、真木とは逆に、桐や柏のように幅広な葉を持つ落葉喬木。黄葉した木から一枚ずつはらはらと舞い落ちる葉が、時を置いて窓を叩く音は、あたかもわがつれづれを慰めんと訪れてきた人間のように聞こえるという。

④では、苔が密生した山肌の上には、ときどき猿がやってきて甲高い啼き声を立てる。西行は深山を訪れる猿の声が、取りわけ耳について離れなかったようで、『松屋本山家集』の書入れ歌には次のような歌もある。

深き山は人も訪《と》ひ来ぬ住まゐなるに夥《おびただ》しきは群猿《むらざる》の声[4]

⑤は、結句の「ほど」がよくわからないが、秋も深まってぽつぽつと落ち始めたトチの実を拾う間《ま》がもったいないから、岩からしたたり落ちる水の雫も溜めておこうというのであろう。ドングリを見つけては拾う間隔と、水が滴り落ちる断続的な時間を照応させたも

3 躬恒集、忠岑集にみえる躬恒・忠岑間で交わされた「…と…といずれか勝れる」で統一した競作が有名。万葉の時代からある春秋優劣論の系譜に入る。後拾遺集・雑三には「世の中を何に譬へんといふ古言を上《かみ》に書きて数多よみ侍りけるに」として「世の中を何にたとへん秋の田をほのかに照らす宵の稲妻」という源順の歌があり、順集、能宣集にこの時の各十首がみえる。和泉式部にも「世の中に怪しげなること」「世の中に苦しきこと」「あはれなることをいふには」を同じ頭においた物づくし歌があり、俊頼の散木奇歌集にも、四・五句を「行方も知らぬ恋もするかも」で統一した十首、第五句を「初雪の庭」で統一した十首歌がある。なお建礼門院右京大夫集に、雅頼女に贈った「秋の山里」を結句に並べた十首連作があるが、稲田利徳は西行と寂然のこの贈答十首連作を真似したものだろうという。

4 松屋本山家集・七四一の書入れ歌五首中。

のかと思え、ユニークな視点である。もっともこれを、冬の食糧用にトチの実を拾い溜めるこの時期に、ついでに水を溜めておこうと解する説もある。

⑥、聞こえてくるのは、都あたりで耳慣れている「気ぢかき」鳥ではなく、闇をつんざくホウホウという梟の不気味な声である。

⑦、暗闇に沈んだ峰から、風が荒々しく吹き落ちてきて小さな庵を襲う。これまで都近い草庵で聞き慣れてきた嵐とは、比べ物にならないくらいの凄まじさなのだろう。

⑧では、榾《ほだ》をかる木樵りの斧の音が山の遠くから響いてくるが、「所にぎはふ」とあるから、西行にとっては、それもまた人の気配をわずかながら感ずる賑わしいものであったのだろう。

そして⑨では、以上のすべてをまとめるように、この山奥では、見るものすべてが哀れを誘わぬものはないと、深い溜息をつく。

⑩、今日もまた鹿がすぐ近くまでやってきたが、今ではすっかり見慣れたその姿も、ここが人里から遙かに隔たった世界であることをあらためて痛感させてくれると、駄目を押している。

西行は高野住まいの侘びしさを次々と繰り出している。しかし、これだけ並べると、かえってその情感を自慢げに並べているという気配が漂ってくる。猿や梟、鹿の鳴き声はいうまでもないとして、窓に当たるハゼの葉、水のしたたる音、吹き下ろす嵐、木樵りの打つ斧の音など、音に聴き入る歌が多いのもそのことを推量させる。

西行の山籠もりは、仏教教典などの学習と、時々の歌詠を目的としていたはずで、その日常は、ひたすらこの二つの目的に向かって集中していたと思われる。とすれば、西行は自己を取り囲むこうした音を、孤独の修行を慰めてくれる友のように慈《いつく》しみながら聴いているのである。寂しい、哀れだと強調する強がりの中には、自己を取りまくそうした音立てる物に対する、ある種の親和的思いが潜んでいると取らなければならない。

そのことは、この連作とは逆に、山里は「寂しさ」がなければつまらないとうたった、次のような歌を残していることからもいえる。

訪《と》ふ人も思ひ絶えたる山里の寂しさなくは住み憂からまし[5]

また12でも引用した、人恋しさを正直にうたった次の歌も思い出される。ときに寂しさに我慢できなくなって、つい本音を漏らしたという感じの歌だ。

寂しさに堪へたる人の又もあれな庵並べん冬の山里[6]

西行は、こうした寂しさを好んでうたうことによって、あえて自己の現在を奮い立たせているのである。それは時に居直りのようにも聞こえるが、それでもやはりその寂しさをいつまでも心の中に封じ込めておくことはできなかった。さっそく歌を作って、都の大原にいる寂然までわざわざ贈ってやったのは、すべての経験を歌にすることが、自分に課したもう一つの生き方だったからだ。なんであれ、直面したことを言語化して歌にうたいあげることは、西行にとっては実質的な修行の形態と同じでもあった。

この十首に対して、寂然は、以下に示すとおり。結句をすべて「大原の里」で統一させた歌を返してきた。西行が淋しくてたまらないと訴えているように見えて、その実、高野の山奥の「あはれ」を自慢しているように見えるのを、寂然は目ざとく読み取ったのであ

5山家集・中・雑・九三七。この山里を訪ねて来る人もすっかり途絶えたが、逆にこの寂しさというものがなかったなら、もっと住み憂く思うことであろう。

6山家集・上・冬・五一三。12を参照。

ろう。そうあなたがくるのなら、こちらもこう応じようと、西行の挑戦心をすぐ察知して、すべて「大原の里」で合わせたのである。

①あはれさはかうやと君も思ひやれ秋暮れ方《がた》の大原の里[7]
②一人住むおぼろの清水友とては月をぞ澄ます大原の里
③炭窯《すみがま》のたな引く煙《けぶり》ひと筋に心細きは大原の里
④何となく露ぞこぼるる秋の田に引板《ひた》ひき鳴らす大原の里
⑤水の音は枕に落つる心地して寝覚めがちなる大原の里
⑥あだに葺く草の庵のあはれより袖に露おく大原の里
⑦山風に峰の篠栗《ささぐり》はらはらと庭に落ちしく大原の里
⑧丈夫《ますらを》が爪木《つまぎ》にあけび差し添へて暮るれば帰る大原の里
⑨葎《むぐら》はふ門《かど》は木の葉にうづもれて人もさし来ぬ大原の里
⑩諸共《もろとも》に秋も山路も深ければしかぞ悲しき大原の里

①、「あはれさはかうやと」の「かうや」は、高野《こうや》という音《おん》に「かくや」を掛け、あなたが高野の「あはれ」を強調するのなら、私が住む「大原の里」の秋の暮れ方もかくかくであって、負けてはいませんよと返したのである。この対応もまた、寂然の側の遊び心にほかならない。

②、大原にある清泉「朧《おぼろ》の清水」には一人月が澄むだけだ。③、炭焼きの窯からひと筋たち上る煙のようにこの地もひと筋に心細い。④、秋の田に引き回した鳴子《なるこ》の音が何となく涙をさそう。⑤、筧《かけい》の水の音が枕近くに聞こえ何度も目覚める。⑥、粗末な草の庵よりもそこから洩れる露が袖に落ちるのが寂しい。⑦、篠栗《ささぐり》の葉が風に乗って庭に寂しく敷き

7山家集・下・雑・一二〇八・寂然。以下一二一七まで十首。

詰める。⑧、木樵りが山からの帰り際にアケビを薪に差して帰っていく。⑨、ペンペン草が生える門は木の葉に閉ざされて誰もやってこない。そして⑩、寂念は寂然で、秋の暮の光景を次々と点綴《てんてい》してきた後で、ここ大原の地の秋も山路も、すべて高野に負けを取らないくらい寂しいのですぞとうたい収めている。

この寂然の十首は、さすがに都に近い大原だけあって、炭窯の煙や鳴子、木樵りの姿などが点景されていて人間の気配が漂う。その分、西行の高野には及ばないのかもしれないが、いや、だからこそ余計に寂しいのだと、西行の贈歌に対して切り返す体《てい》になっている。西行がわざわざ高野から言ってきた寂しさに、当たり前の同情なぞを示していないのだ。むしろ大原の哀れさをうたい込んで対等に返すことが、真の同情なのだと心得ているのである。この連作贈答歌の読みどころは、そういう駆け引きにもあった。[8] それはまた、二人の友情の確固とした証《あか》しともなっているといっていい。

大原の三寂の一人寂然は西行のよき友であり、好敵手でもあった。生没年は未詳であるが、西行とは年齢も近かったのであろう。高野に入ったり、保元二、三年（一一五七、八）の頃、四国に配流されて間もなくの崇徳院を同地の雲居御所に訪ねたり、その行動は西行に重なる点が多い。19でも寂然と交わした「言《こと》の葉《は》のなさけ絶えにし折節《をりふし》にあり逢ふ身こそ悲しかりけれ」という歌を引用した。

二人の間に交わされた贈答は、『山家集』中の贈答歌ではもっとも多く、九組ほど見える。寂念・寂超・寂然ら三兄弟の兄想空が死んだとき、弔問しなかった西行との間に交わされたやりとり（八三二から八四三）も目につくが、次は、高野に西行を尋ねた寂然が大原に戻ってしばらくたってから西行に贈った歌。

8この連作歌に対する評価に「全体が説明的、叙述的になり、盛り上がるような点が弱く、平面的」とか「作品として高度なものといえない」（窪田章一郎『西行の研究』）という否定的なものがある。しかし西行の歌にいつも高邁な文芸性を期待しようとすること自体にすでに西行信奉が入り込んでいる。久保田淳は「口軽く次々と詠まれていった、いわば詠み捨てに近い作品群」（『西行の世界』日本放送出版協会・一九八八）といっているが、当人たちにとってこうした遊びに心を解放することが大切なのであって、彼らに高度な歌にしようなどという意識はなかった。

隔てこしその年月《としつき》もあるものを名残多かる峰の秋霧[9]

あなたと会えない時期はこれまでにも何度かありましたが、今回の別れはいやに長く感じます。あなたと高野で別れたとき見たあの峰の秋霧が、なつかしくてなりません、とうたう。これに対する西行の返し、

慕はれし名残をこそは眺めつれ立ち帰りにし峰の秋霧[10]

あなたが大原に帰ったあの日に立ちのぼっていた秋霧が峯に立つたびに、その秋霧をあなたの名残と思って一人で眺めています、という。

次は、寂然が紅葉の盛りに高野を訪れて帰っていった翌年の春、紅葉に代わって桜が峰をおおったので、寂然に贈った西行からの歌。

紅葉見し高野《たかの》の峰の花盛り頼めぬ人の待たるるや何[11]

あなたと去年見た紅葉の峰が、今は桜で満開です、当てにならないあなたの次の来訪を桜もおのずから待たれるのでしょう。さあ、どうしますか。寂然の返し、

ともに見し峰の紅葉の甲斐なれや花の折にも思ひ出でける[12]

桜が私を待つとの仰せですが、それもあなたと一緒に紅葉を見た名残の効用でしょうよ。桜が満開のこの季節であっても、私の脳裡には昨年の紅葉の面影が浮かんできます、という。

9 山家集・下・雑・一〇五五。

10 同・下・雑・一〇五六。

11 山家集・下・雑・一〇七四。

12 同・下・雑・一〇七五。

次はただ「寂然入道、大原に住みけるに遣はしける」と詞書にある西行の歌。歌の内容からすると、当時都にいた西行が大原の寂然に贈った歌らしい。

大原は比良《ひら》の高嶺《たかね》の近ければ雪ふる程を思ひこそやれ[13]

あなたが住む大原は、比良の高嶺が近いので、雪の頃の寒さはさぞかしと思いやられます。寂然の返し、

思へただ都にてだに袖冴えし比良の高嶺の雪の景色を[14]

あの時、あなたと会った都の中でさえ、袖が寒々と冴えてたまらなかったのだから、私が居るここ比良の高嶺の雪の寒さがどれほどのものか、ひたすら思ってほしい、という。

二人は、普段から同好の士として、同情やからかいに満ちたこうした贈答を何度も交わし、互いの隠栖生活の侘びしさを晴らし合っていたのに違いない。さもなければ、本項で取り上げた十首連作のような、楽しい駆け引きは生まれなかっただろう。もっとも、最初に誘いをかけるのがたいてい西行であることをみると、こんなところにも、人恋しさを我慢できない西行という人間の素顔や性格をみることができる。

13山家集・下・雑・一一五五。

14同・下・雑・一一五六

26　亡き跡を誰《たれ》と知らねど鳥辺山《とりべやま》おのおのすごき塚《つか》の夕暮

（山家集・中・雑・八四八）

夕暮れ時の鳥辺山には無数の塚が立っている。葬られているのが誰かは分からないが、黒々した影を見せて立つその一本一本の塚が不気味に浮かび上がり、人間の生がいかにはかないか、ぞっとするほどだ。

【詞書】無常の歌あまた詠みける中に。
【語釈】○鳥辺山―鳥辺山の山裾鳥辺野は東山の清水寺から西大谷に拡がった墓地。嵯峨野の奥の化《あだ》野《しの》、船岡山西麓蓮台野《れんだいの》などと並んで京都近郊の火葬場として知られた。○すごき―「凄き」は西行の得意な感覚を示す愛用語。15で触れた。

待賢門院女房たちとの贈答以下、贈答歌を何首かみてきたが、ここからは西行の宗教的思念が表明された歌をみてみよう。

これはずばり「無常」題で詠んだ一首。晩年に伊勢の神道家たちの前で語った西行の語録『西行上人談抄』に、彼が常に「一生幾何《いくばく》ならず。来世近きにあり」という文《もん》を口ずさんでいたとあるように、無常というテーマは、歌のみならず、西行の人生にずっと併走していたテーマであった。人の死や落花を詠んだ歌にも、いうまでもなくこの無常の問題がぴったり張りついている。（西行と無常との関わりについては51でもみる。）

あらためていうまでもなく、「無常」という観念、ないしそれに付随する情感は、およそ日本人が洗礼を受けた仏教のあまたの教えの中でも、我々に最大の影響を与えた思考法であった。原始仏教の面影を伝える『阿含《あごん》経』や初期小乗経典の一つ『涅槃《ねはん》経』には、すでに「一切行は無常なり」「諸行無常」といった言葉が見えているし、この世を無常とする教えは、空観と並ぶ仏教の根本観念の一つをなしていた。仏教東漸《とうぜん》後、この無常観は日本的な変容を遂げつつ、日本人の生の感覚を規定して居すわり続け、その痕跡は現在にも及んでいる。別れや流浪を主要テーマにする日本の演歌の底流には、今でもこうした無常感が伏流していることはまぎれないし、[1]大方の日本人の物の考え方の奥底には、存在を空無化してしまうような無常観に基づく諦念が潜んでいる。

　無常をうたった歌は、『万葉集』の中にすでに十首以上登場しているが、[2]平安以降無常の歌で特に人々の情感を誘ったのは、

　世の中は何か常なる飛鳥川《あすかがは》昨日の淵ぞ今日は瀬になる[3]　読人知らず
　世の中を何に譬《たと》へん朝ぼらけ漕ぎ行く舟の跡の白波[4]　沙弥満誓
　世の中はとてもかくても同じこと宮も藁屋《わらや》も果てしなければ[5]　蝉丸

といった歌々であった。『和漢朗詠集』の「無常」の項には、

　手に結ぶ水に宿れる月影のあるかなきかの世にこそありけれ[6]　貫之
　末の露もとの雫《しづく》や世の中の後《おく》れ先立つ例《ためし》なるらん[7]　遍昭

といった歌も並んでいる。俊成が「無常」題で詠んだ『新古今集』所載の、

　世の中を思ひ連《つら》ねて眺むれば空しき空に消ゆる白雲[8]　俊成

という歌も、後世によく知られた歌である。

　これらの歌はどれも、飛鳥川の淵瀬、漕ぎ行く舟、宮と藁屋、水に浮かぶ月光、露、大空に浮かぶ白雲といった具象的なイメージを通して、その奥にある「無常」という観念を情感的に仄めかすという点でほぼ共通しているが、これに対し、掲出した西行の「亡き跡」は、そうした観念的イメージを持たないという点できわめて異色である。

1たとえば藤村の「惜別の唄」の二番「別れといえば昔より／この人の世の常なるを／流れる水を眺むれば／夢恥ずかしき涙かな」や、古賀政男の「影を慕ひて」の三番「君故に／永遠《とわ》に春見ぬわが／さだめ／永ろうべきか空蝉《うつせみ》の／儚《はかな》き影よわが恋よ」など。

2世の中は空しきものと知る時しいよよますます悲しかりけり（巻五・七九三・旅人）、世の中を何に譬へむ朝開き漕ぎ去《い》にし舟の跡なきがごと（巻三・三五一・満誓）、世の中の術なきものは年月は流るるごとし（巻五・八〇四長歌・憶良）その他。

3古今集・雑下・九三三・読人知らず。

4拾遺集・哀傷・一三二七。満誓。

5和漢朗詠集や今昔物語集等にみえ、新古今集・雑下・一八五一に蝉丸の歌としてのる。65でみる。

6拾遺集・哀傷・一三二一・貫之。歌章は略す。

7古今六帖・和漢朗詠集。遍昭。葉末の露も根元の雫も、所詮

この歌は、墓場における暗い墓標の即物的イメージですべてが構成され、ひたすらリアリスティクな映像に閉ざされている。「おのおのすごき」というのは、林立する塚の一本一本が、黒々と幽霊のように立ちのぼっている光景だろう。その凄絶なたたずまいが、情感的観念的な妥協を拒否する体《てい》の臨場感をもってこちらを圧倒するのである。15の山鳩の歌でみた西行の愛用語の「すごき」が、この歌でも、他の言葉に換えられぬ凄絶さをかもし出していて極まりない。

ところで、無常をうたう方法にはさまざまなパターンがあった。そのうちの一つ、身近な人間の死を、この世の避けられぬ現実として認識することは、西行以前からのもっとも常套的なあり方であった。勅撰集の哀傷の部には、近親者の死を悲傷するそうした歌が満ち満ちており、死は、人生のはかなさを否応なく実感させる現実として最たるものであり、無常はしばしば死の同義語として使われた。掲示することは割愛するが、鳥辺山《とりべやま》や化《あだ》野《しの》といった火葬場をうたった歌もよく取り上げられてきた。

この西行の歌によく似た例をあげるとすれば、『千載集』に「親の墓に罷りて侍りけるに、知らぬ塚どもの多く見え侍りければ詠める」という詞書でのっている左京大夫脩範《ながのり》の、次の歌がそれに近い。

　野辺みれば昔の跡や誰《たれ》ならむその世も知らぬ苔の下《した》かな　9

詞書の「知らぬ塚どもの多く見える」と、和歌本文の「昔の跡や誰ならむ」とをつなぎ合わせると、西行の歌とほとんど重なる。しかし、詞書と歌を合わせて西行の一首にようやく近づくというのでは、西行の表現の半分しか満たしていないことになる。西行の「すごき塚の夕暮」が、いかに自立した一首として強力なイメージに満ちているか明白である。

この世の無常を示す例、ただ後れるか先立つかの違いにすぎない。

8同・雑下・一八四六・俊成。歌意は平明である。

9千載集・哀傷・五九五・藤原脩範。野辺に立つ塚を見ると昔の跡が偲ばれるが、それが一体誰の墓なのか分からぬまま、すべてが苔の下に埋まっている。

この歌は、『山家集』中巻・雑に「無常の歌あまた詠みける中に」として並ぶ八首中の一首であるが、西行はこのあと、まるで墓づくしのように京都近郊の火葬場である「船岡山」「岩陰」「蓮台野」を次から次へと詠みこんでいる。

波高き世を漕ぎ漕ぎて人はみな船岡山を泊《とま》りにぞする[10]
死にて臥《ふ》さん苔《こけ》の筵《むしろ》を思ふよりかねて知らるる岩陰の露[11]
露と消えば蓮台野《れんだいの》にを送りおけ願ふ心を名にあらはさん[12]

二首めに見える「岩陰」とは現金閣寺の東、北野の北にかつてあった火葬場。この三首は、いずれも「漕ぐ―船」「岩陰―露―苔の筵」「蓮台―極楽浄土」といった縁語的連想が言葉遊び風に組みこまれていて、その分、イメージの衝撃性がが間接的となり、最初の「鳥辺山」の歌がもたらす迫力には及ばないようだ。
ところで、この無常歌八首の前半には、次のような歌もみえている。

いづくにか眠《ねぶ》り眠《ねぶ》りて倒れ臥さんと思ふ悲しき道芝の露[13]
驚かんと思ふ心のあらばやは長き眠《ねぶ》りの夢も醒むべき[14]
風荒き磯にかかれる海人《あま》びとはつながぬ舟の心地こそすれ[15]
大波に引かれ出でたる心地して助け船なき沖に揺らるる[16]

後の二首「風荒き」と「大波の」は、

10 山家集・中・雑・八四九。この荒い高波の世を小舟のように漕いだ果てに、人は結局この船岡山の地を最後の停泊地と定めるのであろうよ。
11 同・中・雑・八五〇。18で取りあげた歌。
12 同・中・雑・八五一。露のごとく消えるのなら自らをこの蓮台野に送るとよい。蓮台の名が極楽浄土に生まれたいという願いを示しているのだから。
13 山家集・中・雑・八四四。これも18で取りあげた。
14 同・中・雑・八四五。目覚めようと思う心がもともと人に備わっていてほしいものよ。そうであれば、無明長夜の眠りからもっと早く醒めるであろうに。
15 同・中・雑・八四六。風の荒い磯に舟を寄せる漁師たちは、綱を失った小舟も同然の気持ちでいるのであろうなあ。
16 同・中・雑・八四七。無常の世に生きるとは、大波に引きずられて流され、助け船もなくて漂う小舟のようなもの。

由良《ゆら》の門《と》を渡る舟人梶を絶え行方《ゆくへ》もしらぬ恋の道かな[17]　好忠

という「百人一首」にも採られた曽禰好忠の歌を連想させるものがあり、大海原や荒磯にたゆたう漁師のはかない小舟のイメージとして無常相を示す一つのパターンをなしているが、これに比べ前二者には、無常をテーマにしているにもかかわらず、無常を思わせるような言葉がなく、沈鬱で暗いイメージを漂わせるだけである。

「いづくにて」の歌は、18の「虫の音」の項でも引用したが、明らかに旅の途中で倒れ伏すイメージそのものであり、先にみた「岩陰の露」の歌の「死にて臥さん苔の筵を思ふより」と重なってくる。このイメージは、『山家集』中巻・雑にのる「題知らず」歌群中の次の一首にも共通する。

はかなしや仇《あだ》に命の露消えて野辺にわが身や送り置くらん[18]

これは野たれ死を覚悟し、前もってそういう死を旅先の野辺に送っておこうという悲壮な幻想の歌と取れる。芭蕉の「野晒《のざら》しを心に風のしむ身かな」（甲子吟行）の心境といってもいい。彼が憧れた桜や月に囲まれた妖しい美しさに満ちた死の姿とは対極にあり、実際問題として、流離する身のなりの果てに、彼が常にこうした悲惨な死を予感して止まなかったことを物語っている。西行が見た「鳥辺山」の黒い塚は、これらの非情な死の延長上にあるとしても突飛な連想とはいえまい。

旅の途中での野たれ死を予測したこうした歌は、西行の歌の中でも、あまり注目されてこなかったようである。しかし今それにこだわると、当面のテーマである「無常」からは

17好忠集・四一〇。由良の海峡を渡っていく舟人が梶をなくして漂うように、私の恋も当てもなく、漂い行くことだ。

18山家集・中・雑・七六四。はかないことだ、私のこの命の露もむだに消えて、野辺にこの身を送ってそこにしかばねをさらすことになるのか。

遠ざかることになる。

話を変えよう。「ただし」という言葉がつくが、西行の無常の歌がいつもこうした迫力に満ちているとは限らない。先ほど、無常の歌にはさまざまなパターンがあると述べたが、西行が詠んだ無常歌にもいくつかのバリエーションがある。

船岡の裾野の塚の数添へて昔の人に君をなしつる[19]

あればとて頼まれぬかな明日はまた昨日と今日を言はるべければ[20]

年月《としつき》をいかでわが身に送りけん昨日の人も今日はなき世に[21]

同じ無常の歌でも、これらはどちらかといえば、昨日までの人が今日はいないという感懐をうたう既成表現に近く、常套的といっていい類である。掲出した「鳥辺山」の歌にくらべれば、微温的とさえいえるだろう。

また無常の世は、時の流れの速さや変化、人の死のみでなく、しばしば「夢」にも喩えられてきた。『千載集』雑の部には、この無常の世を夢と見た、

夢とのみこの世のことの見ゆるかな醒《さ》むべき程はいつとなけれど[22]　永縁

現《うつつ》をも現といかが定むべき夢にも夢を見ずはこそあらめ[23]　季通

これや夢いづれか現《うつつ》はかなさを思ひ分かでも過ぎぬべきかな[24]　兵衛

といった歌が並んでいる。西行にも、こうした伝統にそってこの世を夢とうたった歌は多い。次は雑・中に並んでのっている三首である。

19 山家集・中・雑・八二〇。船岡山の裾野の墓所に新しい塚を加えた今は、あなたをすっかり故人と見なすのだなと痛切に思う。

20 同・中・雑・七六六。明日があるからといって頼みにはできない。明日になればなったで、また今日のことを昨日というにすぎないのだから。

21 同・中・雑・七六八。この永い年月を私はなんでうかうかと送ってきたのか。昨日達者だった人が今日はもういない無常の世に。

22 千載集・雑中・一一二三・権僧正永縁。この世のことは夢とばかりに見える。といってその夢からいつ醒めるのかもわからない。

23 同・雑中・一一二八詞書・藤原季通。夢の中でも夢を見ないということはないのだから、この現実を現実だとどうして判断できようか。

24 同・雑中・一一三〇・上西門院兵衛。どれが夢か現かそのはかなさを区別できないまま、うかうかとこの世を過ごしてしまいそうだ。

世の中を夢と見る見るはかなくもなほ驚かぬわが心かな[25]
亡き人も在《あ》るを思ふも世の中は眠《ねぶ》りのうちの夢とこそ見れ[26]
来《き》し方の見し世の夢に変はらねば今も現《うつつ》の心地やはする[27]

また当然ながら「朝顔の露」や「水の泡」といった慣用的比喩を用いたものもある。

はかなくて過ぎにし方を思ふにも今もさこそは朝顔の露[28]
流れゆく水に玉なす泡沫《うたかた》のあはれ仇《あだ》なるこの世なりけり[29]

こう見てくると、西行が残した無常の歌は、伝統的な表現にそった歌から、目の前の光景に慄然と心を振るわす掲出歌のようなものまで、きわめて多様というほかない。ここにも西行の自在な感性と、心をかすめるすべての思考を表現に封じ込めようとした、杓子《しゃくし》定規《じょうぎ》ではない詠み方が反映している。何度もいうようだが、西行の歌は、歌合の歌のように表現としての完成を目ざした歌ではない。その場で次々とうたい捨てられるという筋のものであるが、書き留められることによって、ジグソーパズルのピースのように生活の一コマ一コマを構成しながら、西行の人生の総体を形づくる要素となった。西行が一首一首の歌で思考したというのは、そういうことにほかならなかった。

25 山家集・中・雑・七五九。この世を何度夢と思って眺めてきたことか。それでもまだ一向に目覚めようとしないわが心よ。
26 同・中・雑・七六〇。亡き人を思い、まだ生きている人を思うにつけ、この世は眠りの中の眠りに過ぎないとつくづく案じられることだ。
27 同・中・雑・七六一。過ぎ去った過去を何度も夢に見たが、結局は夢にすぎないと思うと、現在の現も、現という実感が湧かない。
28 同・中・雑・七七七。はかなく過ぎ去った過去を思うにつけ、現在のこの時も、朝顔に置く露が消えるような一時の夢に過ぎないとまた思う。
29 同・中・雑・八一七。流れ行く川の流れに浮かんでは消える泡のように、ああ、この世はなんとはかなく移り去るのか。

27 同じ里におのおの宿を占《し》めおきてわが垣根とは思ふなりけり

（松屋本版本山家集・八九一書入れ歌十二首中）

同じ里で一緒に暮らしているというのに、それぞれが自分が領有する家を垣根で囲うなんて、まるでここは私のものだと誇示しているようだ。人間の意識というのは、せいぜいその程度の狭くて小さいものなのであろうよ。

【詞書】識《しき》。
【語釈】○占めおきて―専有して。15で引用した「吹き渡す」の歌に「占《ひとし》めて」という語があった。

西行の学んだ宗教が、平安貴族圏に生きた人間として、天台法華経を基本としたものであることは、待賢門院の出家に際して諸家に募った法華経「一品経供養《いっぽんぎょうくよう》」の勧進行為や、『山家集』にみえる法華経法文歌《ほうもんか》、『聞書集』にのる法華経二十八品歌の類に明らかであるが、高野に三十年近く止住し、また空海の生誕地四国善通寺辺の山にもしばらく庵居したように、真言密教をも兼修したものだった。平安時代以降の著名な仏教者には、天台の顕密の他に、法相《ほっそう》や華厳《けごん》など南都で行われてきた法統を学んだ三宗兼学といった履歴を誇る僧が多かった。西行もまたそういう多宗派の一人であったと考えて差しつかえないだろう。

また、熊野入りや大峯入りからうかがわれるように、彼は抖藪《とそう》行脚の山岳宗教にも関心を寄せており、晩年には、伊勢に移住して、当時の最新思潮である神仏習合思想にも染まっているから、全体としては雑宗に近い自由さを持っていたと思われる。非僧非俗の一介の個人僧として生きる以上、こうした雑宗はある意味で当然のありようだった。

西行の宗教的軌跡を丹念に追った山田昭全《しょうぜん》は、西行が達した晩年の宗教的立場を、篤信的な真言密教僧と位置づけているが[1]、各宗教間を自由に越境するこだわりのない人間であったことも確かだった。そういう意味では西行は、大隅和雄や目崎徳衛が指摘しているように[2]、空也《こうや》の系譜を引く民間聖と、平安後期に多く輩出した遁世聖との中間をいく過渡的形態から大きく逸脱するものではなかった。

この歌は、他本には採歌されなかった孤立歌として珍重される『六家集版本山家集』の松屋本に書き入れられた全部で六十八首あるうちの、八九一番歌のあとに付された十二首中にみえる一首。詞書にただ一語「識《しき》」とある。

「識」というのは説明がやっかいである。人間が有する意識現象全体のことをいい、天台では人間の意識と外界は一体であると説くのが普通であった。これに対し、法相宗は、外界には実在するものなど一切なく、すべては人間の意識が作りだしたものに過ぎないという徹底した観念論を唱え、唯識《ゆいしき》宗とも呼ばれた。西行がここでいう「識」とはもちろんそのような唯識論ではありえず、歌の内容からみても、人間の心に去来する意識万般のことを指して「識」と言ったものと思われる。

いわんとすることは、人間が持つある種のエゴイズム、意識の狭量さといったものであろう。初句「同じ里」というのは、比喩的には、同じ人間としての形を共有しながらという意味と思われる。人間として心を解放することもなく、各自が勝手に、仮想にすぎない垣根というものを囲い込んで争っている様相を、「同じ里におのおの宿を占《し》めおきて」という分かりやすい比喩で示したのである。家の周囲に張り巡らした垣根に、人間の愚かさを結びつけたこの比喩は、きわめて具体的で平易でもある。

1山田昭全『西行の和歌と仏教』（明治書院・一九八七）。

2前者は、大隅和雄「西行―宗教と文学―」（日本文学・六―一）やシンポジウム記録『シンポジウム中世の隠者文学』（学生社・一九七六）での説、後者は目崎徳衛『西行の思想史的研究』（吉川弘文館・一九七八）。

この歌には、主語に相当する語彙がなく、結論めいたものだけを一筋に詠みくだしている。その上、仏の教えをパラフレーズした教旨歌《きょうしか》でありながら、思弁的なうるささといったものがない。あるのはイメージを中心とした比喩の明朗さであり、後世の道歌に近い思念の明澄性がある。誰もが納得するような民衆的な解釈といってもよいかも知れない。

『山家集』中巻・雑の半ばあたりに、教旨歌や六道歌など、宗教に関する西行の歌が三十首以上まとめて掲載されているが、ついでながら、そのうちからいくつかを取り上げて、西行の宗教的思念がどういうものだったか、大雑把にみてみよう。

雲雀《ひばり》たつ荒野《あらの》に生《お》ふる姫百合の何につくともなき心かな[3]

「心性《しんしやう》定まらずといふ事を題にて人々詠みけるに」とある歌。人間の生まれつきの心は決まっていないということをテーマにした歌である。一本のヒメユリが、雲雀が飛び立つ荒野に生えて風に揺れている。そのように、心性というものは何か他のものを根拠にしてあるものでもなく、本来自然のままそこにあるのだ、というような意味であろう。[4] 旅の中で生《なま》の自然に人一倍向きあってきた西行が、小賢しい人間世界の外側に、原始のまま手つかずに拡がっている自然を目《ま》の当たりにし、そこに生《せい》ある物の自然のありようを発見した歌とみておかしくはない。この発見は、既成宗教が与える先入観といったものにとらわれることなく、あるいは誰に教わることなく、西行がみずからの目で発見した自然の本然の姿ではなかったか。

3 山家集・中・雑・八六六。人間がこの世に生まれてきたときの本然の心というものはまだ何にも左右されず、ヒバリが飛び立つ荒野に生いたつ一本のヒメユリのようなものだろうか。

4 この歌の解釈には揺れがある。岩波古典大系は「心性」を「心の生まれつき。本来の心」と注し、「雲雀のとびたつ荒野に生える姫百合のように、何に寄りつくともなく、なよよかな生まれつき心であるよ」と訳すが、やや意味が不明。和歌文学大系は「雲雀が飛び立つ程に荒れた野原に咲く姫百合が目立たないながら揺れ続けるように、私の心も秘めた思いのせいでいつまでも揺れ続けて、どこに落ちつくこともなさそうだ」と、恋歌とみて訳す。

惑《まど》ひつつ過ぎける方《かた》の悔《くや》しさに泣く泣く身をぞ今日は恨むる[5]

「業障ヲ懺悔《さんげ》ス」という題の歌。迷ったままにこれまでの人生を無駄に過ごしてきたことを、今日という日はつくづく悔しいと思い、涙を流して恨めしく思う、というような意味。人の罪を責めるのではない、自分のこととして嘆いている。

西へ往く月をやよそに思ふらん心に入らぬ人のためには[6]

無量寿経にいう「往《ゆ》キ易クシテ人無シ」の文《もん》の心をうたったもの。弥陀の心を信ずれば、西方極楽浄土に往くことは容易というのに、それを信じない人にとっては、西へ往く月を見ても他人ごととしか思っていないというのであろう。西行は、無目的に生きている人々の心によりそって悲傷しているのだ。

徒《あだ》ならぬやがて悟りに返りけり人のためにも捨つる命は[7]

詞書に「菩提心論に、乃至《ないし》身命而不悋惜《じふくじゃく》の心を」とある。仏法のためには身命を惜しまず捧げるという仏家の精神を示す、いわゆる「不惜身命《ふしゃくしんみょう》」の心を説いた歌。たとえわが身命といえども惜しまないという心からすれば、人のために世を捨てたこのつまらぬ命も無駄ではなく、そのまま悟りの世界に帰すのであろうよ、といった意味。西行は珍しく自分のスタンスを確認している。しかし、その裏にあるものは、安心立命とは程遠い、自身

5山家集・中・雑・八六七。悟れぬままうかうか過ごしてきた過去のことが悔しくてならず、今日は泣いてわが身のことを恨めしく思うことだ。

6山家集・中・雑・八七二。西へ往く月のことを他人事と思っているのだろう。月をみても何も考えない人にとっては月は無用な存在にすぎない。

7山家集・中・雑・八七四。人のために捨てようと決意したこの命は無駄ではない。そのまま悟りの世界に帰るだけのことだ。

の不徹底さに対するある種の慙愧《ざんき》の心だったのではないか。

鷲《わし》の山誰《たれ》かは月を見ざるべき心にかかる雲し晴れなば8

詞書に「一心ニ仏ヲ見タテマツラント欲ス、の文《もん》を人々詠みけるに」とある。この文は法華経寿量品に見え、仏の教えに従って、一心に仏を見ようと試みて心の中の迷いの雲を晴らすことができたなら、誰だって霊鷲山《りょうじゅせん》の上にかかる釈迦の月を仰ぎ見ることができないことがあろうか、という。言っているのは、やはり他人ならぬ自分の心への叱咤ではあるまいか。

何事も空しき法《のり》の心にて罪ある身とはつゆも思はじ9

「心経《しんぎょう》」を詠んだ歌。心経とは、現代でも人口に膾炙《かいしゃ》している般若波羅密多《はんにゃはらみった》心経のこと。何事もこの世のことがすべて、「色即是空《しきそくぜくう》、空即是色」であるとすれば、自分が罪ある身だとは少しも考えない。その罪さえも空《くう》であるのが頼もしい、というのであろう。しかし、もしかしたら西行は、頼もしささえ畢竟《ひっきょう》空であると思っていたのではないだろうか。

罪人《つみびと》の死ぬる世もなく燃ゆる火の薪《たきぎ》なるらんことぞ悲しき10

「六道《ろくだう》ノ歌詠みけるに、地獄」とある。「六道」とは、地獄・餓鬼・畜生・修羅・人・天

27

同じ里におのおの宿を占めおきてわが垣根とは思ふなりけり

8 山家集・中・雑・八九一。人間の心にかかる迷いの雲さえ晴れるなら、誰だって霊鷲山にのぼる釈迦の月を見ないであろうか。

9 山家集・中・雑・八九四。何事も空《くう》だと説くこの仏の教えに従えば、わが罪も罪だとは少しも思わずにいられるだろう。

10 山家集・中・雑・八九七。罪人はふたたび死ぬことも叶わず、永遠に燃え続ける地獄の火の薪であり続けるのが悲しい。

の六つの世界。その最下層の地獄道をうたい、罪人としていったん地獄に堕ちると、ふたたび死ぬことも叶わぬまま、永遠に地獄の業火の薪となって燃え続けると思うと悲しくてならない、とうたう。ここでは西行は、心底地獄の恐怖に心をふるわせているようだ。

西行がうたったこれらの教旨歌《きょうしか》は、それぞれ題目はいかめしいが、どれもが、非高踏的といってもいいわかりやすい形でうたわれている。大上段から断罪するような大所高所的なところがなく、底辺の世界を知り尽くした者の目からなされる、ある種の親愛の情が張りついているといってもいいだろう。別言すれば、寺院にいて高尚な思弁に明け暮れる学問僧では、詠もうにも詠めない歌だといってもいい。その親しみやすさは、すでに見たように、堀河局や兵衛局といったもと待賢門院づきの女房たちとの交流がいつまでも続いた事実や、36でみる崇徳院の怨霊を鎮魂するといった姿勢などに共通する、西行の半民間聖的な信仰形態からくるものだった、と考えるのが自然である。

こういう民間聖的な側面は、宗教者としての西行を理解する点できわめて大事であろう。人間西行と宗教者西行は、いうならば民衆と地続きの所でつながっていた[11]。念々に動く心のありようを常に凝視し、それを歌という表現世界に転化してきた西行は、天台や真言、密教や浄土教などの多くの宗教に取り囲まれながら、みずからの世界観をこういう形で徐々に育てていたことがわかる。おのれが選んで進んできた宗教への道は、これらの歌を通じて着実にその内部を形成していたと思われる。

11このことは、35でみる瀬戸内の漁師や商人のいとなみをうたった歌でさらによくわかる。

28 法《のり》しらぬ人をぞ今日は憂《う》しとみる三つの車に心かけねば

（山家集・中・雑・八八〇）

仏の教えを知らずにうかうかと過ごす人が、今日は一段と情けなく憂《う》いものに感じる。釈迦が救済のために用意してくれた羊と鹿と牛の三つの車に乗ろうとも心がけず、最後の大白牛車《だいはくぎゅうしゃ》にも乗れないのだと思うと。しかしそれはほかでもない、このわが身自身の姿ではないのか。

【詞書】譬喩品《ひゆぼん》。

【語釈】○法―「乗り」を掛ける。○憂し―「牛」を掛ける。○三つの車―法華経譬喩品《ひゆぼん》の譬喩に見える、三人の子供を救出するために長者が用意した羊車《ようしゃ》・鹿車《ろくしゃ》・牛車《ごしゃ》の三つ。

これは、有名な法華経・譬喩品《ひゆぼん》の「三つの車」（火宅車とも）という譬《たと》えをうたった法文《ほうもん》歌《か》である。譬喩品で釈尊が説いたその譬えとは、平たくいえば次のような寓話で、この世を燃えさかる「火宅《かたく》」とする語の典拠にもなった[1]。

三人の子供を持つ大長者がいた。屋敷は広大であるが、出口は一つしかない。あるとき家に火事が起こり、奥の方では三人のわが子が、いくら叫んでも遊びに夢中になっていて家が燃えていることに気づかない。長者は方便を設け、子供たちが日ごろ乗りたがっていた羊車・鹿車・牛車の三つを思い出し、子供達よ、お前らが欲しがっていた車が門外にあるよ、出ておいでと呼びかけ、一つしかない門から外へと子供たちを無事に連れ出した。子供たちはさらに玩具をせがんだが、長者は今度は立派な大白《だいはく》牛《ぎゅう》の車を与えたのだった。

1 「火宅」は「火宅車」ともいい、また「火の車」という慣用句もここから出た。

長者は釈尊にあたり、羊車・鹿車・牛車はそれぞれ、衆生を乗せて仏果に導く声聞《しょうもん》・縁覚・菩薩道の三乗の教法とされる。声聞は仏の説法を耳にして阿羅漢《あらかん》の境地にいたること、縁覚は師なくして独学の悟りに達すること、菩薩道は菩薩が修行して仏にまで達する行のこと。また大白牛車は、すべての衆生を済度する大乗の教えに相当するとされる。

譬喩品のこの「三つの車」は、数ある仏典の中でもよく知られた比喩で、こうした分かりやすい譬えで衆生を教導することは、真理に導くための釈迦が取った方便であった。深遠な真理は概念語ではなく、具体的な譬えを通じてしか達せられないという経験則にもよっている。これはいわば、文芸としての詩が持つ働きにきわめて近い。イエスによる初期キリスト教の教説が、たとえば「一粒の種」の教えのように[2]、もっぱらさまざまな譬えを通してなされたのと同じである。

みればわかるように、西行のこの歌は、譬喩品の趣旨をうるさく説明したものではない。彼の視線は、せっかくの有難い教えに目を向けようとはしない衆生の方に向かっている。といって、杓子定規にそういう衆生を断罪して憐れんでいるのではない。問題は第三句の「憂し」という語にある。

なぜ「憂し」なのか。「憂し」というのは、当人が相手のことをそう思うという感覚である。たとえば西行に、「憂し」を使った次のような歌がある。

見るも憂き延縄《はふなわ》に逃ぐる鱗《いろくづ》を逃《のが》らかさでも滑《した》む持網《もちあみ》[3]

小魚たちがはかなく網にからめ取られる様《さま》を見て「見るも憂き」とうたった歌である。

2マタイの福音書第十三節。ガラリヤ湖に集まった群集に向かって話したたとえ。一粒の種が落ちた地によってさまざまの結果をおこす例をあげ、せっかくの教えも人によって受け止めかたが異なることを説いた一節。原典にもイエスがあえて「たとえ」として語ったということが記されている。

3山家集・下・雑・一三九五。見るからに心がつらい。延縄《はえなわ》からピチピチと跳ねて逃げようとする魚の群を、逃さないぞというように持網がたわんで逃さない、まるで人間の宿命そのものではないか。初・二句は通常「見るも憂きは鵜縄《うなは》に逃ぐる」とするが、鵜の首に付けた縄では意味がつながらないので「延《はう》縄《なは》」とした。35でも取り上げる。

いうまでもなくこれは、小魚自身が「憂し」と思っているのではなく、西行が小魚の生態を「憂し」とみたものである。しかもこの「憂し」という感情は、相手を突き放した冷たい視線からは生まれてはこない。

つらいのは自分なのだ。自分もつらいという思いがあるからこそ、相手のことが身にしみてわかる。要するに西行は、自分自身をも悲しみ、自分自身が衆生と変わらぬ無力な人間であることを表明している。とすれば、「三つの車」に乗りきれていないのは、ほかならぬ西行当人でもあった。これは、自分もまたこの煩悩にまみれた世が「火宅《かたく》」であることに気づかない愚かな人間の一人にすぎないという、にがさに満ちた自覚をうたった歌だった。

「今日」とあるが、なぜ「今日」なのかについてはよくわからない。この日、草庵で法華経などを読み直していて、今更ながら胸に迫ったのかもしれないし、外出の途中、牛車でも見てそう思ったのかもしれない、それがふと「今日」という語になって口をついて出た、そう取っておきたい。が、「今日」ということ自体にたいした意味はない。

問題はこの歌が、西行が日々こうした慙愧《ざんき》の思いにとらわれて、それらの思いを常に反芻していたということにあるだろう。私たちはいずれ、瀬戸内の漁師たちの殺生の営みをうたった一連の歌の中で、これと同質の西行の悲しみをみるが、[4] 西行は出家したからといって、超越した人間になったわけではなかった。彼にとって仏の道を実践するということは、多分日々にそういう至り切れぬ自分と向き合うことと同義であったに違いない。そういう意味で、この法華経譬喩品の法文歌は、西行が日常経験している思考の形を垣間見せてくれる注目すべき歌といっていい。

4 山家集・下・雑・一三七二〜七七。35でみる。

29 露洩らぬ窟《いはや》も袖は濡れけりと聞かずはいかが怪《あや》しからまし

（山家集・中・雑・九一七）

「露など洩れるはずもないこの頑丈な岩屋でも、さすがに涙で袖が濡れることよ」と詠んだ行尊《ぎょうそん》僧上の歌を知っていなかったなら、初めて寝泊まりしたこの笙《しょう》の窟《いはや》での体験は、もっと理解を絶する異様な体験になったであろう。

【詞書】御嶽《みたけ》より笙《しょう》の窟《いはや》へ参りけるに、「洩らぬ岩屋も」とありけん折、思ひ出でられて。
【語釈】○窟―岩窟《がんくつ》、岩の洞窟。大峯山中の国見山にあった岩窟。○洩らぬ窟《いはや》も袖は濡れけり―行尊《ぎょうそん》の「草の庵をなに露けしと思ひけん洩らぬ岩屋《いば》も袖は濡れけり」（金葉集・雑上・五三三）の歌をさす。○怪しからまし―理解を絶する不思議な気がしたことであろう。「まし」は反実仮想の助動詞。

ここで、西行が実際におこなった修行、ないし修行を兼ねた旅という実態がどんなものであったかをみていこう。

実のところ、『山家集』からそうした修行の実態をうたった歌を探そうとしても、なかなか見つけ出すことができない。8のホトギスの詠で、西行が「無言行」をおこなった事実をみたが、それはむしろ稀な例にすぎない。西行の生涯では、高野や伊勢に長期の庵居生活を送ったこと以外では、熊野や吉野への複数の入山、二度にわたる奥州行脚、中国と四国地方への旅などが主要なトピックとして知られるが、その旅先や庵居生活の中で、彼が実際にどういう研鑽《けんさん》と修行を積み、どういう苦しみを体験したのかは、西行自身具体的に伝えていないのでほとんど不明のままといっていい。西行は、自分の修行に関しても、私事に関することとして歌に取り上げることがなかった。

彼がおこなった宗教実践で、実体験としてのその内実が多少とも知られるものは、唯

一、大峯入りの修行であろうか。『古今著聞集』巻二に説話化されている「西行法師大峯《おほみね》に入り難行苦行の事」によれば、西行は二度の大峯行者だったというが、本当に二回したかどうかは、『山家集』の記事によってもうかがえない。その『著聞集』の話というのは、要約すれば次のようなものだった（やや補足を加えた）。

西行は、一介の沙弥《しゃみ》であるという理由で、修験の徒の修行である大峯入りを遠慮していたが、ある時、後白河院の病気平癒や熊野御幸の先達として功があった宗南坊僧都行宗《ぎょうそう》という九歳年下の熊野山伏に奨励され、少々はお手柔らかにという条件で、彼を先達に峰入りに踏み切った。しかし、行宗が遠慮会釈なく荒行を課したのでさすがの西行も音《ね》を上げたが、さらに行宗に叱咤《しった》されてなんとか完了した。

これまで識者によって、西行の大峯入りは壮年の頃、高野山時代のかなり早い頃と推定されているが、それがいつのことであったかは特定されていない。二十七、八歳頃になされた最初の奥州行脚の前か後かもわからない。ただこの大峯修行の体験で体力に自信を得たのちに、奥州へ旅立ったとみるのも一つの考え方として成立しよう。

「大峯入り」とは、奈良時代に役《えんの》行者小角《おづぬ》が拓いたとされる修験道の中でも、特に難行をもって聞こえた荒行である。神霊の宿る山嶽を登攀したり、岩窟に籠もったりしながら、地獄の苦から浄土へ至る滅罪の行程を疑似《ぎじ》体験するというきわめて過酷な修行であった。熊野から入って、吉野の聖地金峯山《きんぷせん》（御嶽《みたけ》）に至る順峰《じゅんぽう》（順の峯入り）という春の回峯《かいほう》と、吉野の蔵王堂から大峯山の主峰山上ヶ岳を経て熊野へと至る秋の逆峰の二つがあった。西行がこの峯入りで残した歌は、必ずしも行程順に並んでいるわけではないので、西行の大峯入りが、順逆どちらであったのかについても決定的な説がない。いずれにせよ、西行の峯入りは、十月の月と時雨の頃になされた。

西行がこの時実行した大峯関連の詠は、『山家集』下巻に十八首ほど見いだせる。下巻雑の部にそのうちの十六首が連続してのせられているが、それとは別に、中巻の雑にもう二首が掲載されている。右の歌は、その分置された方の最初の一首である。

詞書がいう「御嶽」とは「金《かね》の御嶽」のことで、吉野の奥の霊峰金峯山《きんぷせん》を指す。「笙の窟」は金峰山から熊野方面に入った所にある行場《ぎょうば》。歌と詞書に「露洩らぬ窟」として言及されている先人の歌とは、『金葉集』に「大峯の岩屋にて詠める」という詞書でのる大僧正行尊《ぎょうそん》の次の詠をさす。


草の庵《いほ》をなに露けしと思ひけん洩らぬ岩屋も袖は濡れけり[1]

周知のように平等院行尊は、白河・鳥羽・崇徳の三上皇の護持僧となって大僧正まで上りつめた人。西行に三十年ほど先立つそう古くない時代の先輩であった。『古今著聞集』釈教第二に、「十七にて修行に出でて十八年帰洛せず。その間に大峯の辺地、葛城その他霊験の各地ごとに歩みを運ばずといふことなし。かく身命を捨てて五十余年に及ぶ」とあるように、真言密教の行者として諸国の山嶽を修行したことで知られ、能因とともに西行が大いに追慕した先達であった。

右の行尊の歌は、この笙の岩屋は雫《しずく》も洩らさぬ頑丈な窟で袖など濡れないはずだが、余りのつらさに流した私の涙で、袖がぐっしょりした、かつて草の庵でさえ露けしと思ったのが嘘に思えるほどだ、といった意味の歌である。西行はこの行尊の歌を前もって知っていたから、岩屋籠りのつらさが我慢できたとうたったのである。行尊の詠歌に助けられたという趣きである。


1金葉集・雑上・五三三・行尊。今まで住んできた草庵をなぜ露っぽいなどと思ったのか。この露も洩らさぬ岩屋でさえこんなに涙の露で袖が濡れるというのに。

この歌に続けて西行は、「露」つながりで次の歌をのせている。「小笹《をざさ》の泊まりと申す所にて、露の繁かりければ」とある歌。

分け来つる小笹の露にそぼちつつ干《ほ》しぞ煩ふ墨染《すみぞめ》の袖 2

笙の窟に近い小笹の宿での詠。「小笹」という地名に掛けて、笹原を分けて入って来たので墨染の衣を露が濡らし、干す暇とてないという。過酷な修行の現実を捨象して、地名からくる縁語を重視した、いわば歌としての面白さに特化した歌であるが、西行としてはこの「露」に、修行の辛さで涙を流すという意味合いを籠めているのであろう。「干しぞ煩ふ」という句がそれを暗示しているようだ。

以上の二首とは別に、前述したように峰入りをうたった十六首一連の歌が、後の方に並んでのせられている。以下くどくなるが順を追って、その全部を追ってみる。詞書に出る「深仙《しんせん》（神仙）」とか「姨捨《おばすて》の嶺」「小池」といった地名は、俗に七十五靡《なびき》といわれる行場や行人宿を指しており、行尊の『平等院大僧正集』にも同じ地名で詠んだ歌がいくつもあるから、西行は『行尊集』のそれに合わせて並べたのかも知れない。

まず「大峯に深仙《しんせん》と申す所にて、月を見て詠める」とある最初の三首。

深き山に澄みける月を見ざりせば思ひ出《いで》もなきわが身ならまし 3

峯の上も同じ月こそ照らすらめ所がらなるあはれなるべし 4

月澄めば谷にぞ雲は沈むめる峯吹き払ふ風に敷かれて 5

2 山家集・中・雑・九一八。笹の中を分け進んできたので墨染の袖が露でしっとりしたが、小笹の露という名に似あわず、干すのに苦労したことだ。

3 同・下・雑・一一〇四。この深山に上る澄んだ月を見なかったならば、私の一生など思い出もない人生と同然といってもいいだろう。以下一一一九まで大峯入りの歌。

4 同・下・雑・一一〇五。この峯の上を照らす月も普段見てきた同じ月に違いないが、所柄によって一段としみじみと感じられることよ。

5 同・下・雑・一一〇六。月が高く澄み上ると、谷底に雲が沈んでいるのが見える。峯を吹き払う風が雲を谷に敷いたのか。

「深仙」は現下北山村にあり、釈迦ヶ岳の南、大日岳との間にある、入山者に灌頂《かんじょう》の儀を行う行場。高い峰に皎々と輝く月を仰ぎ見て、見慣れている平地の月とはまるで違うその透明感に目を奪われている西行がいる。二首めの歌では、あの月は普段見慣れた月に変わりないはずだが、所柄からか、ここでは一段と哀れに見えるという。三首めの歌はやや異色作。眼下の谷底に沈むようにたな引いている雲の様態がとらえられているが、よほど高地から眺めないと、こうした光景は見られない。見たままをうたった叙景歌としても、雲海を下方に見下ろすこうした作例はきわめて珍しいといっていい。以上の三首は、他の歌にみえるようなこれといった言葉のアヤもなく、西行歌全体の中でもめったに見られない素直な歌に仕立てられている。

次は「姨捨《をばすて》の嶺と申す所の見渡されて、思ひなしにや、月異《こと》に見えけれ」と詞書にある歌。前歌三首に続いて、しばらくは月の歌が続く。

姨捨《をばすて》は信濃ならねどいづくにも月澄む峯の名にこそありけれ6

吉野大峯山中にある伯母《おば》ヶ峯という行場で詠んだ歌。地名から、名高い信州の姨捨山《おばすてやま》の月を連想し、月がすばらしい場所はどこでも似た地名があるものだなあという。「思ひなしにや」と書くのは、先の「所がらなるあはれなるべし」と同じ感懐を述べたものであるが、ただ「姨捨」という地名の見立てを用いて、ひねりを利かせている。

次はそれぞれ「小池と申す宿にて」「篠《ささ》の宿にて」「倍伊地《へいち》と申す宿にて月を見けるに、

6同・下・雑・一一〇七。姨捨山は信濃更級の名所だと思ってきたが、別に信濃でなくても、月の澄む峯にはどこも姨捨の名があるのだなあ。

梢の露の袂にかかりければ」とある月の歌三首。

いかにして梢の隙《ひま》を求めえて小池に今宵月の澄むらん7　小池
庵さす草の枕に伴ひて笹の露にも宿る月かな8　篠の宿
梢もる月もあはれを思ふべし光に具して露のこぼるる9　倍伊地《へいち》

「小池」は三十一番めの下北山村内の行場、「篠の宿」は天川《てんかわ》村にある六十六番めの地。「小池」とか「笹」という小さなものにも月は宿るものだなと、やはり地名に引っ掛けて一種の洒落を弄している。「倍伊地」は「平地」とも書き、那智に近い玉置山《たまきやま》から大日嶽に至る途中の十津川村に属する宿。この「倍伊地」での詠も、バラバラと梢から落ちてくる露にも、月が同情して光を宿らせていると詠み、小さな物にも月が宿ると詠んでいる点では同工である。

次は「東屋《あづまや》と申す所にて、時雨の後、月を見て」の二首と、「古屋《ふるや》と申す宿にて」一首。

神無月《かんなづき》時雨晴るれば東屋の嶺にぞ月はむねと澄みける10　東屋
神無月谷にぞ雲は時雨《しぐる》める月澄む嶺は秋に変はらで11　同
神無月時雨古屋《しぐれふるや》に澄む月は曇らぬ影も頼まれぬかな12　古屋

「東屋」は釈迦岳の南のある第十六番の四阿《あずまや》の宿。「古屋」も「東屋」も十津川村に属す。これらの歌には、特に目に立つ技巧は使われていないが、「神無月」を「時雨」を引

7 同・下・雑・一一〇八。どのようにして繁った梢の隙間を探し出して、こんな下の小さな池に今晩も澄んだ月光を宿すのであろうか。

8 同・下・雑・一一〇九。庵を結んだ旅の草枕に引かされ、それでこんな笹の葉の露の上にも月が宿るのであろうよ。

9 同・下・雑・一一一〇。梢から漏れる月もあわれを感じるのか、梢から落ちて私の袖にかかる露の雫にも月の光が宿している。

10 同・下・雑・一一一一。神無月は月もないと読めるが、この東屋の峰にも時雨が晴れるとやはり月は主人顔をして堂々と澄み耀くよ。

11 同・ト・雑・一一一二。神無月になって谷には時雨のような雲がたちこめているようだが、月が澄む峯の上だけは依然として秋が変わらないでいるよ。

12 同・ト・雑・一一一三。神無月に時雨が降りそそぐこの古屋に住む月は、さすがに曇らぬ満月は期待できそうにもない。

き出す枕詞として並べたのは、「神無月」の「無月」にあえて月が無いという意を利かせてこんな東屋にも月があるとふざけたり、時雨の冬が来たのにまだ峯には秋の月が残っていると韜晦《とうかい》したり、こんな時雨の古屋にもちゃんと月が住んでいると軽い冗談口をたたいたり、いずれも洒落に転化しての苦肉の策の結果だと思われる。以下、この手の軽い洒落をまじえた歌が続く。

次の歌は「平等院の名書かれたる卒塔婆《そとば》に、紅葉の散りかかりけるを見て、花よりほかの、とありけん人ぞかしと、あはれに覚えて詠みける」とある歌。

あはれとも花見し嶺に名をとめて紅葉ぞ今日は共に降りける[13]　小笹

先にもあった小笹の宿の近くで詠んだ歌。「平等院」とは「平等院の僧正」とも呼ばれた行尊のこと。先の笙の窟の歌にも出た行尊である。山中に「平等院」という名が記された卒塔婆を見つけ、昔、行尊が詠んだ、

もろともに哀れと思へ山桜花よりほかに知る人もなし[14]

という歌を踏まえて詠んだ。かつて僧正はこの地で、山桜以外に自分の友はいないと詠んだが、今はその桜に代わって紅葉が行尊の卒塔婆に寄り添うように散っていると取りなしたのである。これも自分の実感よりも、歌としての詩的面白さを狙った歌といっていい。

次は三十番めの「千草《ちぐさ》の嶽《たけ》」で詠んだ歌と、「蟻の門渡《とわた》り」「行者還り」で詠んだ三首。「行者還り、稚児《ちご》の泊りに続きたる宿なり。春の山伏は、屛風《びゃうぶ》立てといふ申す所を平らかに過ぎんことを固く思ひて、行者・稚児の泊まりにても思ひ煩ふなるべし」という長い詞

13 同・下・雑・一一一四。「あはれとも花見し嶺に」とは、次にあげる行尊の「もろともに」の歌をさす。

14 金葉集・雑上・五二一・行尊。山桜よ、私と一緒に互いにあわれな身だと思ってくれないか。私といえばお前以外に知る人はいないのだから。

書が付されている。

分けてゆく色のみならず梢さへ千草の嶽は心染《そ》みけり15　千種の嶽

笹深み霧こす岫《くき》を朝たちて靡《なび》きわづらふ蟻の門渡り16　蟻の門渡り

屏風にや心を立てて思ひけん行者は還《かへ》り稚児は止まりぬ17　行者還り

これらも、詩的面白さをうたったという点では、さして変わるものではない。最初の歌では、千草だけでなく、一本一本の杉の梢でさえ心しみる千種もの色をそれぞれに見せているというのだろう。「蟻の門渡り」は大峯山中の山上ヶ岳近くの難所。この行場では、笹が深いので朝出立しても蟻がはうように遅々としてのろいと洒落たのである。次の「行者還り」は天川《てんかわ》村、「稚児泊り」は上北山村。意味がよく取れないが、その中間の垂直の懸崖がそそり立った難所「屏風立て」に引っ掛けて、峰入りをする山伏は、屏風岩の絶壁を無事に越えられるよう、屏風を立てるではないがここで誓いを立て、帰る行者と止まる稚児とに分かれるのだろうと洒落たのだと思われる。いずれにしても、それぞれの地名に応じた趣向をひねり出していることに変わりはない。

次は一連の最後にある二首、「三重《みかさね》の滝を拝みけるに、ことに尊く覚えて、三業《さんごう》の罪もすすがる心地しければ」とある歌と、「転法輪《てんぽうりん》の嶽《たけ》と申す所にて、釈迦の説法の座の石と申す所を拝みて」とある歌。

身に積もる言葉の罪も洗はれて心澄みぬる三重の滝18　三重の滝

29 露洩らぬ窟も袖は濡れけりと聞かずはいかが怪しからまし

15 山家集・下・雑・一一一五。ここ千草の嶽では、分け入る千草のみならず、梢までがさまざまな色を持ち、心にしみることだ。

16 同・下・雑・一一一六。岫は洞窟のある岩山。笹が深く霧が追い越していく岩山を朝早く立ったのはいいが、ここ蟻の門渡りでは早くも難渋してのろのろ進むしかない。

17 同・下・雑・一一一七。この屏風岩では人は心にそれぞれ決意の心を立てるのだろう。行者は先へと進み、稚児は止まるのだ。「還る」は引き返すのではなく、本望を遂げるためにさらに心を返すという意か。

18 同・下・雑・一一一八。この三重の滝を見ると、これまで積み重ねてきた三業の言葉の罪も洗われて、心が澄む感じがする。

こここそは法《のり》説かれたる所よと聞く悟りをも得つる今日かな[19]　転法輪の嶽

「三重の滝」とは、大峯山中の前鬼裏山の断崖を落下する三重の滝という二十八番めの行場。また「転法輪の嶽」は、大日岳《だいにちだけ》の北にある釈迦岳の別名で、四十番め。ただこの最後の二首については、これまでとは歌の詠みようが異なっていることに気づく。

これまで同様、地名を引き合いにしてはいるものの、「三重の滝」の名にあやかって身・口・意の「三業の罪」がすすがれたとか、「転法輪」の名のとおり、釈迦の説法を聴いて悟りを得た感じがすると、宗教的な連想に基づいた内観の歌になっているからである。過酷な峰入りをようやく終えて、ともかくも所期の目的を果たしたあとのすがすがしい達成感に似たものが、宗教的な衣に包まれて比喩的に述べられているといっていいのだろう。

右に述べてきた地名は、みたとおり峰入りの行場順に従ってはいない。実際には吉野側からみて「三重の滝→転法輪の岳（釈迦岳）→姨捨の峰→古屋→東屋→倍伊地→千種嶽→小池→深仙→行者還り→稚児泊り→笹（篠）の宿」といった順になるようだ。実際の行程に忠実ではないこと、あるいは事実を省略することは、西行の歌にはよくあることだが、以上の十八首は、多少の構成意識をもってそれぞれの小くくりに配列したようである。しかし、それでも全体を通してみると、西行が実際に体験したはずである修行の苦しさといった具体的なものが捨象され、地名にかこつけ、歌としての詩的工夫に主たる意を注いでいることがわかる。西行の方針というべき歌に対する一貫した姿勢がここからもうかがえるだろう。

実際の西行の姿は、大峰入りを完遂した以上、宗南坊が不安視したようなものではなく、かなりしたたかで、『古今著聞集』がいう武士的な「たてだてしい」[20]心をもっておこ

19同・下・雑・一一一九。ここが釈迦岳の異名を持つ転法輪の嶽の釈迦の説法石と聞くと、今日は自分自身悟りを得た気持ちになる。

20古今著聞集にみえる言葉。23でも触れた。著聞集の編者橘成季《なりすえ》は、徳大寺実定や公衡らかつて西行の主家であった徳大寺公能の血を継ぐ子孫らの狭小な生き方を西行が痛烈に非難したという話をのせ、最後に「世を遁れ身を捨てたれども、心はなほ昔に変はらずたてだてしかりけるなり」と記している。貴族界の底辺に近くいた成季は、在俗時代の西行の行実をいくつか聞き知っていて、こんな個人的な評語をもらしたかとも思われる。

なわれたと思われるのだが、そういう面を西行は少しも示してはいない。

現実の体験、その生々しさや恐怖などというものは、歌には決してすくい取れないのだということを、西行はよく心得ていたと思われる。右に挙げた歌々は、どれもそうしたことをおのずから物語るといってよい。それでも歌にしなければならないとしたら、歌に特有な掛詞や見立てという洒落に滑りこまざるをえないではないか。

現実を正面からうたわないというこの捨象と転化という方法は、西行家集の、というよりも西行の歌のすべてに共通する特徴といっていいように思われる。後鳥羽院が、西行の骨法を「面白くて、しかも心殊に深し」という点に見出したことは有名だが[21]、しかしその場合、西行の「心深し」は、必ずしも本心を全的にさらけ出したようなストレートなものではなかったことに留意すべきであろう。西行は、右に見てきたように、言葉遊び的な洒落の中に、その時々の感慨や考えを溶け込ませてうたうという方便をよく心得ていた。西行の心は、必ずしも思ったままの感情をそのままさらけ出すような歌ではなかった。後鳥羽院がいう「心深し」とは、感動や詩心といった生《なま》の心情を、表現という磁場に転位するその深みのありようを指したものとみるべきであろう。

が、それはそれとして、十八首に及ぶ大峯体験の歌は、西行の修行の実態を多少なりともうかがわせてくれる。行尊は別として、他の法体歌人が、こんな修行体験の歌をついぞ残していないことからすれば、ここにはめずらしく実践者たらんとする西行の並々ならぬ決意がある。そういう意味では、これら大峯関連の歌は、西行の剛直にみちた性格と歌との合体を示す貴重な歌々であったといってよい。

21 後鳥羽院御口伝にいう「西行は面白くて、しかも心も殊に深く、有難く出で来がたき方も共に相兼ねて見ゆ。生得の歌人と覚ゆ。おぼろげの人、まねびなどすべき歌にあらず。不可説の上手なり」。

30　木《こ》のもとに住みける跡を見つるかな那智《なち》の高嶺《たかね》の花を尋ねて

（山家集・中・雑・八五二）

那智の山の奥に咲く桜を尋ねようと入った滝の上の一本の桜の老木のもとに思いがけず、昔、花山院が住んだ庵の旧跡を見たことよ。

西行は、大峯修行のほかに、熊野三山の一つである那智《なち》に何度か籠もったことがある。それがいつの頃か、何回籠もったかは例によってわからないが、『山家集』にみえる、

雲消ゆる那智の高嶺《たかね》に月たけて光を抜ける滝の白糸 1

という一首は、そのいずれの時かに見た月の思い出の可能性がある。「滝の白糸」は、おそらく飛竜権現の神体那智の滝のことであろう。印象鮮明でありながら幻想的でもある不思議な歌である。月に対して「たけて」というのも新しい措辞といっていい。

掲出した「木のもとに」の歌がいつ詠まれたのかは特定できないが、詞書によれば、そろそろ桜が咲いたかと山の奥まで入ってみたかったある日、上流の一の滝（飛竜の滝）、二の滝まで行くという住僧がいたので丁度よいと思ってついて行くと、二の滝の如意輪の滝の近くに、昔、花山院が住んでいたという旧跡に桜の老木が一本立っていた。思いもよら

【詞書】那智に籠もりて滝に入堂し侍りけるに、「この上に一、二の滝おはします、それへ参るなり」と申す常住の僧の侍りけるに具して参りけり。「花や咲きぬらん」と尋ねまほしかりける折節にて、便りある心地して分け参りたり。二の滝の許へ参り着きたる、「如意輪《にょいりん》の滝となん申す」と聞きて拝みければ、まことに少しうち傾《かたぶ》きたる様《やう》に流れ下りて、尊く覚えけり。花山院《かざんいん》の御庵室の跡の侍りける前に、年古りたりける桜の木の侍りけるを見て、「住処《すみか》とすれば」と詠ませ給ひけんこと思ひ出でられて、

【語釈】○木のもと―花山院の歌を踏まえているが、西行の愛用句でもあった。43に例示。○那智―和歌山県東牟婁《むろ》郡の一帯。熊野三山の本宮那智大社がある。那智山南に約百三十メートルの那智の滝があり、那智飛竜権現と言った。

1山家集・上・秋・三八二「月滝を照らす」。「たける」は、ここでは夜が更けて月の光がいよいよ輝きを増すこと。また「抜け

ぬ発見であった。西行にとってみれば、これは桜が導いてくれた奇縁ともいうべき出来事だったのであろう、てらいもなくそのまま、「住みける跡を見つるかな」と言葉を発している。

花山院が「住処とすれば」と詠んだ歌とは、『詞花集』にとられた、

木《こ》のもとを住処《すみか》とすればおのづから花見る人となりぬべきかな[2]

という歌を指す。西行自身の歌としても充分通用しそうな歌である。桜の「木のもと」は西行自身の愛用句でもあったから[3]、花山院の歌の中でも特にこの歌が心に焼きついていたのであろう。

花山院が退位して出家したのは、在位わずか二年めの十八歳のときであった。もっぱら藤原兼家の策謀によるものとされているが、出家後は、七年近く熊野を始めとする各地の山岳修行に送り、行尊より百年近くも前に、皇族として類例のない人生を送った。『詞花集』の詞書には地名の記載がないので、那智で詠んだとは限らないが、西行は、素直に熊野に残っていた伝承に従ったのであろう。前項の峯入りの歌には行尊の歌二首が引き合いにされていたが、この花山院との出逢いは、その行尊に匹敵する。

歌意にとりたてていうべき問題はない。ただ、最初から花山院の故地を求めて分け入ったわけではなかったことは重要である。もともと二の滝まで入ったのは、そろそろ桜が咲いたかと気になり始めた時機であり、いいチャンスだと思ってと詞書にあるとおりである。桜はまだ咲いていなかったようだが、その代わりに花山院の旧跡に遭遇したという結構である。桜の老木がなかったなら、この歌も成立していたかどうかわからない。

西行にとって桜は、いろいろと新しい発見をも持たらしてくれる特別な存在でもあっ

る」とは、糸が物を貫くという意。滝が一本の糸のように白く浮かび上がったのであろう。

2 詞花集・雑上・二七六・花山院。この桜の木の下を住みかとしていると、自然、私は修行者というより花を見る人になってしまうだろうよ。三奏本金葉集にものる。

3 43を参照。ただし「桜の下」とある場合の「下」は「した」と訓むか「もと」と訓むかは安定していない。

た。『山家集』には、「花を尋ねて古寺に至る」と題した次のような歌も見出される。

これや聞く雲の林の寺ならむ花を尋ぬる心休めむ 4

花を探して歩き廻ったら、桜が雲の林のごとくむらがり咲く寺に到ったというのである。この古寺とは、船岡の地紫野の雲林院《うりんいん》を指す。淳和天皇の離宮であったのを遍昭が相続し、その子の素性《そせい》が住んだ。ちなみに大宅世継《おおやけのよつぎ》と夏山繁樹《なつやまのしげき》が語り合った『大鏡』の舞台は、この雲林院の菩提講であった。その雲林院は桜の美しい場所であった。思いもかけず出あったその桜の雲の林の中で、西行は「心を休め」る。彼にとってまさに至福のひと時であったに違いない。

西行が残した歌は、見方を変えていえば、ほとんどが、この歌のように、外出先や旅の途中での発見の歌だといっていい面がある。行く先々で西行は新しい光景や美を発見し、それを貪欲《どんよく》に歌にする。いわば詩は、旅によって発見されるのである。それは月でも変わりなかった。「旅罷りける泊りにて」とある次の歌などがそうだ。

飽《あ》かずのみ都にて見し影よりも旅こそ月はあはれなりけれ 5
都にて月をあはれと思ひしは数《かず》よりほかのすさびなりけり 6

都で飽きもせずさんざんに見た月の光も、この旅の宿で眺める月はまた一段と哀れが勝るとうたう。後者の歌もほぼ同工で、「すさび」は遊びという意味もあるから、都で眺め

4 聞書集・六二「尋花至古寺」。これが噂に聞く雲の林の寺であろう。花を探すせわしい心をしばし休めよう。

5 山家集・上・秋・四一一。いくら見ても飽きたらないと思って都で眺めていた月の光よりも、この旅先で見る月のあわれさがこんなに深いとは知らなかった。

6 同・上・秋・四一八。都でもって月をあわれと思って見ていたのは、数にも入らぬ遊びごとに過ぎなかったよ。

た月など、この旅先で見る月に比べれば物の数ではないというのである。

未知のものと出逢うことによって発見される喜び、そしてそれを言葉に顕在化するもう一つの喜び、それは旅に出た者でしか味わえない醍醐味《だいごみ》であったに違いなかった。奥州への二度にわたる長途の旅も、西国や四国への旅も、西行の好奇心を満たす新しい出会いを期待しての旅であったといえなくもない。

この花山院の旧跡での詠も、まさにそうした発見の一首にほかならなかった。歌は単なる結果ではなかった。それ以前にそういう結果を呼びこもうとする西行の日常が常にあったのである。この場合、その発見を呼びこんだものが桜であったということが、いかにも西行らしい。

31

白河《しらかは》の関屋《せきや》を月の洩《も》る影は人の心を留《と》むるなりけり

（山家集・下・雑・一一二六、新拾遺集・羇旅・七八二）

この白河の関の板屋から洩れてくる月の光は、ここがはるか昔、あの能因のうたった故地だと思うと、ことさらに人の心を引き止めるように澄み輝いて見えることだ。

大峯、那智と見てきたので、旅ついでに奥州の旅中での詠をながめてみたい。

西行は二十六歳から三十一歳までの間に、最初の奥州行脚に旅立った。最近は二十七、八歳ごろ（一一四四、五年）という説が有力視されているが、まだ確定したわけではない。[1] 三十二歳で高野山に移住するので、その前であることは確かである。

旅立ちに当たって、菩提院《ぼだいいん》にいた上西門院統子内親王の許を訪れ、女房たちと歌を交歓した。統子内親王は、鳥羽院と待賢門院の間に生まれた第二皇女、天承二年（一一三二）に賀茂の斎院を退下していた。西行は別れの挨拶がわりに、

さりともとなほ逢ふことを頼むかな死出の山路を越えぬ別れは[2]

と詠み、さらに「同じ折、坪の桜の散りけるを見て」、

【詞書】陸奥《みち》の国へ修行して罷りけるに、白河の関に留まりて、所がらにや、常よりも月面白くあはれにて、能因が「秋風ぞ吹く」と申しけん折いつなりけんと思ひ出でられて、名残《なごり》多く覚えければ、関屋の柱に書きつける。

【語釈】○白河の関屋―現福島県白河市の南旗宿ないし白坂の辺にあったとされる関所跡。勿来《なこそ》の関・念珠ヶ関と並ぶ奥州三関の一で、奥州へ出入する要路であった。もっとも西行が見た関所跡が能因の時のそれと同じであったとは限らない。

1目崎徳衛『西行の思想史的研究』第五章三節3「初度奥州旅行と歌枕探訪」に年次に関する諸説が整備されている。

2山家集・下・雑・一一四二「遠く修行することありけるに、菩提院の前《さき》の斎院に参りたりけるに、人々別れの歌仕うまつりけるに」。歌意は、この旅は死出の山を越えるほどの危険な旅ではありませんが、そうはいっても、やはり無事に戻って皆様と

この春は君に別れの惜しきかな花の行方《ゆくへ》を思ひ忘れて[3]

とも詠んでいるから、三月末に近い旅立ちであったようだ。「死出の山路」を越えるような旅ではないと強がりをいっているが、「さりともとなほ逢ふことを頼むかな」とも漏らしているから、初めての長途の旅に不安を抱いていたことは間違いない。が、一方では、「片雲の風に誘はれて漂泊の思ひやまず」（奥の細道）というような旅への憧れが鬱勃《うつぼつ》と湧きあがってもいたであろう。11の「鈴鹿山」の歌でみた旅立ちへの衝動は、この歌の中にも形を変えて現れているといってよい。

旅の目的は、例によって西行自身語ることがないので、はっきりしない。後で述べるように西行の旅は本来は修行と一体化していた旅であった。直接の動機は、おそらく同族関係にあった奥州の雄藤原秀衡《ひでひら》の許を訪ねるという目的があったのであろうが、その隠された目的のほかに、この旅で詠んだ歌やその詞書から見る限り、旅の先達でもある数奇《すき》の歌僧能因がかつて歩んだ歌枕を、自身の足で辿るということを表向きの目的にしていたようだ。この初度の旅で詠んだと思われる作が、家集に十首ほど見出されるが、そのほとんどが、歌枕にからめて詠んだ詠であることがそれを裏づけている。

この「白河の関屋」の歌は読むとおりであって、特に複雑な要素はない。詞書にあるように、評判の高い能因の、「都をば霞とともに立ちしかど秋風ぞ吹く白河の関」[4]という歌を思い出して詠んだというが、もちろんこの時になって思い出したわけではなく、この歌に続く信夫《しのぶ》の里で詠んだという歌に、

また逢えることを頼みにしています。女房の一人は待賢門院堀河の妹で上西門院統子に出仕していた兵衛であろう。

3 同・下・雑・一一四三。この春は、特別にあなたとの別れが惜しまれてなりません。散っていく花の行方を忘れるくらいにね。

4 後拾遺集・羇旅・五一八・能因法師。能因三十八歳の時、万寿二年（一〇二五）の最初の旅の時の歌であるとみられている。都を春霞が立つ頃に出発したが、ここ白河の関に着いたときはもう秋風が吹いているよ。

都出でて逢坂《あふさか》越えし折までは心かすめし白河の関[5]

とあるから、最初から能因の歌に引かされて、白河の関を楽しみにしていたのである。「逢坂越えし折までは」というのは、三月の旅立ちでもあるし、霞とともに都を立った能因と季節を合わせ、白河に辿り着くのはやはり秋風の頃にしようと、逢坂の関あたりまでは頻りに想像を働かしていたということだろう。実際、西行が白河に達した時は月の美しい秋になっていた。三ヶ月をかけたことになるから、途中寄り道などをしての、かなりゆっくりした修業の旅であったことがわかる。

古関の跡には、荒れ果てた「板屋」が立っていた。その光景は、おそらく新古今歌人良経が後に詠んだ絶唱、

人住まぬ不破《ふは》の関屋の板びさし荒れにし後《のち》はただ秋の風[6]

に似た寂寥に満ちたものであっただろう。折から清澄な月がかかっており、板屋の隙間から洩れてくる月光が西行を迎える。西行は、能因を迎えた「秋風」の代わりに「月」が自分を迎えてくれたように感じたはずである。彼の心を「留めた」月光の背後には、百年以上も前にこの地にたたずんだ能因の姿があった。

かつて能因がうたった、「心あらん人に見せばや津の国の難波わたりの春の景色を」[7]という歌に対し、西行が次の歌で応じたことは13で見た。

津の国の難波の春は夢なれや蘆の枯葉に風わたるなり[8]

ここ白河の地で、西行はふたたび能因の古歌「都をば」に応酬したのである。

5 山家集・下・雑・一一二七。「関に入りて、信夫と申すわたり、あらぬ世のことに覚えて哀れなり。都出でし日数思ひ続けられて、霞とともにと侍ることの跡たどり参《ま》で来にける、心一つに思ひ知られて詠みける」という長い詞書がある。

6 新古今集・雑中・一六〇一・良経。不破の関には誰ももう住んではおらず、荒れはてた板びさしの上をただ秋風が吹くばかりである。

7 後拾遺集・春上・四三・能因。13を参照。

8 西行上人集・四〇七、新古今集・冬・六二五。13を参照。

西行がはるばる陸奥《みちのく》まで追いかけてきた能因は、西行に劣らないくらい諸国を旅したことで有名であった。その足跡は美濃、駿河を始め、陸奥の宮城、秋田の象潟《きさかた》から、備中、四国伊予まで及んでいる。その能因の少し前には、紀州、伊勢、遠江、駿河、熊野と各地に庵を構え、行く先々で歌を作った増基《ぞうき》という法師もいた。西行が増基に関心を示したという徴候は特にないが、[9] 増基―能因―西行と続く系譜は、西行が出たことによって歌を詠む隠遁僧という共通のモデルに定着することになった。

芭蕉を論じた尾形仂《つとむ》の言葉を借りていえば、西行の旅もまた、「歌枕の中に漂泊者の詩心を探り、詩歌の伝統を遡る時間的歴史的旅」[10]にほかならない。時間を超えた歴史の中に自分をつなぎ止める旅といってもいい。歴史を継ぐものとしてのこの自覚は、西行を確かに東北にまで駆りたてるものを持っていた。大峯で見出した行尊や、那智で見た花山院なども、この能因に準じるだろう。西行が、ただ自分の時代の目前の事象を歌に詠むだけでなく、過去の歴史の中に自分に通じる知己を発見し、彼らとおなじ体験を共有し得たということは、自分の人生が、歴史という何か普遍的なものに支えられているという自覚を呼びこんだはずである。

しかしあらためて注意すれば、歌枕探訪という数奇《すき》の目的に目を奪われるあまり、その裏に、僧としての行脚《あんぎゃ》や修行という目的が付随してあったということを忘れてはなるまい。自明といえば自明なので、西行研究者もあえて強調しないのであろうが、饗庭《あえば》孝男は、その西行論の中でこの点を強く喚起し、その事実を裏付ける歌として、『聞書集』の中の「論の三種の菩提心の心」のうち「行願心」を詠んだ次の一首をあげている。[11]

9 ただし14の「心なき身にも」の項で、増基がはやく自分のことを「心なき身」と呼んでいたことをみた。西行がこの増基の言を踏まえて「心なき身にも」の歌を詠んだとするなら、増基のことは能因に先立つ存在として西行の意識のうちに入っていた可能性はある。

10 尾形仂『松尾芭蕉』（筑摩日本詩人選・一九七一。後、ちくま文庫）。

11 饗庭孝男『西行』（小沢書店・一九九三）第六章・漂泊の修行。

思はずは信夫《しのぶ》の奥へ来《こ》ましやは越え難《がた》かりし白河の関[12]

詞書がいう「論の行願心」の「論」とは、経・律・論の三蔵の一の論蔵をいい、「行願心」とは、その論蔵がいう三種の菩提心のうち、所願の成就を期して修行にいそしむ心を指す。したがって、初句の「思はずは」とは、奥州への長旅に際し、もともと「行願心」を強く持していなかったなら、ただでさえ越えがたい白河の関を越えて、さらに信夫の地までやってくることはなかったろうというのである。白河から北上し、信夫まで来たときの感懐を、後に「行願心」の歌として再構成したのであろう。「信夫」は伝統的に「忍ぶ」を掛ける措辞だから、おそらくこの歌には「忍辱《にんにく》の心」をも籠めているとも考えられる。が、いずれにせよ、西行はこの奥州の旅が修行の旅でもあると考えていたことは、この歌の存在によって明らかである。

そういえば西行自身、掲出歌の詞書に「陸奥の国へ修行して罷りけるに」と書いていた。他の旅についても「修行」という語を当然のように冠しているから[13]、西行が自分の旅を修行とみなしていたことは誤りではない。しかし、詞書にそう記してはいても、その修行の実態をついぞ歌に反映させることがなかったのも紛れのない事実であった。この陸奥での旅も、西行本人はもっぱら数奇を志向するかのように描いている。逆にいえば、西行の修行は、実質的には歌によって担われていたということであり、奥州で見聞したことのほとんどは、歌枕を歌の上で再現するという視点で作られている。その点をさらに次項以降で確認していこう。

12 聞書集・一三九。行願心のことを終始考えていなければ、越えがたい白河の関を越えて、さらにその奥のこの信夫の地まで来られただろうか。

13 「秋、遠く修行し侍りけるに」(山家集・下・雑・一〇八二)、「年ごろ申しなれたりける人に、遠く修行するよし申して罷りたりけり」(同・一〇八六)、「修行して伊勢に罷りけるに」(同・一〇九四)、「年高くなりて四国の方へ修行しけるに」(同・一〇九五)、「西国へ修行して罷りける折」(同・一一四五)、「遠く修行しけるに」(西行上人集・四七四)、「東の方へ修行し侍りけるに」(新古今集・一六一五)など。

32 枯れにける松なき跡の武隈《たけくま》は見きといひても甲斐《かひ》なかるべし

（山家集・下・雑・一一二八）

枯れてしまってとっくに松の影も形もなくなっている武隈の地に向かって、今さらしゃれて「見き」といっても何の甲斐もあるまい。

前歌と、その後の「都出でて逢坂越えし折までは」の二首に続いてのる一首。歌枕として名高い有名な「武隈の松」の故地を訪れたのはいいが、案の上、松など何も植わっていないのに悄然として、その失望を諧謔の中に韜晦《とうかい》した歌だ。西行の歌には、大峰入りの歌でも指摘したように、こうした言葉の洒落で仕上げたものがかなりある。

陸奥国《むつのくに》の国府に近い名取市の南岩沼の地にあったとされる武隈の松は、二木《ふたき》の松として古くからあったらしいが、特に『後撰集』歌人で二度陸奥守を勤めた藤原元善《もとよし》がこの松を植えついで[1]以来評判になり、その後、代々の国守もこれに倣ったようである。国守として赴任する都人は、この松を見ることを楽しみにしていたらしく、『拾遺集』に、三条太政大臣頼忠が催した別れの宴で、藤原為頼が、この松を見て旅情を慰めようと言い残して陸奥へ出発した歌がある。[2]また源重之も、実方《さねかた》の陸奥《むつ》赴任に同行した際であろうか、この松を見ているが、その時は一本が枯れていたらしい。[3]

能因は奥州への旅を、万寿二年（一〇二五）三十八歳頃と、その数年後の二度行ってい

【詞書】武隈の松も昔になりたりけれども、跡をだにとて見にまかりて詠みける。

【語釈】○武隈—現宮城県岩沼市。昔、この地に植えられていた相生《あいおい》の松で知られていた。代々の国司が植え替えてきたという。○見き—武隈の松は本来二木であるが、それを「三木《みき》」として「見き」の掛詞とした。

1後撰集・雑三・一二四一に、「陸《み》奥国《ちのくに》の守に罷り下れりけるに、武隈の松の枯れて侍りけるを見て、小松を植ゑ継がせ侍りて、任果てて後、また同じ国に罷《まか》りなりて、かの先の任に植ゑし松を見侍りて」という詞書で、「植ゑしとき契りやしけむ武隈の松をふたたび逢ひ見つるかな」という元善の歌がのる。

2拾遺集・別・三三八・藤原為頼「武隈の松を見つつや慰めん君が千歳《ちとせ》の影にならひて」。

3重之集・一九九。「武隈の松も一本枯れにけり風にかたぶく声の寂しさ」とある。

るが、二度ともこの松を訪れている。『拾遺集』に「陸奥国《みちのくに》にふたたび下りて、後の度、武隈の松も侍らざりければ、詠み侍りける」として、

　武隈の松はこのたび跡もなし千年《ちとせ》を経てや我は来つらん4

という二度めの時の歌が見えている。これによれば、前回に来たときはまだあったのが、今回の旅ではなくなっていたという。後度《こうど》の旅は長元元年（一〇二八）頃かという説に従えば、たった三年の間にもうなくなっていて、それを松の寿命に引っ掛け、もう「千年」もたったのかと誇張したのである。能因の「想像奥州十首」の中の歌に、

　跡なくて幾世経ぬらん古へは代はり植ゑけん武隈の松5

とあるのも、この二度めの時のことを踏まえて詠んだものだろう。

ともあれ、歌枕探訪を目的とする西行にとって、武隈の松は、こうした古歌の伝統を背負っていた歴史的歌枕だから訪れないわけにいかなかった。白河から信夫《しのぶ》郡を経て名取川の手前まできた西行は、名にし負う武隈の松の跡を実見しに出かけた。詞書に「跡をだにとて」、せめてその跡だけでもとあるから、すでに松がないことは予想していたのである。しかし能因に引かされて、とにかく訪れるだけは訪れてみたというところであろう。

西行のこの「見き」という歌は、『後拾遺集』雑四の巻頭に、「則光朝臣の供に陸奥国に下りて、武隈の松を詠み侍りける」という詞書でのる、

　武隈の松は二木《ふたき》を都人いかがと問はば三木《みき》と答へむ6

という橘季通《すえみち》の歌を前提にしなければ考えられない。季通の歌は、武隈の松が相生《あいおい》であることを踏まえ、見たという意味の「見き」に二木《ふたき》ならぬ「三木」に掛けたもの。『後拾遺集』雑四の巻頭を飾るくらいだから、この洒落は大いに受けたらしい。この季通の本歌を

4後拾遺集・雑四・一〇四二・能因。武隈の松は今度来てみたら跡形もなかった、松の寿命は千年というが、私は千年もたって来たというのか。

5能因集・一四一。武隈の松が跡形もなくなってどのくらいの時世がたったのか。昔は代々の国守が植え継ぐといういい話があったのに。

6後拾遺集・雑四・一〇四一・季通。名代の武隈の松はどうだったと都人が尋ねたら、二木に引っ掛けて「三木」（見たよ）と答えようか。

踏まえなければ、西行の歌は、松の姿がない武隈の故地を「見た」といっても無駄だという意を伝えるだけで、意味不明の駄作に終わってしまう。

西行は、季通は「三木」とうたったが、今さらそれにあやかって「見き」とうたうこともできないと、こぼしたのである。武隈の松が現前にない事実を、喪失感のうちにどう詠むかと身構えたものの、右に引用した能因の「武隈の松はこのたび跡もなし」という歌のせいぜい二番煎じにしかならないと思って、季通の歌を思い出し、かろうじてその諧謔にかこつけて逃げを打ったとしか思えない。「甲斐なかりけり」という溜息に近い表現が、そのことを暗示している。

しかし、この程度の洒落では、家集に残すほどの出来だとはとうてい思えない。しかしあえて入れたのは、武隈の松をうたわずに終えるのが、画竜点睛《がりょうてんせい》を欠く行為のように思えたからだろうという推測を呼ぶ。覚悟してきた奥州の旅で、この歌枕を逸することが、歌詠みとしてのプライドが許さなかったということではなかったか。

どの歌でも多少思い詰めたような歌い方をする西行にとって、一種の逃げともいうべきこの歌の存在はめずらしい。最初に、諧謔の中に韜晦したような歌だと書いたのはそういう意味である。しかし、たとえ照れ隠しのような歌であっても、これはこれで、西行にとって記念であったことも間違いではない。諧謔もまた西行の得意とする一面でもあった。言葉に賭ける詩人は、言葉をもて遊ぶことにたけた人間でもあったということだろう。

33 朽《く》ちもせぬその名ばかりを留《とど》めおきて枯野《かれの》の薄《すすき》形見にぞ見る

（山家集・中・雑・八〇〇、新古今和歌集・哀傷・七九三）

野中に立つ一本の古塚が、昔の実方《さねかた》中将の名だけを朽ちせず伝えているものの、中将の形見と見えるものは、風になびいている枯野の薄だけである。

武隈の松の故地を越え、陸奥《むつ》国府の手前、名取川をもうじき越えようとするあたりの野の中に、西行は通常ならぬ古い塚を発見した。土地の人に由来を問うと、実方中将の墓だという。実方の墓と聞いて胸に迫るものを感じた西行は、取りあえず一首を献じた。

詞書の終わりの「後に語らむも言葉なきやうに覚えて」というのは、実方からはるか隔たった後世では、どう追悼しようにも追悼しようがないと思って、という意味にも取れるが、後になってこの印象を誰かに語ろうとしても言葉ではうまく説明できないと感じて、という意であろう。そこでこの場で即詠したというふうに取れる。

「百人一首」に「かくとだにえやは伊吹の」[1]の歌を残す実方は、円融・花山・一条天皇に仕えた廷臣。清少納言や公任、重之らとも交流があり、風流の貴公子として聞こえていたが、長徳元年（九九五）、三十代半ば頃に陸奥守《むつのかみ》になって下り、四年後に現地で没した。『古事談』『十訓抄』等にみえる説話に、殿上《てんじょう》で藤原行成《こうぜい》と口論し、一条天皇から「陸奥《みちのく》の歌枕見て参れ」と言われて陸奥に下ったというエピソードがあって有名だが、これは実方

【詞書】陸奥《みち》の国に罷りたりけるに、野の中に常よりもと思《おぼ》しき塚の見えけるを、人に問ひければ、「中将の御墓《みはか》と申すはこれがことなり」と申しければ、「中将とは誰《た》がことぞ」とまた問ひければ、「実方《さねかた》の御事なり」と申しける。いと悲しかりけり。さらぬだに物哀れに覚えけるに、霜枯れ枯れの薄ほのぼの見えわたりて、後《のち》に語らむも言葉なきやうに覚えて。（山家集）

【詞書】〇その名―いにしえの実方中将の名。〇形見―中将の形見。

1後拾遺集・恋一・六一二・実方。下句は「さしも知らじな燃ゆる思ひを」。こんなに燃えているとはとても口に出せやしない。伊吹のさしも草ではないが、私の燃える思いがここまですごいことをあなたはご存じあるまい。

の客死を憐れんで死後に作られた伝説だったらしい。しかしこのことから、実方には、東国に下った業平のような悲劇の貴公子というイメージがつきまとった。

実方の墓というのは、今も仙台市の南、名取郡愛島村笠島《かさじま》の地の、畑と住宅地の一郭にある竹林の中に残っており、かつての薄に蔽われた原野の面影が髣髴《ほうふつ》とされる。いずれにせよ、西行は枯野の中に放置されて立つ小さな塚が、伝説の実方の墓だと知って、そぞろ哀れを催してこの歌を作った。

蕭条《しょうじょう》たる薄原に立つ古塚が実方の名のみを伝えるが、西行の目にはむしろ、風になびいている周囲の薄の方が、実方の霊が漂ってこちらを呼んでいるようにも見えたのであろう。薄が人を招き寄せる情景は歌によくあるし、[2] 業平とされる旅人が、東国の原野の薄原の中に小町の髑髏を見出すという話もよく知られていた。[3] 西行の脳裏に、そういう伝説が浮かんだとしてもおかしくはなかった。

ちなみに、右の小町髑髏伝説を伝える謡曲「神代《じんだい》小町」では、業平の代わりにこの実方が小町の髑髏と対面している。西行の時代に、そういう説話がすでに流れていたかどうかははっきりしないが、あるいは、西行のこの歌が一つの引きがねとなって実方に結びつけられた可能性がないではない。

上句がいう「朽《く》ちもせぬその名ばかりを留めおきて」という発想は、『和漢朗詠集』にのる、白楽天が旅先で死んだ親友の元稹《げんしん》を思ってうたった「龍門原上ノ土、骨ヲ埋ンデ名ヲ埋マズ」という詩句によるのではないかとされるが、[4] 人は死んでも名は残るという考えは、『春秋左氏伝』僖《き》二十三に「死ストモ且ツ朽チズ」など古くからある見方だから、あえて白氏を持ち出すまでもないと思われる。

2 秋の野の草の袂か花薄穂に出でて招く袖と見ゆらむ（古今集・秋上・二四三・在原棟梁）、宿も背に植ゑなめつつぞ我は見る招く尾花に人や止まると（後撰集・秋中・二八九・伊勢）など。

3 異本小町集所収の歌「秋風の吹く度ごとにあなめあなめ小野とはなくて薄生ひけり」という伝説歌と、玉造小町子壮衰書に描かれた美女落魄譚を基軸に、江《ごう》家《け》次第十四、和歌童蒙抄、袋草紙、古事談、無名草子、中世の伊勢物語注釈類、御伽草子小町草子、謡曲神代小町など多くの書がこの話題を取り上げた。業平と結びついたのも江家次第以降。

4 和漢朗詠集下・文詞・故元少尹後集一題ス・白楽天。久保田淳『西行山家集入門』『新古今和歌集全評釈』などに指摘がある。

枯野原の中にぽつんと立つ古塚、その光景自体がすでに寂しさの極みである。そこに百年前の古人の墓を見出すということは、どうしようもなく移り去る時間の変遷や無常という思いに人を誘う。「白河の関」「武隈の松」の歌で、能因を始めとする先人たちの故事に寄り添ったように、ここでも西行は実方という古人に自己を重ねあわせているのである。

いずれにせよ、西行の歌枕探訪の旅が、過去の歴史と一体化し自分をその伝統の中に立たせるという、いわば歴史との同定の旅でもあったとともに、発見の旅でもあったことを[5]、この歌などはよく教えてくれるだろう。

5 発見の旅ということについては先の30でみた。

34　取り分きて心も沁《し》みて冴《さ》えぞわたる衣川《ころもがは》見に来たる今日《けふ》しも

（山家集・下・雑・一一三一）

多くの人の死を呑んだ衣川の戦地を見ようと、寒さをついて早速に今日やって来たが、いざ見ると心が冴え冴えと沁み、普段にはないような特別な感懐に襲われることよ。

【詞書】十月十二日、平泉に罷り着きたりけるに、雪降り嵐激しく、殊の外に荒れたりけり。いつしか衣川見まほしくて罷り向かひて見けり。川の岸に着きて、衣川の城、し回したる事がら、様《やう》変はりて物を見る心地しけり。汀《みぎは》氷りて取り分き冴えければ。

【語釈】○衣川―平泉の北方で北上川に合流する。源義家と安倍貞《さだ》任《とう》の古い戦場として知られた。時代は下るが、義経が戦死した高館は貞任の時代の衣川にあった旧館を秀衡が修築したもので、やはりこの衣川に臨んで立つ。

西行が平泉にたどり着いたのは、雪嵐が吹きすさぶ十月十二日のことであった。それでも「いつしか衣川見まほしく」、つまり一刻も早く衣川を見たくて現地に向かったとある。藤原氏の聖地毛越寺《もうつじ》や中尊寺を巡ることよりも、中尊寺の西北にある安倍氏が築いた衣川関や衣川館の故地を見ることを優先したのである。

上句では「取り分きて心も沁みて冴えぞわたる」とうたい、特別にこの日の、吹雪にかき消されがちな衣川の冷《ひ》え冴える光景が身に沁みたと強調している。第三句の「ぞ」を挟みこんだ「冴えぞわたる」という字余りと、「衣川《ころもがは》見に来たる今日《けふ》しも」と大胆に倒置したリズムは、確かにこの時の西行の切迫した心をよく伝えているようだ。しかし、なぜ「取り分きて」感じられたのか、詞書にも「様《やう》変はりて物を見る心地しけり」とあるだけで、理由については明らかにされていない。吹雪をついてでもすぐに衣川を見たかったというだけだが、「物を見る心地して」を、なまなましい衣川の景色が物怪《もののけ》のように浮かび上がったという意だと取れば、わずかではあるがそこに、西行の見たものがどういうものであったかを感じることができるだろう。少なくともそれは、七ヶ月にもわたる長途のやびの果てにようやくこの地にたどり着いた喜びを即座に消し去るほどの衝撃だったことは確かである。

　西行の初度の奥州への旅は、31でも触れたように、二十七、八歳の頃とみるのが最近の見方であるが、遅く見つもって二十九から三十歳に掛けての頃、久安二、三年（一一四六、七）のことだとしても、天下を動揺させた保元の乱や平治の乱にまだ十年は先立っている。また都から脱出した義経が奥州を目指すのは、晩年、西行二度めの奥州行の翌年文治三年（一一八七）のこと、また義経が衣川館で敗れ奥州藤原氏が滅亡するのは、西行が河内の弘《ひろ》川寺《かわでら》に退隠する文治五年（一一八九）の年だから、この時、西行が藤原氏の滅亡を予測しえたはずはなかった。

　西行と血を同じくする奥州藤原氏や同族の佐藤氏がこの地にあることは、もちろん彼の知識のうちにあったはずであり、この旅の目的も秀衡を訪ねることにあったと考えるのが普通であるが、そういうことを考えても、なぜ衣川がここまで西行を惹きつけたのか、その理由ははっきりしない。歴史的に衣川が名高いのは、前九年の役《えき》（一〇六二年終結）で、衣川の館から逃げ延びる安倍貞任《さだとう》に向かって源義家が「衣の縦《たて》は綻びにけり」と詠み掛け、貞任が「年を経し糸の乱れの苦しさに」と応じたという連歌の応酬であろうが、[1]百数十年前のその故地が、吹雪をついてまで一刻も早く見たいと思うほどであったのか、いささか根拠足らずのようにも思われる。しかし、義経や奥州藤原氏の滅亡がまだ先のことである以上、そうとでも結びつけるほかないようである。

1この説話は、今昔物語集・巻第二十五第十三、古今著聞集・武勇第十二等に見える。「衣の縦」は「衣川の館」と縦糸の「縦」を掛けた秀句。

衣川は、白河の関や武隈の松ほどの著名な歌枕とはいえないが、『重之集』には、衣川の関守たちのことをうたった、

昔見し関守も皆老いにけり年の行くをばえやは留むる[2]

という歌がみえたりする。白河の関や武隈の松同様、なにはともあれ、歴史の中にある故地をわが目で確認したいという強い願望が、最終的にこの地へ西行を導いたのではあるまいか。そういう意味では衣川は、奥州での旅での最終目的地であったともいえる。いずれにせよ、「いつしか衣川を見まほしく」というような衝迫を抱くのは、はじめてこの地に臨んだ西行にこそふさわしいように思われる。先述した字余りや倒置に表れた切迫したリズムも、年寄ってからというより、若い頃の息づかいを感じさせるだろう。[3]

話は変わるが、西行がこの奥州の平泉でどういう日々を送ったかについては、例によって書かれていない。はたして秀衡に会えたのかどうかもわからない。ただ、一つだけ『西行上人集』にのる事実で分かっていることがある。藤原氏の菩提寺である中尊寺には、西行が訪れた当時、南都奈良の僧の一団が流されていた。西行は中尊寺を訪れて彼らと都のことなどを語り合い、次の一首を披露した。

涙をば衣川にぞ流しつる古き都を思ひ出でつつ[4]

この歌には、「奈良の僧、咎《とが》のことによりて、数多《あまた》陸奥国へ遣はされたりしに、中尊寺と申す所に罷り会ひて、都の物語すれば、涙流す。あはれなり、かかる事は有りがたき事なり、命あらば物語にもせむ、とも申して、思ひのぶべきよし各々申し侍りて、遠国述懐

2 重之集・一三九。詞書に「昔、衣川の関の長の、ありしよりは老いたりしかば」とある。昔会った衣川の関守も皆老人になってしまった。年のゆくのを誰が留められようか。

3 この「取り分きて」の歌は、かつては川田順、尾山篤二郎、伊藤嘉夫、風巻景次郎・安田章生らが皆、晩年再度の奥州旅行の時のこととしてきたが、三好英二『西行歌集』（講談社・一九四八）が疑義を呈し、窪田章一郎『西行の研究』（東京堂・一九六一）あたりから初度の時の歌としてみるようになった。

4 西行上人集・四五二、為相本山家心中集・二九四。涙をばこの衣川に流しました。皆さんの衣を見て、古い奈良の都のことを思い出しながら。

といふことを詠みはべりし」という長い詞書がついている。衣川の「衣」に、僧たちが着ている衣を掛け、「川」から「涙川」を連想して僧の「涙」を引き出すという技巧的要素が勝った歌で、南都の僧たちの鬱屈した心を少しでも引き立てようとしてうたったものと思われる。陸奥の都平泉を「古き都」の奈良と対比していることも、和歌らしい文飾の一つである。

詞書がいう「あはれなり」以下の言葉は、その僧たちの愚痴であろう。生きて帰れたら、自分たちの抑留体験を物語にしたいというのである。「思ひのぶ」は、西行が「思ひ」を「述べた」のではなく、西行と語らって僧たちの心の憂さが多少晴れ、おかげさまで少しは心が延びましたと、西行に感謝したという意味の「思ひ延ぶ」であろう。

『西行の研究』の著者窪田章一郎は、この「涙をば」の歌が『西行上人集』や『山家心中集』のいわゆる異本系伝本にのみあることや、かつて尾山篤《とく》二郎が提出した、この南都の僧徒の奥州流罪は、治承四年（一一八〇）の平重衡《しげひら》による南都焼討事件にからんだ奈良法師と平家の対立に起因する出来事であろうという説[5]を踏襲し、この歌は治承以降、つまり晩年二度めの旅のこととした。[6]何人かの評論家もこれを承けて、掲出した「取りわきて」の歌を含め、晩年二度目の時の詠とみているが、[7]この尾山説は、実はその後、川田順が見出した資料によって否定された。[8]川田が出したのは、重衡の南都焼討事件より四十年ほど早い、康治元年（一一四二）八月三日の「南京ノ衆徒、乱逆最モ甚シ」で始まる『台《たい》記《き》』の一文に、悪僧十五人を召し捕って源為義に命じて奥州に遣送した云々とある記事で、西行の詞書の「奈良の僧、咎《とが》のことによりて、数多《あまた》陸奥国へ遣はされたりしに」とあるのとよく付合する。したがって、西行が平泉で彼らに会ったのは、初度の平泉滞在中で

5 尾山篤二郎『西行法師全歌集』（春陽堂・一九三八）所収「西行法師の生涯」。
6 窪田章一郎『西行の研究』（東京堂・一九六四）第二篇第五章6。
7 桶谷秀昭『中世のこころ』（小沢書店・一九七七）、白洲正子『西行』（新潮社・一九八八）など。
8 川田順『西行の伝と歌』（創元選書・一九四四）。

のこと、すなわち事件から三、四年後のこととするのが順当であろう。第一、再度の旅のことなら、彼らは流されてから四十数年も、この平泉で生きていたことになってしまう。ところで、掲出歌は、西行の歌にはめずらしく叙景歌のように見え、多くの人もそう解している。しかしそれは、我々がこの日の衣川の光景を寒々しいものとして想い浮かべるからであって、「取り分きて心に沁み」たのはなぜか、「様変《やう》はりて物を見る心地」とはどういう心意なのか、西行のはやる心が問題である以上、叙景歌として処理するわけにはいかないものがあるはずである。しかし、それでもなぜ衣川なのかは分からない。

約三百年後、芭蕉は『奥の細道』の旅でこの高館の地に臨んで、「夏草や兵《つはもの》どもが夢の跡」という名句を生んだ。「三代の栄耀《えいよう》一睡の中《うち》にして」で始まる『奥の細道』の一文は、名調を尽くしてこの地における興亡の姿を悠久のうちに位置づけているが、この芭蕉の「夏草や」の名吟は、英雄たちの興亡と自然の歴史を見事に詩へ昇華したものとして名高く、おそらく西行が詠い残した部分を補って余りあるといえるものだ。

もちろん西行の歌は、芭蕉のように、人間と自然との対比を意識して詠んだものではない。といって人間を拒否する体《てい》の、冬の厳酷な自然をそのままうたった叙景歌でもないだろう。能因や実方の詩歌の伝統を承けたこれまでの歌を考えるなら、史実のことはさておいて、やはりこの歌も、歴史の現場に立ち会う自己をことさらに歌枕の風景の中に位置づけたものと見なすことができる。ただその景色が通常の歌枕と違い、ぞっとするほどの深みをもって見えたというのであろう。西行はここでも歴史を旅する詩人であったということだが、その心意の深いところは永久に分からない。

さて平泉ついでに、もう二首あげておこう。吹雪に霞んだ衣川の荒涼とした景色も、中尊寺に抑留された南都の僧たちとの出会いも、西行にとって新しい発見であったといっていいが、もう二首、西行がこの東北の地での発見をうたった歌がある。

『山家集』は、前歌の「衣川」の歌に続け、「又の年の三月に出羽《いでは》の国に越えて、滝の山と申す山寺に侍りけるに、桜の宮よりも薄紅の色濃き花にて波立てりけるを、寺の人々も見興じければ」という詞書で次の歌をのせる。「滝の山と申す山寺」とは、西蔵王《ざおう》の西北、現山形県南村山郡竜山にあった霊山寺のことをいう。

類《たぐひ》なき思ひ出羽《いでは》の桜かな薄紅の花の匂ひは[9]

三百坊もあったという滝の山の広大な寺域で、思いもかけず特別に色の濃い山桜を満喫した西行は、ふたたび京へ戻るために、平泉に向かった。すると、衣川の北東に横長に拡がる束稲山まで来て、西行は予想もしない光景に出くわした。眼前に全山をおおう桜の木があって、今しも満開だったからである。

聞きもせず束稲山《たはしねやま》の桜ばな吉野《よしの》のほかにかかるべしとは[10]

こちらの詞書には「陸奥国《みちのくに》に平泉に向かひて、束稲《たはしね》と申す山の侍るに、異木《ことぎ》は少なきやうに桜の限り見えて、花の咲きたりけるを見て詠める」とある。束稲山とは、平泉の北東、北上川を隔て現東山町にある標高五九六メートルの山。古く「多和志根《たわしね》」と書いた。「陸奥国に平泉に向かひて」とあるのは、最初に平泉を訪れたときのことではなく、西行

9山家集・下・雑・一一三二。他に類がないほどの出羽の滝の山の桜であるよ、特にこの薄紅の花の色合いはすばらしい。

10同・下・雑・一四四二。この辺境の地の束稲山の桜のなんと見事なことよ、まさか吉野山の他にこんな桜の山があるとは想像もしなかった。

が同地で越年し、翌年の三月、一日出羽《でわ》の国（秋田と山形）に出て、その出羽からふたたび陸奥《むつ》の地へ戻ったときのことを指す。

　東国の春が遅いことは、藤原氏征討のためこの地に入った頼朝軍の記事を記す『吾妻鏡』が「四月に至って残雪消ゆることなく[11]」と書いていることからもうかがえる。西行が見た桜も、四月も遅いころに開花した桜であっただろう。西行はこんなに遅くなってもまだ咲き誇っている山桜の異様な光景に圧倒され、思わず「吉野の他にかかるべしとは」とうたったのである。束稲山の桜は、昔、藤原清衡が一万本を植樹したことに始まり、その麓にあった清衡の館は「花の御所」と呼ばれたくらいだった。右に引用した『吾妻鏡』の記事は、続けて「三十余里の間に桜樹を並び植う[12]」と書いているが、その桜がこの時西行の前に吉野に匹敵するほどに展開していたのだ。

　奥州にまで来て新しい桜の経験をしたことは、西行にとって予想もしない喜びであった。「聞きもせず」と印象の強い初句切れで始め、「かかるべしやは」という言葉にならないような驚愕をもって閉じていることが、嘘偽りのないその驚きをよく伝えている。歌としてはそれ以上のものではないが、これもまた、まさに旅がもたらした発見であった。

　奥州の歌はこの辺で終わりにする。初度の奥州の旅で詠んだとみられる歌は、以上みてきた歌の他に、なお五首ほど見える。

常盤《ときは》なる松の緑に神さびて紅葉ぞ秋は朱《あけ》の玉垣[13]
踏ままうき紅葉の錦散り敷きて人も通はぬ思はくの橋[14]
名取川岸の紅葉の映る影は同じ錦を底にさへ敷く[15]

11 吾妻鏡・文治五年（一一八九）九月二十七日条。

12 この束稲山の桜は、その後山火事によって焼失し、現在はツツジの名所として知られている。

13 山家集・上・秋・四八二。常盤の松の緑の中に紅葉の赤の色がまじって朱の玉垣のように見え、秋の神々しさを伝えてくれる。

14 同・下・雑・一一二九。思惑の橋には紅葉の錦が一面に敷いているので踏んで通る気になれない。それで人も通らず、ここを思わくの橋というのであろうよ。

15 同・下・雑・一一三〇。ここ名取川の岸辺の紅葉を川面に映すその影は、あまりにも澄んでいるので、川底にまで紅葉が敷いたように見える。

都近き小野大原を思ひ出づる柴の煙《けぶり》のあはれなるかな[16]
風荒き柴の庵は常よりも寝覚めぞ物は悲しかりける[17]

最初の「常盤なる」の歌は、『山家集』の別の箇所に置かれている歌。詞書に「東《あづま》へ罷りけるに、信夫《しのぶ》の奥に侍りける社《やしろ》の紅葉を」とある。二首めは、奥州歌群の中に挟まっている歌で、信夫からさらに二日ほど北上してそこに架かっていた「思はくの橋」を詠んだもの。そして三首めは仙台の手前の「名取川」を渡ったときの歌である。この三首は往路で詠んだものか、帰途で詠んだものか決め手はないが、あとの二首は、京都へ帰還する途中でうたったとされているもので、「下野《しもつけ》の国にて柴の煙を見て」詠んだ歌と、ただ「同じ旅にて」という詞書でのる地名のない一首である。あるいは荒涼とした武蔵野の原野に泊まったときの詠であろうか。しかし、これらの歌々は残念ながら、先の陸奥詠に比べれば取りたてて論ずるほどの特徴はない。

16同・下・雑・一一三三。野で柴を燃やしている煙を見ると、京の小野大原の景色がそぞろ偲ばれる。

17同・下・雑・一一三四。風が激しい柴の庵での一夜の寝覚めは、通常より一段とまた物悲しく感じることだ。

35

立て初《そ》むるあみ捕る浦の初竿《はつさほ》は罪の中にも勝《すぐ》れたるかな

（山家集・下・雑・一三七二）

長老の漁師が浜辺近い海中に、アミ漁のための最初の長い竿を立て廻して、神に豊漁の祈りを唱えている。考えてみればその祈りは、罪の中でも特に重い殺生の罪を犯すことを、はしなくも誓っていることなのだなあ。

次は、西行伝の中では奥州への旅に準ずる、四国への旅の詠を取りあげよう。『山家集』下巻の雑部には、西行が詠み溜めたさまざまな素材の歌が並んでいる。「恋百十首」のような大部の題詠歌があるかと思えば、都や高野、伊勢等の地で交わした人々との贈答があり、また旅先で目にした漁師たちの生活をうたった歌なども雑多にまざっている。中には、なんの変哲もない魚くずをうたった次のような歌もある。

見るも憂き延縄《はふなわ》に逃ぐる鱗《いろくづ》を逃《のが》らかさでも滑《した》む持網《もちあみ》 1
汀《みぎわ》ちかく引き寄せらるる大網《おほあみ》に幾瀬の物の命こもれり 2

ピチピチと跳ね回ってはいるが、持網や大網に結局は搦《から》め取られてしまう多くの小魚たちとその命。西行はこういう小動物を見ても、そのはかない命が暗示する重い意味を感じ

【詞書】備前の国に小島と申す島に渡りたりけるに、あみと申す物捕る所は、おのおのわれわれ占めて、長き竿に袋をつけて立て渡すなり。その竿の立て始めをば、一の竿とぞ名づけたる。中に年高き海人《あま》びとの立て初《そ》むるなり。「立つる」とて申すなる言葉聞き侍りしこそ、涙こぼれて、申すばかりなく覚えて詠みける。

【語釈】◯あみ―魚を捕るための撒餌《まきえ》や佃煮《つくだに》にするアミ（醤蝦）。小エビに似た体長一センチほどの甲殻類の小動物。

1山家集・下・雑・一三九五。28を参照。

2同・下・雑・一五一九「無常十首」中。漁師たちが渚近くへ引き上げた大網を見てみると、その中には、さまざまな経歴を生きてきた動物の命がはかなく籠もっているようだ。

ないではいられなかった。どのような小事であれ、それを一首の歌に転化しないではいられない詩人としての性分が、ここにも示されている。

仁安二年（一一六七）の十月中旬、五十歳になった西行は、かねて計画していた四国行脚の旅へ出発する。この旅立ちを翌三年のこととする説もあるが、ここでは佐藤恒雄らの説に従って、仁安二年説に従っておく。[3] 遅れて来る同行《どうぎょう》の西住《さいじゅう》を兵庫県川辺郡の山本（現宝塚市）で待ち、揖保郡の要港室津《むろつ》あたりから乗船して西に向かった。

掲出した歌は、備前や塩飽《しあく》島あたりの往路（帰路とみる説もある）の海岸で出会った漁師や商人たちとの交流を歌にした六首一連の冒頭に置かれた一首。いずれも長めの詞書を有するが、最初にその六首を一括して掲げておこう。

3佐藤恒雄『古代中世詩歌論考』（笠間書院・二〇一三）第一章第五節「西行の四国への旅」。以下、西行の西国・四国への行程等についても同書による。

① 立て初《そ》むるあみ捕る浦の初竿《はつさほ》は罪の中にも勝《すぐ》れたるかな
② 下り立ちて浦田に拾ふ海人《あま》の子は螺《つみ》貝より罪を習ふなりけり
③ 真鍋《まなべ》より塩飽《しあく》へ通ふ商人《あきひと》は罪を櫂《かひ》にて渡るなりけり
④ 同じくは牡蛎《かき》をぞ刺して干《ほ》しもすべき蛤《はまぐり》よりは名も頼りあり
⑤ 栄螺《さだえ》すむ瀬戸の岩壷求め出でて急ぎし海女《あま》の気色《けしき》なるかな
⑥ 岩の根に片赴きに並《な》み浮きて鮑《あはび》をかづく海人《あま》の村君

見るように「アミ」の他に「螺貝《つぶがい》」「牡蛎《かき》」「蛤《はまぐり》」「栄螺《さざえ》」「鮑《あわび》」といった貝類の名がいくつもみえ、興味あれば、目の前の素材を何でも歌にせずにはいない西行らしさがたっぷりのぞいている。これらの魚介類は、当時は現地民の日常食であるよりは、都の貴顕への献上品として捕獲されていたというのが事実らしいが、もとより何度も旅に出た西行のこと、折には自身でも口にしたことはあっただろう。

しかし、これらの素材が、単なる食材としてのそれではなく、海人（漁師）たちの生業の粮《かて》として、ある種冷ややかな視線のもとに対象化されていることが大事である。しかも、それを対象化してうたうに際して、言葉遊びとでもいうべき諧謔をとおしてうたっていることに気づかされる。特に①②③④などがそうである。後でもう一度触れることになるが、その諧謔は、本来は言葉にならない重い現実に直面したとき、表現者としての西行がよんどころなく頼らざるをえなかった伝統的な掛詞の技法に従っていることに注意したい。似たようなことは、大峯入りの歌や、先の奥州旅行の歌でもみた。

これら六首のうち、⑤「栄螺《さだえ》すむ」の歌には、「牛窓《うしまど》の瀬戸に、海女《あま》の出で入りてさだえと申す物を獲りて、舟に入れ入れしけるを見て」、⑥の「岩の根の」には「沖なる岩につきて、海女どもの鮑《あはび》獲りけるところに」という詞書がみえている。備前牛窓の地で、海女たちが素潜りの漁をしているところを、おそらく船中から見て詠んだ歌と思われる。海中に潜っては浮上し、浮上してはまた潜って、捕獲してきたサザエを舟に投げ込む海女の絶え間ない動きや、岩の片側にへばりつくようにしてまたアワビを獲りに潜っていくそのせわしさに、西行はじっと見入っているのである。

旅の行程からすれば、備前の「牛窓」は本来は最初にくるべき歌である。したがってこの二首は、四国からの帰りの旅で詠まれたものとする考えもある。そうかもしれないし、そうでないかもしれない。前四首とは基調が違うので、後に並べたということも考えられる。もしこの二首が往路での詠とすれば、それが、後に続く「立て初むるあみ捕る」以下の一連の歌を導きだす基調になったかと思われる。

さて、掲出した①「立て初むる」の歌だが、これには「備前の国に小島と申す島に渡りたりけるに」で始まる長い詞書がついている。「小島《こじま》」とは、現在の岡山県倉敷市児島の海浜。現在は陸続きであるが、往時は現岡山市の南に浮かぶ大きな島であった。西行一行はここで一旦下船したらしい。西行は、島の北岸にあった八幡社に立ち寄って往時を偲んでいる。この八幡社については一度4で触れたが、『山家集』の別の箇所にのる、

昔みし松は老木《おいき》になりにけりわが年経たる程も知られて 4

という歌の詞書に、「西国へ修行して罷りける折、小島と申す所に八幡の祝《いは》はれ給ひたりけるに籠もりたりけり。年経てまた、その社を見けるに、松どもの古木になりたりけるを見て」とある八幡社であろう。詞書にやや文脈の乱れがあるが、これによれば、西行は以前にもこの地までやってきたことがあって、しばらく庵居生活をしたことがあった、その松を久しぶりで見たというのである。が、それは今は措く。

折から海岸では、十一月から始まるアミ漁のために、それぞれの漁師が袋をつけた網を浜近い海中に立てる竿を持って集まっていた。中で長老格とおぼしい年老いた漁師が、漁始めの神事を行っているようである。歌には「立て初めるあみ捕る」とだけあるが、竿を立てるところを見ただけで、詞書がいうように西行が涙まで流すとは思えないから、あるいはこの長老格の漁師は、豊漁を祈る祝詞《のりと》めいた言葉を唱えていたのかもしれない。その祈祷の台詞の中に「立てる」という言葉もあったのであろう、それを聞いて西行は思わず

4山家集・下・雑・一一四五。昔見た松はすっかり老木になってしまった。それを見ると、私自身も年を取ったことに気づかされるよ。

言葉を失い、悲しみの「涙をこぼした」のである。

我々現代人は、中世人が言葉の世界に張りつかせていた感覚を、そのままで共有することはできないから、なぜ西行が言葉を失って涙を流すほかなかったのか、理窟で理解するしかなくなっているが、西行は、まずアミや網という語の音から、おそらく阿弥陀の「あみ」を連想したのではなかったか。

漁労の網と阿弥陀仏の「アミ」を結びつけた例としては、『和泉式部集』に、

あみだ仏《ぶ》といふにも魚《いを》は救はれぬこや助くとは譬《たと》ひなるらん[5]

とみえる歌が早い例であろう。この式部の歌について山本章博《あきひろ》は、印度の執師子国《しゅうししこく》（セイロン島の一国）の西南の孤島で大魚の大群を「阿弥陀魚」と呼んだという『今昔物語集』巻四第三十七話にみえる伝承に基づいたものと指摘し、また、鎌倉時代の『沙石集』巻六第六話にみえる、自分たちが日々犯している殺生の罪に苦悩していた琵琶湖大津の漁師たちの前に一人の僧が現れ、琵琶湖は天台大師の眼である、漁師たちが「アミアミ」といって網を投げ、それに応えて波が「ダブダブ」と鳴るのは、毎日「アミダブツ」「アミダブツ」と唱えているのと同じだから、お前たちは功徳をなしているのだ、と説いたという話を紹介している。[6] こうした例からすれば、西行の歌の詞書には「アミダブ」という語こそないが、「アミ」から「網」へ、ついで阿弥陀の「阿弥」へと連想が働いたとしても、さほど突飛とはいえないであろう。

次は、長老が言った「立てる」という言葉。「立てる」は、「誓いを立てる」「顔を立てる」といったような意味でも使われるから、この老漁師の言った「立てる」も、仲間の漁師の前で、豊漁を約束する祈りとして、祝詞を誦して豊漁の祈願を立てたという意味だと

5 和泉式部集・六六九。詞書に「網引かせてみるに、網引く人どものいと苦しげなれば」とある。後半の意味がはっきりしないが、アミダブツと唱えるだけで魚は救われるが、網を引く漁師が苦しいというのでは助けにならず、助けるというのは結局譬えに過ぎないのではないか、というような意か。

6 山本章博「西行と海浜の人々」（『西行学』創刊号・二〇一〇）。

考えられよう。

西行は、いうまでもなく殺生禁断の教えを保持する仏者であった。仏者であった西行にとって、「立てる」と聞けば、すぐに阿弥陀や薬師など諸仏菩薩が立てた誓願、特にこの場合は「アミ」という音の類推から、阿弥陀の誓願に連想が飛んだとしても不思議ではない。しかし哀しいことに、彼ら漁師の場合の「立てる」は、生物を殺してはならないという仏の教えとはまるで逆で、大量の殺生を行うと宣言しているも同然だった。西行は、漁師たちの「立てる」という意味が、仏の誓願と完全に相反することに思い至らざるをえなかった。西行が涙したのは、おそらく、この両者の間にある決定的な矛盾を察知したことによる涙だったのに違いない。

西行は、殺生は罪だよと説得するために涙を落としたのではない。仏者として生きる自分と、殺生を事として生きざるをえない漁師たちの生き方の間にあるどうしようもない隔ての前に涙したのである。「申すばかりなく」つまり、言葉さえ失うといった表現は、そのことに起因する表現であって、決して大げさではなかった。

この西行の涙は重い。殺生をやめろというのなら誰でもがいえることだ。しかし生きるということは、そういう当たり前の理窟を超えたところに存在することも事実だ。そしてそれはなにも、漁師たち人間の側にだけある問題ではない。本項冒頭で引用した歌に「見るも憂き延縄に逃ぐる鱗を逃らかさでも滑む持網」「汀ちかく引き寄せらるる大網に幾瀬の物の命こもれり」とあったように、漁師たちに搦め取られる魚たちにも自分たちの生命があって、それがはかなく奪われるという現実があった。

西行はこの時、生と宗教の間に横たわる絶対的矛盾の存在を、あらためて思い知らされたはずである。「罪の中にも勝れたるかな」という下句は、一見、超越者の立場に立った西行の、漁師たちを冷たく突き放した言葉のようにも思えるが、そうではあるまい。そういうふうに一種の諧謔に逃げこんで突き放さなければ、その重い認識はとても耐えうるものではなかったのだと受け取らなくてはなるまい。

それかあらぬか、この後に続く歌には一種のギャグともいうべき和歌的な言葉遊びが一様に繰り返されていく。もう一度各歌を掲示しつつたどってみよう。

② 下り立ちて浦田に拾ふ海人《あま》の子は螺貝《つみ》より罪を習ふなりけり 7

詞書に「日比《ひび》、渋川といふ方《かた》へ廻りて、四国の方へ渡らんとしけるに、風悪しくて程経けり。渋川の浦と申す所に、幼き者どものあまた物を拾ひけるを問ひければ、螺貝《つみ》と申す物拾ふなりと申しけるを聞きて」とある。「日比」も「渋川」も、児島の南岸の四国側にあった漁村。「螺貝《つみ》」は今でいうツブ貝のことである。四国へ渡ろうとしてしばらく船待ちをしていたある日のこと、浜辺に下りてみると、ツブ貝を漁る子供たちがいる。ツブ貝を拾うことも、アミを捕ることと変わらない。その「螺貝《つみ》」に「罪」を掛け、この子らは「螺貝《つみ》」を捕ることによって、こんな幼い時から「罪」を犯すことを否応なく習っているのだなと、冷たい諧謔をうたうのである。

③ 真鍋《まなべ》より塩飽《しあく》へ通ふ商人《あきひと》は積みを櫂《かひ》にて渡るなりけり 8

7 山家集・下・雑・一三七三。磯辺に下り立ってツブ貝を拾う漁師の子は、ツブの別名ツミの名のとおり、小さい時からすでに殺生の罪を習っているのだな。

8 山家集・下・雑・一三七四。真鍋島からさらに塩飽の島々へと積荷を持って通う舟商人は、罪を売り物の櫂にしてこの世を渡るのであろうよ。

「真鍋と申す島に、京より商人どもの下《くだ》りて、様々《やうやう》の積みの物ども商ひて、また塩飽の島に渡り、商はんずるよし申しけるを聞きて」と詞書にある。「真鍋」は、児島の南西沖に点在する塩飽諸島の西端の島の一つ。京下りの商人たちが舟に商品を一杯積んで、これから四国多度津《たどつ》の北に拡がる塩飽島へ渡るというのを聞いて、言葉遊びをしている。積荷の「積み」に「罪」、舟の「櫂」に「買ひ」を掛け、彼らは積荷を売り物にして櫂を漕いで海を渡るというが、それは罪を買っているようなものだというのである。「積みを櫂《かひ》にて渡るなりけり」というあっさりした言い方に、西行の鋭い諧謔の冴えがのぞいている。

④　同じくは牡蛎《かき》をぞ刺して干《ほ》しもすべき蛤《はまぐり》よりは名も頼りあり 9

詞書は「串に刺したる物を商ひけるを、何ぞと問ひければ、蛤を干して侍るなりと申しけるを聞きて」。右の③と同じときの歌であろう。商人が串に刺した物を売っていたので、何だと訊くと、干蛤《ほしはまぐり》を売るのだと答えたので詠んだ歌。ハマグリという語に「栗」が含まれていることに引っ掛け、どうせなら、干蛤よりも牡蛎《かき》を干して売った方がよかろう、「干柿」というのがあるではないか、その方が仏縁に通じてよかろうにという。

蛤より干した牡蛎を売った方がいいというのは、「蛤」の「グリ」に「栗」を見るのと同じで、従来、「牡蛎」に「干柿」の「カキ」を掛けた言葉遊びだという理解がなされてきた。カキという音が「干柿」や「串柿」のカキに通じ、干柿や串柿だったら植物だからいっそ罪がないと解してきたのである。だが、「名の頼りがある」として「栗」「柿」の果実つながりで「干柿」をあげるだけでは、仏縁というニュアンスに欠ける。それでは単な

9山家集・下・雑・一三七五。同じことなら、干し蛤より牡蛎を干した干しガキを売った方がいい。ハマグリの栗よりホシガキの柿の方が仏縁に通じてまだましであろう。

るギャグに終わってしまいかねない。

稲田利徳は、後世の例だがと断って、西行のこの歌を踏まえて芭蕉が詠んだ『続虚栗《ぞくみなしぐり》』の「蛎《かき》よりは海苔《のり》をば老いの売りもせで」という句に着目し、去来による「石花（蛎《かき》）は看経《かき》の二字に叶ふなり。先師は生物を売らんより海苔《のり》を売れ、海苔《のり》は法《のり》に叶ふと一段すり上げて作り給ふなり」（去来抄）という「看経《かき》」説を紹介し、「カキ」には「看経」が掛かっているのではないかと推定した。[10] 仏教つながりであるだけ、この看経《かき》説は魅力的で、西行の「カキ」にも、おそらく「看経」という連想があったのであろう。[11]

さらにいえば、この「カキ」は、当時の民間僧や山伏たちが、柿の渋で染めた丈夫な「柿衣《かきころも》」という衣を着て遊行していたことや、勧進僧が数枚の木片《こけら》に経を写した簡便な木《もっ》簡《かん》経を「柿経《こけらきょう》」と名づけて携帯し、人々の喜捨を募っていたというようなことがあって、「柿衣」や「柿経」の「カキ」に通じているのではないかとみることもできるようだ。[12] 西行が隠遁の先達として慕った空仁が「柿の衣」を着ていたことは、西行自身が歌に詠んでいるし、[13] おそらく西行が常時着ていた衣も柿衣が主であったと思われる。また西行自身、「柿経」を携帯して勧進行為を行ったこともあったに違いない。ちなみにいえば、当時は、真言宗の真誉《しんよ》僧都が著した口訣書《くけつしょ》の主要なものを柿色の袋に収め、それを「柿袋」と呼んでいたということもあった。いずれにしても、「蛤《はまぐり》よりは名も頼りあり」という諧謔が、「カキ」の音との連想から、こうした僧としての日常の衣裳や携帯品に結びついて発想されたとみた方が、「名の頼り」の意味合いがより強くなる。

瀬戸内の島の漁師や商人たちの生態をうたったこれら一連の歌は、家集の中でも特異な一群をなしていることは間違いない。しかしその歌は、繰り返していえば、殺生を事とす

10『西行の和歌の世界』第二章第七節「西行と庶民」。

11和歌文学大系の頭注も去来抄の説を援用し、「同じ罪を犯すのなら牡蛎を串に刺して乾したらいい。乾柿なんてね。蛤も栗なら罪は軽いけれど、それより何より看経に通じて仏道に通う所のある名前なのだから」と訳す。

12橋本美香『西行』（コレクション日本歌人選・笠間書院・二〇一二）参照。

13聞書残集・二二の詞書に、空仁が「薄らかなる柿の衣着て、かく申して立ちたりける、優に覚えけり」とある。

る漁師たちを、僧の目から冷徹に突き放して眺める歌ではなかった。むしろ、最後には諧謔や洒落に逃げこむしかない、そういう生の重みをどうしようもなく認識した上での、西行がとったぎりぎりの歌だったと解すべきであろう。普通なら歌のテーマにならないような、あるいは三十一文字の中ではとうていうたい切れないような、生きることの現実、人間の哀れな死や生業の悲哀を、西行が避けることなく、ともかく諧謔を弄してまで歌にしようとしたことの方をこそ注視すべきなのである。

仏教上の教訓の押しつけ、というような立前によって歌は出来るはずもない、ということを西行はよく知っていた。だからこそ彼は、この重い主題を、洒落や諧謔を駆使してでもなんでも、歌にうたい止めようとしたのではなかったか。

こうした西行の姿勢は、29でみた大峯入りの際の何首かの歌や、奥州の旅の途次で詠んだ32の「武隈《たけくま》の松」の歌、後の59でみる源平合戦の様相を皮肉な視線でうたった「死出の山を越える暇はあらじかし」という歌や、「木曽人は海の怒りを鎮めかねて」といった歌々とおそらく同一の姿勢であったはずである。

西行はやはり、どうしようもなく詩人だったようだ。最初の四首に見られる洒落や諧謔は、西行がなにを見ても取りあえず言葉に置き換えずにはいられない表現衝動にとらわれていたという事実を、特によく物語っているだろう。しかし、逆にいえば、この事実は、まだ西行の時代には、歌におけるぎりぎりの表現というものが、そうした洒落や諧謔の中でしか発揮されなかったことを語ってもいるのであろう。

なお、右の一連の歌に続けて先の⑤⑥の二首があり、『山家集』はさらに次の四首を「題知らず」の名で並べている。

小鯛《こだい》引く網の受け縄寄り来めり憂き仕業《しわざ》ある塩崎の浦14
霞しく波の初花折りかけて桜田出づる沖の海人《あま》舟15
海人びとの磯して帰る引敷物《ひじき》はきにし・蛤・がうな・しただみ16
磯菜《いそな》摘まん今生《お》ひそむる若布海苔《ふのり》・海松《みるめ》・ぎばさ・ひじき・心太《こころぶと》17

歌の内容からみて、おそらく同じ旅の途次で詠まれた諸作と思われるが、今は挙げるだけに留めておく。

いずれにしても、瀬戸内海の海岸で、漁師や商人たちの営みを見て詠じたこれら一連の歌は、言葉の機知や諧謔に頼ってでも、その悲しい生《せい》の現実をうたわないではいられなかった西行という人間のあり方をよく物語っている。それは、生きるという悲しい現実を前に、機知や諧謔を駆使してでも、なんとかその現実を歌にしようと計った西行のぎりぎりの選択であり、少なくともそう受け止めるべきものに違いない。

14山家集・下・雑・一三七八。小鯛を搦めとめた受け縄がまとまって集まっているようだ。ここ塩崎の浦には、辛い生業が満ちている。

15同・下・雑・一三七九。霞がたちこめる桜田の浜から沖へ乗り出す漁師船には、桜の替わりに波の花を折りかざしている。「桜田出づる」を「桜鯛《さくらだい》釣る」と取る解もある。

16同・下・雑・一三八〇。漁師たちが磯巡りをして捕獲してきたヒジキ類には、キニシ・ハマグリ・ゴウナ・シタダミなどの様々なものが織り込まれていることだ。

17同・下・雑・一三八一。若菜ならぬ磯菜を摘もうか。新しく生えそめた若フノリをはじめ、ミルメ・ギバサ・ヒジキ・テングサなどがこの磯辺の若菜だ。

36　よしや君昔の玉の床とてもかからん後《のち》は何にかはせん

（山家集・下・雑・一三五五）

よしや君よ、たとえ君がかつて玉座《ぎょくざ》に坐る至尊《しそん》の身であったからといって、このような運命になって亡くなった今となっては、一体それに何の意味があったのでありましょうか。

【詞書】白峯《しろみね》と申す所に御墓《みはか》の侍りけるに参りて。

【語釈】○よしや―仮に、万一といった意味と、ままよどうなってもいいという意味が同時的に含まれている。○かからん後は―このように流罪となって亡くなられた後では。

瀬戸内の島々で漁師や商人たちの生業をうたった西行は、いよいよ旅の目的である四国へと渡る。その最初の目的は、この地で崩御した崇徳院の霊を弔うことであった。

塩飽《しあく》の真鍋で潮待ちの便船を待って、対岸の讃岐三野津《みのつ》に上陸した西行は、まず雲井御所や鼓《つづみ》が岡といった、崇徳院が八年間を暮らした行在所《あんざいしょ》を尋ねてみたが、その跡地はこの当時にはもうわからなくなっていたようで、悲しみのあまり、

松山の波に流れて来《こ》し舟のやがて空しくなりにけるかな 1

松山の波の景色は変はらじを形《かた》なく君はなりましにけり 2

の二首を残した。「松山の波に流れて」といううたい出しは、いささか妙な表現であるが、院がこの松山まで波に乗って遠流《おんる》されたという史実からの連想と、自分も院の跡を追って

1山家集・下・雑・一三五三。この松山の波に流れてやって来た舟は帰ることもならず、そのままこの地で空しくなったことよ。

2同・下・雑・一三五四。松山の波の景色は昔日と変わりないのであろうが、君は跡形もなくおなりになってしまわれた。

波を越えてここまでやって来たという西行自身の旅を重ねあわせたのであろう。院がこの地で空しくなり、その跡も定かではないという事実を淡々とうたっていて、この二首には、まだそれほど切迫した調子はない。

西行はその後、院が死後に葬られた、白峰山白峰《しらみね》寺（現坂出市）の山中にある崇徳院陵《りょう》に詣でた。彼は、見捨てられたような草むしたその墳墓の前で夜を徹して端座し、恨みを含んで死んでいった院の霊に向かって、怨恨を潔く解き放つよう、慰撫を兼ねた掲出の鎮魂の歌を詠みかけた。院よ、あなたが経験した、この世の栄耀栄華はいったい何の意味があったのか、死によって運命が定まった今は、すべての妄執を捨て去るべきである、と堂々と語りかけたのである。

保元の乱（一一五六）によって讃岐へ流刑された崇徳院が、八年の滞留生活後、長寛二年（一一六四）八月二十六日に崩御してから、早くも三年の月日がたっている。西行このとき、五十歳。生きていれば崇徳院は四十九歳のはずであった。

「よしや君」で始まるこの西行の歌は、『保元物語』の巻尾や、『西行物語』の一節に重要な素材を提供することになり、さらに、謡曲の「松山天狗」や、秋成の『雨月物語』巻頭の怪異譚「白峰《しらみね》」にも取り上げられて広く知られることになった一首である。2でみた江口の長《おさ》との贈答も、後世にいくつかの作品を生む記念作となったが、それが西行と最下層の遊女との対決であったのに対し、この歌は、西行と至尊の帝王との対決を背景にしている点で好対照をなしている。特に謡曲「松山天狗」や秋成の「白峰」は、崇徳院の亡霊と西行とが、墓場の前で劇的な問答を応酬する、日本ではめったに見られないダイアローグ劇に仕立てられていて迫力に満ちている。これもまた西行の歌が持つ、幅広い奥深さに起因する例だといっていいのだろう。

松山で最初に尋ねた行在所《あんざいしょ》でうたった先の二首とはうって変わって、この「よしや君」の歌には、院の迷妄を大上段からたしなめるような、切り口上とでもいうべき強い口調が流れている。白洲正子はこの歌から、「悲しみのあまり殆《ほと》んど怒っているように聞える」という怒りの気配を感じ取っているが、[3] 確かにこの気配には、叱咤《しった》するがごとき強い詰問の調子がある。西行は、なぜここまで居丈高《いたけだか》で権威的な口調を取り得たのか。

王位の空しさを説くこうした大所高所《たいしょこうしょ》的な主張は、実をいえば取り分けめずらしいというわけでもなく、西行が初めてというわけでもなかった。

たとえば『和漢朗詠集』下・述懐にのっている、

世の中はとてもかくても同じこと宮も藁屋《わらや》も果てしなければ [4]

という古歌は、『今昔物語集』や『新古今集』にものり、人口に広く膾炙していた歌だった。また、『平家物語』巻五「文覚《もんがく》流され」は、後白河法皇御所に推参した文覚上人が、門外に追い出された際にわめき散らした雑言《ぞうごん》として、

三界は皆火宅なり。王宮といふともその難を逃るべからず。十善の帝位に誇ったりとも、黄泉《こうせん》の旅に出でなん後は、牛頭《ごず》・馬頭《めず》の責めをば免れず。

という過激な発言をしたと記している。『西行物語』の何本かに繰り返されている「妻子珍宝宮位ニオヨブモ、命終ノ時ニ臨メバ随ハズ」という文《もん》も、同じ範疇に入る言葉だろう。崇徳院自身も、かつて、保元の乱の十年ほど前に、

松が根の枕も何か仇《あだ》ならん玉の床《ゆか》とて常の床かは [5]

という歌を詠んでいるから、王位の空しさは十分に自覚していたはずだ。

3 白洲正子『西行』（新潮社・一九八八）。

4 和漢朗詠集・下・述懐、今昔物語集・巻二十四第二十三話および新古今集・雑下・一八五一・蝉丸。世の中はどうこう生きても同じこと。金殿玉楼だって粗末な藁小屋だって所詮求めて切りがないのだから。26でも引用した。

5 千載集・羇旅・五一〇・崇徳院。松の根っこの枕だってどうして無駄なことがあろうか、玉の床だっていつまでも玉の床であるはずもない。鳥羽院によって強引に退位させられた事件に対する慙愧を表明した歌とも取れる。

西行の歌と「玉の床」の語が共通するから、西行は、院がかつて詠んだこの歌を踏まえて、「よしや君」の歌をわざわざ院の前に投げ返した可能性がある。が、いずれにせよ、西行の叱咤《しった》は、当時盛んに説かれていた右にみたような文言類とそう隔たるものではない。そういってよければ、当たり前に近い言葉だったともいえる。

しかし、それはそれとして、一介の沙門にすぎない西行が、かつて天皇だった院の霊に向かって説教をするとは、いささか分を超えた行為といわざるをえない。それでも西行は、院に向かって、あえてそう言わずにはいられなかったのである。

その最大の理由は、西行が白峰を訪ねた当時、崇徳院の恨みが怨霊《おんりょう》となって頻りに発動し、都の人士を震撼《しんかん》させていたことと無関係ではなかったと思われる。[6]『保元物語』下は、院が讃岐配流後三年かけて血書した五部大乗経を都へ届けたのを、後白河政庁がすげなく拒否したと聞いて憤激した院が、

我、深き罪に行はれ、愁鬱《しゅううつ》浅からず。速《すみ》やかにこの功力《くりき》をもってかの科《とが》を救はんと思ふ。莫大の行業を然《しか》しながら三悪道に投げ込み、その力をもって日本国の大魔縁となり、皇を取って民となし、民を皇となさん。

と誓ったと伝え、さらにみずから舌の先を食ひ切って、その流れる血で、「願はくは、上《かみ》梵天帝釈、下《しも》堅牢地神に至るまで、この誓約に合力し給へや」という誓状を大乗経に書き付け、自ら海底に投げ入れたと記している（巻末「新院御経沈めの事」）。その呪詛《じゅそ》は、なみひと通りのものではなかった。このことは藤原経房の日記『吉記《きっき》』にも、「崇徳院、讃岐ニ於テ御自筆、血ヲ以テ五部大乗経ヲ書カシメ給フ。件《くだん》ノ経ノ奥ニ、現世後世ノ科ニアラズ、天下ヲ滅亡スベキノ趣キ注シ置カル」と記されており、[7]類似の記事は『平家物語』延

6このことは、目崎徳衛『西行の思想史的研究』第五章三・4「讃岐行と崇徳院怨霊」が詳しく論述し、西行のこの歌の最大の背景としている。

7吉記・寿永二年（一一八三）七月十六日条。

慶本や長門本、『源平盛衰記』巻八にものっているから、事実とみて間違いない。

疫病や天災はもちろん、平治元年（一一五九）に起きた、平治の乱そのものが院の祟りとして怖れられたし、保元の乱で院の敵にまわった辣腕《らつわん》家《か》関白忠通が長寛二年（一一六四）二月に死んだのも、院の呪詛によるとされた。死後になっても一向に衰えなかった怨霊を慰撫するために、讃岐院の名を「崇徳院」に改めたのは、ようやく安元三年（一一七七）七月になってからのことで、西行の白峰訪問からさらに十年も後のことであった。『百錬抄』はその追号の理由を、この時にもなっても「天下静マラズ。カノ怨霊アルニ依ッテナリ」と説明しているくらいだ。[8] 秋成の「白峰」に至っては、さらにその八年後の元暦二年（一一八五）の平家の没落までもが、崇徳院の予言によるものだとしている。

崇徳院一代記という側面をいやおうなく持っている『保元物語』は、院を叱咤する西行の前に院の亡霊を登場させ、先に引用した西行の「松山の波に流れて来し舟のやがて空しくなりにけるかな」という歌を、院自身が詠んだ歌のように改変し、院の口から叫ばせている。西行が、この「よしや君」の歌をもって応酬したところ、墓が「三度まで震動」したと記して最後の幕としているが、西行が、ある意味では当時の通念に近い「よしや君昔の玉の床とても」という歌をあえて詠んで院を叱咤したのは、こうしたいきさつがあったと考えれば納得がいく。

西行と崇徳院との間に長い前史があったことも、この問題に関わってる。崇徳院と西行の縁や、院が和歌を愛好していたこと、讃岐配流後和歌の道が衰えたことなどは19で触れたが、院が讃岐に遷《うつ》されたのちでも、西行は常に院のことを気にかけていた。保元の末年頃に讃岐の院を訪れたことがある旧知の寂然からも、院のその後のことは聞いていたで

8 百錬抄・安元三年（一一七七）七月二十九日条。

あろう。

『山家集』にはまた、讃岐にあって終始院と帯同していた兵衛佐《ひょうえのすけ》という女房[9]から院の現在の様子を聞いて、彼女に贈った歌が五首連続してのっている。いささか回り道になるが、ここで取り上げておこう。「讃岐にて御心引き変へて、後の世の御勤め隙《ひま》なくせさせおはしますと聞きて、女房の許へ申しける。この文を書き具して、若シ人瞋打《しんだ》セラレズンバ、何ヲ以テカ忍辱《にんにく》ヲ修セン」という詞書が付されたその最初の歌は、

世の中を背《そむ》く便りやなからまし憂き折節に君あはずして[10]

というもの。院が世間への恨みを捨て去り、後世《ごせ》への準備に日々怠りないと兵衛佐から聞いて、「若シ人」以下の偈《げ》を添えて彼女に贈ったのである。西行が聞いた崇徳院の精進の様子は、五部大乗経を一心に写しつづける当初のそれであったのであろう。西行は、院があのような辛い経験をなさらなかったなら、この世を捨てる機会は訪れなかったでしょうといい、その決意を好ましく思って励ましたのである。この時点では、院の生活は西行の望むべきものであった。また彼は、「これもついでに具して参らせける」として、

浅ましやいかなる故《ゆゑ》の報いにてかかる事しもある世なるらん[11]
永らへて遂に住むべき都かはこの世はよしやとてもかくても[12]
幻の夢を現《うつつ》に見る人は目も合はせてや夜を明かすらん[13]

9 この女房のことは、角田文衛『王朝の明暗』（東京堂出版・一九七七）「崇徳院兵衛佐」に詳しい。なお佐藤恒雄『古代中世詩歌論考』第一章第四節「南海の崇徳院」も参照。

10 山家集・下・雑・一二三〇。このようなつらい時節に逢わずにいて、君がこの世を捨てて仏の道に入る機会はなかったでしょう。

11 山家集・下・雑・一二三一。何とも予想をこえたことだ。一体前世のどういう報いでこの世でこのようなありえるというのだろう。

12 同・下・雑・一二三二。生き永らえていつまでも住みうる都でありえましょうか。この世はたとえどうあっても。

13 同・下・雑・一二三三。幻のような悪夢をすでに現実で経験した人は、もう夜眠れないこともなく、目を合わせて安眠できることでしょう。

の三首を添えて贈っている。最初の歌は、どういう前世の報いでこんな目にお遭いになられたのかという同情を述べ、次の「永らへて」は、先に引用した蝉丸の「世の中はとてもかくても同じこと」の歌を踏まえ、都とていつまでも住める場所ではない、いずれ死ぬ身である以上、この世はどこであろうと所詮は同じですと説く。三首めの「目も合はせてや」以下は意味が取りにくいが、「合はせで」では「目も合わせられずに眠れないでいる」という意になって不自然だから、「合はせて」と取って、栄枯盛衰の幻に近い夢を現実に実際に見つくしたご当人であるあなたは、これからは毎晩目を閉じてゆっくりと夜を明かすことがおできになりましょう、つまり安眠なされることでしょうというのであろう。

この四首に続け、西行は最後に「かくて後、人の参りけるに付けて、参らせける」という詞書をそえ、

その日より落つる涙を形見にて思ひ忘るる時の間《ま》もなし14

とつけ足している。「人の参りけるに付けて」とあるから、讃岐の院の御所へ行く人（寂然とは別人であろう）がいるというので、その人に託した歌ということになる。あなたが乱を起こされて四国へ流されて以来、私は涙を流すたびに、その涙をあなたの形見と思って忘れることもございません、というような意味で、讃岐の院を側面から鼓舞した歌という点では変わりはない。

これらの歌に対し、院と起居をともにしていた兵衛佐は、院の気持ちを代弁して次の三首を返してきた。

14山家集・下・雑・一二三四。その日以来、私の涙は君が残した形見だと思って片時も君のことを思い忘れたことはありません。

目の前に変はり果てにし世の憂さに涙を君に流しけるかな[15]
松山の涙は海に深くなりて蓮《はちす》の池に入れよとぞ思ふ[16]
波の立つ心の水を静めつつ咲かん蓮《はちす》を今は待つかな[17]

最初の歌の「涙を君に」の「君」は、西行が贈った最初の歌の結句「君あはずして」に対応させたものであろう。毎日主君が落ち込まれている姿をみて、私も涙が晴れないといい、以下、その涙が海に流れて極楽の蓮池に流れればいい、いまはその蓮の花が咲くのを待つばかりですと、悲運に閉ざされた院に対する悲痛きわまりない思いを伝えてきた。

以上の西行の五首は、院の在世中に、西行が都から讃岐に届けた歌である。したがってこれらの歌には、まだ先の「よしや君」の歌のような厳しい叱責の姿勢は出ていない。その後、崇徳院が、朝廷の心ない仕打ちによって天魔にまで堕ちる怒りを抱いて死んでいったことを耳にし、西行は前にも増していたたまれない思いを抱いたはずである。じかに墓に詣でて崇徳院を直接詰問し、叱咤する意味は大いにあった。

またもとの歌に戻るが、しかし、この世の名利名聞に何の意味があるのかといくら院を叱咤したとしても、それはなお立前に過ぎない。といって、この立前を崩してしまっては、人間を支える思想の根幹がなくなってしまうだろう。現実には帝王と臣下、貴族と武士、武士と農民、棟梁と部下といったさまざまな差別が何層も交錯して人を縛りつけ、人はそうした秩序の中で呻吟《しんぎん》するしかないのだが、仏に仕える僧は、一応こうしたすべての秩序の外に立つことが認められた存在であり、西行には身分や格付けにとらわれず、一介の沙弥《しゃみ》として他を叱咤しうる権利があった。

先に、この歌における西行の姿勢は、崇徳院に対して居丈高《いたけだか》に近いものがあると述べた

15山家集・下・雑・一二三五・兵衛佐。私の眼前ですっかり変わり果ててしまったこの世の辛苦を思い、私も君と一緒に涙を流しました。

16同・下・雑・一二三六・兵衛佐。ここ松山で流した涙はいっそ海のように深くなって、極楽の蓮池まで注ぎ入れと思っております。

17同・下・雑・一二三七・兵衛佐。さまざまに波立つ心を静めながら、浄土に咲く蓮を今はひたすら待つばかりです。

が、西行に僧としてのそうした前提があったからこそ、崇徳院の霊に対して強く出られたと考えるべきであろう。24でみた鳥羽院に対する歌でもそうであった。この超越は出家者にのみ許されていた特権であり、中世になって拡がるアジールとしての聖域性が、個人としての僧の中にもあったとみてよいものだ。もちろん何かといえば力に訴える寺法師や、形だけの乞食僧、盗賊に身を持ち下してしまった僧などは無数にいたが。

要は、僧としての確固たる生き方を内部に強く持しているかどうかの問題に帰着する。出家者西行が、そういう確固とした離俗の精神を保持する顔を、こうして我々の前に見せていることは間違いない。それを精神の支えとして生きること、言葉を換えれば、世俗の秩序の外にあって自由に生きることへのこの渇望こそ、あるいは謎に満ちた西行出家の理由のもっとも中心をなすものであったのかもしれない。この歌はそういうことを明確に語る歌でもあったのではあるまいか。

37
久《ひさ》に経てわが後《のち》の世をとへよ松あと偲《しの》ぶべき人もなき身ぞ

（山家集・下・雑・一三五八）

松よ、これから先もずっと生きていて、そのまま私の後世《ごせ》を弔《とむら》ってくれ。私がこの地で死んだとしても、お前以外に、私のことを懐《なつ》かしんでくれる人は誰もいない身なのだ。

【詞書】庵の前に松の立てりけるを見て。
【語釈】○後の世―後世《ごせ》。あの世、来世《らいせ》に同じ。前世、前《さき》の世に対する語。

崇徳院の霊を白峰《しろみね》に訪れた後、西行は、もう一つの旅の目的である弘法大師生誕の地、現坂出《さかいで》市の西にある善通寺《ぜんつうじ》へ向かい、その地近くの山中に庵を構えて住んだ。

善通寺の近くには、現在も西行の庵跡とされる場所が何ヶ所か残っている。比較的はっきりしているのは南門に近い子院《しいん》玉泉院の庭と、空海が修行したとされる西方の我拝師山《わだはいしさん》曼荼羅寺《まんだらじ》近くの五岳山の麓の二ヶ所であるが、その他にもあったようだ。西行自身、『山家集』の中に、「同じ国にて大師《だいし》のおはしましける御辺りの山に庵結びて住みけるに、月いと明《あか》くて海の方、曇りなく見えければ」という詞書で次の歌を残している。

曇りなき山にて海の月見れば島ぞ氷の絶間《たえま》なりける 1

これによれば、西に海が見える五岳山の高い所にも居を構えてもいたのだろう。この

1山家集・下・雑・一三五六。山上からはるばると見渡せる月の海を見ると、海面が白々と輝いて、島はまるで氷の絶え間に浮かんでいるように見えることだよ。

「曇りなき」の歌は、中世ではかなり有名であったたらしく、お伽草子『自剃《じぞ》り弁慶』は、叡山を追い出された弁慶が坂本から志賀に出て琵琶湖を一望した場面を、「湖水を遙々と眺むれば、げにもまこと島ぞ氷の絶間なりけり」と描いている。この「島ぞ氷の絶間なりけり」が、西行の右の歌の引用であることは明らかである。西行伝承の一端がこんな所にも垣間見られて興味深い。

西行はこうした山中の小庵のいくつかに、ほぼ一年近く腰を落ち着け、弘法大師と結縁を結んだ。『山家集』にはこの間《かん》に、弘法大師が誕生したという善通寺誕生院の庭に生えている松を見て詠んだ、

あはれなり同じ野山に立てる木のかかる徴《しるし》の契りありける 2

という歌や、また大師が修行したという五岳山の各行道所を巡り、さらに大師が釈迦に逢ったという伝承のある我拝師山の曼荼羅寺への急峻を登ったときの感懐をうたった、

巡り会はんことの契りぞ有難き厳しき山の誓ひ見るにも 3

筆の山にかき登りても見つるかな苔の下なる岩の景色を 4

といった歌が、数首連ねられている。

さて、右の歌であるが、庵の前に一本の松の木があった。6で引用した、

ここをまたわれ住み憂《う》くて浮かれなば松は独りにならんとすらん 5

2山家集・下・雑・一三六九。同じ野山に立っている木は何本とあるのに、こうして大師の家を守るしるしの縁を結んだのは、なんとも感動的なことだ。

3山家集・下・雑・一三七〇。大師が経を書いて埋めたという曼荼羅寺の絶壁の行道所を登ったときの歌。こうして大師とめぐりあえた因縁がありがたいことだ。険難なこの山の上で大師が立てた誓いの印を見るにつけ。

4同・下・雑・一三七一。大師が釈迦に会ったという伝承のある我拝師山に登ったときの歌。我拝師山は別名を筆の山といった。大師が筆を記したこの山に私もかき登って見ると、眼下には苔におおわれた岩の景色が拡がる。

5山家集・下・雑・一三五九。次項でも引用する。この地が住み憂くなって私がまた浮かれ出て行ってしまったら、松よ、お前はまた一人ぼっちになってしまうなあ。

の松と同じ独り松であろう。右の「久に経て」は、この「ここをまた」の歌の直前に置かれているから、同じ松である可能性が高い。

毎日目にしているうちに、その松が同行《どうぎょう》の修行者のようにみえてきたのであろう、不老長寿の木とされる松に向かって、ずっと生き永らえて自分の死後を弔ってほしいと訴えた歌で、いわんとしていることは明解である。第三句「とへよ松」の呼びかけが、親密さ溢れる西行のストレートな思いを語っていていてほほえましい。

ただ下句で、そう呼びかけた理由を「あと偲ぶべき人もなき身ぞ」と述べているのが、大げさな気がする。まさか本気で、私の死後を気に掛けてくれる人がいないと心配しているのではあるまい。日々この松と語り合ってきた余勢から出た言葉のアヤというべきか。もっとも上句にしても、私も死ぬまでこの地にずって暮らすという仮定を通さなければ、一首の意味が成立しない。このまま私もここにいて野たれ死にでもしたら、その時はよろしく頼むよ、なにせその時は、お前一人しか見取ってくれるものはいないからなあ、という意味になって理が通じる。

なぜかといえば、実は、同じ松に呼びかけた「ここをまた」という先の歌で、彼は「われ住み憂くて浮《う》かれなば」ともいっているからだ。こういう以上、この四国の山中に死ぬまで暮らすことがありえないことは、彼自身が一番よく分かっていたことであった。

「住み憂くて浮かれる」の「浮かれる」という語は、次項ですぐ述べるように、「あくがる」と並んで、西行の生来の性癖を語る表看板ともいえるキイワードであるが、この地が住み憂くなって、人恋しさのあまりまたどこかへフラフラと浮かれ出ることは、彼にとっては必至の行動であった。私の死後を見届けてくれなどと一方で殊勝なことをいっておきながら、その舌の根が乾かぬうちに、私がここを出て行ったら、お前はまた独りぼっちになるなあ、などと平気でうそぶいている、その屈託のない自在さがまた、西行という人間であったのだろう。

ところで、二、三句にまたがっている「後の世をとふ」という句は、有名な、

仏《ほとけ》には桜の花を奉れわが後《のち》の世を人とぶらはば[6]

という歌の第五句と共通する。この歌は、43の「願はくは」の項で詳しく述べるが、わが後世を弔うのならぜひ桜の花を供えてほしいと願った歌。野垂れ死にを仮定した掲出歌ほどに深刻な面持ちはないが、死後仏壇に桜を供えてほしいなどと臆面もなくうたうのは、いかにも西行らしいのである。庵の前の独り松に向かって「わが後の世をとへよ松」と呼びかけるのも、臆面のなさという点ではどちらも似たり寄ったりというべきかもしれない。

6 山家集・上・春・七八。43で詳しくみる。

38　浮かれ出づる心は身にも叶《かな》はねばいかなりとてもいかにかはせん

（山家集・中・雑・九一二）

この体からフラフラと浮かれ出てさまよう私の心は、この身の言うことを聞いておとなしく収まるものではないから、意思の力でどのようになれと願ってもどうなるものではない。

ここで旅の歌から離れ、前項の最後でも触れた、西行の性癖の中にどうしようもなく巣くっていた「浮かれ出づる心」について、あらためて考えてみたい。

西行には「物思ふ人」[1]というイメージがつきまとっているが、この歌にみえる「浮かれ出づる」という語も、西行論の重要なキーワードであることはつとに知られてきた。[2]これとほぼ同意の「あくがるる」という語も、「浮かれ出づる」と並んで西行はよく使うが、「あくがる」とは「憧《あこが》れる」という語の前身で、場所を示す「あく」から心が「離《か》る」ことを意味し、原義としてはこの方がわかりやすい。

まず、「浮かれゆく心」をうたった歌を一首示そう。

雲につきて浮かれのみゆく心をば山にかけてを止めんとぞ思ふ[3]

【詞書】（五首述懐）

【語釈】○浮かれ出づる心―身体から浮かれてさまよい出る心。もとの場所から離れるという意の「あくがるる心」と同じである。

1物思へども掛からぬ人もあるものをあはれなりける身の契りかな（山家集・中・恋・六七一）、我ばかり物思ふ人や又もあると唐土《もろこし》までも尋ねてしがな（同・下・恋雑・一三〇二）、心から心に物を思はせて身を苦しむるわが身なりけり（同・一三二七）など。「物思ふ」身をうたった歌が西行歌には六十首ほどある（稲田利徳『西行の和歌の研究』）。

2久保田淳『新古今歌人の研究』（東京大学出版会・一九七三）。第一篇第三章「浮かれ出る心」。

3山家集・下・雑・一五〇七。雲の後を追いかけてひたすら浮かれ出てゆく心を、山に引っかけてでも止めようと思う。

『山家集』下巻・雑の巻末「百首」中の「述懐十首」の一首。雲のあとをふらふらと追いかけて浮かれ出た心は、このままだと、どこかへ行ってしまう、なんとか山に引っ掛けて止めようとうたっている。つまり雲の行方をさえぎる山がないかぎり止めようがないと大げさにいうのである。もちろん比喩であるが、必ずしも比喩とばかりいえないものがあった。すでに11や31で触れたように、芭蕉を漂泊の旅に誘いだした「片雲の風[4]」と、この「雲につきて浮かれのみゆく心」は重なるものがあり、「のみ」とあるから、理窟ではどうにもならないものとして西行の心に取りついていたらしい。

これは西行が愛した「桜」に対しても同じだった。

吉野山梢の花をみし日より心は身にも添はずなりにき[5]
あくがるる心はさても山桜散りなん後《のち》や身に帰るべき[6]
盛りなるこの山桜思ひ置きていづち心のまた浮かるらん[7]

「心が身に添わない」といい、「あくがるる」といい、「浮かれる」という。どの歌も、桜を見ると「浮かれ出てしまう心」に手をこまねいているものだ。次項でみるように、西行が吉野の山に入るのは、本来は修行を目的としていたとみるべきであるが、桜を見ることも大きな理由となっていた。心が否応もなく桜に引き寄せられてしまうのである。三首めの「また浮かるらん」心は特にあやにくであろう。目の前に満開の桜が咲いていても満足できず、また他の桜を探すために、心がそこからまた他へ行ってしまうという。

この「あくがるる心」は、当然、西行が愛した月に向かっても発動する。

4予もいづれの年よりか片雲の風に誘われて、漂泊の思ひやまず（奥の細道・冒頭の一節）

5山家集・上・春・六六。吉野山の奥の梢に咲いた桜を見た日から、心は身から離れてフラフラと出ていってしまうようになった。

6同・上・春・六七。桜が咲くと桜に向かってあこがれ出る私の心よ。さてさて桜が散ったら元の身に戻ってくることができようか。

7聞書集・一三四。せっかく満開であるこの桜を見捨てて、私の心はまた別の桜を求めてどこかへさまよい出ていくというのか。

影さえてまことに月の明《あか》き夜は心も空に浮かれてぞすむ[8]
ともすれば月澄む空にあくがるる心の果てを知るよしもがな[9]
行方なく月に心の澄み澄みて果てはいかにかならんとすらん[10]
月を見て心浮かれし古《いにし》への秋にもさらに巡りあひぬる[11]
月をこそ眺めば心浮かれ出でめ闇なる空にただよふやなぞ[12]
さらぬだぬ浮かれて物を思ふ身の心をさそふ秋の夜の月[13]

いずれも、月に向かって浮かれ出ていくという衝動を、「心」が月の澄む大空の闇を漂い動くという劇的な行動としてうたったものだ。四首めの歌で、「心浮かれる」のは、昔からの習い性であったというが、4で引用した、

　思ひ分《わ》く心なかりし昔だに月をあはれと見てぞ過ぎ来《こ》し[14]

という歌がおのずから思い出される。とにかく、「浮かる」や「あくがる」という言葉は、西行の心の動態をきわめてよく象徴しているというほかない。

　こうみてくると、桜と月とはやはり西行にとって同質のものとしてあったことがよくわかるが、しかし、掲出した「浮かれ出づる」の歌には、「桜」の語も「月」の語もない。この歌の場合は、桜や月と関係なく、「身」から離れて自由勝手に動き回る「心」というやっかいな存在に直接矛先が向けられているのである。つまり、心は、桜や月以外のものにも発動されるものとしてあった。右に六首かかげた最後の歌で「さらぬだに」とあるのが、別の面からそれをはっきり示している。西行は、内心に巣くうこの「心」を、どうに

8 山家集・上・秋・三六五。月の光が鮮やかに冴えわたるこういう明るい夜は、心も空に浮かれ出ていってそこに住むのだ。

9 同・中・恋・六四七。ともすると月が澄む空にあこがれて浮かれ出ていく心の行き着く先を知る方法がないものか。

10 同・上・秋・三五三。月を見ると、私の心はあてどもなくどんどん澄んでいく。最後はいったいどうなってしまうのか。

11 同・上・秋・三四九。私という人間は今も変わらないのか。月を眺めて心が浮き立った若かりし頃の秋がまたやってきた。

12 同・下・雑・「百首」一五五〇。月を眺めると、心はこの体から浮かれ出ていってしまうだろう。なぜ月は闇の空にただよったりするのか。

13 同・上・秋・四〇四。ただでさえこの身から浮かれ出て物思いをさそう私の心を、秋の夜の月は今夜も誘ってやまない。

14 松屋本山家集の書入「八月十五夜五首の歌、人々詠み侍りけるに」中の一首。4を参照。

も抑えようもないものとしてもて余している。たとえばそれは、定住を嫌って一処不住に憧れるその行動についてもいえることだった。「秋、遠く修行し侍りけるに」云々とある歌、

嵐吹く峰の木の葉にともなひていづち浮かるる心なるらん[15]

この「浮かるる心」の対象も、桜でもなければ月でもなかった。嵐に散る木の葉に誘われて「いづち」へと浮かれ出るのは、月の澄む夜空に向かって上昇する心ではなく、一所に定住することを拒否する体《てい》の、放浪への憧れでなければならない。それは前項で見た、

ここをまたわれ住み憂くて浮かれなば松は一人とならんとすらん

という歌と軌を一にするものであろう。この場合、「住み憂く」なることと「浮く」こととは、同義以外の何ものでもなかった。

また彼は、三十年近く本拠として暮らした高野山にあっても、都に何かあると高野からすぐ出てきてやまなかった男だった。出家後、京都の近郊の山里に庵を作っては転々としたことも、西行の非定住的な放浪癖を示していようし、晩年遠く伊勢に移住することを思い立ったときにも、その理由を「高野の奥を住み浮かれて」とはっきり記している。[16]二度に及ぶ奥州旅行も、中国・四国への行脚も、その基本には、こうした一所に定住できない西行の「浮かれ出づる心」があったと考えていい。

桜や月を対象にしない「浮かる」心は、10の、

さてもあらじ今見よ心思ひ取りてわが身は身かと我も浮かれむ

15山家集・下・雑・一〇八二。嵐に吹き散らされる峰の木の葉にくっついて、いったいどこへ浮かれてゆく私の心なのか。

16西行上人集・六二五、千載集・神祇・一二七八の詞書「高野の山を住み浮かれてのち、伊勢国二見浦の山寺に侍りけるに…」。

という歌にあったように、鬱勃《うつぼつ》とした衝動にかられて西行を出家に向かって突き動かした元凶であったし、IIで触れた、

空になる心は春の霞にて世にあらじとも思ひ立つかな

という「空になる心」も、それと共通するものだった。また、次のような歌もある。

山深く心はかねて送りてき身こそ憂き世を出でやらねども[17]

「心はかねて送りてき」というのは「浮かれ出づる心」とはやや位相を異にし、陰陽師が自分の先導役として護法童子や式神を前もって送り出すというのに似ているが、心が身から切り離される存在だという点では、「あくがるる心」に通じているといえよう。「浮かれ出づる心」は、まさに出家以前からの西行の本性であった。

しかし問題の根は、実はここから先にある。

西行の「浮かれ出づる心」が先天的なものであったことは、以上みてきた歌々がはっきり示すところだが、掲出歌の眼目は、実は「浮かれ出づる心」という存在にあったのではなかった。先に「心」とは西行の「身」から離れて勝手に動き回る存在と書いたが、この掲出歌のテーマは、まさにその「身」と「心」の遊離分裂をうたうという点にあった。

月や桜に向かって浮かれ出ていく心も、未知の国への旅を誘ってやまない心も、実はこの心身分離・遊魂現象というテーマを軸にしたときに、共通の土俵に上がってくるといえる。西行にとって「あくがる」「浮かるる」の問題とは、本来的にはこの心身分離の課題に帰着するといってよい。

17 山家集・下・雑・「百首」一五〇四。山奥深く住むことにあこがれて私は心をかねて送ってきた。この体はあいかわらず憂き世から脱出できずにいるけれども。

右にあげてきたいくつかの歌の中でも、「あくがれし心はさても山桜」や「さらぬだに「山深く心は」といった歌に、いずれも「身」と「心」が対語《ついご》的に使われていることにあらためて気づかされる。他にも、この二語を対語として持つ歌として、次のようなものが見出せる。

数ならぬ身をも心の持ち顔に浮かれてはまた帰り来にけり[18]

心から心に物を思はせて身を苦しむるわが身なりけり[19]

前者は、取るに足りない自分の「身」であっても、「心」だけはいかにもその主人のような顔をして、自由に振るまっているという屈折した心理歌。後者では、いうなればわが「身」とは、「心」をいろいろと悩ませるそういうやっかいな存在だと歎く。ある場合には「心」が主であり、ある場合には「身」が主であると、西行はうたうのだ。最後には身に帰ってくるとはいえ、心と身は常に主導権争いをするそういう制御のきかない勝手な生き物だというのである。

こうした歌から、西行がある種の魔物《ディモン》のように身と心の二つを持て余していたことがわかるのだが、実をいえば、「身」と「心」の両者を、対立する存在として客体化する視線は、西行が初めてというわけではなかった。

心身分裂、あるいは心身遊離というテーマが都市人の視界に入ってきたのは、身体を仮のものとする仏教の教えが契機として働いたからと思われるが、いずれにせよ平安時代の理性ある人々の間では、この心身分裂の課題は、かつてのアニミズム的世界から離脱した

18 西行上人集・六七一。数にも入らないこの身を、心はいかにも自分が主人であるような顔をして勝手に浮かれ出ていってはまたこの身に帰って来たりする。

19 山家集・下・雑・「百首」一三二七。自分の心から進んで心に物を思わせておいて、おのれ自身の身を苦しめているわが身であるよ。

都士人の間に浮上してきた新しいテーマといってよかった。早く『小野小町集』に、

心にも叶はざりける世の中を憂き身は見しと思ひけるかな[20]

という歌が見えている。自分の心に決して従わず思うようにならぬこの世を、わが憂き身は傲慢にもとことん見極めたと信じているよ、といったような意味であろう。あれこれと思い悩む「心」に対して、自分の身はどうあがいても「憂き身」のまま変わらないというのである。後世の増補と思われる部分にある歌であるが、心と身の対立の問題をうたった早い例といってよい。

また、『往生要集』中にみえる源信の言葉「常に心の師となるべし。心を師とせざれ」は、「身」という語こそないものの、すでに心に使役される身のあり方を問うた文言として注目される。ほぼこの時代前後から、身と心の相剋というテーマが顕在化してきたようで、たとえば紫式部にも次のような歌がある。

数ならぬ心に身をばまかせねど身に従ふは心なりけり[21]

心だにいかなる身にか叶ふらむ思ひ知れども思ひ知られず[22]

前者は、取るに足らないわが心を身に任せて生きているわけではないが、結局は身に従うのは心の方であるよ、というような意味。後者は、せめて心だけは身に叶うようにあってほしいが、ではどういう身に叶うというのか、そのことは知ってはいても、結局は分かっていない私であるよ、といった意か。いずれも紫式部らしい屈折した心理を描いた歌である。

また、和泉式部や能因、大僧正行尊らもこれと似た歌を残している。

おのが身のおのが心にかなはぬを思はば物を思ひしりなん[23]　和泉式部

20 流布本小町集・五七。解は本文に譲る。

21 紫式部集・五四。解は同じく本文を参照。

22 同・五五。解は本文を参照。

23 和泉式部集・六七九。自分の身は自分の心にも叶わない不自由なもの。こう覚悟すれば、もっと物事の真実をあれこれ思い知ることができように。

心にもかなはぬものは身なりけり知らでも君に契りけるかな[24]　能因

心をば身をば捨てしか幻の姿も人に忘られにけり[25]　行尊

多くは、自分の「身」と「心」が互いに背きあうものとして捉えられており、その性質上、主として女流と僧歌人が発見してきたテーマといえるのかもしれない。西行よりややあとの鴨長明の『方丈記』にも、たとえば「人を頼めば身、他の有なり。人を育めば心、恩愛に使はる」「心、身の苦しみを知れれば、苦しむ時は休めつ。まめなれば使ふ」のように、身と心の乖離の問題がトラウマのようにあちこちに顔を出しているのは周知のとおりであるが、家集にも、

あれば厭《いと》ふ背けば慕ふ数ならぬ身と心との仲ぞゆかしき[26]

心にもあらで何ぞの経《ふ》るかひはよし賤《しづ》の身よ消え果てねただ[27]

といった歌がみえる。また長明と同時代の慈円が、

よしさらば心のままになりななん心の外に心なければ[28]

わが心隠さばやと思へども皆人も知る皆誰も見る[29]

のように、「心」を主題にした歌を好んでうたったことはよく知られているが、

身こそあらめわが心なる心さへ人数ならで永らへにける[30]

身ばかりをなきになしては過ぐれどもさても失《う》せぬは心なりけり[31]

のように、やはり身と心の対立を問題にした歌も詠んでいる。理性ある人々にとっては、この心と身の問題は、生きる上でのメインテーマにも等しい重要課題であった。

浮遊する心をその内部に抱えていた西行にとっても、当然この「心身分離」の問題は避けて通れない心理的な大テーマであった。「心」と「身」の存在は、常に反芻してやまぬ

24 能因集・一三。自分の心の言うことを聞かないはまさにわが身自身であったよ。そんなことも知らずにあなたと約束をしてしまった。

25 行尊集・一五、金葉集にも。私は、心と一緒に身をも捨てた幻の存在になってしまったのか。私などまるで存在していないかのように、世間からすっかり忘れられた人間になってしまった。

26 長明集・八九。この身がこの世にあれば心は身を嫌うし、世を捨てたら捨てたで、心はその身を慕って近寄ってくる。取るに足りない自分とはいえ、身と心の仲はいったい何なのか知りたいもの。

27 同・九〇。自分の心からではなくこの世に生きていても何の意味があろうか。えいそれならそれで、このつまらぬ身もこのまま死に果ててしまえ。

28 拾玉集・第一・一一五。よし、それならそれでいい。心の外に心なぞないというのなら、その心のままになってしまおうではないか。

29 同・第二・二〇四七。人に気づ

対象としていつもそこにあったのである。さらに何首かあげてみよう。（それぞれの大意を後ろに付す）

月の色に心を清く染めましや都を出でぬわが身なりせば[32]

—都から脱出せず出家しない身のままであったら、山の奥に入ってこんなに清らかな月の色に心を染めて心を澄ますこともなかったであろう。

永らへんと思ふ心ぞつゆもなき厭《いと》ふにだにも堪へぬ憂き身は[33]

—この世に生き長らえようという心は露も持っていない。この世を厭うということだけでも徹底できずにうろうろしている憂き身であるから。

古りにける心こそなほあはれなれ及ばぬ身にも世を思はする[34]

—こうして何年も生きてきたわが心はやはりあわれと言わざるをえない。つまらぬ身とはいえ、心はこの世のことを相変わらずあれこれ考えさせてやまない。

風誘ふ花の行方《ゆくへ》は知らねども惜しむ心は身にとまりけり[35]

—風が誘って散らしてしまうその花がどこへ行くのかは分からないが、桜を惜しむ心だけは相変わらずこの身に留まっていて、毎年同じだ。

花に染《し》む心のいかで残りけむ捨て果ててきと思ふわが身に[36]

—花に執着する心がなんでいつまでも残っているのだろうか。そんな心はすっかり捨て切ったと思うわが身なのに。

やはり身と心の問題が、西行によって執拗に反芻されていることがわかる。身と心の相

かれないよう自分の心は隠しておきたいと思うが、私の心など皆が知っているし、誰の目にも見えているのだ。

30 同・第一・五六九。自分の心から出た心さえ人並みならず生きてきたと思うと、身は身としてやはりずっと生き続けるのだろうな。

31 同・第二・二〇四九。身だけはなんとか無いものとして過ぎてこられたけれども、どうしたって無くならないのは心であるよ。

32 宮河歌合・二七番、新古今・一五三四。

33 山家集・中・雑・七一八。

34 同・下・雑・「百首」一五一二。

35 同・上・春・一三四。

36 同・上・春・七六。

38 浮かれ出づる心は身にも叶はねばいかなりとてもいかにかはせん

刻の問題をこれだけ多くうたった歌人は他におらず、その点でも西行は明らかに他を圧していた。その意味では、掲出した「浮かれ出づる心は身にもかなはねば」一首は、西行という人間が抱えた心と身の矛盾を鋭く摘出しているのだが、しかし両者の関係は、どちらがどちらに従うかといった単純な問題ではなく、西行自身にもおそらく答えが出ない永遠の難問《アポリア》であったことも間違いなかった。それがまた、その悩みをして西行を歌に向かわせる一つの源基として働いたのだと思われる。

以上、「浮かれ出づる心」から始まって、西行の心の底に巣くっていた身と心の問題をみてきた。あらためて元に戻るなら、「浮かれ出づる心」が、先の「月を見て心浮かれし古《いにし》へ」という歌にあったように、西行の小さい頃からのあやにくな習癖であったとすれば、こうした習癖は、武士として一生を生きてゆく心構えとは相容れない性格だといわざるえないだろう。とすれば、西行が武士の身を捨てて遁世に踏み切った理由の一端には、この「浮かれ出づる心」という要因も大きく働いていたのではなかったか。早晩彼は、定住的な生活を蹴って、そこからの脱出を図るよう前もって定められていたのではあるまいか。

39 吉野山《よしのやま》やがて出でじと思ふ身を花散りなばと人や待つらん

（山家集・中・雑・一〇三六）

修行のため入ったこの吉野山からすぐに出る積もりはないが、そういう私を、人は、花が散り終わったら出てくるに決まっていると思っているだろうよ。

【詞書】（題しらず）

【語釈】○吉野山―奈良県南部に拡がる吉野山系一帯。修験道の聖地大峯山の支脈を作る。古来、雪の深さと隠栖の地として知られたが、修験道の祖役《えんの》小角《おづの》がこの地の桜の木で本尊の蔵王像を造ったという伝承に従って、代々蔵王堂の社人や参拝人が植え足し、院政期の頃からは桜の名所として知られるようになった。○やがて出でじ―すぐには出まい。

ここから、西行の「あくがるる心」が向かった対象の一つ、桜をうたった歌をあらためていくつか取り上げてみたい。

『山家集』を含む西行家集の類には、吉野の桜をうたった歌――詞書や歌に「吉野」という地名が明示されている歌が、全部で二十五首以上もみえる。これはその中でも、西行と吉野との結びつきをよく示す歌として、しばしば引き合いに出されてきた。

しかしこの歌には、桜愛好についての西行の自嘲めいた居直りがあることに気づく。人は、自分が吉野へ入ったのは桜を見るためであろう、だから桜が散ったらすぐに下山してくるぞと思っているかもしれないが、自分は修行を目的として入るのであって、桜はその修行を慰めてくれる色どりに過ぎない、したがって、桜が散ったからといってすぐに山を離れる積もりはない、人は私を誤解している、というのである。[1]

西行は山入りの目的は修行にあるというが、しかし彼がうたった桜の歌の大半が、桜の開花を楽しみに山を見あげる歌であったり、まだ散り残っている桜を探しにさらに山奥へ

1 ここでいう「人」は西行をよく知っている歌仲間であろう。西行が心に秘めている特定の女性とみる考え（安田章生『西行』弥生書房・一九八三）もあるが、それでは上句との対比が活かされない。

入っていこうという歌だったり、とにかく修行という目的をのぞかせない歌の方が圧倒的に多いことは確かだ。

今さらに春を忘るる花もあらじやすく待ちつつ今日も暮らさん[2]
吉野山雲を計りに尋ね入りて心にかけし花を見るかな[3]
思ひ出でに何をかせましこの春の花待ちつけぬわが身なりせば[4]
山桜咲きぬと聞きて見にゆかん人を争ふ心とどめて[5]

これらの歌では、今さら春を忘れて咲かない花なんてあるまいから、そうあせらずに今日を暮らそうと無理して待ったり、山頂の白雲を目印に吉野に尋ね入ったら見事に目当ての桜に会ったよ、と自慢げにうたったり、この春はあいにく桜を待ち付けることができないから、何を思い出にしたらいいかと愚痴を述べたり、桜が咲いたのでとにかく人間の争い事はまず置いて桜を見にいこうなどと人をせかせたりする。また、

身を分けて見ぬ梢なく尽くさばや万《よろづ》の山の花の盛りを[6]
吉野山去年《こぞ》のしをりの道変えてまだ見ぬ方《かた》の花を尋ねん[7]
習ひありて風誘ふとも山桜尋ぬる我を待ちつけて散れ[8]

といった歌では、この身をいくつも分身させて派遣し、全山満開の桜をすべて見尽くしたい、去年道標《みちしるべ》用に残した枝折《しおり》のある道ではなく、今年はまだ見たことのない別の道に

2 山家集・上・春・五八。解は本文に略記する。以下同じ。
3 同・上・春・六二。
4 同・上・春・九三。
5 同・下「百首」・一四五七。
6 山家集・上・春・七四。同じく解は本文に記す。
7 聞書集・二四〇。「しをり」は枝折と書き、帰りの道しるべに枝を折って目印にすること。
8 山家集・上・春・八四。

入っていこう、風が花を散らせるのは自然の慣いだから仕方がないとして、どうせ散るのだったら私が桜を見つくしてから散れと、どれも子供のような無邪気な願望を示す。修行の心などはどこかに消え、ひたすら桜の行方を追いかけているようにみえる。

あくがるる心はさても山桜散りなんのちは身に帰るべき[9]
思へただ花の散りなん木《こ》のもとに何を陰にてわが身住みなん[10]
散る花を惜しむ心や留まりて又こん春の種になるべき[11]
吉野山桜にまがふ白雲の散りなんのちは晴れずもあらなん[12]
吉野山花の散りにし木《こ》のもとに留《と》めし心は我をまつらん[13]
根に帰る花を送りて吉野山夏の境に入りて出でぬる[14]

9 山家集・上・春・六七。以下大意は本文に譲る。
10 同・上・春・一一九。
11 同・上・春・一二七。
12 同・上・春・一三二。
13 同・下「百首」・一四五三。
14 同・下「百首」・一四六二。

これらはいずれも「散る」桜をうたった例。花が散ればようやくあこがれ心も身に帰ってきて落ち着くだろうとか、散ったあとはどこに寝たらいいのかとか、来年また桜に逢うために惜しむ心を種としてここに残しておこう、散ったあとならもう空なんかは晴れなくてもいい、桜のもとに残した心は来年また私を迎えてくれるに違いない、桜がすっかり大地に帰ったのを見届けて山から下りたなどと、多くは皆、桜との再度の逢瀬を楽しみにした歌々である。

こういう歌を西行が次から次へと残している以上、吉野に入るのは修行を本旨とするのであって桜のためではないといくら言い張っても、あれは桜を見るためだと誤解されて無理からぬものがある。7で、西行が「花の名立て」を自称した、

眺むるに花の名立《なだ》ての身ならずはこの里にてや春を暮らさん[15]

という歌を引き合いに出したが、西行がすでに「花の名立て」であったのなら、桜が散ったら出て来るよという噂が立っても、その噂の種はほかならぬ西行自身が撒《ま》いたのだから、いくら修行のためだと強がっても、それはポーズにしか聞こえまい。桜が散ったら出てくるよと噂されるのは、桜の名立てを自負する西行が、みずから作りあげたジレンマなのだ。最初に自嘲めいた居直りといったのは、そういう背景があるからである。

29大峯入りの歌で述べたことだが、実は西行の家集をあちこち探しても、彼が日常なしていた修行の実体を、具体的に明かしている歌はほとんどみつからない。それは家集を通覧すればすぐ分かる。修行以外の場合でも、目崎徳衛が特に強調したように[16]、実生活の些事や、親族や一族のこと、あるいは年齢などを一切残さないようにしていることは、西行の歌の全表現におけるまぎれもない事実だった。場所や年代、あるいは贈答相手など、最小限のことは触れても、歌の制作年なども書こうとしないし、肝心の出家の年や月日も記さなかった。自分の存在をわざわざ跡づけるような客観的な事実を書かないというこの姿勢は、彼が歌を詠むにあたって自分に課した選択にほかならなかった。

　とすれば、吉野に入る真の目的を明かさなかったとしても、これは矛盾ではない。むしろ西行はその逆に、もっぱら桜や月を愛するという男という芸術的自画像を、自分を飾る意匠として描くことに専念してきたといっていい。僧としてのあり方などは、意識して隠しているので、ほかでもない、それは西行自身が選んだ行為だった。掲出した歌は、そうした西行のポーズを、結果として、はしなくも解き明かす歌であったのである。その証拠に、彼はまたもとに戻って、ほとんど居直りに近く、次のようにもいう。

15山家集・上・春・九七。7を参看。

16『西行の思想的研究』第一章「西行の係累」の「むすび」で、目崎徳衛は、西行の歌集に、西行の子の隆聖以下の西行の血縁者のことごとくが見えないことや、佐藤氏の所領紀伊国田仲荘をめぐる弟仲清やその子能清らの高野山との相論のほか、流鏑馬・蹴鞠などの故実、高野山蓮華乗院および東大寺料沙金の勧進といった伝記上の重要事実に関し、その具体的事項や固有名詞を一切のせてはいないことを指摘し、次のように記す。「この事は偶然ではなく、西行の生活がみずから文学的に表現しようとした部分と、意図して切り棄てようとした部分と、明確に区別された二面より成ることを示すであろう。換言すれば、数奇の遁世者の本領・面目とする部分と、しからざる俗事にかかわる部分とである。つまり、西行は『山家集』の原型を自選する場合も、『聞書集』『残集』『西行上人談抄』などの筆録者たちと対する場合も、きびしい

今よりは花見ん人に伝へ置かん世を遁《のが》れつつ山に住まへと[17]

そんなに桜を見たいのなら、今後は諸君も私のように世を厭って山に住んだらどうだ、と。また次のような歌も平気で詠んでうそぶいてもいる。

人は皆吉野の山へ入りぬめり都の花に我は止《と》まらん[18]

人は皆、桜を見ようと吉野へ入っていったようだ。もしそうなら、私は都の花で満足して留まっていようというのである。わざとすねているようなものだ。彼は時によって、十分へそまがりでもあった。もちろんこの変幻ぶりは、西行の桜に対する自信の裏返しにほかならなかったのだが。

また、比較的よく知られた次のような歌もある。

吉野山花をのどかに見ましやは憂《う》きが嬉しきわが身なりけり[19]

思い切って遁世しなかったなら、吉野山に入ったとしても、こんなに落ち着いて桜を眺めることができたかどうか、出家というつらい決断をしたことがかえって嬉しいこの身であったなあ、といった意味の歌で、先に38でみた「月の色に心を清く染めましや」の歌の桜版ともいえる歌である。

芸術的選択をおこなっていたものと考えられる。」『西行』（人物叢書・一九八〇）でも同様の指摘がある。

17 山家集・上・春・八六。

18 山家集・下・巻末「十題百首」一四五五。

19 西行上人集・六二、御裳濯和歌集・春・中。

39 吉野山やがて出でじと思ふ身を花散りなばと人や待つらん

第四句「憂きが嬉しき」という部分については、「吉野山でわたしは花を心のどかに見るであろうか。いやいや、散ることを思うと、とうていのどかではいられはしない。が、じつはそのように花のために憂い思いをするのが嬉しいわたしなのだ」というふうに、かなり廻りくどい解釈がなされたりもした。[20] しかし、そう廻りくどく解くまでもないような気がする。

つらいことがかえって仏道に結ばれる機縁になるという「憂きが嬉しき」という考えは、浄土教をひろめた恵心僧都《えしんそうず》源信の頃から言われ始めた考えだったようで、[21] それが一種の慣用表現に転化した言葉だとみることができる。『後拾遺集』には、律師朝範の、

恨みずはいかでか人に問はれまし憂きも嬉しきものにぞありける[22]

という歌が見えているし、『千載集』にも、寂蓮の、

世の中の憂きは今こそ嬉しけれ思ひ知らずは厭《いと》はましやは[23]

という、西行の歌とそっくりな歌ものっている。やや後になるが、この西行の「憂きが嬉しき」という歌を経て、『とはずがたり』の時代になると、巻一に「憂きは嬉しき便り」、巻二にも「憂きは嬉しかりけむ」、巻三に「憂きは嬉しき方もや」などとしきりに繰り返されている。『風雅集』にも、

世の中の憂きは嬉しきものぞともいつ捨て果てて思ひあはせん[24]　有淳

という歌もあって、時を追って次第に慣用句化したことをうかがわせる。

ちなみに、稲田利徳は、慈円の「吉野山この住まひにぞ思ひ知る憂き身ならずは花を見ましや」という歌をあげ、これは西行のこの「憂きが嬉しき」から発想を得たものとし、やはり「世を厭って吉野に遁世した憂き身ゆえに、花を心ゆくまで賞翫できる境涯となっ

20 久保田淳『西行山家集入門』での解。

21 三角洋一は、NHKセミナーブックス『とはずがたり』の中で、「世の住み憂きは厭ふ便りなり」という恵心僧都法語や、「あるいは憂き事にあふ、皆善知識の因縁なり」といった九冊本宝物集の用例を紹介している。

22 後拾遺集・雑二・九五三・朝範。恨まなかったら相手が声をかけてくることもなかった、憂きことも嬉しいものであるよといったような意味。冷淡になった稚児に声をかけずにいたら、稚児の方から、辛いからといって私まで忘れたらおしまいだと言ってきたので詠んだ歌。

23 千載集・雑中・一一四六・寂蓮。世の中の憂さが今となってはかえって嬉しく感じられる。世の憂さを思い知らなかったら、こうして世を厭って出家を果たすことが出来ただろうか。

24 風雅集・雑下・一八三〇・権律師有淳。いつこの世を捨て切って、憂きは嬉しきという事実を実感として合点できるのだろうか。

たという発想」の歌と解している。[25]

要するに西行は、出家したことは憂きことでもあったが、こうして心ゆくまで桜を眺められることは嬉しいことだと、ごく正直にいっているのだ。結句の「わが身なりけり」という気付きの驚き表現は、そう取ってこそ生きてくる。この歌の場合は、修行目的の地としての吉野だからこそ、「のどかに見まし」という語が効《き》いているのだ。

この「憂きが嬉しき」の歌なども、最初に述べたようなある種の居直りに近い歌、逆説めいた歌とみなしてよいであろう。掲出歌もそうだが、「やがて出でじ」とか「憂きが嬉しき」という縮約した表現には、途中をはしょってしまった結果の飛躍がある。それがしばしば誤解を生む。実際、西行の歌は、内心の屈折した思いや微妙なひだひだを、無理をしても三十一字の中に定着しようとするために、時々このように飛躍して意味が曖昧になることがある。『古今集』仮名序の六歌仙評で、業平が「心余りて詞足らず」と評されたことは有名だが、西行の歌も、まま「心余りて詞足らず」という現象を呈する。「百人一首」に採られた、

歎けとて月やは物の思はする託《かこ》ち顔なるわが涙かな

という歌にもそういう要素があるが、これについては54であつかおう。

25 稲田利徳『西行の和歌の研究』第四章三節「西行と慈円」。

40 勅《ちょく》とかや下《くだ》す御門《みかど》のいませかしさらば畏《おそ》れて花や散らぬと

（山家集・上・春・一〇六）

桜に対して「散るな」と命令を下す御門がどなたかいらっしゃらないものか。そうすればその勅命に畏《かしこ》まって、桜も花びらを散らさぬであろうに。

落花を惜しむ心を詠んだ歌。天皇の威光で、花が散ることを禁止できないかというのである。「勅」という大げさな言葉を持ち出したところがユーモラスでふるっている。もちろん軽口に類する歌であって、本気ではあるまい。ただ伝統的発想としては、花に向かって直接命令するよりも、風に向かって花を散らすなと命ずる方が素直だと思われるが、直接「花」に対して命令してほしいといっているのが、西行といえば西行らしい。

初・二句にいう「勅とかや下す御門」とは、西行の若年時に絶対者として君臨していた白河法皇を意識しているのだろうとする見解が多い。[1] しかしこれは、どちらかといえば村上天皇あたりを指すとみた方がいいのではないだろうか。いわゆる「鶯宿梅《おうしゅくばい》」の故事にまつわる話を意識しているのではあるまいか。

十世紀中葉、村上天皇の天暦《てんりゃく》の世の時、清涼殿の梅が枯れたので、代わりの梅を探すことになった。西の京にすばらしい紅梅があると聞いたので、下吏《かり》に命じてその梅を掘らせにやったところ、その家の女主人が、

【語釈】 落花の歌あまたよみけるに。

【語釈】 ○勅―天皇の詔勅、勅命。○いませかし―「います」は「ます」「おはす」「おはします」などと同じ。「御坐す」と当てる。「かし」は強く念を入れる語。

1 川田順『西行研究録』（一九三九）が、法勝寺の金字一切経供養が豪雨の為三度延引したのを激怒した白河院が雨を器に入れて獄舎に下したという「雨禁獄」の故事（古事談・七四）を典拠に挙げて以来、窪田章一郎『西行の研究』、山木幸一『西行和歌の形成と受容』、久保田淳『山家集入門』、新潮古典集成『山家集』などが踏襲する。しかし、この雨禁獄の故事は、雨を牢に入れて屈服させるという白河院の強権的ワンマンぶりを表す話であって、西行の意向には添わない感じがする。

勅なればいとも畏《かしこ》し鶯の宿はと問はばいかが答えむ[2]

帝のご命令なので畏《おそ》れ多くはございますが、この梅を宿とする鶯が自分の家はどこへ消えたのかと訊いてきたらいかが答えましょう、という意味の歌を、梅の木に添えて差し出したので、天皇はその心を愛《め》でて梅を返したという。

　この佳話は『拾遺集』にのり、さらに『大鏡』昔物語の章に取りあげられて有名になり、世に「鶯宿梅《おうしゅくばい》」の故事として知られるようになった。ちなみに、この女主人は貫之の娘紀内侍《きのないし》のこととされているが、本当に紀内侍が詠んだかどうか確証はない。

「勅」という語を歌に詠みこんだ例は、西行以前ではこの逸話の「勅なればいとも畏し」の歌ぐらいしか見当たらない。西行がこの鶯宿梅《おうしゅくばい》の話を知っていたことは、『西行上人談抄』に「声読みの言葉優なる歌」としてこの歌を掲げ、「貫之が女《むすめ》の詠みて梅の枝に結びつけんことの殊に覚ゆるなり」と書いていることから明らかである。西行は「この勅なればといへるこそ、歌詞ならねど相叶ふまじけれど」とも述べていて、「勅」という語が和歌にはふさわしくない字音語《じおんご》（漢字音）であると心得ながら、右の自分の歌にちゃっかり使っているのがまた西行らしい。こういう故事を踏まえた歌を作ること自体、西行にそうそうないことだが、掲出した西行の歌は、この鶯宿梅の「勅なればいとも畏し」の「勅」を承けた可能性が高い。

　もっともこの鶯宿梅の故事は、梅と鶯の話であって桜を対象としたものではないし、むしろ天皇の勅命が撤回されたという話である。「勅とかや」とぼかしているところからしても、西行歌の原拠を必ずしもこの一事に限定しなくてもいいのかもしれない。たとえば、「五位鷺《ごいさぎ》」の故事なども[3]西行の脳裡にあったのかもしれないし、また次のような話も、

2 拾遺集・雑下・五三一・読人知らず。

3 醍醐天皇の御代、神泉苑の池に一羽の青鷺が止まり、天皇は獲ってくるように蔵人に命じた。鷺が逃げようとしたので、蔵人が宣旨であると命ずると、鷺は畏まって動かなかった。天皇は汝は鳥の中の王であると賞め、五位鷺の称号を与えたという、平家物語・巻五・朝敵揃えや、源平盛衰記・巻十七・蔵人鷺を取る事等にみえる故事。

その脳裡に浮かんでいたとしてもおかしくはなかった。

『古今集』に「堀河の太政大臣《おほきおほいまうちぎみ》（藤原基経）身まかりにける時、深草の山に納めてける後に詠みける」という詞書でのる上野岑《かみつけのみね》雄《お》の歌がある。

　深草の野辺の桜し心あらば今年ばかりは墨染《すみぞめ》に咲け[4]

桜に向かって、今年だけは喪服の墨染色に咲けと訴えた歌である。また『拾遺集』にみえる源公忠の、「延喜の御時、南殿に散り積みて侍りける花を見て」と詞書にある歌、

　殿守《とのもり》の伴《とも》の造《みやつこ》心あらばこの春ばかり朝浄《あさきよ》めすな[5]

という例もある。こちらは、掃除人に向かって桜の花びらを今年だけは掃き清めるなと訴えたもの。『今昔物語集』は公忠ならぬ敦忠の歌として、小野宮実頼《さねより》が、南殿の花びらが例年に増してすばらしく積もっていたので、敦忠あたりが姿を見せれば歌を詠ませるのだがと思っていたら、タイミングよく敦忠が現れたので詠ませたとある。[6]天皇の命令ではないとしても、いずれも桜にからめて、心なきものに「…せよ」と呼びかけた体《てい》の歌で、西行の右の歌に通じるものがある。

　心なき草木鳥獣などに向かって呼びかけるこうした類は、桜以外に、

　夏山に鳴くほととぎす心あらば物思ふ我に声な聞かせそ[7]

や、宇多上皇の大井川行幸で上皇から命ぜられて貞信公忠平が詠んだ「百人一首」歌、

　小倉山峯のもみぢ葉心あらば今ひとたびの御幸《みゆき》待たなむ[8]

など、なお例は多い。[9]要するに、当時よく詠まれていた一種の類同表現であって、そういう伝統的なポーズにも無意識の連想が働いて、自然にこの歌が口をついて出たのかもしれない。西行は、風に向かって単純に、「心あらば…してほしい」と願うのなら当たり前す

4古今集・哀傷・八三二・上野岑雄。

5拾遺集・雑春・一〇五五・公忠。

6今昔物語集・巻二十四・三十二話・敦忠の中納言、南殿の桜を和歌に詠める事。宝物集・上にも異伝が見える。

7古今集・夏・一四五・読人知らず。

8拾遺集・雑秋・一一二八・藤原忠平。百人一首にも。

9東風《こち》かば匂ひおこせよ梅の花主なしとて春を忘るな（拾遺集・雑春・菅原道真）、心あらば匂ひを添へよ桜花後《のち》の春をば誰か見るべき（千載集・雑中・一〇五二・鳥羽院）、心あらば問はましものを梅が香にたが里よりか匂ひ来つらむ（新古今集・春上・四三・俊頼）、心あらば吹かずもあらなん宵々に人待つ宿の庭の松風（新古今集・恋四・一三一一・慈円）、など。

ぎるから、鶯宿梅の歌にある「勅」を持ち出して奇を狙ったのではなかったか。

とにかくこういう突拍子もない歌を詠んでいることからして、西行がユーモアにたけた洒脱な人間でもあったということを押さえておく必要があるだろう。西行というと、とかくしかつめらしい高邁《こうまい》な人間のように思いがちであるが、なかなかどうして、こうした冗談口を平気でたたく人間でもあったのである。[10] これもまた西行の多面的な顔の一つにほかなるまい。それと同時に、同じ桜をうたっても、西行がこんな破天荒ともいうべき軽口をうたうなど、西行の発想がきわめて自在であったことも、この歌を通じてあらためて確認することができる。

西行は、貴族的な王朝和歌のマニュアル的規格からはみ出す歌を、何のこだわりもなく平気でうたった。あらためて見直してみれば、1、2、3などの歌以下、これまでに取り上げてきた歌のほとんどすべてがそうであったといっていい。従来の西行論も彼が貴族圏外で生きたという事実を指摘することにやぶさかではなかったが、隠者としてのその内面を重視するあまり、その歌表現が、王朝和歌史の伝統から大きくはみ出しているという事実を正面きって論ずることをしていないように思われる。西行が和歌の道を選んだのは、これまで貴族和歌が守り育ててきたルールの外側にかくも豊饒《ほうじょう》な世界が手つかずに残っていることに気づいたからではなかったか。それをどのようにうたおうが自由であった。この魅力は彼にとってほとんど絶対的であった。西行は世を捨てることによって、確かに「憂きが嬉しき」世界を手に入れていたのである。

10 西行が冗談好きであったことは、伊勢に生んだ当時、小貝を拾って箱につめ、都の俊成のもとに送った「浦島が子は何者と人問はば開けて甲斐ある箱と答へよ」（西行上人集・四三二）という歌などからわかる。晩年になっても西行はこういうユーモラスな行為をやめなかった。

41 岩戸《いはと》あけし天《あま》つ尊《みこと》のその上《かみ》に桜を誰《たれ》か植《う》ゑ始めけん

（西行上人集・六〇四、御裳濯川歌合・一番左）

天《あめ》の岩屋戸《いわやと》を開けて天照大神《あまてらすおおみかみ》が地上に光をもたらした神代《かみよ》の昔に、いったいどういう神が、この奇跡のように美しい桜を最初に植えたのであろうか。

【詞書】御裳濯川《みもすそがは》のほとりにて。

【語釈】〇岩戸―古事記には「天の岩屋戸《いはやと》」とある。スサノオの尊《みこと》の乱暴に激怒した天照が高天原《たかまがはら》の岩屋に籠もり、世の中は暗闇に閉ざされたが、神々の歌舞する歓声に驚いて岩戸を開け、ふたたびこの世に光が戻ったという。

西行が「御裳濯川《みもすそがわ》歌合」の一番左にすえた歌。伊勢内宮《ないくう》に奉納する歌合の巻頭にふさわしく、伊勢の祭神である天照大神を詠みこんだこの歌を持ってきたのである。「天の岩屋戸」伝承は出雲《いずも》をはじめ各地に伝わっているが、伊勢の地高倉山にも残っており、そこにもこの奉納歌合のトップに据えた理由があった。

しかし、この歌は神話をうたった歌ではない。「その上《かみ》に桜を誰か植ゑ始めけん」とあるように、遠い桜の起源に思いを馳せた歌で、桜というものをいったい誰が最初に植えたのかという関心に眼目がある。もちろん答えの出る話ではないから、誰が植えたにせよ、結局、桜というすばらしい贈り物をこの世に最初にもたらした神代を讃えたものになる。天照《あまてらす》が光をもたらしたという事蹟と、見事に照応しているのであろう。

もっとも西行以前の歌人で、この歌のように、桜がそもそもいつ始まったのか、その起原を問いかけたような人はいない。紫式部にやや似た、

神代にはありもやしけむ山桜今日のかざしに折れる例《ためし》は[1]

1紫式部集・一〇四、新古今集・雑上・一四八五は第三句「桜花」。葵《あおい》祭の今日、折った桜を髪にかざすこうした風習は、神代の昔にもあったのだろうか。詞書に、この年はめずらしく五月まで桜が散り残っていたので詠んだとある。

という歌があるのが目につくくらいか。こういう問い掛けは、やはり桜を愛してきた西行にしかできない発想だといえる。いや、桜のことなら何でも気になる西行だから、たまたま生まれ出た発想というべきか。いずれにせよ西行が、桜という存在を、神話に等しい永遠の価値を有する奇跡的植物として意識していたことは確かである。

ちなみに、この西行の歌より遅く、「花月百首」で良経《りょうけい》は、

昔誰《たれ》かかる桜の花を植ゑて吉野を春の山となしけむ[2]

という歌を詠んだ。吉野は古くは雪の名所であったが、今は桜の名所となったことを踏まえて、いったい誰が吉野に桜を植えて桜の名所にしたのであろうと詠んだ歌である。おそらく良経は、西行の右の歌に触発されて、こう詠んだのであろう。

ところで西行はすでに、桜の発生にかかわる吉野について、次の歌を詠んでいた。

並べてならぬ四方《よも》の山辺の花はみな吉野よりこそ種は散りけめ[3]

日本の各地に花をつける桜は、すべてこの吉野の地から種を延ばしたのであろうとうたっており、良経の右の歌を先取りしたような歌である。

桜の名所としての吉野の名は、桜の「名立て」[4]を気取る西行が弘めたようなものであるが、「種」に注目したこの「並べてならぬ」の歌も、「御裳濯川歌合」の四番左に収められている。吉野に比して伊勢は、桜の名所として特に知られた土地ではないから、伊勢にからめて神代の昔に誰が桜を植えたのかと問う掲出歌とは別物というべきだろうが、基本のところでは重なっているともいえる。しかし、だからといって、「桜を誰か植ゑ始めけん」

2 新勅撰集・春上・五八・良経。昔、いったい誰がこんなすばらしい桜を植えて、吉野を春の山の名所としたのであろうか。

3 御裳濯川歌合・四番左。御裳濯川歌合では第五句が「種は取りけめ」で出ているが、雲葉和歌集・夫木和歌抄に「散りけめ」とあるのによった。

4 この桜の「名立て」については7および39で触れた。

という一番左の問いかけの答えとして据えたのではあるまい。ただ、桜の起源や発祥を問う歌を、こうして同じ「御裳濯川歌合」に置いたことからすれば、両者を呼応させようとする意識が、多少はあったのかもしれない。

歌合一番のこの「岩戸開け」の歌に番《つが》えられたのは、伊勢の月を詠んだ次の歌であった。

神路山《かみじやま》月さやかなる誓ひありて天《あめ》の下をば照らすなりけり[5]

神路山は、五十鈴川《いすずがわ》の流域、伊勢神宮の内宮《ないくう》の神域裏手にある山。「神路山月さやかなる誓ひ」というのは、大日如来《だいにちにょらい》が立てた衆生済度《しゅじょうさいど》の「誓ひ」を指すのであろう。大日はいうまでもなく、西行の時代に急速に発展し始めた本地垂迹説によって、天照大神の本地仏とされた如来。その誓いによって、月がこの世をさやかに照らしていると大きくうたったのである。左の「桜」に対置させてこの「月」の歌を番《つが》いに置き、西行らしく釣り合いを持たせたといっていい。おそらく神と仏の両者の融合ということを[6]、月と桜を比喩的に合一させることによって象徴させたかったのだと思われる（この「神路山」の歌については62でまた引用する）。

いずれにせよ、生涯の決算として編纂した「御裳濯川歌合」の巻頭一番の歌を、こうして「桜」と「月」二題で飾ったことは、花月の歌人といわれた西行の面目躍如というところ。西行は、晩年ここに至って、桜と月とが合一する、あるいは宗教と歌が合一する美の世界までようやくたどり着いたといっていいかもしれない。

5 西行上人集・六〇一。この歌は御裳濯川歌合の他、新古今集・西行物語・西行物語絵巻・御裳濯和歌集・歌枕名寄などに取られて西行の代表歌の一つとなった。

6 西行の神仏混交観については、62「深く入りて」の項でみる。

42 春ふかみ枝も揺《ゆ》るがで散る花は風の咎《とが》にはあらぬなるべし

（山家集・上・春・一二八）

春が深くなったので、桜の花びらがハラハラと散り落ちているが、枝は少しも揺れていない。花を散らすのを人は風のせいだというが、そんなことはない。花が散るのは風の罪ではなく、自然の摂理そのものなのだ。

散る花を惜しむことは、古来から惜春のメインテーマの一つであった。その場合、桜を散らす風を仇《かたき》とみる歌が圧倒的に多い。

花散らす風の宿りは誰《たれ》か知る我に教へよ行きて恨みん[1]　素性

という『古今集』の歌がすでにそのことを語っている。誰か風の宿を知らないか、知っていたら出かけて行って、花を散らすなと恨みをいってやりたいというのである。もっともその後の歌人たちは、ただ単純に風のことを仇敵《きゅうてき》とみることに満足せず、散る花を惜しむあまり、風と花との関係をさまざまな角度から脚色してうたった。

浅茅原主《あさぢはらぬし》なき宿の桜花心やすくや風に散るらむ[2]　恵慶法師

あしびきの山隠れなる桜花散り残れりと風に知らるな[3]　小弍命婦

心から物をこそ思へ山桜尋ねざりせば散るを見ましや[4]　永源法師

散り果てぬ花のありかを知らすれば厭ひし風ぞ今日は嬉しき[5]　源雅定

【詞書】（落花の歌あまたよみけるに）

【語釈】○春ふかみ―春が深いので。○咎―罪、罪科。

1古今集・春下・七六・素性法師。

2拾遺集・春・六二・恵慶。浅茅原の中に立つ主《あるじ》なき家では、散るのを惜しむ主人がいないから、桜もまあ気楽に風のままに散っていることよ。

3同・六六・小弍命婦。山陰にまだ散り残っている桜花よ、風にその存在を知られるなよ、知られたらすぐに散らされてしまうぞ。

4後拾遺集・春下・一四一・永源。せっかく桜を求めて山奥まで尋ねて来たのに風が花を散らしている、こんなに心を痛ましめるのだったら来なければよかった。

5金葉集・春・七〇・雅定。風が匂いを送ってくれて、まだ散っていない花のありかを教えてくれた、そう思うと、今まで嫌ってきた風が今日は好ましいものに思える。

ひと枝は折りて帰らむ山桜風にのみやは散らし果つべき[6]　源有房

主のいない宿、桜への警告、愚痴、好ましい風、一枝の土産、等々、桜を惜しんで実にいろいろな角度からうたっていることがわかる。しかし、煎じ詰めれば、それだけ花を散らす風は憎たらしいというのと変わらない。

西行にも、もちろん、落花をテーマにした歌にこと欠《か》かない。

春風の花を散らすと見る夢は覚めても胸の騒ぐなりけり[7]

夢の中で桜が風に散らされるシーンを見た。胸が痛んで目が覚めたが、目覚めてからも夢が夢でなく、現実のように胸が騒いでやまないというのである。夢と現実との連続をそのままとらえた点に西行らしいアヤがあり、普通の貴族歌人からは、外部にある桜を自己の内面に引きずりこんだ、こうした歌はなかなか生まれてこない。

この「夢は覚めても」という落花の歌は、夢と現実とが交叉する幻想性に満ちた歌だが、風との関係をもっとストレートに詠んだ歌もある。先輩歌人たちと同様、西行もやはり、いろいろと角度を変えて風との関係を想像せずにはいられなかったようだ。

憂き世には留《とど》め置かじと春風の散らすは花を惜しむなりけり[8]

散る花の庵の上を吹くならば風入《い》るまじく巡《めぐ》り囲はん[9]

前者は、春風が花を散らすのは、このつらい憂き世に花をいつまでも残すのは可哀想だ

6千載集・春下・九四・有房。このまま風に桜を全部散らさせてしまうのは勿体ないから、せめて一枝だけでも折り取って持って帰ろうか。

7山家集・上・春・一三九。

8山家集・上・春・一一七。

9同・上・春・一三八。

と風が同情し、それで桜のために花を散らすのであろうという。花を散らす風をあえて賞めているのであるが、むろん風を擬人化することによって、花を惜しむ心を遠回しにうたったのである。後者は、風が庵の上を吹くというなら、庭に散り敷いたせっかくの花びらまで吹き掠《さら》われないように、庵の周囲を囲いで蔽ってしまおうという。要するに、風に対するあやにくな気持を、おだてたりけなしたりしてよんでいる。無邪気といっていいほどのうたいようである。

　掲出歌に戻っていえば、西行がうたった他の多くの落花の歌に比べると、これはやや異色である。既成の常識をくつがえし、桜を散らす風の咎を免罪しようと考えた歌である。風が吹いているわけでもないのに枝が揺れて、花がはらはらと散っている。風が散らしているのでない以上、桜が散るのは風の罪ではない。とすれば、散るのは桜自体の本性にほかならないのではないか、というのである。

　あるいはこのとき、西行の脳裡には、『古今集』の有名な、

　　久方の光のどけき春の日に静心《しづごころ》なく花の散るらん[10]

という紀友則の名歌が意識されていたのかもしれない。この友則の歌も、風がないのに花が散る様子をとらえた絶唱であった。

　桜の中に自然の摂理を見ようというこの考えは、仏者である西行にとって、あって当然な見方だったといえる。けっこう難しい論理をいおうとしているのだが、むずかしい理窟はとても歌にはうたえないから、「風の咎《とが》にはあらぬなるべし」といったのである。結論だけ軽く詠んだという感じである。そういう点でいえば、すでに何度か述べたように、これもまた、歌というものが持つ限界を明らかにした歌だといえるかもしれない。しかし一

10古今集・春下・八四・紀友則。おだやかな春の光に包まれたせっかくの春の日に、桜の花は静かな心もなく散っているようだ。「らむ」を単なる推量と取るか、疑問と取るかによって解釈にいくつかの違いがある。

方では、歌というものはそういうものだと割り切っていることも確かだ。
ところで、この西行の歌に習ったのかどうか分からないが、室町時代中期の大御所三条西実隆《さねたか》の歌に、「風静かに花芳《かんば》し」という題で詠んだ次のような歌がある。

吹かぬ間《ま》の深き匂ひに春風もいかが見るらむ花の心を[11]

テーマが異なっているので、単純に比較できないが、春風が香を届けてこなくても、桜はみずからの匂いを自然に放っている、そういう花の心をお前はどう思って無情にも吹き散らすかと、春風に問いつめた歌である。やはり風とは無関係に咲き誇る、桜の天然の本性をうたっており、西行のとらえ方に近い。また同時代の後柏原院も、同じ「風静かに花芳し」という題で次の歌を詠んだ。

匂へども枝には動く風もなしかくて散るべき花とやは見る[12]

匂いを届ける風がなくても、桜は自然の本性のまま一人で香を発している、今まで、桜がこうして風がなくても散る花だとみたことがあっただろうかという。西行と同様、散ること自体が桜の本性なのだとはっきりみなした歌だ。中世という時代は、現象の奥に潜む本質といったらいいか、物の本性に迫るところまで、詩領域を拡大したことを思うべきだろう。西行の右の歌も、すでにそのような地点にまで迫っているといってよい。
ところで、この掲出歌に関連して、考えておかなければならない重要な点がある。桜を詠じた西行の歌の中で、39で引用した次の歌々が、あらためて注意されるのである。

根に帰る花を送りて吉野山夏の境に入りて出でぬる
散る花を惜しむ心や留まりて又こん春の種になるべき
吉野山花の散りにし木のもとに留《と》めし心は我をまつらん

11雪玉集・巻一・春・四一三。
12柏玉集・巻二・春上・二八七。

これらの歌で、「根に帰る花」が「又来ん春の種」であり、散った桜の下に残した「心」が来年もまた「我を待つ」とうたう以上、毎年花を散らして一旦根に帰った桜が、翌年にはまた必ず蘇ってくるということは、当然西行の自覚のうちだったはずだ。彼には次のような歌もあった。

散る花も根に帰りてぞ又は咲く老いこそ果ては行方知られね[13]
散る花は又来《こ》ん春も咲きぬべし別れはいつか巡りあふべき[14]

桜が無常の象徴であることはいうまでもないが、それとは裏腹に、西行にとって桜は、いわば生と死を繰り返す永遠の存在としても意識されていたのではなかったか。前項で、桜を神代の時代から続く存在として描いたことをみたが、そうである以上、西行が桜を永遠に続く生命としてみていたとしてもおかしくはない。西行にとっての桜は、はかなく散る無常の象徴であったと同時に、もう一つ、永遠の象徴というシンボル的意味合いを有する存在であったのではなかったか。

もしかしたら西行は、散るのは自然の摂理だとうたうこの歌の奥で、いったんはそうして死の世界を潜り抜けながら、来春にはこの世にまた蘇ってくるからこそ、桜ははかなくも美しいのだと思っていたのではあるまいか。死の世界をくぐり抜けるからこそ、桜はこの世のものとは思えぬ絶対的な美を見せるものだったのだ。だからこそ、その怪しい魅力にどうしようもなく魂が吸い寄せられてしまうのではなかったか。

このことは、西行が愛したもう一つの対象、やはり人間の魂をいやおうなく吸い寄せて

13 聞書集・九九。散る花も一旦は根に帰って来年には又咲くが、人間の老いは死んだ果てにどこへ行くのか知られない。

14 山家集・中・雑・八二八。桜は散っても又来ん春には必ず咲く。しかし人間の別れというものは二度といつか逢うことがない。

しまう月に対してもいえることであった。桜が散ってまた蘇るのと同様、月もまた一度は欠けてひと月後には必ず蘇ってくる。だからこそ、月もまた、余りにも透明で美しいと考えていたのではなかったか。

　西行が桜と月の両者に、死の永遠性という影をうっすらとでも垣間見ていたとしても不思議ではない。しかしその死の影は、もちろん、近代の梶井基次郎が「桜の樹《き》の下には屍《し》体《たい》が埋まっている！[15]」と書いたような病弊的な感覚ではありえないだろう。西行の時代にあっては、「死」とは無常の発現であると同時に、その向こう側に、西方浄土という彼岸を幻想させるものとしてもあったからである。とすれば、西行にとっての死は不吉なものではなく、むしろ甘味なものとして誘われるべき存在であったとしても不思議ではない。とすれば、西行が、ほかならぬその桜と月と死が一体になった、

　　願はくは花の下《した》にて春死なんその如月の望月《もちづき》の頃

という幻想歌をうたい残したとしても不思議ではなかった。我々は次項で、この「願はくは」の歌を直接問題にしなければならないが、西行はその歌で、みずからの死を、「桜」と「月」に囲まれて死ぬという永遠の恍惚感の中に置く。

　西行が桜の本性を、「枝も揺《ゆ》るがで散る花」として捉えた掲出歌は、やがて「願はくは花の下にて春死なん」という甘味な死の夢想へとつながっていく。桜や月は、いわば蘇りを約束する死の原郷ともいうべき世界から、この世に送り込まれてきた存在にほかならず、西行はその桜や月の原郷へみずから帰ろうとしているのである。

　我々は、西行が持っていたこの永遠性という感覚をもっと重視してしかるべきであろう。

15 梶井基次郎『桜の樹の下には』（一九二八年一二月刊『詩と詩論』第二冊）の冒頭の言葉。梶井は、桜の樹の下に埋まった屍体から「水晶のような液」が流れ出し、「桜の根は貪婪な蛸《たこ》のように、それを抱きかかえ、いそぎんちゃくの食糸のような毛根を聚《あつ》めて、その液体を吸っている」と書き、それが桜の美が人をして時に神経不安にさせる源基だという。坂口安吾が「桜の花の下は怖しい」という発想のもと、傑作『桜の森の満開の下』（一九四七）という怪奇メルヘンを書いたのも、桜は死に通じるという感覚につながっている。

43 願はくは花の下《した》にて春死なんその如月《きさらぎ》の望月《もちづき》のころ

（山家集・上・春・七七）

願うなら、桜が咲いている木の下に横たわって、春も春、満月の月の光に照らされて死にたいもの。あの釈迦入滅の二月の満月の日に。

前項の最後に触れたこの有名な歌について、さっそく考えてみたい。西行の歌の中では、おそらくもっとも人気の高い歌であり、しかも問題作でもある。

自分の臨終時の理想的なあり方を、こんなにも、てらいなくさらけ出してうたうなどとは、和歌史上前代未聞といってもいいだろう。上句「願はくは花の下にて春死なん」に流れるゆったりしたリズムは、死を目前にした人間が否応なく抱く、切迫した感情からはほど遠いといえるし、そもそも死を悲しいものとみる一般的な想念からも、十分にかけ離れている。

桜と月という西行がこよなく愛した二つの美を、まるで芝居の書割《かきわり》のように臆面もなくそろえたこの歌には、客気に近い一種の奢りといったものがのぞいている。西行が釈迦入滅の二月十五日をわざわざ臨終の日として選んだのは、沙羅双樹の下で涅槃《ねはん》に入った釈迦を多くの鳥獣が見守っている「釈迦涅槃《ねはん》図」という、当時の人々が目にしていた構図をおけなくも重ねていたのではなかったかという憶測すら抱きたくなるが、いずれにせよ、

【詞書】（花の歌あまた詠みけるに）
【語釈】○花の下―漢字表記「花の下」は、諸本に仮名書きの「花のもと」「花のした」の両様の読みがあって一定していない。底本とした陽明文庫本山家集には「花のした」となっているが、語感としては「はなのもと」であってもいい。○如月の望月のころ―「如月」は旧暦の二月、「望月」は十五夜の満月。ちょうど釈迦涅槃《ねはん》の日にあたる。

この歌には、細かいことをむずかしくあげつらうことを拒否する体《てい》の明快な単純さともいうべきものがある。死の願望を、このように明るくうたえるということ自体が、西行が持っていた健康かつ頑強な精神を物語っていよう。

死んで西方極楽浄土に生まれたいという願望自体は、西行を含め、当時の人々であれば誰もが抱いていた通念だった。摂関全盛期を描いた『栄華物語』に、法成寺阿弥陀堂の九体の阿弥陀如来の手と蓮糸を結びつけて死んだという道長の有名な話があるが[1]、これは、平安中期以降の多くの日本人が一様に思い望んだ理想であっただろう。西方への念仏往生を夢想して死ぬことは、慶滋保胤《よししげのやすたね》の『日本往生極楽記』以来の往生記類が羅列するところであり、臨終正念を願って自死していく僧の話も『今昔物語集』『発心集』等の説話集に多くみえている。定家もまた、その最期に仏号を口唱し、まさに臨終正念で死んだという[2]。こうした死は、たとえば『平家物語』が伝える平清盛がたどった「あっち死《じ》に」の横死や、『保元物語』の崇徳院のように天魔となってこの世への恨みを晴らしたいと願った壮絶な死、あるいは隠岐に憤死した後鳥羽院の悲壮な死に対比されるべきものであった。

「願はくは」の歌は、『山家集』の冒頭近く、「待つ花」一首のあと、「花の歌あまた詠みけるに」という詞書で一括して並ぶ二十五首の中にふっと出てくる。

冒頭に並ぶこの一群の歌は、年次がまちまちのものが集成されているとみるのが大方の見方で、家集の始めの方にあるからといって必ずしも若い頃の作だとは限らない。ただこの歌は、19で触れたように、俊成が仁安三年から安元元年の右京大夫時代に私的に編んでいた「三五代集」の資料として、西行が俊成に送ったとされる『山家心中集』の中にすでに含まれているから、安元元年（一一七五）西行五十八歳以前の作であることは間違いな

1栄華物語・巻三十・鶴の林。御目には弥陀如来の相好を見奉らせ給ひ、御耳にはかう尊き念仏を聞こし召し、御心には極楽を思し召しやりて、御手には弥陀如来の御手の糸を控へさせ給ひて、北枕に西向きに臥させ給へり。

2為家施主、宗性筆「藤原定家七七遠辰表白文」がそう描写している（佐藤恒雄『古代中世詩歌論考』所収「藤原定家の最晩年」）。

いようだ。後で見るように、西行の死を聞いて、俊成や慈円、定家を始めとする新古今歌人たちが、特にこの歌を意識した追悼歌を詠んでいることからすると、発表当時から人々の記憶に焼きついた作であったらしい。逆にいえば、当時の人間にとっても、これは常識はずれの歌だったから特に印象に残ったということであろう。

西行は出家時に、「西行」という法名を用いた。[3] この名に、西方浄土に生まれたいというその志向が籠められていることはいうまでもない。その点では、この時代の人が、「西住」「西光」「西蓮」あるいは「蓮生」「蓮阿」といった法名を好んでつけたのと変わりはない。

かといって、この「願はくは」の歌は、西方極楽世界への願望が含意されているとしても、そのことをメインテーマとしているわけではない。この歌のモチーフはあくまで、二月十五日という満月の夜で、しかも桜の木のもとがいいという美学的な条件を整えて、みずからの死を荘厳することにある。この歌の意図を、西方に生まれたいという願望へと横すべりさせてしまったら、せっかく「桜」と「月」という道具立てでしつらえた意味がどこかへ飛んでしまう。誤解を恐れずにいえば、これはあくまでも、西行が臨終の際の荘厳なる舞台を自分で演出した一種の夢想にすぎないのではあるまいか。

もっとも、前項で述べたように、魂が否応なく吸い寄せられてしまう桜や月のこの世のものならぬ美しさに、西行が死の永遠の原郷とでもいうべき世界を透視し、「桜」と「月」の向こうに、そうした原郷の存在を夢想していたとしてもおかしくはなかった。家集に、桜ないし月を、直接的に死の世界へ越境する通路として捉えたような歌は見い出すことはできないが、桜や月に向かってどこまでも「浮かれ出る心」を、桜や月が秘めている死の

3 西行にはもう一つ、月の円満相への思いを託した「円位」という法号があるが、これは千載集時代、六十台になって使い出したものらしい。

幻惑に誘われ出る心とみることがさほど飛躍した考えでないとすれば、自己の死を荘厳するに当たって、そこに「桜」と「月」を据えることには、西行にとってある種の心理的な必然であったということができる。

その点でいえば、最晩年の「御裳濯川歌合」巻頭から十番続けて、左右に「桜」と「月」の歌を置いた文学的結構は、五十八歳以前にすでに詠んでいたこの歌の桜と月の中に、すでに原型として存在しているともいえようか。月と花とを並べるという結構は、決して晩年の思いつきといったものではなく、おそらくはすでに五十代の頃から西行の心に浮かび始めた夢想であったのである。自分のところに届けられた歌稿『山家心中集』を見て、俊成が「花月集ともいふべし」と記したのも、[4]そのことを側面から語っている。

いずれにしても、西行は臨終の舞台を、桜や月で荘厳することによって、桜や月がそこからやってきた原郷へ、桜や月と一緒に帰りたい姿勢を示しているように思われる。好きな桜や月に囲まれて死にたいといった、野放図ともいえるこの願望の裏には、そうした西行の無意識の夢が秘められていたとみて間違いないのではないか。

この歌については、なおいくつかの問題点があるので、以下に補足しておく。

第一は「花の下にて」という表現。「下」という漢字は、「もと」「した」両様の読みを持っており、伝本によってもその両様がまちまちに表記されているので、いずれとも決定しがたいやっかいな語である。どちらかといえば、「もと」という読みの方が多く、また「した」という直接的な位置を示す語より、桜に対して西行が抱いていた親和的な奥行きが感じられるのでふさわしいような気がするが、断定もできない。[5]いずれにしても、「花の下」は、西行が特に好んだ臥所《ふしど》であったことは、次のような歌からもうかがえる。ただ

4 宮本家本山家心中集の巻頭に俊成が書いた「山家心中集」という題号の下に、やはり俊成自筆の「花月集ともいふべし」という注記がある。

5 西沢美仁は、「花の下《した》」の方が桜の下に横たわって上を見上げる西行の視線に、桜ごしに月が視野に入ることになって、より神秘的な構図が完成するという見方をしている（ビギナーズ・クラシックス日本の古典『西行―魂の旅路』角川書店）。

し「木の下」とある場合は、「木《こ》のもと」と読むのが普通である。

木《こ》のもとの花に今宵は埋《うづ》もれて飽かぬ梢を思ひ明かさん 6
木のもとに旅寝をすれば吉野山花の衾《ふすま》を着する春風 7
吉野山花の散りにし木のもとに留《と》めし心は我を待つらん 8
思へただ花の散りなむ木のもとに何を陰にてわが身住みなん 9

西行はこの「木のもと」という語を花山院の歌から引き継いだようだが、10 いずれにしても西行は、桜の花びらが落ちてくる「木のもと」に坐ることに、えもいわぬ喜びを感じていたらしい。こうした歌に共通する無邪気な情熱が、そのまま「願はくは」の歌の基調にもなっているということがわかる。

第二に、この歌は、臨終の場をうたっていることから、しばしば西行の「辞世」の歌と誤解されてきたことである。たとえば『西行上人談抄』神宮文庫本の詳注には「この歌を辞世にして身まかり給へりと云々」と、「辞世」という解釈をはっきり示している。辞世という用語が記録に現れるのは鎌倉時代後期、確立したのは室町時代からであるが、おそらくその頃からこの歌は、西行の辞世歌と誤解されてきたのであろう。しかし、この歌は、そういってよければ、ただ「格好よく死にたい」といっているだけのようなもので、「辞世」が備えるべき要件に欠けているように思われる。辞世では、当人が生きてきたことについての何らかの総括や、死に際しての決意表明、心境の吐露といったものを述べるのが普通である。繰り返すが、そういう覚悟に似たものがこの歌にはない。

6 山家集・上・春・一二四。今夜は一晩中、木のもとの花にうづもれながら梢の花を飽きることなく思って夜を明かしたい。

7 同・上・春・一二五。この吉野山の桜の下に旅寝をすれば、春風が花のふすまを着せてくれるだろう。

8 山家集・下・雑「百首」・一四五三。去年花が散ったこの木の下に残しておいた私の心が今ごろ私を待っているはずだ。

9 同・上・春・一一九。桜よ、お前が散ってしまったら私は何を陰に頼んで住めというのか、だから私のために散るのはよすと思ってくれ。

10 30で引用した花山院の詞花集歌に「木のもとを栖《すみか》とすればおのづから花見る人となりぬべきかな」という歌がある。

ちなみに、西行の辞世歌を挙げるとすれば、

　鳰《にほ》てるや凪《な》ぎたる朝に見わたせば漕ぎゆく跡の波だにもなし[11]

という歌こそがふさわしいが、この歌については、最後の65でみるので、今は措く。

第三は、この歌のすぐうしろに、これも西行伝の中でしばしば引き合いに出される、

　仏《ほとけ》には桜の花を奉れわが後《のち》の世を人とぶらはば[12]

という歌が置かれていることである。37で一度取りあげた歌だ。初句の「仏」は、最近の説では、仏となった自分のことではなく、死んだ自分を見守っている周りの持仏たち、特に阿弥陀仏を指すとみられているが、[13] 供養するのだったら桜を供えてほしいというこの願望にも、「願はくは」の天衣無縫《てんいむほう》さにつながるものがある。同じ際に詠まれたのではないかと推定したくなるが、さすがの西行も、この歌で「桜」と一緒に「月」を供えてほしいとはいえなかった。ただ、この歌を含む「花の歌あまた詠みけるに」の一群は、表向きは「花」をメインテーマにしたものであるが、「花」と一緒に「月」を詠んだ歌もまざっていることは注意されてよい。この「願はくは」がまさにそうであるが、他にも、次の四首を見出すことができる。

　ひきかへて花見る春は夜はなく月みる秋は昼なからなん[14]

　花散らで月は曇らぬ夜なりせば物は思はぬわが身ならまし[15]

　同じくは月の折咲け山桜花見る夜半《よは》の絶え間あらせじ[16]

11 拾玉集・第五・五一三一。65を参照。

12 山家集・上・春・七八。

13 桑原博史『西行物語全訳注』（講談社学術文庫・一九八一）はここを「釈迦仏には桜の花をささげよ」と訳す。これを承けた佐藤弘夫は、これは「釈迦」ではなく「阿弥陀」であろうという（『西行学』創刊第一号所収「西行における『山』と救済」）。しかし、掲出歌との関連でいえば、釈迦であってもかまわないともいえる。

14 山家集・上・春・七一。

15 同・上・春・七二。

16 同・中・雑・九九六。

雲にまがふ花のしたにて眺むれば朧《おぼろ》に月は見ゆるなりける[17]

一首め、夜と昼を取り替えて、春に夜がなければ一日中花を見て明かせ、秋に昼がなければ、やはり四六時中月を見て暮らせるのにという。二首めでは、花が散ることなく、月が曇るようなことがなければ、こんなに物思いをしなくてすむのにとうたい、三首めの「同じくは」では、同じことなら桜が月の美しい秋に咲けば、月と桜とを同時に眺められてよいと山桜に訴えた歌。どれも子供のように無邪気な願望ではないか。こんな願望で、桜と月を一緒くたに相手にした歌もかつてなかったといってよい。別の時の歌だとしても、これら三首は、臆面のなさという点で「願はくは」の歌と同じ土俵上にある。最後の「雲にまがふ」の歌は、花の雲と朧月《おぼろづき》を取りこんだ見立ての叙景歌。

第四の問題。この歌に関しては、後年の西行に、ありうべき自己の死をうたった次の一首があることを合わせてみておく必要がある。

うらうらと死なむずるなと思ひ解けば心のやがてさぞと答ふる[18]

後になって『山家集』下巻・雑の終りに付加された「十題百首」中の一首。歌の内容からいって、晩年近くなってからの歌と思われるものだが、解釈がむずかしい。

西行は死が次第に近づく中、普段から理想的な死をどう迎えようかと、たびたび思い描くようになっていたであろう。そしてさまざまに考えた挙句、やはり、身も心もうらうらとたゆたったのんびりした状態で死ぬのが一番だと思い至った。この世への執着も、死後

17 同・上・春・九〇。

18 山家集・下・雑「十題百首」・一五一〇。死ぬのならやはりのんびりした心で死ぬのが一番だなと答えを出すと、心がすぐにそうだと応じるよ。

への過度の期待もなく、すべてを脱した平和な気持で死にたい。これは誰でも考える理想であろうが、この歌がユニークなのは、心に「さぞ」と答えさせている点にある。

しかし第三者ふうに心が即座にそう答えたからといって、必ずしもめでたしめでたしというわけでもない。心がそう答えたというだけであって、西行本人がそれで安心立命したことにはならない。つまりまだ、その通り死ねるかどうかは分からないという含みが残っている。しかし、だからこそこの後にくるのは、余計な想念のすべてを捨てて、その最期のときの自然に身をゆだねるという、一種の心身脱落の姿勢ではあるまいか。

この「うらうらと」の歌にみられるすべてをゆだねるという放念は、五十代で詠んだと思われる「花の下にて春死なん」の夢想と繋がっているように思われる。満開の桜と満月の下で死にたいなどと贅沢にいえたのは、この自由放下《ほうげ》の心が、早くから西行の心の深奥に秘められてあったからこそではあるまいか。その思いは、「西行」という名前の基になった西方浄土への願望を凌ぐほどに強かったのだ。

第五。「願はくは」の歌に戻るが、この歌には、先に触れたように、新古今歌人たちが西行に捧げたいくつかの讃歌《オマージュ》が付随している。文治六年（一一九〇）の二月は、十六日が満月に当たっていたようだが、その満月の日に西行が、めでたく河内の奥の弘川寺《ひろかわでら》で往生の本意を遂げたと聞いて、[19]西行に親しかった俊成や慈円、若い定家や良経はそれぞれにその衝撃の思いを次のように歌に記した。

まず俊成の『長秋詠草』。「かの上人、先年に桜の歌多く詠みける中に、願はくは花のしたにて春死なんその如月の望月のころ。かく詠みたりしを、をかしく見給へりしほどに、終《つひ》に如月十六日、望む日終り遂げけること、いとあはれに有難く思《おぼ》えて、物に書き付け侍

19ただし西行物語には京都東山の双林寺で死んだとある。学者間でも西行は最後には京都に戻っていたのではないかと考える説が再浮上しつつある。65の注9を参照。

る」として、

　願ひ置きし花のしたにて終りけり蓮《はちす》の上も違《たが》はざるらむ[20]

がのっている。かねての願望どおり、二月の満月の日に桜の下で死んだのだから、極楽の蓮の上に生まれることは間違いあるまいと讃えたのである。

　次に慈円の『拾玉集』。「文治六年二月十六日未の時、円位上人入滅。臨終などまことにめでたく、存生に振る舞ひ思はれたりしにさらに違《たが》はず、世の末に有難きよしなむ申しあひたり。その後詠みおきたりし歌ども思ひ続けて、寂蓮入道のもとへ申し侍りし」として、寂蓮にあてた次の歌がのっている。

　君知るやその如月《きさらぎ》といひおきて言葉匂へる人の後《のち》の世[21]

「言葉匂へる人」とは、「願はくは」の歌をうたった西行を指し、「後の世」で、やはり西行の後世は安らかであろうと保証したのである。

　また定家の『拾遺愚草』にも、

　望月のころは違《たが》はぬ空なれど消えけむ雲の行方悲しな[22]

という歌がある。詞書に「建久元年二月十六日（四月の建久と改元）、西行上人身まかりにける、終り乱れざりけるよし聞きて、三位中将（徳大寺公衡《きんひら》）のもとへ」とある。こちらは「願はくは」の歌に加え、西行が晩年に詠んだ「風になびく富士の煙の空に消えて」という歌（64でみる）を重ねて、「望月」の日に「雲の行方」に消えていった西行の行方を悲しくも懐かしいと惜しんだもの。いかにも定家らしい凝りようの歌である。

　良経は翌年一周忌の時、「西行法師、身まかりける次の年、定家朝臣の許につかはしける」という詞書で、次の歌を『秋篠月清集《あきしのげっせい》』に記している。

20 俊成家集（為秀本長秋詠藻）・四五九。生前の願いどおり、西上人は花の下で臨終をとげた。今ごろは必ずや極楽の蓮の上に生まれていることだろう。

21 拾玉集・第五・五一八三。あなたは知っていますか、生前その如月といい残していった人の言葉が今も匂っている美しい後世のことを。

22 拾遺愚草・下・二八〇八。生前、望月の頃に死にたいといっていたとおりに亡くなり、大空に消えていったその人の行方が悲しくも懐かしく思われることだ。

去年《こぞ》の今日花の下《した》にて露消えし人の名残の果てぞかなしき[23]

俊成、慈円、定家、良経と四者それぞれに、西行の臨終の日が、生前の「願はくは」の歌に違わなかったことに感動しているのだが、西行自身も、まさか自分がかつてうたったとおりの死を迎えるとは思わなかったであろう。西行の伝説化は、すでのこの新古今歌人たちのオマージュから始まったといえるのだが、いずれにしても、この「願はくは」の歌は、その単純明快さのゆえに、はからずも西行の入滅を華やかに彩ることになった。

西行には何か、常識に反する途轍《とてつ》もないところがある。それは、仏者として生きる道心の堅固さと天真爛漫さとが、彼の中で矛盾なく同居していて齟齬《そご》がないという途轍のなさでもある。再三述べてきたように、その二つの姿勢を一貫して同居させてきた姿勢が、この有名な歌が新古今歌人に与えた影響からも確認されるのだ。

ちなみに「願はくは」の歌は、その人気もあって、いったんは『新古今集』に採用されかかったらしいが[24]、結局は切り出されてしまった。大方の識者がいうように、やはり「死なん」などと、死をあからさまにうたったことが勅撰集の歌としてふさわしくないというのが主たる理由であったのだろう。それは「御裳濯川歌合」の判で、俊成がこの歌を「うるはしき姿にはあらず」として持《もち》にしたのと同じ心意であったに違いない。

23 秋篠月清集・下・無常部・一五六七。去年の今日、桜の花の下で命を終えた人のことが今日はしきりに思い出され、もう一年たったのかと、その思い出が悲しい。これに対して、定家は、「花の下《した》の雫《しづく》に消えし春は来てあはれ昔にふりまさる人」と返している。

24 編集過程を伝える新古今集のいくつかの伝本には、巻八・哀傷部の巻末にこの歌が配されていた痕跡のあるものや、巻十八・雑下の無常をうたった俊成の歌の間にこの歌が書かれているものがあることが報告されている（後藤重郎『新古今和歌集の基礎的研究』塙書房・一九六八）。また為相本新古今和歌集には切り出し記号の鈎点《かぎてん》があるという。

44　月を見る外《ほか》もさこそは厭《いと》ふらめ雲ただここの空に漂《ただよ》へ

（山家集・中・雑・九五三）

今夜あたりは私以外にも月を見上げている人も沢山いて、月を覆《おお》っている雲をさぞかし憎いと思っていよう。いっそのこと雲よ、ただわが庵の上にだけ漂え。そうすれば他の人たち全員が月を心おきなく眺められようから。

【詞書】（題知らず）
【語釈】○月を見る外―月を見る私以外の人。

桜と月が出たついでに、あらためて月の歌を整理しておこう。

これは、『山家集』中巻雑部の最後に一括してのっている百七首ほどの「題知らず」月歌群の一首。4の「播磨潟」の歌と同様、ここでも破天荒といってもいい内容が語られている。月を隠す嫌われものの雲に向かって、「私の庵の上にだけかかれ」などと命令した人間は、これまでにいなかった。もちろん、よその人々がゆっくりと月を眺められるように、という意味のパラドシカルな自己犠牲であるが、「雲ただここの空に漂《ただよ》へ」という、口語をそのまま歌にしただけのようなこの命令口調は、西行でしか吐けなかった台詞《せりふ》であろう（民謡の雨乞い歌の世界では「雲ここの空に漂ただよへ」という言い方が出てくる）。これを、他の人のことを思う優しい心の持ち主だなどと持ち上げたら、かえってつまらなくなる。西行だって雲が憎いのだ。その思いが、「雲ただここの空に漂へ」という強がりの裏に透けて見える。西行の心の振幅の広さを示すいい例である。

4で触れたように、家集には三百五十を越える月の歌が残されている。月に対するその時々の思いの一つ一つを分身であるかのように確認しながら、孜々《しし》として歌の上に刻印しているという感じである。一個の人間が、いくつものポリフォニック（多声的）な歌声を出しているようなものだ。4・5・6でみたように、西行の月に向かう態度は実にさまざまであるが、ここで、その様相をもう一度大雑把に整理してみよう。

彼の歌には、掲出歌に類する常識を思い切って顛倒《てんとう》したような歌がいくつか見つかる。右の歌をふくむ一連の月の歌の最後に並んでいる次の歌などもそうである。

濡《ぬ》るれども雨もる宿の嬉しきは入《い》り来《こ》ん月を思ふなりけり [1]

あばら屋の屋根から漏れる雨の滴《しずく》で身体が濡れるけれども、その屋根の隙間から月が漏れてくるのだと思えば、雨漏りはかえって嬉しいというのである。こうした居直りに近い逆説的ポーズを取った歌は、月の歌に限らず、西行の得意としたところであった。そのもっとも典型的な例は、6でみた「なかなかに時々《ときどき》雲のかかるこそ月をもてなす飾《かざ》りなりけれ」であろう。

また、次のような歌も同じ範疇に入れていい。月に向かって「しばし曇れ」とか「そんなに澄むな」などと、ここでも常識をひっくり返したような言い方をしている。

月のため昼と思ふが甲斐なきにしばし曇りて夜を知らせよ [2]

眺むれば否《いな》や心の苦しきにいたくな澄みそ秋の夜の月 [3]

1山家集・中・雑・九五五。解は本文参照。

2山家集・上・秋・三五八。

3同・上・秋・三六七。

前者は、月光が明るいからといって昼と思ってしまっては、せっかくの月を愛でる甲斐がない、だからちょっとでもいいから曇って、今が夜であることをはっきりさせてくれ、というような意味。後者は、秋の澄みきった月を眺めていると、いやもう何ともいえず心が苦しくなる、だから月よ、そんなに見事に澄まないでくれ、というようなところだろうか。月に向かって「曇れ」といい、「澄むな」といい、いずれも本心とは逆の要求をぶつけた歌である。では次の歌などはどうか。

憂世とて月澄まずなることもあらばいかにかすべき天《あめ》の坐人《ましびと》 4

結句「天の坐人」は、古代語「天に坐《ま》す…」に引っ掛けた西行の造語とされている。『聞書集』はこれを、「天の下人《したびと》」と置き換えているが、それでも意味は通じる。もしも月が、この憂世を嫌って澄むことをやめて暗くなったら、天の恵みに生きている世の人よ、あなたがたはどうするかと、人々に、にがにがしい思いで問いかけた歌。西行はこんな大胆な仮定をも、平気で考え出していたのである。

西行の歌に、庵の前に立つ松や、部屋に侵入してくる虫の鳴き声など、孤独な山家生活の中で自分を慰めてくれる自然の景物を、わが友として見立てる作が多いことはこれまでにも見てきた。人間としての矜恃《きょうじ》などをとっくに超越していた証拠であるが、当然、月に対しても、それをわが友とする次のような一群を残している。

4 西行上人集・五三六。聞書集・九一には、五句が「下人《したびと》」でのっている。

月はなほ夜な夜なごとに宿るべしわが結び置く草の庵に[5]
波の音を心に懸けて明かすかな苫漏《とまも》る月の影を友にて[6]
独り住む庵に月の差しこずは何か山辺《やまべ》の友にならまし[7]
尋ね来て言問《ことと》ふ人のなき宿に木《こ》の間の月の影ぞ差しくる[8]

また西行はよく、伝統的な表現を無視した歌を平気で作っているが、『古今集』が開拓した方法にすがったような歌も、けっこう多く詠んでいることも忘れてはなるまい。歌がまず、摸倣し学習するものとしてあった当時の歌学びの方法からして、当然であった。

水の面《おも》に宿る月さへ入りぬるは池の底にも山やあるらん[9]
秋の夜の月を雪かと紛《まが》ふれば露も霰《あられ》の心地こそすれ[10]
清見潟《きよみがた》月澄む空の浮雲は富士の高嶺《たかね》の煙《けぶり》なりけり[11]

どれもそれなりのギャグが加えられ、これはこれで平凡ならぬものがあるが、これらの歌がいずれも、古今的な見立ての技法を駆使した歌であることは間違いない。しかし、こういう技巧に頼ったような歌は、結局はありきたりの洒落としか映らない。西行らしい心の躍動が感じられず、こちらの心に強く響いてくるものがあまりないのである。

いずれにせよ、西行がうたう月の歌はきわめて多種多彩であって、一通りではない。草庵の中に一人坐って、いかに歌を詠むか、いつも思念を巡らしていた証左ともいえるし、そのこと自体が、彼の強靭《きょうじん》な日常的精神を物語っているともいえる。

5山家集・上・秋・四一三。月は今でもなお、これまで私が結んできたいくつかの草の庵にも夜ごと宿っているのだろうなあ。

6同・上・秋・四一四。この苫屋の屋根から漏れてくる月影を友として、波の音が静まるかどうか一晩中気にかけて過ごしたことよ。安芸の一宮の海岸に泊まって船待ちをした時の歌。

7同・中・雑・九四八。独りで住むこの庵に月の光が差しこんでこなかったなら、他の何が私の山辺の友となろうか。

8同・中・雑・九四九。尋ねて来て私を慰めてくれる人がいないこの宿に、木の間をもれた月の光だけが訪れてくるよ。

9山家集・上・秋・三一三。池の水面に影を宿す月さえ隠れてしまったのをみると、池の底にも月を隠す山があるらしい。

10同・上・秋・三一七。秋の夜に差しこむ月の光を、あれは雪かと見立てることができるのなら、露だって霰だという気になるというものだ。

11同・上・秋・三一九。清見潟の

西行にとっての月は、自己の生活の夜空にいつも輝いている明標であった。しかしそれは、4でも指摘したように、いつもそこにある理想的な指標、つまり宗教的な円頓《えんとん》菩提《ぼだい》の象徴としてあったわけではなかった。西行にとって月は何であったか、ということを強いて問えば、結局次の一首に集約されるように思われる。

心をば見る人ごとに苦しめて何かは月の取りどころなる12

ここには、すべての人の心を苦しめる以外に、どこに月の取りえがあるというのかと、苦虫を噛みしめながら、ほとんど捨て鉢気味に、八つ当たりをしているような気配がある。西行は、ほとんど月がいやになっているかのようである。西行は確かに多くの月をうたってきたが、ここまで突き放して月への文句を表明した例はない。本気ではあるまいが、月はここでは、強い反語的意識をもって否定的な対象に堕している。7で、花見に人を引きつけることが「桜の咎《とが》」だと断罪する歌をみたが、その伝でいけば、西行は「月の咎」は、まさに人の心を苦しめることだといっているのである。

西行が終始、対象に対して揺れ動く内面の動きを見据えて、それを歌のテーマとして取りあげてきた歌人であることは、すでに何度か述べてきたが、この「心をば」の歌は、そういう自己のありようを、月のサイドからはっきり逆照射した歌とみていいのではあるまいか。月に対する西行の思い入れは、時にこういうところまで伸びていたのだった。

空に澄んだ月がかかっている。そこを横ぎる一片《ひとひら》の浮雲は、まさに富士の高嶺から立ちのぼる煙であるなあ。

12山家集・下・雑・一四一〇。私を始め、見る人ごとの心をさんざん悩ませておいて、何が一体月の取りどころといえるのか。

45　振りさけし人の心ぞ知られぬる今宵《こよひ》三笠《みかさ》の月を眺めて

（山家集・上・秋・四〇七）

「天《あま》の原振りさけみれば」とうたった人、はるか昔、中国でこの三笠山《みかさやま》の月を思い出して詠んだという阿倍仲麻呂《あべのなかまろ》のその時の張り裂けるような心が、今夜、この三笠の山の月を見てまざまざと実感されたことよ。

【詞書】春日《かすが》に参りたりけるに、常よりも月赤くて哀れなりければ。

【語釈】○振りさけし―「振りさく」は「遠くを仰ぎ見る」の古代語。○人の心―阿倍仲麻呂の心。遣唐留学生として中国に入り、在唐五十余年にして長安で没した（七〇一―七七〇）。○三笠―奈良の都の東方高円《たかまど》山と若草山の間にある三笠山。春日山に連なる。

西行が歴史上の人物をうたった例を、これまでに能因や行尊、実方、花山院などにみたが、これも、中国古来の伝統である「詠史詩《えいしし》」の歌というより、自己の系譜上にある数奇の先達を詠んだ、西行独自の文芸詩史とでもいうべきものの一環であろう。

ある秋の一日、奈良春日社に詣でたとき、月がいつもより増して赤々と輝いて見えた。三笠山の夜空に赤い光を投げかけるその月を見上げ、その神秘的な光から、はるか昔、阿倍仲麻呂が唐土にあってこの月を思って詠んだという、

天の原振りさけ見れば春日なる三笠の山に出でし月かも[1]

という歌に思いをはせて、ふとこの歌がついて出た。春日社はいうまでもなく藤原氏の氏社であるが、西行も、藤原氏魚名《うおな》流の出として、春日には馴染みがあったことはいうまでもない。

『古今集』の左注によれば、八世紀の昔、遣唐留学生として中国に遣わされた仲麻呂は

1古今集・羇旅・四〇六・仲麻呂。はるかな空の彼方、日本の方向を遠く仰いでみると、昔、春日で見たあの月と同じ月がかかっているよ。

帰国の機会を逸していたが、日本から新しく遣唐使がやってきたので一緒に帰ろうと都を出て明州（現在の浙江省寧波《にんぽー》）までやってきたとき、中国の友人が餞《はなむけ》の宴を張ってくれたその夜、月の面白く出たのを見てこの歌を詠んだという。

仲麻呂を思い出したのも、能因らと同様、やはり歌つながりといっていい。仲麻呂が中国で見た月は、西行が今この春日の地で仰いでいる月と同じ月である。はるか時空を隔てても、月だけは変わらない。この時西行の心は、明州にいた仲麻呂と一直線に結びついた。歌であるから「振りさけし人の心ぞ知られぬる」としか表現できないが、西行の脳裏には、このとき確かに、仲麻呂の叫びがまざまざと聞こえていたのだと思われる。

ちなみに、西行より三百数十年後、42でも引き合いに出した室町時代中期の三条西実隆は、春日社に奉納した五十首和歌の一首で、この歌と同様、三笠山の月から仲麻呂を思いだして、次の歌を詠じた。

忘るなよ三笠《みかさ》の山を指してこそ知らぬ海辺《うみべ》の月も見つらん [2]

こうして三笠の山の上に、時を越えていつも月が輝いているからこそ、仲麻呂も遠い中国の地にあって、この月を見ることができたのだ、というような意味である。実隆は、三笠山の月の中に、三条西家の当主としての血族意識を否応なく再確認せざるをえないわけだが、西行のこの歌には、血族としてのそういう強い帰属意識はない。月という媒介項を通して、ただ仲麻呂の心にじかにつながっているだけである。家を捨てた西行にとっては、それで十分であったのだ。

先にみた31の白河の関の歌でも、関の板屋から洩れくる月光を見て、能因を思い出していた。西行の心には、人恋しさの思いが、いつもどうしようもなく存在している。能因

2 雪玉集・巻十三・五三二五。忘れてはならぬぞ。あの仲麻呂が中国の見知らぬ海辺で見た月も、この三笠の山の月を指してゆえのことであったことを。

にしろ仲麻呂にしろ、その人恋しさは、歴史を隔てた過去の人物との間でも共有されており、『徒然草』がいう「見ぬ世の人を友とする」（第十三段）というべきものだが、その思いは、必ずしも過去の人々に対する思いだけではなかった。同じ現在を生きる人に対する恋しさをうたった歌も、多くあった。月の歌ではないが、12でも引用した、

寂しさに堪へたる人の又もあれな庵並べん冬の山里[3]

という歌などがそうである。その月バージョンともいうべきものに、

諸共《もろとも》に影を並ぶる人もあれや月の洩りくる笹《ささ》の庵に[4]

といった歌もある。私と一緒に、この笹の庵の隙間から洩れてくる月の光を影を並べていとおしむような人がいればなあ、とうたう。これらの「人」は、いずれも「友」と置き換えてもいい「人」である。前項でも何首かみたが、さらにいくつか挙げておこう。

誰来《たれき》なん月の光に誘はれてと思ふに夜半《よは》の明けぬなるかな[5]
蓬《よもぎ》分けて荒れたる庭の月みれば昔住みけん人ぞ恋しき[6]
霜さゆる庭の木の葉を踏み分けて月は見るやと訪《と》ふ人もがな[7]
花も枯れ紅葉も散らぬ山里は寂しさをまた訪ふ人もがな[8]

変わったところでは、次のような歌もある。

3 山家集・上・五一三。12を参照。
4 同・上・冬・三六九。月が洩れてくるこの粗末な笹の庵に一緒に影を並べる人がいてほしいものよ。
5 同・上・秋・三三八。この月の光に誘われて誰か訪ねて来ないものかとずっと考えていたら、もう夜が明けてしまった。
6 同・上・秋・三四一。蓬を分けて入るような荒れ果てたこの庭の月を見ていると、昔、この庵に住んでいた人に無性に逢ってみたくなった。
7 同・上・冬・五二一。霜が冴える庭の木の葉を踏み分けて、月を見てますかと、誰かやってこないものか。
8 同・上・冬・五五七。秋の花も枯れ、紅葉も落ちなくなったこの山里の寂しさを慕って、私の他にもう一人くらい尋ねてこないものか。

入りぬとや東《あづま》に人は惜しむらん都に出づる山の端《は》の月[9]

人も見ぬよしなき山の末までも澄むらん月の影をこそ思へ[10]

西行は、仲麻呂や能因といった歴史上の人物以外にも、同じ地平にいる遠隔の人々のことを思いやってついやきもきしてしまうのである。この思いは、前項でみた、「月を見る外《はか》もさこそは厭《いと》ふらめ」という歌と同質である。彼の歌が、常に自分のことを中心にうたっているようでありながら、その心は必ずしも自分にまとわりつくものにとらわれてはいなかったことを、これらの歌はよく物語っている。月は、西行にとって個人を超えたある普遍的なもの、永遠的なものへと導き出してくれる、格好の原材であったということができよう。

9 同・上・秋・三三七。今ごろ東国の人は月が山の端に沈んで行くのを惜しんでいることだろうか。ここ都では山の端からようやく月が昇ってきたところだというのに。

10 同・上・秋・三四四「月歌あまた詠みけるに」。この月は誰も見る人がいない名もなき山奥の末まで照らしているのかと思うと、何かもったいなくてしょうがない。

46　何となく芹《せり》と聞くこそあはれなれ摘《つ》みけん人の心知られて

（山家集・中・雑・一〇三二）

芹という草のことを聞くと、なんとなく胸が締めつけられる感じがする。一度見た高貴な女性のため、ひたすら芹を摘んだという、かの昔の人の心中が思いやられて。

月の歌から離れよう。前歌で西行は、時空を越えて阿倍仲麻呂のことを思いやった。この歌では、平安時代初期のある老人にまつわる恋の哀話を踏まえて歌にした。これも「見ぬ世の人を友とする」の類であろう。古人や故事を踏まえて詠んだ西行の歌は、仏説を典拠とする話は別として、1、13、20、32、34、45などいくつかみてきたが、これは、名もなき下級官人への思いをうたっている点で、いささか趣きを異にする。『山家集』中巻・雑の最後に一括して百七首のる「題知らず」歌群中の一首。

　これといった理由もなく「芹」と聞くと、昔、恋する后のために芹を摘んで届け続けて死んだという老人のことが思い出されて、哀れな思いにかられるという。

　古く『枕草子』の時代に、

　　芹摘みし昔の人もわが如《ごと》や心に物は叶はざりけり[1]

という歌が伝承されていた。『俊頼髄脳』はこの歌の由縁《ゆいえん》を説いて、「芹摘みし昔の人」と

【詞書】（題知らず）

【語釈】○摘みけん人―本文参照。俊頼髄脳や和歌童蒙抄が語る逸話による。

1 芹を摘んで后に捧げたという昔の人も、やはり私と同じように、心に物事が追いつかず苦しかったのであろうなあ。「一条院をば今内裏とぞいふ」で始まる枕草子・二四五段に、「御簾の許に集まり出でて見たてまつる折は、芹摘みしなど覚ゆることなし」とある。この「芹摘みし」という語の引歌として、俊頼髄脳が伝えるこの歌が想定されている。

は、光仁天皇の時代に朝浄めの仕事をしていた伴御奴《とものみやつこ》の老人を指すという。ある朝、老人が掃除をしていたら、天皇の后（嵯峨后と呼ばれた橘嘉智子）の部屋の御《み》簾《す》が風に吹きあげられ、その隙間から芹を食している后の顔が見えて、老人は恋に沈んだ。しかし、逢うことはとうていかなわず、せめてというので、毎年春になると芹を摘んできては、后の部屋の御簾の前に置き続けた。やがて死に瀕した老人は、家の者にかくかくと語り、死後に芹をもって功徳とせよと遺言して亡くなったが、たまたま嵯峨后に仕えていた娘がこのことを語ったので、后も初めて老人のことを思い出し、その後、娘をそば近く使ったという。（俊頼髄脳・一一・歌語の由来）

西行の脳裡に、この気の毒な老人の話が色濃くあって、「芹」と聞くといつも思い出すというのである。事実、そのとおりなのであろう。ただ、その年寄りを「あはれなれ」と詠むだけであって、それ以上の深い心意はみせていない。西行自身が若い頃に経験したはかない恋の記憶がここに働いたのかもしれないが、それでなくても、老人の恋というのは、どこか永遠の悲哀を人に感じさせるものだ。

『俊頼髄脳』はやや前に、この老人の話とよく似た志賀寺の聖の話を置いて、その経緯を長々と記している。いま簡略して示すと、

あるとき志賀寺（崇福寺）見物にやってきた京極御息所《みやすんどころ》（宇多上皇妃藤原時平女褒子）は、白い眉をした老い衰えた一人の老僧が、部屋の窓から自分を見ているのに気づいて、気味悪がって帰った。翌日、その老人が、徒歩で都までやってきて、御息所にお会いしたいと願いでた。許されて殿舎に上がった上人は、御息所の顔をじっと見守り、やがてその手を取って、

初春の初子《はつね》の今日の玉帚《たまははき》手に取るからに揺らぐ玉の緒《を》2

という古歌を口ずさみ、御息所の後生安穏を約束して帰っていった。

『和歌童蒙抄』『古来風体抄』等の歌書や、『宝物集』『源平盛衰記』『太平記』などにものせられて有名になった話で、人は好んでこの志賀寺の聖の話を語った。高貴な女性に対する僧の愛欲譚が多い中でも、どこかすがすがしさを感じさせる点や、「手に取るからに揺らぐ玉の緒」という古歌を口ずさむという雅味が愛されたのであろう。西行もこの上人の話は知っていたはずだが、どうやら、芹を摘んで何年も后に捧げたという朝浄めの老人の方が気に入っていたようだ。

ちなみに、室町時代の夢幻能に、「綾の鼓《つづみ》」と「恋の重荷」という、貴女に対する卑賤の老人の恋着をテーマにした作がある。どちらも「綾の太鼓」という古曲を改編したもので、前者は三島由紀夫の戯曲「綾の鼓」3の原話となった曲。ある庭掃除の老人が女御に恋をし、臣下から綾を張った鼓を渡され、音が届いたら女御に逢えるとだまされて鼓を打つが、ついに音が鳴らず恋死にするという話。後者の「恋の重荷」も同工異曲で、白河院時代の菊守の山科荘司《やましなのしょうじ》という年寄りがやはり女御に恋慕し、背負いきれない重荷を背負わされて悶死するというもの。いずれも後場で、悪鬼や亡霊となって女御の前に現れてその恨みや怒りをぶつけるという点で共通する。

いずれにせよ、こうした老いらくの恋の話は、どこかうら悲しさをともない、人の興味を否応なく惹きつけるものがある。西行もその点では変わりなかった。

西行が「芹」という語感に「あはれ」をもよおしたというのは、セリという音《おん》ではなく、淡いにがさを含むその特有の食感が、恋の思いのほろにがさと通じるものがあった

2 万葉集・巻二十・四四九三・大伴家持。この初春のめでたい初子の日、いただいた玉帚を手にしただけで心がゆらぎます。孝謙天皇天平宝字二年（七五八）正月三日の子《ね》の日、宮中で天皇が玉ははきで蚕を払う模擬を演ずるので、藤原仲麿が群臣に歌を命じ、そのミニチュアを配った。家持はこの歌を献じたが、家持自身は当日他用があって出席していない。

3 一九五一年発表、『近代能楽集』所収。舞台は現代の東京。あるビルの小使いの老人が、鳴らない綾の鼓を渡して自分を自殺に追いこんだセレブ夫人の前に亡霊となって現れ、恋の証しにもう一度綾の鼓を打つが、百回打っても夫人の耳についに聞こえず、ふたたび消えていくという筋。原話となった謡曲に、小町に恋慕して百日めに死んでしまう深草少将の百夜通いの想を加えた作品。

からかもしれない。西行の恋歌に、青年時の淡い恋や幼い恋の思い出をしのばせるものがあっても、老人の恋をうたったものが特に見出せないことを考えると、おそらく大人になった彼の中では、愛欲といったような思いはとっくに断ち切られていたのであろう。ただ、そのとっくに手放してしまった昔の恋のときめきが、「芹」と聞く都度、西行の心にほんのりとよみがえった事実を思うと、何となくこちらもあたたかくなる。

老人のにがい恋への共感をつづったこの歌は、特に屈折したものがなく、西行の歌の中でもそう注目すべき歌とはいえないが、西行の心にまだ恋のぬくもりが残っていたことを語ってくれる点で貴重である。このぬくもりは、58でみる「戯《たはぶ》れ歌」の何首かにふたたびよみがえるが、それはまた後のことにしよう。

47　暁の嵐にたぐふ鐘の音《おと》を心の底にこたへてぞ聴《き》く

（山家集・中・雑・九三八、千載集・雑・中・一一四九）

暁方、山から吹き下ろしてくる嵐の音に、寺で打つ鐘の音が混ざってひとしお壮絶に響き、私は心の底までじんと響くような思いで一人その音を聴く。

【詞書】（題知らず）
【語釈】○たぐふ―添い並ぶこと、似たものが重なり連れだつこと。鐘の音を嵐に聞きまちがえるのではない。

西行には、桜と月に伍して、風の歌も多いことが注目されている。[1]「嵐」や「山おろし」といった語を含め、風の歌は全部で『山家集』で二百十首をこえる。これは「月」「花」に次ぐ大きな数である。

これまでみた歌の中でも、「風」を詠み込んだ歌は多々あった。

主《ぬし》いかに風渡るとて厭《いと》ふらんよそに嬉しき梅の匂ひを（12）
津の国の難波《なには》の春は夢なれや蘆《あし》の枯葉に風わたるなり（13）
憂き世には留《とど》め置かじと春風の散らすは花を惜しむなりけり（42中）
散る花の庵の上を吹くならば風入るまじく巡り囲はん（同）

また、西行自身が生涯の自讃歌としてあげる晩年の絶唱、

風になびく富士の煙《けぶり》の空に消えて行方《ゆくへ》も知らぬわが思ひかな

も、そこに「風」が吹いていなければ、価値が半減する歌である（64で扱う）。ただ、月や桜と異なるのは、月や花が、目に見える実体的な素材であるのに対し、風は通常、目に

1はやく臼田昭吾の「西行の『風』の歌について―西行和歌の一断面―」（静岡英和女学院短期大学紀要第9号・一九七七）が注目し、これを承けて、稲田利徳「西行の風の歌」（『西行の和歌の世界』第一章第一節）がほぼ全体を網羅している。ただし稲田は、「嵐」については論じていない。

は見えぬものとしてあるということであろう。[2]そういう点では形象化しにくい素材であるが、風の語を出さなくとも、風はいつもそこにあって、人に物悲しさを誘う自然であるということもできる。たとえば、これまでにみた、

伏見過ぎぬ岡屋になほ止《とど》まらじ日野までゆきて駒こころみん（3）
鈴《すず》鹿《か》山《やま》うき世をよそに振り捨てていかになりゆくわが身なるらん（11）
心なき身にもあはれは知られけり鴫立つ沢の秋の夕暮（14）
寄られつる野もせの草のかぎろひて涼しく曇る夕立の空（17）
亡き跡を誰《たれ》と知らねど鳥《とり》部《べ》山《やま》おのおのすごき塚《つか》の夕暮（26）
朽ちもせぬその名ばかりを留めおきて枯野の薄《すすき》形見にぞ見る（33）
取り分きて心も沁みて冴えぞわたる衣川《ころもがは》見に来たる今日《けふ》しも（34）

といった光景にしても、実際はそこに風が流れていたはずである。あえていえば、自然を詠じた西行の歌には、たいていどこかで風が吹いているとみてもおかしくはない。

季節は不明であるが、冬の早朝であろうか。「たぐう」とは、似たものが二つ並び伴うことをいうから、ここは、嵐の音と鐘の音が混じりあって聞こえてきた状況を指す。ただし、この歌の核をなしているのは、「暁の嵐」よりは、それと交響するように断続的に届いてくる「鐘の音」の方であろう。しかしまた、鐘の音だけでは「心の底」にズンと響いてくるような強い衝迫は生まれない。「暁の嵐」と共鳴することによって、今ここに生きている西行の現在を直接的に脅かす、そういう強い衝撃性が生まれてくる。したがってこの歌は、「暁の嵐」と「鐘の音」のどちらが欠けても成立しない歌ともいえる。

ところで、梵鐘《ぼんしょう》の音といえば、もともと人間の煩悩や迷妄を突き破る聖なる音という意

2 秋来ぬと目にはさやかに見えねども風の音にぞ驚かれぬる（古今集・秋上・一六九・藤原敏行）がその典型。

味があった。西行自身、恋にかこつけてであるが、次のような歌を残している。

　頼もしな宵《よひ》暁の鐘の音物思ふ罪も尽きざらめやは[3]

ただ、これまで歌に詠まれてきた「鐘」といえば、ほとんどが入相《いりあい》の鐘であった。

　山里の春の夕暮きてみれば入相の鐘に花ぞ散りける[4]　能因

　山寺の入相の鐘の声ごとに今日も暮れぬと聞くぞ悲しき[5]　読人知らず

　夕暮は物ぞ悲しき鐘の音を明日も聞くべき身とし知らねば[6]　和泉式部

　暮れぬめり幾日《いくか》をかくて過ぎぬらん入相の鐘のつくづくとして[7]　同

西行の『山家集』にも、掲出歌にすぐ続け、

　待たれつる入相の鐘の音すなり明日もやあらば聞かむとすらむ[8]

という歌がのっている。この歌は、解釈にむずかしい問題があるが[9]、いまは措く。いずれにせよ、掲出したこの「暁の嵐にたぐふ」歌の鐘が入相の鐘ではなく、暁の鐘であることは注意を要しよう。

「暁の鐘」を詠んだ例は、俊成の、

　暁と黄楊《つげ》の枕をそばだてて聞くも悲しき鐘の音かな[10]

という歌が目立つくらいで、そう多くはない。夕暮に響く入相の鐘が、迷妄さめぬまま一日が過ぎた虚《むな》しさや悲哀を誘うものとすれば、明け方の晨朝《じんちょう》につく鐘の音は、また始まる

3山家集・中・恋・七一一。宵と暁に打ち鳴らす鐘の音は胸に響いて頼もしい。これを聴くと、恋の物思いに揺れる罪も、跡かたもなく消え尽きないでいられない。

4新古今集・春下・一一六・能因。

5拾遺集・哀傷・一三二九・読人知らず。

6詞花集・雑下・三五七・和泉式部。

7新古今集・雑下・一八〇七・和泉式部。

8山家集・中・雑・九三九、新古今集・雑下・一八〇八。待たれていた入相の鐘の音が鳴っているようだ。明日も生きていればこの鐘をまた耳にするのであろうか。

9新潮古典集成は、上の句を「今日聞くのが最後かと待たれた入相の鐘の音」と訳すが、なぜ「最後」なのかの説明がなく、語釈で「わが命の終わり」「往生を示す鐘の音」「寂滅為楽の響き」等諸説があるという。

10新古今集・雑下・一八〇九・俊成。暁を告げる鐘の音が聴こえてくる。私は黄楊の枕に寄りか

かりながら、悲しいものとして聴いている。

一日を、心新たに覚醒させるという宗教的な響きが増す。

もともと暁という時間は、読経する僧や寺籠《てらごも》りする者にとっては、修行や籠《こも》りの果てに訪れる聖なる時間と意識されていた。彼らは、読経や祈りが昂じた暁の中で、しばしば仏や菩薩に出合った。夢現《うつつ》の境《さかい》の中での幻想体験なのだろうが、暁に仏が現れることは、『梁塵秘抄』に残る今様《いまよう》にもみえている。

仏は常に在《いま》せども、現《うつつ》ならぬぞあはれなる、人の音せぬ暁にほのかに夢に見え給ふ。
（第二・四句神歌）

草の庵の静けきに、持経法師の前にこそ、生々世々《しやうじやうせぜ》にも値《あ》ひがたき、普賢薩埵《さつた》は見え給ふ。
（法華経二十八品歌・普賢品）

次の今様も、暁という聖なる時間ゆえに重なる歎きであろう。

暁静かに寝覚めして、思へば涙ぞ押さへ敢へぬ、はかなくこの世を過ぐしてはいつかは浄土へ参るべき。
（雑法文歌）

この背景には、おそらく、夜明けという時間の中で罪を懺悔する「暁懺法《あかつきせんぼう》」の行法があったとみなすことができる。

寂寞《じゃくまく》音せぬ山寺に、法華経誦《ず》して僧ゐたり、普賢頭《かうべ》をなで給ひ、釈迦は常に身を護る。
（同・法華経二十八品歌・法師品）

山寺行ふ聖こそ、あはれに尊きものはあれ、行道引声《いんぜい》阿弥陀経、暁懺法釈迦牟尼仏《ぼうぢふ》。
（同・僧歌十首）

後白河院の『梁塵秘抄口伝集』にも、院が「朝《あした》には懺法を誦《よ》みて六根を懺悔し」と、暁懺法を五十日間勤めたといった記事がみえる。また鴨長明の『方丈記』が最後に至って、方丈の庵に執着する自身の心の欺瞞性をその心自体に向かって問いかけたのも、「静かなる暁」にほかならなかった。闇を呼びこむ夕暮とは逆で、光をもたらす夜明けは、人の心に、新たな希望や理性の光をもたらす清浄な時間として意識されていたのに違いない。西行自身も、「暁の念仏」の題で、

夢醒むる鐘の響きにうち添えて十度《とたび》の御名《みな》を唱へつるかな[11]

ともうたっている。まさに暁の鐘は、人の意識を覚醒させる霊妙な力を持っていた。

しかし西行が「嵐にたぐふ」この暁の鐘をうたったとき、その鐘は、必ずしも迷妄の夢を破る希望の鐘ではなかった。「嵐の音」にたぐえて断続的に響いてくるその音は、少なくともこの瞬間、ふたたび迷妄の闇につき落とされかねないという恐怖を誘う響きとして、彼の心を貫いたのではなかったか。「心の底に応えてぞ聴く」とあるからには、その響きは、少なくとも西行の全霊を脅かす強い衝撃を与えたとみなければならない。

どこかに絶望といったものを体感させるこの衝撃は、先の今様の中では、「暁静かに寝覚めして、思へば涙ぞ押さへ敢へぬ」といった悲しい予感に近く、さらにそれを何倍にも上増ししたものであっただろう。また突然であれ、この時、そうした恐怖が湧きあがったということは、西行がなにがしかの深い深淵をその心の内部に抱えこんでいたことを前提にしなければ成立しないように思われる。[12]西行は鐘の音を、どこかの地の底から響いてくる、自分の全存在を揺さぶる音として聴いたのであろう。

西行はときどき、我々の理解の届かない不可解な言葉を投げ出してくる。西行がこのと

11山家集・中・雑・八七一。迷妄の夢を醒ますの鐘の響きと一緒に、私も阿弥陀仏の御名を十回唱えたことだ。

12この深淵は、38で引用した「永らへんと思ふ心ぞ露もなき厭ふにだにも耐へぬ憂き身は」の暗い諦念にも共通するように思われる。

き抱いた戦《おのの》きがどういうものであったかは永久に分からないことだが、それが通常のように、勇気を奮いおこす響きや楽しい音ではなかったことは確かである。この歌は、西行が抱いていた深淵の深さを、ふと覗かせてくれるものとして貴重である。

この歌における「嵐」は、暁の鐘を西行の心底まで届かせた共鳴音として、西行の目覚めを瞬時のうちに深淵に落としこむ、なまのリアリティをはらんでいるが、これに似た風の歌をあげるとすれば、15で引用した、

吹き渡す風にあはれを一占《ひとし》めていづくもすごき秋の夕暮

がそれであろうか。ここにも、見渡す世界を「すごきあはれ」一色に染めあげて、旅をゆく西行の全身を包みこむ冷たい風がある。その冷たさは、西行の心の温《ぬく》もりを一挙に奪ってしまうような寒さであったに違いない。また、22の中納言局の庵で聴いた、

山下ろす嵐の音の烈しさをいつ習ひける君が住処《すみか》ぞ

の嵐も、これに似た激しい嵐といえばいえようか。

もっとも、西行がうたう「風」が、いつもこうしたリアリティにみちているわけではない。むしろ大部分の風の歌は、比較的おだやかな風をうたったものがほとんどである。以下、余談になるが、掲出歌から離れて、ざっとながめておく。

西行の風の歌に、落花を誘う風をうたったものが多いことは、容易に想像がつく。一々の鑑賞は煩瑣になるので、以下、後に付した口語訳にまかせて列挙するに止めよう。

山桜霞の衣《ころも》あつく着てこの春だにも風つつまなん[13]

―山桜よ、せめてこの春だけでも霞の衣を身に厚くまとって、花を散らす風を寄せ付けぬよ

13山家集・上・春・八〇。

うに守ってほしい。

ならひありて風誘ふとも山桜尋ぬる我を待ちつけて散れ[14]

―山桜よ、風に誘われて散るのがお前の習性だからといって、いたずらに風にまかせたりせず、この私がお前を心ゆくまで眺めるのを待ち終わって散ってくれまいか。

春風の花の吹雪《ふぶき》に埋《うづ》まれて行きもやられぬ志賀の山道[15]

―この志賀の山越えの道は、春風に乗って吹雪のように散った花びらですっかり埋もれてしまい、どこが道なのかも分からないので一向に道のりが進まないことよ。

立ち紛《まが》ふ峯の雲をば払ふとも花を散らさぬ嵐なりせば[16]

―峰には雲海が満開の桜と見まがえるほど立ちこめている。嵐よ、お前が雲を払ってくれるのは大歓迎としても、肝心の桜を間違えて散らさないでいてくれればね。

吉野山花吹き具して峯越ゆる嵐は雲とよそに見ゆらん[17]

―吉野山ではせっかくの桜を無情にも嵐が吹き連れて峰を越えてゆく。なんとも残念だが、人は、ああ雲が流れてゆくと他人事のようにしか見ないのだろうな。

梢吹く風の心はいかがせん従ふ花の恨めしきかな[18]

―梢に吹きすさんで花を散らすのは風の本性だから致し方ないとしても、その風に従ってうかうかと散っていく花の心がなんとも恨めしいことよ。

あながちに庭をさへ掃く嵐かなさこそ心に花をまかせめ[19]

―花を散らすだけではなく、庭に織り敷いた花びらまでわざわざ吹き払う嵐が憎らしい。ええそうならままよ、嵐の心に花の行方を全部まかせるしかないか。

仇《あだ》に散るさこそ梢の花ならめ少しは残せ春の山風[20]

14同・上・春・八四。

15同・上・春・一一三。

16同・上・春・一一四。

17同・上・春・一一五。

18同・上・春・一二二。

19同・上・春・一二九。

20同・上・春・一三〇。

—春の山風に梢の桜が無駄に散っていく。それがどうしようもない桜の運命だとしても、せめて春風よ、少しは桜を残してくれないものか。

心得つただ一筋に今よりは花を惜しまで風を厭《いと》はむ[21]

—分かった分かった、風よ。お前が桜をそう散らすのなら、今まで桜を惜しんできたがそれを止めて、これからはただ一筋にお前を恨んでやろうではないか。

花と見ばさすが情けをかけましを雲とて風の払ふなるべし[22]

—風よ、花を散らす定めのお前だって、さすがに相手が桜だと見れば少しは情けをかけようものを。そうしないのは、お前は桜をただの雲だと思って吹き飛ばしているのだな。

これらはいずれも、桜を散らす風や、風に散らされる桜に向かって、こうしてくれとか、何とかならないかという苦衷《くちゅう》を訴えた歌であり、手を変え品を変えてうたい分けていることがわかる。ここにも西行の心の伸縮性と、それを何度も歌にしても一向に飽きることがない剛直性が覗いているといっていい。これらは落花をうたった歌であるが、次の類は、桜とは無縁の風を詠んだ歌。

おしなべて物を思はぬ人にさへ心をつくる秋の初風[23]

—普段は物など思うことのない人にさえ、秋の初風は一様にその心をつくさせることだ。

身にしみてあはれ知らせる風よりも月にぞ秋の色はありける[24]

—秋風は身にしみて哀れを知らせるものだが、その風よりも月の光の方にこそ秋の色は一層濃く表れることよ。

21 同・上・春・一三一。

22 同・上・春・一三三。

23 西行上人集・一六七、新古今集・秋上・二九九。

24 山家集・上・秋・三四二。

連《つら》ならで風に乱れて鳴く雁《かり》のしどろに声の聞こゆなるかな[25]

――風にあおられて一筋に連なって飛ぶことが出来ないでいる雁の鳴声がバラバラに乱れて聴こえてくる。

柴かこふ庵のうちは旅立ちて素通る風も止まらざりけり[26]

――柴で囲ってあっても主人が旅立った庵の中は、風がいつまでも素通りしてやまないことだ。

麓ゆく舟人いかに寒からんくま山岳をおろす嵐に[27]

――山裾の川を下っていく舟人はどんなにか寒さに震えていることか、この熊山岳から吹き下ろす風のなんと冷たいことか。

秋の色は風ぞ野も狭《せ》に敷きわたす時雨《しぐれ》は音を袂にぞ聴く[28]

――秋風がどこもかしこも秋色一辺倒に野に狭く敷きつめる季節、私は庵の中にいて一人さびしく時雨の音を袂に聴いている。

25同・中・雑・九五九。

26同・中・雑・九六五。

27同・中・雑・九七八。

28同・下・雑・一四三九。

これらの歌をみると、風は、桜や月とは異なり、概して脇役に甘んじていることがわかる。風は、うたうべき風景に色どりを添える一種のアクセントとして、いつもそこにある当たり前の自然であったようだ。それは、風の中をすたすたと歩み去る西行の姿を浮き上がらせるものであっても、みずからの存在と切り結ぶような対立物としては意識されていないといってよい。そういう意味では、やはり掲出した「暁の嵐にたぐへ」の歌は、風をうたった歌の中でも、いわば風が主役となっている点で、例外といってもいい歌なのではあるまいか。

48 深き山は苔《こけ》むす岩を畳みあげて古《ふ》りにし方《かた》を収めたるかな

（山家集・下・雑「十題百首」述懐・一五一一）

深き霊山ともなると、どこの山でも、苔むした古い岩をいく層にも畳み上げて、悠久なる過去の時間を積み収めたようなどっしりした重みを湛えていることだ。

【詞書】（述懐十首）
【語釈】○畳み上げて—重ね積み上げて。○古りにし方—過去の時間。

この歌は、西行の歌の中でもめずらしく、初句でなぞなぞめいた主題を打ち出し、二句め以下でその具体的な解明を試みた思弁的な歌だといってよい。「深き山」とは何か、西行はそう命題を発し、みずからその答えとなるイメージを直接提示している。

世界観といったら大げさとしても、「畳みあげる」という語句や、「古りにし方を収めたる」という表現に、西行が自分の眼で見出した独自な解釈が反映しているようだ。とりわけ、「古りにし方を収めたる」という言い方は、目に見えぬ時間というものの視覚化を試みた歌として例がないといっていい。

第二句「苔むす岩」は、いうまでもなく、

わが君は千代に八千代にさざれ石の巌《いはほ》となりて苔のむすまで[1]

君が世を何にたとへんさざれ石の巌とならん程も飽《あ》かねば[2]

などにみえるさざれ石が化した巌のこと。要するに深き山とは、太古以来「苔むす岩」を

1古今集・賀・三四三・読人知らず。「さざれ石」は小さな石のこと。

2拾遺集・賀・二七七・清原元輔。あなたのご寿命を一体何に譬えましょうか。あの古今集の歌のように、小石が巌となるまでの長い命と称してもまだ言い足りませんので。

幾層にも積み上げてできあがったものであり、いうならば、目に見えぬ過去の悠久なる時間を、目に見える物体としてそこに化現させたそういう聖なる存在だというのであろう。いくつもの深山に分け入り、その様相を自分の眼底にじかに焼きつけてきた西行の記憶が、深山とは何かという本質をイメージ化することに成功させたのである。

　時間に対する西行のこの感覚は、桜の起源を問うた41の歌に垣間見たものと同じといってよい。西行は、遠い時間を幻視する独特な感覚をどこかに持っていたようだ。ここにもまた、西行の多面的感覚の一端が顔をみせている。

　この歌は「述懐」題であることから、自分が世を避けて住むこの深山は、苔の一面に生えた岩を畳み上げ、昔をそのまま残して変ることはない、それに比べてわが身はどうであろうか、と歎いたものとする解釈がある。[3] 確かに「述懐」題に不遇意識を織りこむのが常套であったとしても、自分に身に引き寄せてしまっては、「苔むす岩を畳み上げた深山」の荘厳さに「古りにし方」を結びつけたせっかくの比喩が矮小化してしまう。この歌の西行に、自己を卑下するような意識は毛頭なかったはずだ。その点で、久保田淳がいう「西行は時間というものを詠んでいるのではないか」という直観は慧眼《けいがん》というべきである。[4]

　以下少々脱線する。この歌のように、初句に命題を置き、以下でその答えを提示する体《てい》の歌を、他の西行歌から探すとすれば、次のようなものがそれに当たろうか。

世の中は曇りはてぬる月なれやさりともと見し影は待たれず[5]
君が代は天つ空なる星なれや数も知られぬ心地のみして[6]
わが恋は細谷川の水なれや末に岩割る音聞こゆなり[7]

3新潮古典集成『山家集』での訳。

4久保田淳「西行を読む」（『西行学』創刊第一号所収）。

5山家集・上・秋・四〇二「月に寄する述懐」。この世の中を喩えるなら、すっかり曇りきった空の向こうにいる月のようなものか。そうかといって顔を覗かせるのを待っても、かつて見た月は期待されない。

6同・下・雑・一一七七「祝」。わが君の治世は、天空に輝く星のようなものか。数えつくそうにも数えきれない思いばかりが増す。

7西行上人集・六四四。私の恋は、細谷川の水のようなもの。最初は細々と流れていても果ては激流となって、岩をも砕いてしまう音が聞こえくる。「岩割る」とあるのは、諸本に「いわるる」「くわるる」などとある難解語だが、ここは和歌文学大系『山家集・聞書集・残集』がいう「岩割る」説に従った。

最初に「世の中は」「君が代は」「わが恋は」というテーマを打ち出し、二、三句で「…なれや」と、なぞなぞめいた答えを提示するという点で、この三首の構造は共通している。最初の歌は「月に寄する述懐」詠。俊頼の名歌、

世の中は憂き身に添へる影なれや思ひ捨つれど離れざりけり 8

と似た構造をもつが、絶望に似た諦念がこめられていて、俊頼のそれより暗い。二首めは、「君が代」とは何かを問うたあとで、天空に輝く無数の星のようなものだと答えた「祝」題の歌。夜空に無数にまたたく星の光に喩えたイメージには、いかにも西行らしい斬新な発想がある。三首めは、恋の様相を概念的な比喩を借りてうたったもので、『古今集』以来おなじみの次のようなパターンにのっとったもの。

わが恋は有磯《ありそ》の海の風をいたみしきりに寄する波の間もなし 9　伊勢

わが恋は深山《みやま》隠れの草なれや繁さ勝れど知る人のなき 10　小野美材《よしき》

わが恋は行方も知らず果てもなし逢ふを限りと思ふばかりぞ 11　凡河内躬恒

わが恋は烏羽《からすは》に書く言の葉の写さぬほどは知る人もなし 12　藤原顕季

わが恋は朧《おぼろ》の清水言はでのみ堰《せ》きやる方もなくて暮らしつ 13　源俊頼

歴代の歌人たちは、「わが恋は」というテーマで、このように我も我もと、自分なりの気のきいた回答を競いあってきた。西行もこの驥尾《きび》にふして、最初にほのかな予感で始まり、次第に烈しさを加えて激流となって身をゆする恋の様相を、「岩をも割る」というユニークな比喩で示したのである。

いずれにせよ、掲出歌以外に初句を「…は」で始める思弁的な歌が、この三首程度しか

8 金葉集・雑上・五九五・俊頼。この世は憂きわが身にいつも添っている影のようなものか。いくら思い捨てようとしても捨て去ることができない。神歌として傀儡《くぐつ》たちがうたった。

9 新古今集・恋一・一〇六四・伊勢。私の恋は、有磯の海を吹く風が激しくて常に波が打ち寄せているように、少しの間もなく思いつめているようなもの。

10 古今集・恋二・五六〇・小野美材。私の恋は、山奥に隠れて生える草のようなものか。いくら繁っても誰も知らない。

11 同・恋二・六一一・凡河内躬恒。私の恋は、行方もわからず終わりもない。相手に逢えたその時が最後だと思うだけである。

12 金葉集・恋上・四一二・藤原顕季。私の恋は、まっ黒な烏羽に書いた文字のようなもの。それを写し取らないかぎり知る人もない。

13 同・恋上・三五三・源俊頼。私の恋は、大原にある朧の清水のようなもの。せき止めて流すこともなく、ただ黙っているばかり。

見当たらないことからすると、西行は、この手の大上段から論評を加えるようなうたい方はあまり性に合わなかったようだ。物を抽象化するこうしたうたい方が、自分の持ち前とする現実重視の姿勢とは相容れないと考えたからではあるまいか。

ただし、こうしたなぞなぞめいた歌ではなく、単なる対象を示す「…は」を初句に置いた歌だったらけっこうある。

山里は霞わたれる景色にて空にや春の立つを知るらん[14]

雁がねは帰る道にや迷ふらん越《こし》の中山霞隔てて[15]

訪ふ人は初雪をこそ分け来《こ》しか路閉ぢてけり深山《みやま》べの里[16]

秋の色は枯野ながらもあるものを世のはかなさや浅茅生《あさじふ》の露[17]

柴の庵は住み憂きこともあらましを友なふ月の影なかりせば[18]

これらの「…は」は、別にその物の本質を解き明かそうとしたものではない。単なる対象を示すだけであるが、それでも『山家集』中に約六十首弱を見出すことができる。六十という数が多いか少ないかはむずかしい判断としても、その他の二千首以上の歌がそうでないことからすれば、西行はやはり、初句を「…は」で始めるこうした直線的な歌は好みではなかったといえそうである。

それはともかく、時間意識をうたった古歌といえば、前掲した「千代に八千代に」のように治世の永遠性を言祝《ことほ》ぐ儀礼的な歌を別にすれば、通常、

世の中は何か常なる飛鳥川《あすかかわ》昨日の淵ぞ今日は瀬になる[19]　読人知らず

14山家集・上・春・七。この山里では暦などなくても、空に霞が一面にたなびく景色によって春が来たことを知るようだよ。

15同・上・春・四七。雁がねは帰る道がわからず迷っているだろう。彼らが帰る越の中山には霞が道を隔てている。

16同・上・冬・五六九。この深山べの里は初雪ですっかり閉ざされてしまった。訪ねてくる人はその初雪をかき分けてくるほかないことだ。

17同・中・雑・七六七。秋の色は枯野になってもまだ残っているというのに、この世は浅茅生にかかる露のようにはかなくて跡を残さない。

18同・中・雑・九五〇。この柴の庵は、もし訪れる月の光がなかったならさぞかし住み憂いことが沢山あるだろうに。

19古今集・雑下・九三三・読人知らず。

—世の中は何が一体永遠なるものがあろう。飛鳥川の昨日の淵が今日はもう瀬になっているように。

月やあらぬ春や昔の春ならぬわが身一つはもとの身にして[20]　業平

—この月は去年の月ではないのか、今年の春は去年の春ではないのか。私一人だけが去年と同じままここにたたずんでいる。

花の色は移りにけりないたづらにわが身世にふる眺めせしまに[21]　小町

—花の色は色あせてしまった。うかうかとこの身を世に送り、物思いにふけっている間に。

といった歌が何首か浮かぶ。しかし、その多くが、昔を偲んだものや、かつてあったものが今はないという無常観にのっとったものであることを考えると、時間の堆積ということを初めて抽象化し、視覚化したといってもいいこの歌は、和歌史の上でもきわめて貴重である。西行における構想力の自在性という問題が、あらためて実感させられるところだ。

20 同・恋五・七四七・業平。

21 同・春下・一一三・小町。

49 熊のすむ苔《こけ》の岩山怖ろしみ宜《むべ》なりけりな人も通はぬ

（山家集・中・雑・九六二）

熊が神として棲むこの苔むした岩山は、霊気に満ちていてなんとも怖ろしいので、それで人も通わないのであろう。もっともなことだ。

【詞書】（題知らず）

【語釈】○怖ろしみ―「み」は形容詞の語幹について、原因や理由を表わす。怖ろしいので。○宜―もっともであるとして承知する意の副詞。文屋康秀の百人一首歌「むべ山風を嵐といふらむ」の「むべ」。

この歌は一見、「熊」を詠んだ歌と取られがちであるが、[1]よくみれば、「熊のすむような苔の岩山」が怖ろしいというのであって、「岩山にすむ熊」が怖ろしいといっているのではない。

「苔の岩山」は、前歌「深き山は苔むす岩を畳みあげて」にあったように、何百年も年を経た深山を必然的に想起させる。これは、苔がむすようなそうした深山に籠もる霊気が人を近寄らせない怖ろしさを持っていることをうたった歌とみるべきであろう。山地の信仰では、猪や熊は山の神の化身でもあるが、そういう熊が生息するような奥地、それ自体が畏怖の対象なのであり、西行はそのことをうたいたかったのである。もしかしたらこの深山は、西行も何度か入ったことがある熊野山地をイメージしたものかもしれない。熊野自体が「熊」という字を持っていることが、そういう連想を誘う。

しかし、この歌の本意がそうだとしても、熊が棲む山とあれば、熊という獣に対する恐怖心も下敷きになっていることは否定できないところだ。

1たとえば、和歌文学大系『西行・聞書集・残集』は、「私が住む苔むした岩山には、熊が棲んでいて恐ろしい。なるほどそのせいで誰も訪ねて来ないのだ」と、熊を対象とした歌と解している。

人跡の絶えた山深くでは、熊に出合う可能性は大いにある。それは、たった一人で山に入る者が、覚悟しなければならない恐怖だっただろう。山中に何度も入った西行自身、本物の熊に出合った経験があったはずである。熊を見なくてもこの歌は詠めるが、出合わなかったとする根拠もないから、この歌には、西行自身の山中行脚の恐怖の体験が反映しているとみることもできる。しかし、我々は、そういう体験をさえ歌にしてしまう西行の不敵さに、あらためて驚かされるのである。痛快なのは、「人も通はぬ」といいながら、西行自身が今、熊が生息するその怖ろしい深山に分け入って現にそこを通っているということだ。

ちなみに、和歌に「熊」が詠まれることは、『万葉集』巻十一に、

荒熊のすむとふ山の師歯迫《しはせ》山せめて問ふとも汝《な》が名は告《の》らじ[2]

という一首、『拾遺集』に「くまのくら」という山寺の住持が詠んだという、

身を捨てて山に入りにし我なれば熊の喰らはんことも覚えず[3]

という戯歌が一首、それに俊頼『散木奇歌集』に、

信濃なる菅《すが》の荒野《あらの》に食《は》む熊の怖ろしきまで濡るる袖かな[4]

という歌の序詞に熊が使われているくらいで、貴族和歌の世界では当然忌避されてきた対象だった。なお『夫木抄』の「熊」の項には、右の『万葉集』と俊頼の歌の他に、知家、信実、良経、衣笠家良、為兼、後嵯峨院の歌が採歌されているが、みな西行より後の人間で、すべて西行のこの歌に触発されたかと思われるもの。ただ信実のそれは、この西行歌と同一であり、編者が西行の名を誤ったものと思われる。

いずれにせよ、掲出歌は、歌の本旨はともかくとして、「熊」を詠みこんだ歌としても特筆すべきものであることは変わりはない。この歌は『山家集』中巻・雑の最後に一括し

2 万葉集・巻十一・二六九六・作者未詳。荒熊が棲む山という師歯迫山、そのシハセという名のとおりいくら私をしつこく責めたとしても、あなたの名を告げたりはしません。

3 拾遺集・物名・三八二・読人知らず。この身を捨てて一旦山へ入ったからは、たとえ熊に喰われようとも気にしません。

4 散木奇歌集・一〇〇三。信濃にある菅の荒野に生息する熊は怖ろしい。その怖ろしさに劣らぬくらい悲しみの涙でこわいほど袖が濡れるよ。

て置かれた百七首の「題しらず」歌群中の一首であるが、この百七首歌群はいろいろと面白い問題を含むので、その点について以下、蛇足しておきたい。

この百七首の中には、すでに取りあげた、3「武士《もののふ》の馴らす遊《すさ》みは面《おも》立たし」、15「古畑の岨《そば》の立つ木にゐる鳩の」「谷の間《ま》に一人ぞ松は立てりける」、39「吉野山やがて出でじと思ふ身を」、44「月を見る外《ほか》もさこそは厭ふらめ」「同じくは月の折咲け山桜」、47「暁の嵐にたぐふ鐘の音《おと》を」といった通常のレベルからははみ出すような問題作が多く含まれている点でも注目すべきであるが、その他、この「熊」の歌のように、およそ他の歌人たちだったら詠むことがないような、新奇な素材や俗語、地方語や在地名などがかなり多く使われていること、その結果、何を言いたいのか、モチーフ不鮮明な歌が相当含まれていることが注目される。たとえば、

正木《まさき》割るひなの匠《たくみ》や出でぬらん村雨過ぐる笠取の山 5
雪解くるしみみに拉《しだ》く風先《かざさき》の道行きにくき足柄の山 6
嶺渡しにしるしの棹《さを》や立てつらん木挽《こびき》待ちつる越の中山 7
雲取や志古《しこ》の山路はさておきて小口《をぐち》が原の寂しからぬか 8
潮路ゆくかこみの艫艪《ともろ》心せよまだ渦早き瀬戸わたるほど 9
おぼつかな伊吹下ろしの風先に朝妻舟は逢ひやしぬらん 10
くれ舟よ朝妻渡り今朝なせそ伊吹の嶽《たけ》に雪しまくめり 11
すがる臥す木暗《こぐれ》が下の葛《くづ》まきを吹き裏がへす秋の初風 12

5山家集・中・雑・九七三。笠取山に村雨が通り過ぎた。正木である杉を伐りに田舎匠が姿を見せるだろう。

6同・中・雑・九七五。足柄山の雪が溶けたあとの風先に向かうこの道は、むやみと踏みしめなければ歩きにくいことだ。

7同・中・雑・九七六。雪が積もった越の中山は、木挽が山に入るために嶺から嶺へと印の旗を立てたのであろう。

8同・中・雑・九七七。雲取山の志古の山路が寂しいのはさておいて、ここ小口が原も寂しくないことがあろうか。

9同・中・雑・一〇〇三。この渦潮の激しい瀬戸へ船出する舟は、その間、舟の周りに取りつけた艪を心して扱え。

10同・中・雑・一〇〇五。伊吹下ろしの風先に朝妻舟は遭遇してしまったのか、フラフラしてその行方が心もとない。

11同・中・雑・一〇〇六。山から生の材木を運ぶくれ舟よ、今朝は伊吹の嶽がしぶいているから朝妻渡りはしない方がいい。

といった歌々がそれである（下段の大意は便宜的に付した）。これらの歌にみえる「ひなの匠」「しみみに拉ぐ」「しるしの棹」「かこみの艫艪《ともろ》」「くれ舟」「しまく」「すがる」といった語は、いずれも新奇な素材や俗語。「ひなの匠」は「飛騨の匠」かとする説もあるがよく分からない。「しみみに拉く」は、しみしみと足を踏みしめることとされる。「しるしの棹」は目印にする棹、「かこみの艫艪《ともろ》」は船尾に備えつけた二丁以上の艪、「くれ舟」は山から出した生木の「榑《くれ》」を積んだ舟という。「すがる」は鹿の古名。いずれも、都の貴族では知るよしもない民間語であろう。地名では、「雲取・志古の山・小口が原」「桜井の里」「朝妻」などが新奇な地名である。

このほか、この歌群には、「ひつぢ」（ひこばえ）、「すず」（細い竹）、「水恋鳥」（ヒスイ鳥の一種アカショウビン）、「朝日子」（朝日）、「くらら」（豆の一種）、「なごろ」（高い波のうねり）といった、あまり馴染みのない語句を使った歌が何首かみえる。また、

河合《かはあひ》や真木の裾山《すそやま》石立てて杣人《そまびと》いかに涼しかるらん[13]
波につきて磯わにいます荒神《あらがみ》は潮ふむ巫覡《きね》を待つにやあるらん[14]
里人の大幣《おほぬさ》小幣《こぬさ》立て並《な》めて駒形むすぶ野辺になりけり[15]

といった歌は、大体の輪郭は分かっても、具体的状況が読み取れない歌である。川と川の合流点にある杉山の裾に立てる石立とは、どういう意味があるのか、海辺に鎮座して波を立てる荒ぶる海神は、なぜ巫女の存在を待たなければならないのか、大小の御幣紙を馬の形に貼りまわすのは何のためなのか、といったことが、現在の形だけからでは伝わってこ

12同・中・雑・一〇一三。鹿が伏す小暗い木の下の葛まきを秋の初風が吹き裏返している。

13同・中・雑・九七四。

14同・中・雑・九九八。

15同・中・雑・一〇〇八。

ないのである。さらに、

いたけもるあまみが時になりにけりえぞかけしまを煙こめたり[16]
あさかへるかりゐうなこのむらともは原の岡山越えやしぬらん[17]
もろ声にもりがきみにぞ聞こゆなる言ひ合はせてや妻を恋ふらん[18]
とをちさすひたのおもてにひく潮に沈む心ぞ悲しかりける[19]

等に至っては、伝本によって語句の異同もあり、それぞれの詞にどういう語句を当てたらいいのか、全体の状況そのものが不明な歌だ。いわゆる難解歌といわれるもので、西行研究の長い歴史の中でも、まだ明らかにされていない。要するにこれらの歌は、二千三百首の西行歌の中で、未開のまま取り残されている歌なのである。

過去には、俗語や地方語、業種語などを積極的に取り込んだ歌人として、『金葉集』撰者の源俊頼がよく知られているが、そういう意味でいえば、西行は俊頼の後継者に当たるといってもよいかもしれない。しかし、俊頼が、専門歌人として和歌の閉塞《へいそく》状況を打破するために意図的に新奇な歌語に挑戦したのに対し、西行の場合は、出家した数奇歌人として地方への旅に生き、商人や漁師や遊女たちの世界に割って入った経験が、おのずからそういう語彙の選択を迫った結果といっていい。そしてそれをこだわりなく歌にしたところに、やはり彼の骨頂があったと考えるべきなのである。

それにしても、こうした特種な種類の歌が、「題知らず」として『山家集』中巻の最後に一括されておかれているのには、何かいわくがありそうでもある。別の意味でいえば、

16 同・中・雑・一〇〇九。和歌文学大系は、「あまみが時」を未詳としつつ、「いたけ」を「イタコ」「イチコ」と同じ巫女の意とみて、「巫女が奉仕する神の示現する時が来た。蝦夷の島々に雲煙が立ち籠める」とする。

17 同・中・雑・一〇一二。同右の解は、「雁ゐうのう」を未詳としつつも、「朝孵《かへ》る雁ゐうのうの村鳥は原の岡屋に声やしぬらん」と当て、今朝孵化したばかりの雁の子たちは、今頃原の岡屋で鳴いているだろうか、と解する。

18 同・中・雑・一〇一四。同じく右書の解は「牡鹿が声を揃えて妻を恋うのが聞こえてくる。どの声も言い合わせたように、もりかきみか、と聞こえる。私はあなたの何なのですか。養育係ですか、御主人様ですか」とする。「もり」を「守」、「きみ」を「君」と取り、牡鹿の鳴声の擬声語とする。

19 同・中・雑・一〇二五。同右書は、底本とした茨城県立図

いかにも中途半端で、これらの歌が貴族的な純正の和歌とは相反する特殊な素材をうたったものであることや、歌として自立しない言葉足らずの面があることを、西行自身が分かっていて、題を与えないまま、未整理のままここに一括しておいたという可能性がある。それとも、西行周辺にまだ残されていた歌を、後人が採集して『山家集』に増補したにすぎないのか、はっきりしないが、西行の意思がなんらかの意味で働いているとすれば、前者である可能性は大いにありそうである。

熊の棲む霊山の話から始まって難解歌といわれるものまで、思わぬ方向へ話が進んだ。いずれにしても、これまで貴族和歌に疎外されてきた話柄や素材を何でも取りあげる姿勢は、和歌の長い歴史を徴しても、西行が初めてであったことをあらためて確認しておきたい。そこにこそ、西行が歌をして最も近しい自己表現の手段として選んだ理由があったのではなかろうか。そういう意味で、熊が棲む深山の霊気を初めて捉えたこの掲出歌は、注目されるべき歌であった。

書館本山家集に初句「遠く差す」、二句が「ひび」とあるのに従い、「遠く沖近くまで差してあった篊《ひび》が引潮と共に浮かび上がってくる。人々は大漁を喜んではしゃいでいるが、殺生の罪の意識に私ひとり心が沈んでしまうのは実は悲しいことなのだ」とする。篊《ひび》とは海苔《のり》や牡蛎《かき》などをとるために干潟に立てる枝つきの竹や粗朶《そだ》、網などのこと。久保田淳は「ひた」を「引《ひ》板《た》」ととり、「十市の里で張った引板（鳴子）を引く時、引板が田の面に沈む時の心はかなしいなあ」、「引板の表面に潮が引き退くにつれて引板は沈む、それがかなしい心を起させるよ」の一つの試解を出す。前者は引板を田に張り渡す鳴子、後者は海面に渡す浮標（ブイ）のようなものとみての解である（『西行山家集入門』有斐閣新書）。

50 沢水に蛍《ほたる》の影の数《かず》ぞそふわが魂《たましひ》や行きて具《ぐ》すらむ

（聞書集・一九一）

沢の上の闇の中を飛びかう蛍の光が数を増してきた。私の魂が浮かれて、いつの間にかその仲間に加わって一緒に遊んでいるのであろうか。

これは、西行が自分の魂が蛍に化したかと思われる夕闇の景をうたっためずらしい歌で、『聞書集』にのみのっている歌である。山中に庵を結んで暮らす西行は、身近に寄ってくる鳥獣や虫の類を詠んだ歌をいくつも残したが、蛍を詠んだものは、この歌に続けてのせられているもう一首、後に引く「覚えぬを」の歌があるくらいである。『聞書集』に収められていること自体が、その稀少性を物語っている。

軒近くを飛ぶ蛍の光景は、もともと中国詩の伝統下にあり、『和漢朗詠集』に採られた「空夜《こうや》ニ窓閑《しず》カナリ。蛍渡ツテ後、深更ニ軒白シ、月ノ明カラナル初《はじめ》」という白居易の詩[1]や、「夕殿《せきでん》ニ蛍飛ンデ思ヒ悄然タリ」という『長恨歌』の詩句[2]もあって、軒近く飛びかう蛍の夕べには、人々はこの詩句をしばしば朗唱した。しかし、神秘的な光そのものが不吉と見られたのか、日本人の感性にはあまりなじまなかったようで、和歌の世界では、『万葉集』や『古今集』には一首も見えず、以下の勅撰集にもそう多くは出ない。[3]『新古今集』にも、壬生忠見の古歌[4]と、良経の歌一首[5]がみえるにすぎない。『大和物語』四〇段には、

【詞書】夏の歌に。

【語釈】○数ぞそふ―「そふ」は「添う」。数が増す。

1 和漢朗詠集・夏夜・一五二・白居易。夕闇の中、蛍が窓の外を飛んでおり、夜が更けると軒端が月光によって白く浮き出るという光景を詠む。

2 白楽天・長恨歌。楊貴妃を喪った後の宮廷が悲しみに沈む景を叙した一節。

3 行く蛍雲の上までいぬべきは秋風吹くと雁に告げこせ（伊勢物語・四五段、後撰集・二五二）、音もせで思ひに燃ゆる蛍こそ鳴く虫よりもあはれなりけれ（後拾遺集・夏・二一六・源重之）、五月闇鵜川にともす篝火《かがりび》の数ますものは蛍なりけり（詞花集・夏・七四・読人知らず）など。

4 いづちとか夜は蛍の上るらむ行き方しらぬ草の枕に（新古今集・夏・二七二・壬生忠見）。

5 蛍とぶ沢野に茂る蘆の根の夜な夜な下に通ふ秋風（同・二七三・良経）。

桂《かつらの》皇子《みこ》に仕える童《わらわ》が詠んだ、

包めども隠れぬものは夏虫の身より余れる思ひなりけり[6]

という歌、『源氏物語』蛍巻には、兵部卿宮と玉鬘《たまかずら》の間で交わされた、

鳴く声も聞こえぬ虫の思ひだに人の消《け》つには消ゆるものかは[7]

声はせで身をのみこがす蛍こそ言ふより勝る思ひなるらめ[8]

という贈答があるが、これらは、衣を通してその光が余ることや、声を出さずにじっと火に燃える蛍を恋の比喩として使ったもの。西行の右の歌は、そうした表現上の伝統にも棹さしてはいない。

ところで、「沢」「蛍」「魂」とくれば、失意の和泉式部が貴船社《きぶねしゃ》に詣でてうたった『後拾遺集』所収の次の絶唱がすぐに思い出される。

物思へば沢《さは》の蛍もわが身よりあくがれ出づる魂《たま》かとぞみる[9]

西行の歌が、蛍を自分の離魂《りこん》とみる和泉式部のこの歌を踏まえていることは、おそらく間違いあるまい。しかし同じ離魂現象をテーマにしていても、式部の歌のような、自分の魂の行方を凝然と幻視する神秘的なニュアンスは感じられない。蛍が放つ妖しい光源が、自分の魂であるかのごとく思えたとしても、西行はむしろ、その美しさに魅せられて、私の魂が川辺の上を飛びかう蛍の仲間に加わって一緒に飛んでいるのだろうとうたう。「行きて具す」という第五句が、その楽しい想像を示している。これが昼間であれば、自分の魂が蝶となって飛び回っているよ、とでもうたったかもしれない。西行の魂は、荘子《そうじ》の「胡蝶の夢」[10]の蝶に似た、どこか余裕に満ちた雰囲気があるように思われる。

西行は、蛍の光を魂とみるこの比喩が気に入っていたらしく、『聞書集』のこの歌の直

6 後撰集・夏・二〇九にも読人知らずとしてのる。

7 兵部卿の歌。声を立てて鳴くことがない蛍の小さな思いの火でさえ、人が消そうとしたって消えるものではない。

8 玉鬘の返歌。鳴きもせず思いの火で身だけを焦がす蛍だからこそ、口先だけの人よりもっと深い悩みを抱えているのでしょう。

9 後拾遺集・神祇・一一六二。男に捨てられた式部が貴船神社に参詣し、夜、御手洗川に蛍が飛ぶのを見てよんだ歌。

10 荘子・斉物論にのる故事。荘子が胡蝶に化して遊びまわった夢を見たが、夢から醒め、どちらが本当の自分かわからなくなったという話。

後には、もう一首、次の蛍の歌をのせている。

覚えぬを誰《た》が魂《たましひ》の来たるらんと思へば軒《のき》に蛍《ほたる》飛びかふ11

軒近くまで怪しい光源が近づいてくる。いったい誰の魂がやってきたのか、心覚えとてないのだが、じっと見ると、軒の端に蛍が飛び交っているのであったよ、というのである。こちらの方が、誰かの魂かと疑っている分、掲出歌より神秘性が勝っているといえるが、西行の歌によくある、客体との間で交わされる対話的な葛藤という要素はやはり見えていない。むしろ叙景歌としての要素が勝っている。西行にしてはやや軽い乗りの歌であるといえようか。

ちなみにいえば、叙景歌としての蛍は、後の京極派時代によく取り上げられるようになり、また道元の、

山の端《は》のほのめく宵の月影に光もうすく飛ぶ蛍かな12

というような、宗教的な意味をこめた歌も出てくる。

蛍の歌の歴史の中では、先の和泉式部の歌と、それを受けて、西行が自分の魂を蛍に喩えたこの二首は、やはり異彩を放っているといえようか。ただ西行に関していえば、この蛍は、38でみた自身の「浮かれ出づる心」が、蛍を追ってあくがれ出た魂であったとしてもおかしくないだろう。「行きて具す」という、心はずむ措辞がそのことを暗示しているようだ。

11聞書集・一九二。

12傘松道詠《さんしょうどうえい》。新後拾遺集・雑春・六九九にも。

51 世の中を思へばなべて散る花のわが身をさてもいづちかもせん

（西行上人集・一〇五、新古今集・雑上・一四七一）

世の中をつらつら思い解けば、この世はすべて散る花のごとき無常なもの。わが身もいずれ散るが、さてそうだとすれば、一体この身をどこに置き、どう生きたらいいのか。

【詞書】なし。
【語釈】○なべて―おしなべて、すべて、ひとしなみに。○いづちかもせん―西行の特異表現。「いづち」は「どこ」「どちら」という不特定の場所や方向を示す語であるが、それと「する」という動作に結びつけた新奇な用法。「どこかへする」という妙な表現になるが、どこへ持っていったらいいかというような意味だろう。第五句は、上人集「いづちとも」とあるが、新古今集の「いづちかも」に従う。

『西行上人集』にみえる歌。晩年に伊勢外宮《げくう》に奉納した「宮河歌合」九番に自撰しているから、西行としては快心の作であったようだ。

これは、表向きは「無常」を詠んだ歌である。といって、無常という概念一般をうたった歌でもないし、「花」があるからといって落花を詠んだ歌でもない。通常だったら、この世は無常だといえば、そこで終止符が打たれるが、西行は、では無常なこの世にどう生きたらいいのかと、まっ正直に向かい合うのである。下句の「わが身をさてもいづちかもせん」という屈折した律動が、無常という絶対的な真実を前にして、みずからの処遇に決着をつけかねている苦悶の表情を、そのまま伝えているだろう。しかしこれは、答えなどは手に入れられない問題だ。苦悶を抱えたまま、どうにも抜き差しならぬ人生に手をこまねいて呻《うめ》くほかない、そういう無限の歎きをうたった歌だというべきだろう。

こういう悶《もだ》えを背負いこんだら、誰だって、答えなど出せるはずはあるまい。実はこれと似た絶望の呻《うめ》きを、西行はしばしばうたっている。

惑《まど》ひきて悟りうべくもなかりつる心を知るは心なりけり 1

世の中を夢とみるみるはかなくもなほ驚かぬわが心かな 2

前者では、ここまでさんざん迷いに迷ってきたが、結局悟ることなどできなかった、そういう情けない自分を知っているのはわが心であるはずだが、その心はまた、悟りなぞ得られないことをちゃんと知っているのだと歎く。後者では、この世は夢のようにはかないものだとはつくづくわかってはいるのだが、それでも一向に目覚めようとはしない、情けないわが心であるよ、と暗い溜息を吐く。

これらの歌は、いずれ死ぬしかないという現《うつ》し身を前に、その存在の行方を心に問いかけた心の歌であり、内心に巣くう煩悩《ぼんのう》や無常という現実を前にしたら、いくらじたばたしたって始まらないといった、ほとんど絶望といってもいい歎きをうたった歌である。自分の心をいくら問いつめても、結局は心だって答えられないという難問《アポリア》を、西行は背負っていたというしかない。これは、47「暁の嵐と鐘の音」でみた西行の心に空いていた深淵と、どこかで通底しているといってもよい。

たとえばこれを、無常をうたった俊成の名歌、

世の中を思ひつらねて眺むれば空しき空に消ゆる白雲 3

と比べてみるとはっきりする。俊成の歌は、いかにも貴族の歌らしく、観念的に無常をとらえて美しいが、自分の感情を少しもみせることはない。これに対し、西行の歌は、観念

1山家集・中・雑・八七五。いろいろと迷ってきて、悟りきることもなかった。そういう心を知っているのはやはり心なのであった。

2同・中・雑・七五九。この世をはかない夢と見てはきたが、なお覚醒しないわが心の方がよほどはかないといえよう。

3新古今集・雑下・一八四六・俊成。久安百首での詠。この世のことをいろいろと思いを重ねて眺めてみると、この世は結局空しき空に消えてゆく白雲のごときものだ。26でも一度みた。

よりも、無常という現実を前にした作者の苦悶が先に立っている。こういう歌は、通常であったら歌合などに組まれるべき純正な歌ではないのだが、それを西行はあえて「宮河歌合」九番に左に組んだ。

このぎりぎりの訴えに対し、「宮河歌合」の判者定家はどう反応したか。

左歌、「世の中を思へばなべて」といへるより、終わりの句の末まで、句ごとに思ひ入れて、作者の心深く悩ませるところ侍れば、いかにも勝ち侍らむ。

定家は、歌が投げかける意味内容について、直接言及することを巧妙に避けている。鬼才定家にしても、無常を前にした西行のこの問い掛けに、解答などあり得るものではないと知っていたということだろう。そこで、歌のリズムの背後に潜む、作者の創作姿勢に焦点をずらして評価せざるをえなかった。「句ごとに思ひ入れて」とか、「作者の心深く悩ませるところ」という言い方がそれである。

ちょっと余談に入る。定家が担当したこの「宮河歌合」の判は、脱稿するまでに相当時間がかかったようだ。「御裳濯川歌合」の方を請けおった俊成は仕事がはやく、依頼された文治三年（一一八七）内には届けたようだが、定家の判詞は遅れに遅れ、西行が河内の弘川寺《ひろかわでら》に移住してからも、なお完成しなかった。定家にとってははじめての歌合判の執筆であり、四十も年上の西行から投げかけられた加判の注文に、眥《まなじり》を決して取り組んだことは想像に難くないが、それだけに時間がかかった。

文治五年（一一八九）の十月、ようやく届いた判詞の草稿を見て、西行が定家に贈った「贈定家卿文」という仮名書状が残っている。そこには、三年近く待ちに待った定家の判に対する、西行の子供のような喜びが綴られていて感動的である。「御裳濯川」「宮河」両歌合を自分が存命中に無事伊勢に奉納できるかどうか、西行も瀬戸際に立っていたのであろう。安堵した思いで、床に横たわったまま人に三遍読んでもらったが、十分に腑に落ちず、みずから頭をもたげて、二日かかって読み返したという。

もともと新進の定家の詩才を見込んで、なかば試験のように形で定家に送り込んだ歌合である。その判詞の斬新さに感激した思いを、めんめんと書きつけて定家に贈った。なかんずく、この九番の歌に定家が付した右の判には目を見張った。長い感想がつづられているが、意訳して示す。カッコの部分は原文をなぞった。

九番の左の「わが身をさても」という歌について、あなたは「作者の心深く悩ませるところ侍れば」と判にお書きになったが、これは何度読んでも「面白い判だ」と存じます。「悩ませる」と書かれた御言葉にすべてが籠もっていて、私には「目出たく」覚えてなりません。これはまさに新しく出で来た判の言葉に違いありません。古い歌合の判にこんな判があったとは記憶にありません。私の歌が歌ですから、その姿に合わせて、あなたが新しく「言ひ下されたるやう」な判だと思われます。こういうことはお目に掛かっていちいちに申し上げたいのですが、それは叶いませんので、手紙で申し上げるしかないのが残念です。

（贈定家卿文）

西行が、いかにこの箇所に打たれたかをよく伝える文面である。

「上人円位、壮年の昔より互ひにおのれを知れるによりて、二世の契りを結び終はりにき」と俊成が「御裳濯川歌合」一番判詞で述べているように、西行は壮年の頃から俊成と歌を通じて交友があり、その和歌工房での写本活動を手伝った形跡もある[4]。定家もこの異質歌人の歌に以前から接しており、その特異な歌についてかねて知るところがあった。た

4田中登「『のりきよがふで』再考―伝西行筆私家集類の筆跡分類―」（『関西大学文学論集』五四巻二号所収・二〇〇四）。

とえば定家は、七番左の、

山桜頭《かしら》の花に折りそへて限りの春の家苞《いへづと》にせむ[5]

という歌の第二句「頭の花」について、「年取った髪を雪、霜など喩えるのは、常に聞き慣れたことで、花に喩えた例もあることはありますが、さすがにこれはいかがと聞こえます」と、伝統から逸脱したその比喩の突出性に、疑念を呈する。古来、桜を「雪」や「霜」に喩えた例や[6]、枝を折って挿頭《かざし》にすることはあっても、それを「頭の花」などと表現した例は知らない、飛躍が過ぎる、というのである。しかしそのすぐ後で、しかしこの歌は、「歌合のために詠み集められたる歌に侍らねば、かやうのこと、強ゐて申すべきにあらねど」と述べて、やはり矛先《ほこさき》を逸《そ》らしてしまっている。

しかし、「歌合のために集めた歌ではない」というこの及び腰の言と比べれば、先の定家の判は、大分位相を異にする。「句ごとに思ひ入れて、作者の心深く悩ませるところ侍れば」というのは、我々が知っている西行の歌づくりの本質を鋭くついた言といっても言い過ぎではあるまい。「思ひ入る」とか「作者の心深く悩ませるところ」というのは、西行の歌が、常に自分の内心との対話を告白した結果だということを、見事に射当てた言葉だからである。

定家は、この口語的な詞を無造作に連ねた「世の中を思へばなべて」とか、下句の「わが身をさてもいづちにかせん」という言い方に、純正ならざるものを感じながらも、その背後に、無常という現実を前にどうしようもなくたたずんでいる作者の苦悩を鋭く読

5聞書集・五八。西行上人集・六八一。山桜を頭の花として折りそえて、残り少ない今年の春のみやげにして帰ろう。

6春くれど消えせぬもの年をへて頭に積もる雪にぞありける（後拾遺集・雑五・一一一七・花山院）、年ふればわが頂きに置く霜を草の上とも思ひつるかな（金葉集・雑上・五六九・藤原仲実）など。

み取ったに違いない。彼は、この歌が、作者が一語一語の句表現にさんざん「心を悩ませた」上で絞り出した、他に置き換えようのない究極の表現なのだと合点したのではなかったか。西行が、「思ひ入れて、作者の心深く悩ませるところ」というこの定家の判に、新しく「言ひ下されたるやう」な批評の言葉を見出したのはもっともであった。

定家が指摘したとおり、西行の歌のほとんどすべてに、対象に「心を深く悩ませる」ところがあるのは確かであり、これはそのまま、西行の歌の原点といってもよいだろう。そういう点でこの歌は、西行の歌の特性を、あらためて納得させてくれる歌だといってよいが、それを少壮気鋭の歌人定家があやまたず見抜いていたのはさすがだというべきである。

52　恋すとも操《みさほ》に人に言はればや身に従はぬ心やはある

（山家集・下・「十題百首」恋十首・一四九七）

たとえ人を恋したとしても、あの男はいつもと同じ顔をしていると言われたいものだ。心はいつだって身に従うもの。身に従わない心などあるはずもない。

【詞書】（恋十首）
【語釈】○恋すとも―「とも」は、下に通常とは違う覚悟を示す仮定条件。○操に―変わらぬ節操を指す意から転じて、外目に平然として変わらない様子をも示す。したがってここは、恋をしているかどうか、外から判らないように平然としていたいという意。○心やはある―「やは」は反語。

ここから西行の恋の歌を何首か取りあげる。

38の「浮かれ出づる」の項で縷々《るる》述べたように、心と身の乖離《かいり》の問題は、西行の痼疾《こしつ》ともいうべきテーマだった。そういう意味でいえば、この歌で「身に従わない心はあるはずもない」と言い切っているのは、めずらしいといっていい。心を無理やり身に従わせている気負ったニュアンスがある。まだ若いころ、恋歌という条件下で詠んだ歌だからであろうか。

『山家集』下巻末尾に置かれた「十題百首」は、伝存する西行の唯一の百首組歌《くみうた》で、比較的素朴なその内容から、普通には初期の制作であろうとみられている。[1] ただし、そうとばかり決められないという疑義もあって、この「十題百首」が19で見た寂蓮の勧進に応じて詠んだ百首歌であったとしてもおかしくはないという久保田淳の示唆もある。[2] もしこれが「寂連勧進百首」だとすれば、安元から治承の頃、西行五十八、九歳頃の円熟期の作ということになるが、ただこの「十題百首」の中には、

1 尾山篤二郎『西行法全歌集』（冨山房・一九三八）の「西行法師の生涯」は、この「十題百首」を出家前の習作期の歌で、内容も「幼稚である」とする。窪田章一郎『西行の研究』はもう少し幅をもたせて、出家前後の作に位置せしめる。

2 川田順『西行の伝と歌』が疑義を呈する。久保田説の示唆は『西行山家集入門』にみえ、19でも触れた。

山桜咲きぬと聞きて見にゆかん人を争ふ心留めて3
花の雪の庭に積もるに跡つけじ門《かど》なき宿と言ひ散らさせて4
鳴かん声や散りぬる花の名残なるやがて待たるる時鳥《ほととぎす》かな5
あはれ知りて誰か分け来ん山里の雪降り埋む庭の夕暮6
現《うつつ》をも現とさらに覚えねば夢をば夢となにか思はん7

といった、比較的気負いに満ちた歌や、『古今集』以来の伝統的修辞法にそった、

伊勢嶋や月の光の狭日賀《さひが》浦は明石《あかし》には似ぬ影ぞ澄みける8
池水に底清く澄む月影は波に氷を敷き渡すかな9
さまざまの歎きを身には積みおきていつ湿《しめ》るべき思ひなるらん10

などの、比較や見立て、掛詞に頼ったような初学風の歌も多く見え、はっきり結論を出すのは躊躇される。この掲出歌なども、西行の気負った若さがたっぷりと出ているようで、出家前とはいわないまでも、出家後間もない頃の、昂《たか》ぶった心境の中で試みられた歌と想像できないことはない。ただし、初期の頃からの歌稿をピックアップして、寂蓮勧進の百首に急遽仕立てたとみれば、いずれともつかないが。

ところでこの歌で注意したいのは、「恋すとも」という仮定で始めていることであろう。西行が実際に体験している恋の渦中にあって、その逡巡する心を詠んだ歌ではないという

3山家集・下「十題百首」花十首・一四五七。39で引用した。

4同右・一四五九。花吹雪で庭に桜の花びらが積もった。足跡は残すまい。ここは門などない場所だと花に思わせてもっと散らせたいから。

5同右・郭公十首・一四六三。ホトトギスの鳴声は散ってしまった花を惜しむ名残なのだろう、そう思うと、すぐにでもホトトギスが待たれるよ。

6同右・雪十首・一四八五。雪が庭一面を埋めたこの夕暮、物の情趣を知って誰か分け訪ねてこないものか。

7同右・無常十首・一五一五。この現実が現実ともちっとも思われないから、ましてや夢を夢とどうして思われようか。

8同右・月十首・一四七三。伊勢島の月光に浮きあがった狭日賀《さひが》浦は、明石とは似ても似つかぬ神々しい光に澄み渡っている。

9同・一四七四。池水の底まで月光が通って澄み輝いている。池水の波の上に透明な氷を敷き渡したようだ。

ことだ。西行がここで表明しているのは、そういってよければ、まだ恋愛を経験したことのない青年の、恋というものに対する客気ともいうべき未然の決意である。

第二句にある「操《みさほ》」とは、本来は決意を強く持して変えないこと、節操《せっそう》の「操《そう》」であるが、そこから転じて、内心を隠して平然としている、つれない様子をするといったような意味でも使われるようになった。『千載集』の源俊頼の歌に、

あはれにも操《みさほ》に燃ゆる蛍かな声立てつべきこの世と思ふに[11]

という歌があるが、その「操に」と同じである。俊頼の歌は、声を立てて泣いてもいいつらいこの世なのに、蛍は健気にも平然と燃えながらそれに耐えている、と蛍の我慢強さを述べたもの。それに対し西行は、恋に陥っても、その恋心を決して表に出すようなことはすまいという覚悟を示す。要するに、あの男は「みさおな男だ」と、人に言われたいというのである。

ここに見える恋に対する一方向的な覚悟は、繰り返していえば、通常の西行の恋の歌にはなかなか見い出せない若さに裏打ちされているといってよい。老練だったら、こんなことは気恥ずかしくて言えなかったのではなかろうか。

『十訓抄』第八・諸事堪忍《かんにん》すべき事の条に、次のような説話があるのを思い出す。

西行法師の在俗時、かわいがっていた三、四歳の女児が重病にかかって、命が危なかった。ある日、北面の同僚武士たちから弓の訓練に誘われ、心ならず一日を送ったが、そこへ郎等男が走って来て、西行の耳になにか囁いた。事情を知らぬ連中は、何とも思わずにいたが、その時、源兵衛《げんぴょうゑ》の尉《じょう》であった西住《さいじゅう》法師と目を見合わせて、「この事こそすでに」と囁《ささや》いただけで、少しも顔色を変えなかった。まことに有難き心で

10 同右・恋十首・一四九五。いろいろの焚き木を重ねた火が燃え立つように、私の恋も思いの火に燃え盛っているが、いつになったらこの火が湿って勢いをなくすというのか。

11 千載集・夏・二〇二・俊頼。

あったと、西住が後に人に語った。

愛する娘が死んだというのに、西住（当時は源季政《すえまさ》）にチラッと話しただけで、顔色も変えず、平然と弓を射続けていたというのである。原文に「人にも知らせず、さりげなくて、いささか気色《けしき》も変はらで」とあるが、これはまさに、右の歌にいう「操に」に近い。この話が事実を伝えたものであるなら、西行は、もともとこうした傲岸さをその内部に秘めていた人間ということになる。恋の心の揺らぎ程度で表情を崩すまいとすることなど、彼にとっては当たり前の範囲に入っていたのであろう。『十訓抄』とこの歌とは直接つながる話ではないが、底に流れているものは同質である。

恋心を持っても、それを平然と隠し通そうなどという強固な意志をぶちあげた歌は、これまでになかった。かの「天徳歌合」で、平兼盛と壬生忠見が「忍恋」で争った、

忍ぶれど色に出でにけりわが恋は物や思ふと人の問ふまで[12]　兼盛

恋すてふ我が名はまだき立ちにけり人知れずこそ思ひ初《そ》めしか[13]　忠見

という歌が典型であるように、秘められた忍ぶ恋は、逆に外に現れることを、あらかじめ予測しているのも同然だった。西行はそういう貴族の通弊ともいうべき心弱さを、敢然と拒否したのだ。そういう点で、この歌はまた、西行の武士的気骨を図らずもよく明かしているといっていいだろう。

12 拾遺集・恋一・六二二・兼盛。兼盛の「百人一首」歌。隠してきた恋心がつい顔色に出てしまった。誰かを想っているのかと人が尋ねるまでに。

13 同・恋一・六二三・忠見。忠見の「百人一首」歌。恋をしているという噂が早くも世間に立ってしまった。誰にも知られまいと想い始めたというのに。

53

遙かなる岩の狭間《はざま》にひとりゐて人目包《つつ》まで物思はばや

（西行上人集・六四七、新古今集・恋二・一〇九九）

人間世界から遙か隔たった山の岩の間にでも一人坐って、誰にも気兼ねしないままあの人のことを心ゆくまで考えつくしたい。

【詞書】（恋歌中に）

【語釈】○包まで—包む（隠す）ことをせずに。人目を気にせずに。

これは、『西行上人集』に「恋歌中に」として十三首まとめられてのる中の一首。対象は異なるが、4にあげた、

播磨潟灘《はりまがたなだ》のみ沖《おき》に漕《こ》ぎ出でてあたり思はぬ月を眺《なが》めん

という手放しの願望とよく似た歌で、そこでも前もって触れておいた歌である。

この恋歌十三首は、『新古今集』に七首、『玉葉集』に三首、『続後撰集』に二首採歌されるという、それこそ粒ぞろいの歌が並んでいるが、この事実は、彼が月や桜以外、恋歌にもかなり長《た》けていたことをよく物語っている。別に、恋の歌ならずとも、何に対しても自分の心奥を歌にしてきた西行にしてみれば、恋の歌だからといって、特別に身構えることもなかったのであろう。ちなみにこの歌は、『新古今集』恋二に、西行の名で登場する最初の恋歌でもあった。

この歌だけを素直に読むと、これは恋の歌でなくても十分に通用する。たとえば、『古今集』にのって以来、人々の隠棲《いんせい》願望に火をつけた、

み吉野の山の彼方《あなた》に宿もがな世の憂きときの隠れ家《が》にせむ 1

という読人知らず詠と同質の志向を、ここにみて取ることもできる。つまり「恋歌」ということを知らなければ、この歌を、特に恋の歌だとする必要はないのである。

これが恋の歌だと判断されるのは、第四句に「人目包まで」という表現があることによる。「人目を包む」という行為は、『万葉集』以来、恋の初期段階にある男女がもっとも気にしてきた事柄であった。口さがない人の噂に上って、恋が破れることがいくらもあったからだ。この「包む恋」は、平安時代に入ると、「忍ぶ恋」という題へと発展する。中でも、前項でもあげた天徳四年（九六〇）の「内裏歌合」で競い合った兼盛の「忍ぶれど」と忠見の「恋すてふ」の二首は、忍ぶ恋を代表する名歌として喧伝された。人目を包んで恋に忍ぶのは、恋に忠実であろうとする恋人たちにとって、必須の自衛手段であった。恋に傷つかぬためには、万事人目を避けて行動する必要があった。

しかし、この西行の恋の歌は、大分趣きが違う。なにしろ山奥で、独りっきりで恋人のことをつくづく想っていたいというのである。誰にも邪魔されずに恋人と二人で過ごしたいというのなら、よくある願望だが、相手がいないまま、独りで物思いに耽りたいというのは、どこかマゾヒステックな、あるいは自分で自分の恋に酔うナルシシズムに近い空気がただよう。

というよりもこの歌は、恋歌という題に名を借りた、ある種思弁的な述意の歌とみるべきだろう。そう理解すれば、マゾヒズムもナルシシズムもどこかへ行き、出家者として周囲の視線にとらわれることなく自由に物を考えたいという望みを率直にうたった歌ということになろう。したがって、最初に述べたような恋歌らしくないという印象でもよいので

1古今集・雑下・九五〇・読人知らず。はるか遠い吉野のさらに向こうの山の彼方に宿る場所がほしいもの。世の中がつらくなってときの隠れ家にしたいもの。

2以下、新古今集に採られた西行の残り十五首を挙げる。

①数ならぬ心の咎になし果てじ知らせてこそは身をも恨みめ　（恋二・一一〇〇）

身動きならぬこの恋を、取るにたらない心のせいにはすまい。思い切って相手に打ち明け、その結果が駄目だというのなら、その時にこそこの身を恨もう。

②何となくさすがに惜しき命か

ある。西行は、歌合などに出詠する必要はなかったから、恋題を設定しても、恋歌の約束事などにしばられることなく、自由にうたうことができた。

ところで『新古今集』には、この歌を含め、西行の恋の歌が十六首も採られることになった。[2]『新古今集』にのった西行歌は全部で九十四首だから、恋歌だけで十六あるということは、本来「雑《ぞう》」の歌を本領とする西行家集からの撰歌とすると、いささか筋違いという感じがしないでもない。『新古今』の撰者たちが、西行の和歌の本質が、恋歌的なものの中にも色濃く出ていることを目敏く感じ取った証左なのであろうが、それは、西行の歌が、恋の歌であって恋の歌でないような人間心理の微妙な情調をかもし出している点を買ってのことであろうかとも思える。

西行の恋の歌をめぐっては、これまで実詠歌か仮構歌かという二者択一的な議論で云々される傾向があった。西行自身はどこにも書きとめることをしていないが、出家以前の西行に、妻と子供がいたことはほぼ確かであった。当然、それ以外にも恋の経験があったはずで、西行ファンの多くは、西行の恋の歌には嘘ではないリアリティがあって、西行の恋の実体験を反映していると説く。しかしそうした実感至上主義は、表現に事実の裏付けを期待する自然主義的発想の素朴な延長に過ぎないだろう。表現というものが、言葉に置きかえられた瞬間から、事実をカモフラージュするという言語的機微を知らない意見といってよいかもしれない。

煩瑣であるが、下段に『新古今集』に採られた残りの十五首をすべてあげておいた。これらの歌を通覧すると、西行の恋の歌が、月や桜に対するのと同様、さまざまな角度からうたわれていることがわかるが、それとともに、その大半が、女か男か区別がつかな

な有り経《へ》ば人や思ひ知るとて

（恋二・一一四七）

何はともあれこの命が惜しいことよ。このまま生きておれば、相手も私のことに気づいてくれるかと思うと。

③思ひ知る人有明の世なりせば
尽きせず身をば恨みざらまし

（恋二・一一四八）

有明の月が朝まで残るように、私のことを理解してくれる人が必ずいると思えるなら、こんなに身の不運を恨むこともあるまいに。

④面影の忘らるまじき別れかな
名残《なごり》を人の月に留めて

（恋三・一一八五）

今日の別れは終生忘れられそうにない。空にかかる有明月にあの人の面影を残し、私はいつもその名残にひたることだろう。

⑤有明は思ひ出であれや横雲の
漂はれつる東雲《しののめ》の空

（恋三・一一九三）

今日の有明月は思い出として永遠に残ってほしい。東の空の月のまわりに横雲がまつわっているように。

い、どっちにも取れそうなうたい方をしていることに気づく。したがって、西行の恋の歌のすべてに、恋の経験が反映されていると断定することもできない。西行の恋の歌はどれも、題詠として詠まれた机上の観念歌だとはっきりいう研究者もいるからだ。いずれにしても、西行の恋の歌を、実詠歌か仮構歌かといった二者択一的な判断で理解しようとしても、西行の歌には追いつけない感じがする。

さらにいえば、西行が詠む恋の歌は、恋人の存在をめぐって独り思い悩むというより、恋という状況に置かれた心の去就《きょしゅう》をどう定めようかとうたった歌が多いことに気づく。方向のまちまちな恋の思いがためつすがめつ反芻されていて、草庵生活のその時々に、恋をテーマにしてバラバラの思念を案出したといっていいような歌がほとんどである。これらの歌に、「人」「思ひ」「契り」といった言葉がなければ、恋の歌とは区別がつきかねるような歌も多い。

西行の恋の歌は、自分の経験を直接吐露した歌というよりも、男女いずれの身に立っても成立するような、境界線上の心情が自在にうたわれているとみた方が当たっていよう。言いかえれば、これらの歌は、恋という装いを借りて内心に動くさまざまな思念をうたったある種の思想的実験歌のようにも思われる。

いにしえの阿倍仲麻呂を思って詠んだ45の歌で、西行が、常に自分以外の人への思いを重ね合わせているということを述べたが、下段にあげた歌の中でも、③、⑦、⑪、⑮の歌などは、そういう一般的な人に対する思いをうたった歌、あるいは、恋という情況を超えた日常的な思念をうたった歌としても通用するように作られている。

ところで、『山家集』中巻冒頭にのる百首近い恋の歌や、下巻の「恋百十首」、あるいは

⑥頼めぬに君来《く》やと待つ宵の間の更けゆかでただ明けなましかば

（恋三・一二〇五）

約束をしたのでもないのにあの人が来るかと思ってつい待たれてしまう夜は、夜更けなどなくてすぐ夜明けになったらいいのに。

⑦哀れとて人の心の情けあれな数ならぬにはよらぬ歎きを

（恋三・一二三〇）

あの人が私のことを愛《いと》しいと思ってくれないものか。取るに足らぬこの身だって、恋の歎きは人並みに尽くすのだから。

⑧身を知れば人の咎《とが》とも思はぬに恨み顔にも濡るる袖かな

（恋三・一二三一）

自分の身をわきまえているからあの人の罪とは思わないが、この涙はいかにもあの人を恨んでいるような顔をして私の袖を濡らすよ。

⑨よしさらば後《のち》の世とだに頼み置け辛《つら》さに堪えぬ身ともこそなれ

（恋三・一二三二）

『西行上人集』にのっている「恋歌」十三首など、けっこう恋の歌が多いことをみると、ある種の違和感を抱くだろう。それは、色欲を絶ったはずの宗教者西行が、こうした恋の歌を多数残すことは、それ自体矛盾ではないかという疑問である。

小うるさい学僧であれば、おそらく恋歌などにうつつを抜かすとはもってのほかだと目くじらを立てたであろう。しかし、そうした思惑とは別に、僧が詠んだ恋の歌が、『古今集』以来の勅撰集に堂々と掲載されていることもまた、紛れのない事実だった。遍昭や素性を始め、めぼしいところでは、恵慶、能因、道命、安法、永源、増基、永縁、行尊、顕昭、寂超、寂然、祐盛、道因、俊恵、寂蓮、慈円など、やたら多い。遍昭・行尊・永縁・慈円らに至っては僧正クラスの人間だった。

平安中期以降になると、数奇《すき》ということが芸術と実生活を橋渡しする一つの行動原理として認識され始め、寺院に属さぬまま気ままに歌をうたう隠者歌人層が増えたという事情もあった。西行も、つまるところ、恵慶、増基、能因、寂超、寂然、道因、寂蓮らの系譜に入る出家歌人にほかならない。僧たちも知識層の一人として生きる以上、たしなみとして、歌の一首もうたえる文化的存在でなければならなかった。しかも当時の歌はほとんどが題詠であったから、恋の題を与えられれば、恋の歌も詠まねばならなかった。

しかし、それは伝統の一つの形にすぎない。和歌という営為は、別の面からいえば、人間の心を対象化して表現世界に転位することであり、そのとき、人間心理の微妙なアヤの発現として存在する恋という題材は、表現の道を志した人間にとっては避けるわけにはいかない格好のテーマであったともいえる。直面するすべての事象を歌にすることをみずからの修行の一方法とした西行にとって、恋というテーマをうたうことは、まさに想像力と

よい、こんなことならあの世で逢いたいと頼み置け。このままでは恋の辛さに堪えきれず身の方が先に死んでしまう。

⑩月のみや上《うは》の空なる形見にて
思ひも出でば心通はむ
（恋四・一二六七）

二人の恋はもう終わったが、あの時中空にかかっていた月をあなたが形見として思い出すのなら、私もあなたに心を通わしてその月を思い出そう。

⑪隈《くま》もなき折しも人を思ひ出でて心と月を宿《やど》しつるかな
（恋四・一二六八）

隈もなく月が澄むこういう夜は恋しい人のことを思い出し、自分の心からその思い出を月に抱かせてしまうことだ。

⑫物思ひて眺むる頃の月の色にいかばかりなる哀れ添ふらん
（恋四・一二六九）

物思いに沈んで眺めやる月光は一層濃く見える。月は一体どれほどの哀れをその身に加えて光を増すというのか。

⑬疎《うと》くなる人を何とて恨むらん
知られず知らぬ折もありしに

言葉との格闘の実験として対象化するにたる好個の事例だったのであろう。したがって、彼にとっては、恋の体験があるかどうか、実詠か題詠かといったことはどうでもいいことだったと思われる。

西行の恋の歌は、別に歌合用に、与えられた題で詠んだ歌ではない。そういうものとは独立して、西行は西行なりに、恋の歌を詠むことによって、そこに現れる人間としての苦悩や感情の可変性といったものを、自分なりに計測してきたのではないか。人間の本性は結局は謎だらけだとしても、西行にとって、人間という存在は「月」や「花」と同じように、不可思議であるからこそ、恋もまたうたうべき対象たりえたのではあるまいか。

西行の恋の歌が、恋の歌でありながら人間の常態的心理をうたった歌としても読むことができる一種境界不鮮明なものとして現れるのは、西行のそうした姿勢に由来するように思われる。そう思ってみれば、西行の恋の歌に、単に好きだとか嫌いとか、いっそ恋に死にたいなどというような冗漫な月並み的心理をうたったものがほとんどないことに気づかされるだろう。西行は恋の歌を、恋という特種な心理状態に落ちた特別の歌ではなく、対象に応じて様々に変幻する人間の心理を正直に映し出す鏡とみていた可能性が高い。

（恋四・一二九七）

遠ざかっていく人をどうして恨みに思ったりするのか。互いに知らず知られぬ時だってあったというのに。

⑭今ぞ知る思ひ出でよと契《ちぎ》りしは忘れんとての情けなりけり

（恋四・一二九八）

今分かった。私を忘れないでねと相手が言ったのは、結局は忘れられると予感したゆえの私に対するせめての情けであったことが。

⑮哀れとて訪《と》ふ人のなどなかるらん物思ふ宿の荻《をぎ》の上風《うはかぜ》

（恋四・一三〇七）

恋を失った私をかわいそうに思って訪ねる人はなぜいないのか。物思いに沈むわが宿を訪れるのは荻の葉を渡ってくる風だけだ。

54 歎けとて月やは物を思はする託《かこ》ち顔なるわが涙かな

（山家集・中・恋・六二八、千載集・恋五・九二九）

歎けと言って、この明るい月が私に物思いをさせるのか、いやそうではない、私はあの人のつれなさを恨んで泣いているのに、私の頬を伝わる涙は、まるで月を見て悲しんでいるような顔をして止めどもなく流れる。

【詞書】月（山家集）。月前の恋といへる心を詠める（千載集）。
【語釈】○託ち顔―何かにかこつけて恨み顔を見せること。

これは、西行の数ある歌から定家が「百人一首」を始め、「近代秀歌」や「詠歌大概」「八代集秀逸」といった自身で編纂した秀歌集に必ず取り上げた歌である。

そういう点では、西行の代表歌のようにも思われる一首であるが、しかし、定家がなぜ、『新古今集』からでなく、『千載集』にのったあまりなじみのないこの歌を、しかもわざわざ恋の歌の中から選んだのかということになると、不審が残らないではない。歌自体が西行としては涙っぽく、歌がらも舌足らずであるという理由もあって、昔から定家の選択眼に疑問が投げかけられ、こういう「平懐《へいかい》」なのが西行の「風骨」なのだといった苦しまぎれの評価が長くなされてきた[1]。細川幽斎などは、「つくろふ所なき」のがかえって「上手の業《わざ》なるべし」などと苦しいことを言っている。とにかくこの歌については、他に西行の秀歌はいくらもあるのに、という思いがついて廻って、その疑問は現代においてもさして変わりがない。

1 二条派の注を最初に反映した百人一首応永抄に「少しく平懐の歌なり。これ西行の風骨なり」とみえ、以下、この評は、幽斎の詠歌大概抄や、季吟の拾穂《しゅうすい》抄、契沖の改観抄などにも踏襲されている。

西行本人は、『千載集』に選ばれた記念作という思いがあったのか、この歌と、三首前に『山家集』にのっている次の歌を選んで、「御裳濯川歌合」二十八番に組んでいる。

知らざりき雲井《くもゐ》のよそに見し月の影を袂《たもと》に宿すべしとは　2

したがって西行にとってこの両歌は自負するに足る歌だったようだが、「御裳濯川歌合」の俊成の評は、一言「ともに心姿優なり」ですまされている。俊成は、月光の中に浮かびあがる恋の情趣とリズム感とがよくマッチしていることを買って、「優」と評価したのだろうが、意味内容だけみれば、掲出した「歎けとて」は、恋のために流す涙を月にせいにする、という心意をうたった以上のものではない。問題は定家が、この歌を西行の代表歌と見て「百人一首」に選んだ理由である。定家をしてそうさせただけの、何か深いものがあると考えるしかない。

『山家集』中巻は、最初に「名を聞きて尋ぬる恋」以下、三十八首の恋の歌が並び、間に「月」の歌四十七首を挟んでふたたび「恋」の歌五十九首が並ぶという構成になっている。これは、その「月」四十七首中に見える歌であるが、『千載集』の編者俊成は「月前の恋」という題で採っているから、前後の恋の歌と一連のものとみていた。実際にこの前後の月の歌は、いずれも恋の雰囲気を揺曳させており、この一首にしても、「歎く」「物思い」「託つ」「涙」など、恋の情趣に付きものの語に満ちている。恋歌と解釈するのは自然であろう。

もっとも、夜空に澄む月は、恋の歌の専売特許ではない。物思い一般を誘うものとして

2山家集・中・恋・六一七。こんな経験はなかった。宮中近くにいて、他人事のように見ていた月の光を自分の袂に宿すことになるとは。古来、手の届かぬ高貴な女性に対する西行の恋の経験をうたったものとみられている。

詠まれたきたことは、大江千里の名歌、

月みれば千々《ちぢ》に物こそ悲しけれわが身一つの秋にはあらねど 3

を持ち出すまでもない。西行の歌の第二句にみえる「月が物を思はする」という発想が、そうした伝統的な観念にそったものであることは疑いないのである。しかしまたその一方で、月に涙を流す人（女性とも男性ともどちらとも取れる）を見たら、月を見て何かの物思いに閉ざされているのだと思うのは自然であり、その物思いが恋人のことを思ってのことと取るのもまたごく自然であった。

少なくとも表面的には、これは恋の歎きをうたった歌とみえる。しかし、よくよく反芻してみると、そう単純に割り切ることができない面に気づく。たとえば、この歌によく似た構造をもつ西行の歌に、『山家集』上巻・秋にのる次のような歌がある。

何とかく心をさへは尽くすらんわが歎きにて暮るる秋かは 4

これは秋の歌である。秋の暮はこれという原因もなく、あれやこれや物思いを尽くすようになる、私の歎きのせいで秋は暮れるというのか、いやそうではない、という意味の歌で、結句の「かは」の使い方は、「歎けとて月やは物を思はする」の「やは」と同じである。「歎く」の語も共通し、上下句の転換の仕方もそっくりである。

また、『山家集』下巻・雑の部には、7の最後にもあげた、

露けさは憂き身の袖の癖《くせ》なるを月見る咎《とが》に負《を》ほせつるかな 5

という歌がみえる。自分がいつも袖を濡らすのは、この憂き身を歎くゆえであるのだが、

3 古今集・秋上・一九三・千里。月を眺めると心が千々に乱れ、悲しみに閉ざされる。別にこの秋は私一人のための秋ではないというのに。

4 山家集・上・秋・三〇五。秋になるとどうしてこんな心の奥まで物思いを尽くすのだろう。この悲しみのせいで秋は暮れるわけでもないのに。

5 山家集・下・雑・一四一一。7を参照。

それを月を眺めるせいだと、あえて月に咎をかぶせるという意味の歌だ。「浮き身の袖の癖」を「月見る咎」に押しつけるという点で、言おうとしていることは、やはり「歎けとて」と瓜二つである。

また、前項であげた『新古今集』の恋歌十六首中の一首に、

　身を知れば人の咎《とが》にも思はぬに恨み顔にも濡るる袖かな[6]

という歌もあった。この「恨み顔にも濡るる袖かな」という措辞も、「託《かこ》ち顔なるわが涙かな」とそっくりである。自分が取るに足りぬ人間だと知っているから、あの人（この場合は女性だろう）に罪をかぶせる積もりはないが、しかし、どうしようもなくあの人のせいだと恨んで、つい袖が涙で濡れることよと、上の句でいったん否定しながら、結局その相手に罪をなすりつけている構成も酷似している。

これら内容や構造がよく似た歌をみてくると、西行はどうやら、見た目から生まれるものと、本質である部分との間に生ずる心理的錯覚のメカニズムを好んでいたことがわかってくる。これらの類似歌の土俵上に当該歌をフィードバックして考えるなら、恋の苦悩に涙しながら月を見上げる一人の女性（ないし男性）がいて、月の妖しい光に包まれていると、ついつい月に向かって愚痴をこぼさざるをえないというあやにくな心理を追いかけた歌、という解釈が可能になる。

定家や幽斎はこの歌の中に、涙を月のせいか恋のせいかという単純な二者択一で割り切るのではない、人間の心にありがちなそうした普遍的な心理のアヤを見て取って讃嘆したのではあるまいか。しかもそれが妖しい月光が人を魅する誘惑のせいということになれば、舞台はさらに整うのである。

6 新古今集・恋三・一二三一、山家集・中・恋・六八〇。前項53の下段参照。

ちなみにいえば、定家に、二十六という若さで作った「閑居百首」の中の、

帰るさの物とや人の眺むらん待つ夜ながらの有明の月[7]

という歌がある。今ごろあの人は、他の女の家から朝帰りする道で、空にかかる有明月をつれないものとして眺めているのだろうか、しかし、あの人を待ったまま夜明けを迎えた私は、もっとつらい気持ちで同じ月を眺めている、といったような意味で、同じ有明月でも人によって見方に差があることをテーマにした歌である。これは後に『定家卿百番自歌合』に選んだ自信作でもあった。

定家のこの歌は、『古今集』にのる壬生忠岑の「百人一首」歌、

有明のつれなく見えし別れより暁ばかり憂きものはなし[8]

という歌を本歌にしたものだが、定家はこの忠岑の歌がとりわけ気に入っていたらしく、これほどの歌を一首作れたら思い残すことはないと絶賛してもいた[9]。

定家は、右にもあげた西行の「何とかく」「露けさは」「身を知れば」といった、本質はAにあるのに現象的にはBにも取れるという、外と内との心理的な錯覚を詠んだ歌も目にしていたはずで、そうした食い違いを主題にした歌に惹きつけられのではあるまいか。そういえば、定家の右の歌も、有明月をテーマに、男と女の状況の違いから生ずる食い違いをうたったものだった。定家は、この西行の掲出歌が、忠岑の「有明の」に匹敵する歌だというくらいには考えていたのかもしれない。彼がこの歌を「百人一首」に選んだのも、そう考えれば、当然といえば当然の処置であったと思われる。

以上でほぼ尽きるが、なおつけ足しておきたいことがある。歌の核となっている「月やは」の「やは」と、「託ち顔」という表現についてである。

7拾遺愚草・上・三七九、新古今集・恋三・一二〇六・定家。この有明月をあの人は、どこかから帰る途中で仰いでいることだろう。私は一晩中待ったままの朝の月として見ているのに。

8古今集・恋三・六二五・忠岑。恋人にすげなくされて帰ったあの朝、有明月をつらいものとして眺めた日から、私にとって夜明け方ほどつらい時間はなくなった。

9定家の顕註密勘に「これ程の歌、一つ出で来たらん、この世の思ひ出でに侍るべし」とあり、百人一首応永抄、宗祇抄、拾穗抄などもこれを引く。

まず「やは」であるが、古註類が「平懐」という言葉の中にみて取った西行の「上手の業」というのも、一番には、この「やは」の使い方に基づいていたようだ。幽斎の『詠歌大概抄』は、「終夜月に向かひてうち眺むるに、物悲しく、月のわが心を傷《いた》ましむるやと恨めしきを、思ひ返してかく言へり」という。ここに「思ひ返して」とあるのは、ほかならぬ「やは」という反語の働きを指していよう。「かく言へり」の「かく」とは、下句にある「託ち顔なるわが涙かな」を指しているから、恋の怨みを最初月のせいにして、それを「かは」によって一転させ、わが「託ち顔」のせいだと告白するその心の動きを通して、恋に翻弄される人間の実態を鋭く摘出した西行の腕前に感心したのであろう。

次に「託ち顔」であるが、「…顔」という口語的表現は、「濡るる顔」「ことあり顔」など、すでに『古今集』の時代からあった表現だった。その後、和泉式部もいくつか用いたが、『千載集』の時代になると、「みなれ顔」「知り顔」「知らぬ顔」「忘れ顔」「うれし顔」「ぬるる顔」「うらみ顔」など、俊成や俊恵、頼政などの周辺歌人が積極的に使い始めて、流行表現となった。もっとも長明の『無名抄』には、伊豆守仲綱の歌に「ならはし顔」とあったのを藤原重家がなじって、「かやうの詞など詠まん人をば、百千の秀歌詠みたりとも、いかが歌よみといはん。無下《むげ》にうたてきことなり」（仲綱歌詞事）と非難したとあり、後世の「先達が難詞」という書にも「なに顔」が登録されているから、必ずしも推賞されるべき表現ではなかったようだ。しかし、それでも西行は、自然の景物に対して以下のように「……顔」という表現を好んで用いた[10]。

嬉し顔　ま菅《すげ》生ふる山田の水をまかすれば嬉し顔にも鳴く蛙《かはづ》かな[11]

10 山家集には「…顔」が全部で十七例あるという（稲田利徳『西行の和歌の世界』）。7でみた「今宵はと心得顔に澄む月の光もてなす菊の白露」の「心得顔」もその一つ。8・18で引用した歌には「告げ顔」があった。

11 山家集・上・夏・一六七。ま菅が生える山田に水を引いてやると、蛙が嬉しそうな顔をして鳴くよ。

聞かず顔　里に馴るるたそがれ時のほととぎす聞かず顔にてまた名乗らせん[12]
便りえ顔　月を見る心の節を咎にして便りえ顔に濡るる袖かな[13]
月を見顔　夜もすがら月を見顔にもてなして心の闇に迷ふころかな[14]
影持ち顔　刈り残す水の真菰《まこも》に隠ろひて蔭持ち顔に鳴く蛙かな[15]

口語的な親しみやすい語感もさることながら、複雑なニュアンスを「……顔」という一語に縮約できる単純性を好んだのであろう。「託ち顔」もその一つである。この一語によって、一首は説明的な散文から離れて、一挙に軽妙な詩的表現へと転位する。「歎けとて」の歌が、幽斎がいうように一見「平懐」にみえながら、その実、人間のあやにくな心理を浮き出すことに成功したのは、「やは」に次いで、この「託ち顔」という語によることも大きかったと思われる。いわば、その両者がかもし出す対立と融合の間にこの歌の命があったといえそうである。

なお蛇足すれば、この歌は、前項でみた、

遙かなる岩の狭間《はざま》にひとりゐて人目包《つつ》まで物思はばや

という歌と同様、恋の歌とも取れるし、述懐の歌とも取れるある種の普遍性を帯びた歌だということができる。そういう意味では、恋の題詠というもののありきたりな規範から脱して、これもまた、人間の心からある種の普遍性を嗅ぎ取り出す西行の透徹した認識眼をうかがわせる歌だといってよい。

12同・上・夏・一八一。里に住み慣れたホトトギスがたそがれ時にもう鳴いた。聴かなかった顔をして、夜更方にもう一度鳴かせよう。

13同・中・恋・六二五。月を見たがる心の習癖を頼りがいがあるものにして、恋に濡れる袖の涙を月のせいにすることだ。

14同・中・恋・六四〇。この頃の心の闇に迷って流す涙を、一晩中月を見て流した涙だと取りつくろう。

15同・中・雑・一〇一八。刈り残した池の真菰の陰に隠れて、蛙がいかにも守ってくれる蔭があるという顔をして盛んに鳴くよ。

55

弓張《ゆみは》りの月に外《はづ》れて見し影の優《やさ》しかりしはいつか忘れん

（山家集・中・恋・六二〇）

昔、弓張り月の淡い光も届かない辺りで幽《かす》かに見た女性の影。その人のやさしそうな面影をいつ忘れることがあろう。今でも心の底にくっきりと浮かぶよ。

【詞書】（月）

【語釈】○弓張りの月―弓を張ったように見える半月《はんげつ》。上弦・下弦の両方にいう。○外れて―半月の淡い月の光からちょっと外れた暗がりの中で見た人。弓の縁で「外れて」といったのであろう。

前歌と同じく『山家集』中巻の冒頭近く、「月」四十七首中にみえる一首。「月」とあるが、実質は恋の歌である。

まだ若いころ、おそらく十代の後半から二十歳前後までの出来事であろう、徳大寺か、鳥羽院の御所に出仕したある日の夜ふけ、弓張り月の薄明かりの中、渡り廊下などを通っていく女性の姿をチラッと垣間見《かいまみ》た、こちらに向かってニコッと微笑《ほほえ》んでくれた。それだけでもうワクワクする。異性に対する関心が強まる青年時代にはよくあるショットだ。そのシーンが心に焼きついて離れない。「いつか忘れん」とあるが、年配になってからだと、「いつか忘れん」という未来志向の感情はなかなか持てるはずもない。

弓張り月は、上弦・下弦のどちらの月にも現れる半月形の月。上弦の弓張は宵のうちに沈み、下弦は遅くなって出るから、その時間差によって恋の趣きも変わってくる。久保田淳は、下弦であればその前に逢瀬の時間があったはずだ、しかし「外れて見し」や「優しかりし」という表現からみて、まだ宵のうちにほのかに見ただけの面影であろうと解している。[1] 歌のさりげない表現やリズムからみても、この推定は自然であろう。

「月に外れて」という言い方も微妙である。弓張り自体の光がすでに淡いものであるし、さらに、そこから「外れて」とあるのはどういうことか。この恋の歌四十七首の中の二首めの歌に、前歌「歎けとて」の項で紹介したこれとよく似た歌がある。


　知らざりき雲井《くもゐ》のよそに見し月の影を袂《たもと》に宿すべしとは[2]

　この「雲井のよそ」を、文字どおり宮中や御所の外と解する考えがあったが、[3] 当時は女性の深夜の外出などは考えられないから、この「雲井のよそに見し月」も、どこか御所内の外れの辺りで見た月と考える方が無理がない。「月に外れて」も「雲井のよそに」も、おそらくは正面からはっきり見たというのではなく、自分がいる場所から少し離れた暗い場所という意味で使われていると思われる。

　が、それはともかく、重要なのは、掲出歌や右の「知らざりき」のいずれにも、「見し影」「見し人」と、直接体験の「し」が使われていることであろう。つまりこれらの歌は、西行が実際に体験したことを歌にしたということだ。その点では、これまでに見てきた、実験的な机上歌とおぼしい大方の恋歌とは質が異なっている。

　余談になるが、ここで西行出家原因説の一つを紹介しておこう。

周知のように『源平盛衰記』巻八「讃岐院の事」は、四国に薨じた崇徳院と西行との出会いを語ったあと、西行と上臈女房との間にあった一夜の恋の話を紹介している。[4]

　さても西行発心《ほっしん》の起こりを尋ぬれば、源は恋ゆゑとぞ承る。申すも畏《おそ》れある上臈女房を思ひかけ参らせたりける。

あるいは『源平盛衰記』の作者は、右にみた「知らざりき」の歌あたりにヒントを得

1 『西行山家集入門』（有斐閣新書・一九七八）。
2 山家集・中・恋・六一七。この歌は金葉集・雑上にみえる平忠盛の歌「思ひきや雲居の月をよそにみて心の闇に迷ふべしとは」に酷似している。後文を参照。
3 文明本西行物語は、宮中から離れた外と取って、出家した後のどこかの旅の途次で詠んだ歌とする。
4 「伊勢の海阿漕《あこぎ》が浦に引く網も度重なれば人もこそ知れ」という歌を上臈女房から詠みかけられた西行は、「思ひきや富士の高嶺に一夜《ひとよ》寝て雲の上なる月を見んとは」と詠んでみずから恋を断念したとある。

て、そうした叶わぬ恋の痕跡をみて取ったのであろうか。なかなか魅力ある説で、後世の人々の想像力を大いにかき立てることになった。

ここにみえる「申すも畏れある上臈女房」とは、かつては美福門院得子であろうとみられたことがあったが、[5] 近来になって、美福門院より先に鳥羽院の中宮に入った待賢門院《たいけんもんいん》璋子《しょうし》のことではないかという説が有力になった。待賢門院が、西行の主家である徳大寺家の出身であったこと、鳥羽院とわが子崇徳院の間に挟まれた悲劇の女院であったということ、門院落飾後にも西行がその女房たちとの親密な交際を保っていたということ等が、この推定の強力な後押しとなった。西行の恋の歌に、現実の悲恋の体験が色濃く反映しているというよくある西行贔屓《びいき》も、その後押しに参加しているだろう。

風巻景次郎は、戦後まもなく出版した『西行』（建設社・一九四八）の中で、待賢門院にこそ特定しないものの、この恋愛説にそった西行の出家原因説を大胆に打ち出した。高橋英夫の岩波新書『西行』（一九九三）も、この「高貴な上臈女房」に対する西行の秘められた恋情を、西行歌の一つの源基として「悲恋―高貴なる女人」の一節を費やしている。さらに白洲正子の『西行』（一九八八年）や、辻邦夫の小説『西行花伝』（一九九五年）は、積極的にこの待賢門院説を敷衍《ふえん》した。二〇一四年、NHK放映の大河ドラマ『平清盛』（藤本有紀の書下ろし台本）でも、女院の不幸に同情した西行が彼女と一夜の契りを交わし、周囲の驚愕と身分差からその思慕を遮断して、遁世に踏み切るという脚色を採用していた。もちろん、西行と待賢門院との間にそういう事実があったとする資料は何一つ残っていない。事実は藪《やぶ》の中にあるのだが、といって否定する根拠もない。

しかし、これはやはり、伝説的な架空譚と考えるべきではあるまいか。身分違いの者が

5 尾山篤二郎『西行法師全歌集』（富山房・一九三八）。

高貴な女性に恋をするといった話は、46でみた芹摘みの老人、志賀寺の上人、「綾の鼓」の庭掃きの老人などの話もそうであるが、古く斎宮と通じた業平の恋や、光源氏と藤壺、女三宮と柏木の禁断の恋を含め、人々の興味を特に駆りたててきたテーマだったといえる。源頼政にも、鳥羽院の女房菖蒲前《あやめのまえ》という女房に恋をして、鳥羽院から下賜されるという似た話があり、また、西行と同時代に上西門院に仕えていた遠藤武者盛遠の、後世文覚《もんがく》上人出家譚として流布した「袈裟と盛遠」説話もそうであり、いずれも『源平盛衰記』巻十六「菖蒲前」と、巻十九「文覚発心」に取り上げられた。『平家物語』が伝える滝口入道斎藤時頼と建礼門院の雑司女《ぞうしめ》横笛の悲恋も、その変奏といえないこともない。第一、先にあげた西行の「知らざりき雲井《くもゐ》のよそに見し月」も、はやく清盛の父忠盛の歌に、

思ひきや雲居の月をよそに見て心の闇に迷ふべしとは[6]

とある『金葉集』の歌を換骨奪胎したものとみられないこともない、いわば中世好みの歌であったのだ。

右に見たような上臈女房との恋愛譚は、「物くさ太郎」や「小男草子」、あるいは「三人法師」の一人糟谷入道四郎左衛門のように、お伽草子類に頻出する中世好みの妻問いテーマに引き継がれていく。したがって、西行と上臈女房との叶わぬ恋というのも、そうした土壌から創り出された架空譚と考えるのが筋であるように思われる。後世の『源平盛衰記』にこの話が突如出てくるというのも、そう考えたくなる理由である。

また元へ戻る、この掲出歌がうたうような、初《うぶ》な青年時代の経験をそのまま写したような歌は、平安朝後期の和歌の世界でもほとんど見当たらなくなっている。『新古今集』はもちろんこの歌を採らなかった。が、伝統的にみれば、早く『万葉集』に、

6 金葉集・雑上・五七一・忠盛。念願であった殿上の間への昇進が断たれた時の失意を詠んだ歌。

雲間よりさ渡る月のおほほしく相見し子らを見むよしもがな7
山の端《は》に出でくる月のはつはつに妹《いも》をぞ見つる恋ひしきまでに8
夕月夜《ゆふづくよ》 暁闇《あかときやみ》のおほほしく見し人ゆゑに恋ひ渡るかも9

といった、淡い月の光の中で「おほほしく」「はつはつ」に見た人に恋心を募らせるとうたった例がある。したがって、このかすかに人を見るというこのパターンは、類歌と見ていいものである。10『古今集』に二首並んでのる、

春日野の雪間を分けて生《を》ひ出でくる草のはつかに見えし君かも11　忠岑
山桜霞の間《ま》よりほのかにも見てし人こそ恋しかりけれ12　貫之

という歌も、万葉以来のこの恋歌の伝統によったものだった。また、先の「芹つみし人」や、『源氏物語』の夕霧や柏木のように、御簾《みす》の隙間からわずかにみた人に恋をする話は、物語や説話に頻出するパターンであった。

　西行が『万葉集』を見ていたかどうかはわからない。しかし、『古今集』の忠岑や貫之の歌を知っていたことは間違いない。といって、先にも触れたように、この歌の用語法やリズムからみて、西行がこうした古歌を本歌にして、「弓張りの月」の歌を創作したとも思われない。この歌に、過去のひっそりした思い出を慈《いつく》しむような情感が通っていること、特に「優しかりし」という自己体験の助動詞「し」が使われていることは決定的であるが、どう優しかったのかという事実を詮索するよりも、西行が、誰でもが持っている我々の記憶の底を思い出させるようなみずみずしくさわやかな情感を、そのまま一片のスナップショットとして伝えてくれたということをよほど多とすべきではあるまいか。

7万葉集・巻一一・二四五〇・作者未詳。雲間を渡る月のようにかすかに見たあの子にもう一度逢う方法がないものか。

8同・巻一一・二四六一・作者未詳。山の端に出る月のようにおぼろげに、恋しいまでの思いで妻を見た。

9同・一二・三〇〇三・作者未詳。夕月が明け方の闇の中にうっすらと消えるように見たあの人のことを思い続けるよ。

10他に、天雲《あまぐも》の外《ほか》に見しより吾妹子《わぎもこ》に心も身さへ寄りにしものを（万葉集・巻四・五四七・笠金村）、白妙の袖をはつはつ見しからにかかる恋をもわれはするかも（巻十一・二四一一・作者未詳）など。

11古今集・恋一・四七八・忠岑。春日野の雪間を分けて萌え出す草のように、ほんのわずかに見かけたあなたよ。

12同・恋一・四七九・貫之。霞の隙間から山桜を見るように、ほのかに見ただけのあの人が恋しくてたまらない。

56 いとほしやさらに心の幼《をさな》びて魂切《たまぎ》れらるる恋もするかな

（山家集・下「恋百十首」・一三二〇）

アアもうこんな自分が厭《いや》でたまらない。その人のことを考えると、これまで以上にまた心が分別を無くし、まるで魂が千切《ちぎ》れるような一途《いちず》な恋に落ち込んでしまう幼さよ。

【詞書】（恋百十首）

【語釈】○魂切れらるる―魂がちぎれていくような。「魂消《ぎ》る」という語源説は取らない。「魂切れる」であろう。

この歌も、前歌とはまた別の意味でのリアリティを秘めた歌といっていい。「し」という助動詞こそないが、おそらくこれも、実際の恋に裏打ちされた正真の叫びを伝えている歌なのであろう。『新古今集』はやはりこういうあけすけな歌を採らなかった。

初句の「いとほしや」は、後世のいとおしい、かわいいという意の「愛《いと》おしい」ではない。原義の「厭わしいほど不愍《ふびん》だ」という意を含む語と取るべきであろう。今でいう「いたたまれない」といった感覚がこれに近い。下句の表現からすると、そう解釈しなければ釣り合いが取れない感じである。自分のことを「愛おしい」などと思うのは、下手なナルシシズムにすぎないだろう。

第三句の「幼びて」という語もユニーク。自分の心を、自分で幼なびているなどと突き放してうたうこうした言い方は類例がみられないが、源頼政に自分のことを「心幼な子」と呼んだ一首がある。[1] 京都が住み憂くなって東山に籠もった藤原教長《のりなが》から、

1 橋本美香『西行』（笠間書院・コレクション日本歌人選）に指摘がある。

住み慣れし思ひの家をあくがれてさらぬ別れの門出《かどで》をぞする 2

という歌が贈られてきた。その時の頼政の返歌、

我もさぞ思ふ思ひの家居《いへゐ》には今まで出でぬ心幼《をさ》な子 3

「思ひの家」から脱出した教長の勇気ある行為に対し、「思ひの家」からなかなか出られない自分を「心幼な子」と呼んで自嘲した歌である。貴兄に較べれば、自分の心はまだ「幼な子」みたいなものですねという。いい大人が「あいつはまだ幼いね」などとよく揶揄するのと似た表現である。

しかし西行のこの歌は、頼政のような自嘲をうたった歌ではない。初句をいきなり「いとほしや」と始めずにはいられない衝動がベースにある。四句目の「魂切れらるる」という表現がさらにそれを補完していよう。

語釈に示したが、辞書類では「魂消る」の字を当てて、びっくりする意の「たまげる」と同根だとするが、びっくりするではこの歌の意味は半減してしまう。岩波古典大系や新潮古典集成、あるいは白洲正子『西行』は、この語に「魂切る」の字を当てているが、そう取るのが正解であろう。魂が千切れるような悲痛な思いを指すのである。

稲田利徳は、この語の類語として「魂散《たまち》る」という語をあげている。50でも触れたが、恋に破れた和泉式部が貴船《きぶね》明神に詣でて、

物思へば沢の蛍もわが身よりあくがれ出づる魂《たま》かとぞ見る 4

とうたったところ、明神の、

奥山にたぎりて落つる滝つ瀬に魂《たま》散るばかり物な思ひそ 5

という声が耳に届いたという。恋に物思う式部の心を、明神は「魂散るばかり」と捉えた

2教長集・九五七。長年住み慣れた迷い多き家からさまよい出て、避けられない死出の旅の準備のために思い切って門出をいたします。

3同・九五八・頼政。私もあなたと同じ思いを持ちながら、この世への思いに囚われて家にいるきりで脱出できません。心はまるで子供同然です。

4後拾遺集・雑六神祇・一一六二。50を参照。

5同・一一六三・貴船明神。奥山にたぎり落ちる滝が水玉を散らすような、魂が散るほどの物思いはしてはならぬ。

のであるが、おそらく西行はその「魂散る」に触発されて、魂がちぎれてバラバラになるようだと表現したのではあるまいか。

その魂が千切れるように沸騰する恋の心を、「幼びて」と称する目も、また特異といわなければならない。我々には、その具体的な感覚を思い描くことはできないが、大人としての分別をなくすようなという意に取れば、なんとかわかるような気もする。「魂切れらるる」と、自発表現を使ったところにも、理非分別を超えた否応のない力にひきずりこまれたというニュアンスが出る。しいていえば、ベクトルは逆だが、無心に一途《いちず》に遊ぶ幼児の心を裏返ししたようなものだといいたいのであろう。

いずれにせよ、西行が恋の経験をうたった歌の中でも、これは一、二を争う歌といえるのではあるまいか。前歌では西行の心にあったみずみずしさをみたが、これは心の内奥からほとばしり出た歌として出色《しゅっしょく》である。

「恋百十首」から、恋の歌をもう一首みてみよう。

永らへて人の誠《まこと》を見るべきに恋に命の絶えんものかは 6

一見、サラリと詠み流した歌のようにみえるが、「べし」と「かは」という対立語を組み合わせた屈折した歌だ。生き永らえて相手の「誠」を確認すべきだが、それをする前に恋のために死んでしまいそうだ、いやだめだ、死ねない、死ぬのなどご免だと、最後のところで居直った歌である。恋に死にたいという純な心と、不様《ぶざま》でも生きていたいというたゆたいの中に懊悩する複雑な恋の歌といっていい。その微妙な屈折の度合いを、歌の表面

6 山家集・下・雑「恋百十首」・一一八八。なんとか生き延びてあの人の本心を見届けたいが、このままだと恋死にしてしまう。しかしそれもできない。

にギスギスとみせないところが西行のうまいところだ。
ちなみに、恋歌ではないが、これと同じく初句を「永らへて」で始める歌が、他に二首ある。

永らへて終《つゐ》に住むべき都かはこの世はよしやとてもかくても[7]
永らへて誰《たれ》かはさらに住み遂げん月隠れにし憂世《うきよ》なりけり[8]

いずれも、将来のことをあれやこれやと反芻する西行の心にその時々に襲いかかった絶望が捨て鉢気味に投げ出されていて、その激烈な調子は、51でみた「世の中を思へばなべて」の歌に勝るとも劣らないものがある。この二首にも右の「永らへて」と同様、「かは」という反語が核として利いているが、西行はこうした激烈な衝動にとらわれたとき、しばしば「か」「かは」「や」「やは」といった反語や、疑問の「か」を見事に使いこなす。これまで取りあげた歌のいくつかもそうだが[9]、たとえばそれは、次項でみる「あはれあはれ」の歌についてもいえるだろう。

7 山家集・下・雑・一二三二。36にすでに引用した。
8 宮河歌合・三十三番右・持。家集にはみえない。生き永らえても住み遂げることなど誰もできない。この世は月が隠れたままの暗い憂世なのだ。「月隠れにし憂世」とは、釈尊の月が隠れて無明長夜に入った現在を指す。
9 9、10、21、37、53、54、55、また60、63など多い。

57 あはれあはれこの世はよしやさもあらばあれ来《こ》ん世もかくや苦しかるべき

（山家集・中・恋・七一〇、宮河歌合・三十六番右）

ああああ、この世はよし苦しみの連続であっても、それならそれでかまうものか。しかし来世でもまたこの罪のせいで、この世と同じ苦しさが永劫に続くというのか。

【詞書】（恋）
【語釈】○よしや―「よし」は万一という意を含んで、途中で言い差す言葉。「ままよ」に近い。○さもあらばあれ―「そのようにあればあれ」という捨て鉢な気持ちを示す。○かくや―「や」を反語ととるか、疑問ととるかで意味が変わってくる。

『山家集』中巻の冒頭近くに並ぶ、「恋」五十九首中の一首。「あはれあはれ」といきなり悲嘆の声で始め、さらに「この世はよしやさもあらばあれ」と、捨て鉢のような独白を畳みかける手法は、よほどのことといってていい。「よしや」と「かくや」の二つの「や」の対応も利いている。

『山家集』の配列からすれば、これも、恋の苦渋を訴えた歌だと取るほかない。本来は「恋」の歌として、おそらくはかなり早い時期に詠まれた歌だったのであろう。したがって、あの人とあの世で添い遂げられるものなら、この世ではもうどうなったって構わない、しかし、この罪のせいで、あの世でもまたこんな恋の苦しみを味わうのではないかといった、かなり限定された意味になる。

しかしこの歌は、53、54でも指摘したように、人生に絶望した人の苦を訴えた、恋とは無縁な歌として考えてもそのまま通用する。後で触れるように、「宮河歌合」の最後にこの歌を置いているところをみると、西行自身にも、必ずしも恋の歌として読まれなくてもいいという思いがあったのではあるまいか。

こうした歌は、54「歎けとて」の歌もそうであるが、公的な歌合であれば、恋の寄せがない「落題」の歌として非難されるところである。西行の歌には、こういう題意識をないがしろにしたような歌がかなり多い。したがって右の口語訳には、一般的な歌としてのニュアンスを残しておいた。

この歌の直前におかれた二首は、次のような歌である。

いかにせん来ん世の海人《あま》となる程も海松布《みるめ》難くて過ぐる怨みを 1

物思ふと涙ややがて三瀬川《みつせがは》人を沈むる淵となるらん 2

この世の苦悶を引きずりかねない来世での不安や、三途《さんづ》の川の淵に沈みかねない戦《おのの》きを、やはり恋に託してうたったものだ。その勢いに乗って、掲出歌でも、「来ん世」での業苦《ごうく》を、これといった「恋」の寄せがないままうたったのであろうか。

下句「来ん世もかくや苦しかるべき」についていえば、「かくや」の「や」を単純な反語と取って、「来世でもこんなに苦しいのだろうか、いやそんなことはあるまい」と、来世での救済を楽しみに待つ歌と解することもできないわけではない。しかしこの歌の上句のリズムからすれば、そんな柔《やわ》な認識を挟み込ませる余地はないであろう。第一、この歌の前にある「いかにせん」と「物思ふと」という、右に引用した二首がそれを拒絶する。未来でもこの苦から脱せられないとする、この一連の歌は、みな苦《にが》くて傷《いた》ましい。

1山家集・中・恋・七〇八。どうしようか、来世でミルメを刈る海人に生まれ変わるとしても、それまでの間、そのミルメではないが、相手を見ることもなかなかできず、怨みを抱えたまま空しく過ぎることを。

2同・中・恋・七〇九。恋をすると、その物思いで流す涙はそのまま三途の川となって、人を地獄に沈める淵となって溜まるのだろうか。

前述したように、この歌は「宮河歌合」の最後三十六番の右に置かれたが、判を付した定家は次のように批判した。

右の「この世」と置き、「来む世」といへる、ひとへに風情を先として詞をいたはらずは見え侍れど、かやうの難は、この歌合にとりて、すべてあるまじきことに侍れば、なずらへてまた、持《もち》とや申すべからん。

「この世」「来ん世」を並列するのは、漢詩の対句《ついく》や畳語《じょうご》表現に相当し、和歌では使ってはならないとされてきた。定家はそこを咎めて、その禁忌を無雑作に犯したこの歌を、「ひとへに風情を先として詞をいたはらず」と述べたのである。しかし、後半では、この歌合は通常の歌合とは異なり、神へ奉納する自歌合であるから、今は問わないと、その咎めを撤回している。この遠回しの遠慮は、51「世の中を思へばなべて散る花の」という歌に対して定家が述べた、「歌合のために集めた歌ではない」という文言と同じで、貴族的な歌壇の圏外にあって、型にとらわれずに自由な歌を詠む西行の異質性を定家がはっきり認識していたことを物語っている。

　しかしこの歌の場合、そうして対句じみた表現よりも、初句の「あはれあはれ」という言葉の方が問題であろう。この「あはれあはれ」には、言葉にならない苦悩が取りあえず口をついて出たといっていい切実さがあり、優雅さを尊ぶ貴族和歌では、もろに感情を投げ出した散文的な言い回しとして避けて当然の言葉であった。

　西行には、初句にこれと同じ「あはれあはれ」を置いた歌が、後の60でみる「地獄絵」連作中の一首にもみえている。

57
あはれあはれこの世はよしやさもあらばあれ来ん世もかくや苦しかるべき

あはれあはれかかる憂き目を見る見るは何とて誰《たれ》も世に紛るらん3

地獄でこんなつらい目に遭うと分かっていても、なんで人は覚醒もせず、この世の俗事にまみれて命を無駄に費やすのか、というような意味の歌。西行は、おのれの中や、周囲に満ち満ちている絶望をうたうとき、この「あはれあはれ」という言葉をとっさに使う傾向があったようだ。一首の先頭を、「あはれあはれ」という投げ出すような語句で始めるのは、いかにも西行らしいが、「あはれあはれ」という言い方は、実は西行以前にも先蹤《せんしょう》があった。『古今集』の読人知らずの長歌に、

…独りゐて　あはれあはれと　歎き余り　せんすべなみに…4

とあり、和泉式部にも次の例がみえる。

偲ぶべき人もなき身はある折にあはれあはれと言ひや置かまし5

西行よりやや後進の時代になると、式子内親王や殷富門院大輔《だいぶ》にも、

あはれあはれ思へば悲し終《つひ》の果て偲ぶべき身の誰《たれ》となき身を6

あはれあはれ隙《ひま》行く駒は早くして羊《ひつじ》の歩みのこり少なき7

という句を初句に置いた歌が見え出すから、どうやら、西行あたりから好んで使われ出し、一種の流行語になったようである。

ところで、先に述べたように、この歌は西行自身によって「宮河歌合」の末尾に置かれた歌である。巻軸に置いたということは、特別な意味をこめていたはずだが、正直なところ、絶望をテーマにしたこの歌は、神に奉納する歌として必ずしもふさわしいと思われない。実は、この歌に番《つが》えられた左歌もこれに近かった。

3聞書集・一九九。60でみる。

4古今集・雑躰・一〇〇一・読人知らず。独りぼっちでいて、ああああというしかない悲しみにあふれ、どうするすべもないので。

5後拾遺集・雑三・一〇〇八・和泉式部。私の跡を偲んでくれるような人は誰もいないこの身だから、生きているうちにせめてあはれあはれという叫びくらいは言っておきたい。

6式子内親王集・一九七。ああああ、思えば悲しい私の身の果てよ、偲んでくれる人が誰といってないこの身よ。

7殷富門院大輔集・一九三。ああああ、流れゆく月日は隙ゆく駒のように速く、屠所《としょ》に引かれる羊の歩みのごとく、私の人生は残り少ない。

逢ふとみしその世の夢の醒《さ》めであれな長き眠《ねぶ》りは憂かるべけれど[8]

この歌は、「逢ふ」「その夜の夢」とあるから、前にもまして恋歌の度合いが強いが、未来に対する暗い絶望をうたっている点では、掲出歌とほぼ同じである。

先の判詞では「あはれあはれ」という語に直接言及しなかった定家にしても、来世への不安や怖れをあけすけに吐露したようなこの語を前にして、正直なところ抵抗を覚えたはずである。先述のように定家はそのとまどいをたくみに回避したが、しかしそうであっても、この歌はやはり、神に捧げるにしてはふさわしくない内容の歌と考えるべきであろう。神を前にして、「来世も救われない」などというのは、神の力を信じていないことを表明しているも同然ではないか。にもかかわらず、西行が、不吉・不謹慎とも言えるこの歌を、あえて「宮河歌合」の巻末に配したことをどう考えたらよいのか、問題は残る。

もう一度、下句の「来《こ》ん世もかくや苦しかるべき」について考えてみる。まさか西行がここに到って、「苦しくないはずだ」などと楽天的に考えるとは思われないから、先に述べたように、これは反語ではありえない。しかし疑問と取っても、この疑問には答えがない。そういう絶対的な疑問であろう。しいていえば、これは西行自身にも結論が出ない最終的かつ永遠の課題だったのだと思われる。

歌の上句で「この世はよしやさもあらばあれ」と、この世に対する捨て鉢に近いような絶望の言葉を述べているが、これは、そこに西行の判断放棄の姿勢があることを暗示する言葉ではなかったか。すべてを放棄して、あとはただ神仏の判断に委ねるという自己放下《ほうげ》

8 山家集・下・雑・一三五〇。眠りの中であの人と逢ったあの夜の夢は、永遠に醒めずにあれよ。たとえその眠りが無明長夜の永遠の辛さに鎖されたものであってもましというもの。

の心を密かに籠めたものではあるまいか。つまり西行はここで、「宮河歌合」という奉納和歌という手段に頼って、この歌をあえて最後に置き、自己の絶望のすべてを神や仏に投げかけて、ひたすらその神意にまかせるほかないという絶対的受け身の態度に出たのではなかったか。

そのようにでも考えなければ、この歌が「宮河歌合」の最後に置かれた意味がみえてこない。そう理解することによってはじめて、神を冒涜《ぼうとく》しかねないこの歌の意味が逆転する可能性がみえてくるだろう。[9]

そのとき、この「あはれあはれ」は、当初の恋歌から一転し、この憂世に七十年を費やして、取るに足りない思いを二千首以上の歌にさんざん詠み散らかしてきた自分の過去のすべてを神仏の前に投げ出して、その是非を神仏の手に委ねるという自己放棄の歌に転化して西行の中で完結したのだと思われる。

9この判断放棄による逆転の構図は、47の歌でも触れた長明・方丈記の最後、方丈の庵の楽しみを述べる自己の不徹底をみずから問いつめて、「そのとき心さらに答ふることなし。傍らに舌根をやとひて、不請《ふしょう》の阿弥陀仏、両三遍申して止みぬ」と中止して終わる構文に近い。

58 うなゐ子《ご》がすさみに鳴らす麦笛《むぎぶえ》の声に驚く夏の昼臥《ひるぶ》し

暑い夏の昼下がり、まどろみの中で何かを聞いたように思ってふと目をさますと、それは、近所の幼な髪をした子供が気ままに鳴らしている麦笛の音であったよ。

（聞書集・一六五）

【詞書】嵯峨に住みけるに、戯《たはぶ》れ歌とて人々よみけるを。
【語釈】○うなゐ子―幼な子。男女を問わずうなじの辺りまで髪を垂らしたおかっぱ頭の子供。○すさみ―なぐさみ。「遊《すさ》み」「荒み」「遊み」などを当てる。○昼臥―昼寝、午睡《ごすい》。

ここで恋の歌から離れ、『聞書集』にのみ見える異色歌を何首か取り上げる。

夏の午後のひと時、ウトウトと午睡《ごすい》をしていた庵の老法師が、表で子供たちが鳴らした麦笛の甲高い音に、ピクンと身体を震わして目覚める。麦笛の音の余韻の中に、呆《ほう》けたような顔をした老人の孤独な姿体が、明るい陽差しに長い影を落とす。戸外ではなお、子供たちのはしゃぐ声が続いていて、老人のさみしさを浮き上がらせる。

貴族的な歌にはおよそ詠まれることがない、日常生活の何気ない一コマが、ふうっと我々の前に提示されていて、まるで映画の一シーンのような、あざやかな映像である。こういう日常の中の一瞬を歌にして平気なのが、また西行らしい。

「戯《たはぶ》れ歌とて人々詠みけるを」と詞書が記す、「戯れ歌」連作十三首の最初の歌。二千三百に及ぶ西行の歌の中でも、というより日本の古典和歌の中でも、類例のない異色作だといってよい。「戯れ歌」については最後に考えるが、たとえば『聞書集』には、「俊高（ま

たは俊隆）・頼政、清和院《せがゐん》にて、老下女《らうげぢょ》を思ひ掛くる恋と申すことを詠みけるに、参りあひて」という詞書をもつ、

市子《いちこ》もる姥女《うばめ》嫗《おうな》の重ね持つ児手《このて》柏《かしわ》に面《おもて》並べん[1]

という西行の歌がみえたり、『西行上人談抄』に、大原の寂然の庵室で「怖ろしき事」を題に仲間うちで応酬した連歌、

闇の空に大椋《おほむく》の木の下ゆかし　想空
榎木《えのき》もあへぬ事にもぞある　西行

がのっていたりする。[2]「老下女《らうげぢょ》を思ひ掛く恋」という題といい、「怖ろしき事」といい、気安い人々の間では、普段は詠まないこうした規格はずれのテーマで、歌や連歌を作って楽しむことはよく行われていた。

この「戯れ歌」の時も、仲間内の歌人の間で、いつものまじめくさった題詠では面白くないから、今度は「戯れ歌」でも詠んで楽しみましょうや、といった話が出て、数日後に互いに持ち寄ったのであるまいか。西行は、実はこんな歌をいくつも作ったが、皆さんどうでしょうかね、と笑いながら披露したのであろう。

詞書に「嵯峨に住みけるに」とあるのは、西行が再度の奥州旅行から帰ったあと、河内の弘川寺に移住するまでの間に住んだ嵯峨、つまり西行七十一から七十二の最晩年の頃のこととされてきたが、最近ではもっと早く、再度の奥州行脚の前、治承の始め頃とする見解も提出されている。[3]そうだとすれば、西行六十代の始め頃のことになるが、いずれにし

1聞書集・二五五。難解歌である。子どもたちを守り育てる町の婆さんたちが、どちらが表か裏か分からないふた面の、児童の手のような児手柏の葉っぱに苺を山盛りにして重ね持っている、その老女の顔に、児手柏にあやかって私の面を並べても分かるまい、というような意味か。

2暗闇の夜空に不気味に聳える大椋の木の下は怖いけれども気になる、という前句に、大椋の別名榎木に「え退《の》き」を掛け、なにせ相手が榎木だから、退くこともままならないというわけですな、と西行が付けた。

3和歌文学大系『山家集・聞書集・残集』の補注・解説。

ろ、西行はすでに十分老年であった。この「戯れ歌」の各首に底流のように流れている老の悲しみは、まさに西行の日常に流れていた実感にほかならなかったと思われる。

以下、この「夏の昼臥し」に続く十二首を順番にみていく。次は二首めの歌である。

② 昔かな炒粉《いりこ》かけとかせしことよ衵《あこめ》の袖に玉襷《だすき》して 4

「炒粉《いりこ》」とは炒った小麦粉のこと。ムギコヤシの類で、「いりこかけ」は、そばがきのような米粉を練った「いりこ掻き」のこととされるが、イリコカキだったら大人になってからも食べるから、これは文字どおり「いりこ掛け」のことで、炒った粉の類をふざけて掛けあったりした幼時の悪戯を指すとみた方がいい。そういえば自分も幼かったときに、勇ましく襷がけなどをして団子作りをしたことがあった。そのとき白い粉を掛けあったりして、頬っぺたをベタベタにしたことがあったなあと思い出したのである。実際に子供たちが「玉襷」をしている場面を見て詠んだというより、前歌の麦笛の音にひかされて、幼年時を思い出して作った歌とみるべきだろう。

③ 竹馬《たけうま》を杖にも今日は頼むかな童《わらは》遊びを思ひ出でつつ 5

幼年時の悪戯を思い出した老法師は、ふと庵の隅に立てかけてある竹の杖が目に入り、最近頼みにしているその杖から、竹といえば、幼年時に「竹馬」なんかして遊びまわったなあという追憶の糸をたぐり寄せたのである。竹馬といっても、今の竹馬ではなく、葉の

4 聞書集・一六六。「衵」は、上着と肌着の間に着た裾の短い着物で、主に幼童が身につけた。

5 聞書集・一六七。西行の「老人述懐」と題した一首に、老人の杖をうたった「山深み杖に縋りて入る人の心の奥の恥づかしきかな」（山家集・下・雑「恋百十首」・一三三八）とある歌の心理に通う。

ついたまま切り取った一本の竹棹を股の間に挟んで、ハイシハイシと馬に乗った積もりで駆け回る遊びで、一茶の俳句「雀の子そこのけそこのけお馬が通る」の「お馬」もこの竹馬のこととされる。昔竹馬で遊んだ竹を、年老いた今は杖として表へ出るのだなあ、といったところだろう。つながりとしては、この歌は前歌②と位置を逆にした方がスムーズになるが、それは今は問うまい。

④　昔せし隠れ遊びになりなばや片隅もとに寄り臥《ふ》せりつつ[6]

6聞書集・一六八。

「隠れ遊び」とは、今でいう隠れんぼのこと。西行も、昔さんざん遊んだことがあって、たまに、みんなが見つけに来ないまま、片隅で寝てしまったようなことがあったのであろう。それを懐かしく思い出して、無心だった甘味なその時間に、陶然と浸っているのである。ただ「なりなばや」と、現在の願望として表明している点や、「寄り臥せりつつ」と「つつ」が使われているのが微妙で、西行が現在、草庵の片隅に寄り伏せって、昔のことを思っているシーンだと取れば、現在の老いの心境が濃くしみ出ることになる。「つつ」に、昔した隠れんぼの途中、近くの藪陰か何かに「寄り臥して」小さくなったままでいる姿を重ねているのだと取れば、もう一度、幼い時の無邪気な時間に浸り続けたいという心意が強く出る。ここは、そのような夢にひたりながら、現在の老いの心境をのぞかせた歌と取りたいところ。

隠れんぼとは、人間が初めて自分の存在を隠すということを学ぶ、運命論的な擬《ぎ》似《じ》体験だといわれる。寺山修司の『田園に死す』（一九六五）に、「かくれんぼの鬼とかれざるまま老いて誰を捜しにくる村祭」という短歌があるが、人から隠れたいという心理は、我々が永遠に抱き続ける潜在的な願望の一つといってもいいのかもしれない。老人西行は、ここで「昔せし隠れ遊び」になりたいというが、もしかしたらそれは、隠れんぼの姿勢のままずうっと生きていたいものという、西行の偽らざる望みを表しているのかもしれない。

⑤ 篠《しの》ためて雀弓張る男《を》の童《わらは》額烏帽子《ひたひえぼし》の欲しげなるかな 7

これもまた、ほほえましいシーンだ。目の前に、雀弓を振りかざして駆けていく男の子がいる。額烏帽子でも付けてやったらさぞ似合うだろうに、いかにも欲しそうな顔をしているではないか、というところであろう。

「雀弓」は、雀などを撃つための幼児用の小弓のこと。「額烏帽子」も、紙兜に似た手製の飾りを指すとされる。『宇治拾遺物語』にのる舌切り雀の原話に、童たちが打った石に当たって腰を折られた雀が出てくるが、雀弓も石打ちと並ぶ男の子たちの楽しい遊びだった。目の前に、雀を捕ろうとして小弓をしぼっている男の子がいて、それを見て詠んだ歌と解したが、このシーンも、前の歌同様、少年時代のみずからの思い出と色濃く重なっているとみてもおかしくはない。

⑥ 我もさぞ庭の砂《いさご》の土遊びさて生《お》ひ立てる身にこそありけれ 8

六首めの歌。「庭の砂の土遊び」とは、泥や砂をこねて作る砂遊びのことであろう。「さ

7 聞書集・一六九。「篠ためて」は篠竹を曲げること。

8 聞書集・一七〇。

て生い立てる」というのは、小さい時はそんなこともやって、こうして成長してきたのだなあという感懐を意味する。もはや取り戻しようのない昔日の自分の姿を思い浮かべて、現在に回帰し涙をにじませていそうなシーンである。

⑦　高雄寺《たかをでら》あはれなりつる勤《つと》めかなやすらひ花と鼓《つづみ》打つなり[9]

ここで連想が、いつか見た高雄の神護寺《じんごじ》に飛ぶ。神護寺は、十二世紀後半に文覚上人が後白河院や頼朝らの寄進を受けて再興を志した寺。「やすらい花」の行事は、西行当時、毎年三月十日に神護寺で行われた法華会の鎮花祭をさし、文覚が再興に取りかかった治承年間ごろには行われていたらしい。西行が神護寺の法華会に参会したことは、頓阿の『井蛙抄』に、晩年文治四、五年（一一八八、九）頃の話としてみえているから[10]、あるいはその時に見たやすらい花であったと思われる。もしそうなら、この「戯れ歌」を詠んだのはやはり最度の奥州旅行から帰京した後のことになるが、それは今は措く。いずれにせよ、近在から集まってきた童女たちが、大勢で「やすらい花よ」と声を掛けながら、嬉々として花をまいて廻るシーンや、男の子たちが小さな手で一生懸命鼓を打って拍子をとっている光景がよみがえってきたのである。「あはれなりつる」というのは、幼童たちのかわいい動きを、けなげで清らかなものとして受け取った感動の表れであろう。

⑧　いたきかな菖蒲《しやうぶ》かぶりの粽馬《ちまきうま》はうなゐ童《わらは》の仕業とおぼえて[11]

9 聞書集・一七一。「やすらい」は「安楽」と当て、疫神を祀る花鎮めの祭に、笛や鼓を吹き叩きながら「やすらい花よ、やすらい花よ」と囃して踊り廻る紫野の今宮神社のそれが有名だった。神護寺でもそれを模したのであろう。

10 井蛙抄・雑談の西行と文覚の出会いを語った話に「ある時、高雄の法華会に西行参りて、花の蔭など眺めありきけり」とみえる。「あとがき」を参照。

11 聞書集・一七二。

五月の節句に、仏の前に供えられる粽で作ったミニチュアの馬の頭に、菖蒲で編んだらしい帽子飾りがちょこんと載っている。誰か腕白小僧がやったのであろうか、それを「いたきかな（見事な出来だ）」と見たのである。現在目の前で見ているかのように描かれているが、これもいつか見た昔の記憶がよみがえって歌にしたものであろう。

⑨　入相《いりあひ》の音のみならず山寺は文読《ふみ》む声もあはれなりけり12

二つ前の高雄寺の連想から、ふたたび山寺が浮かぶ。幼い稚児たちがたどたどしい声を張り上げて、学問のためにむずかしい経の文句を復唱している。やすらい花をまく少女らと同じく、西行が過去に聞いた子供たちの甲斐甲斐しい声に打たれたとも考えられるが、「入相の音のみならず」とあることからすれば、この場合の「あはれ」には、ほほえましさよりも何か存在自体の寂しさといった気分が漂っているように思われる。山寺の夕暮れという場が、そのような鎮静した気分に西行を誘うのであろう。ただ順番としては、右の「粽馬《ちまきうま》」の前にあった方が、「高雄寺」に直接続くことになって収まりがいい。

⑩　恋しきを戯《たわぶ》れられしその上《かみ》の稚《いわ》けなかりし折《をり》の心は13

「戯れ歌」も終りに近づき、この十首めになって、小さいころに経験した女の子との淡く無邪気だった恋の思い出が登場してくる。順番としては、これも④の隠れんぼの歌の後にあった方が連想の糸がスムーズに働く。「恋しきを戯《たわぶ》れられし」というのは、異性の少

12聞書集・一七三。「入相」の鐘については47を参照。

13聞書集・一七四。

女を好きだと思っていたうぶな恋心を、母親か乳母《めのと》あたりに気づかれてからかわれ、まっ赤になった経験をいうとも取れるし、久保田淳がいうように、相手の女の子が年上であって、ませたその子から逆にかわれたことを思い出して詠んだ歌とも取れる。[14]大人を出すより、後者の方が、この「戯れ歌」全体のトーンに合うかもしれない。

⑪　石なごの玉の落ちくる程なさに過ぐる月日は変はりやはする[15]

「石なご」は、女児が遊ぶ石投げの遊戯で、「擲石《いしなご》」とも書く。散らした石を一つ空中に投げ上げて、その石が落ちてくるまでに別の石を摑んで、同時に取る遊びをいう。後世のお手玉に近い遊戯である。遊びということではこれまでとつながりがあるが、しかし、その落ちてくる石の速さが、比喩の序詞として下の「過ぐる月日は変はりやはする」を導くあたりから趣きが変わってくる。月日が通りすぎる速さは、石投げの石のように速いというのである。西行の意識は、昼寝のあとの白昼夢のような時間から、明らかに現在の時間へと覚醒しつつあるのだ。取り戻せない過去の時間が、ここでは光陰のはかなさに対する現在の嘆きへと、トーン転化しつつといってもよい。

⑫　いまゆらも叉手《さで》にかかれる小魚《いささめ》のいさ又知らず恋ざめの世や[16]

前歌から覚醒がさらに進んで、現在の年老いた自分は、あたかも「恋ざめの世」に生きているようなものだという自覚が、急に胸に沸きあがってきた。悲しい現実に否応なく

14『西行山家集入門』（有斐閣新書・一九七八）での一つの説。

15聞書集・一七五。

16聞書集・一七六。「叉手」は交叉した二本の竿に網を張って魚を獲る叉手網のこと。

帰ってきたという感じである。子供たちの遊びは、すでに遠くへ去っている。ただこれまでの歌のように文意が明確でなく、リズムも語意も無心所著歌《むしんしょじゃくか》[17]のようになっているので、⑪までとは直接つながっていないとする意見もあるが、意識の流れに従うなら、幼年時の思い出に陶然とひたってきた恋にも似た思いから目覚めて、今まさに老境に放り出されてつくねんと庵の中に坐っている自分を見出して、あたかも現在が「恋ざめ」の時のようだと実感したのではあるまいか。網の中でパラパラと跳ねる白魚の、はかなくも切ないイメージがそこにオーバーラップしている。その覚醒を、恋から醒めたようだというのは、妙にリアリティに満ちた比喩だ。

初句「いまゆら」の語意は不明で、命を表す「たまゆら」に類する言葉だともされるが、老いの現在を指す「今」がかかっていることはおそらく動かない。小さなすくい網に掛かるはかない生命である「小魚《いささめ》」の連想から、今の世に投げ出された自分の命はどうなるか分からないという「いさ又知らず」の不安を引きだし、ともかくこの世は「恋ざめの世」みたいだと自嘲的にいうのである。

その恋ざめの悲しさは、駄目押しのようにして置かれている最後の一首にも共通する。いやそれは、もっと冷然とした現実として、西行の心を暗くさせたに違いない。

⑬　ぬなは生《は》ふ池に沈める立石《たていし》の立てたることもなき汀《みぎは》かな[18]

庭園の池の表は、ヌメヌメしたジュンサイを一様にはびこらせて濁っている。水際近くに極楽を再現するために美しく造り立てたかつての石組みも、今は沈んでいて見えない。

17 前後に脈絡がなく、語彙をずらずら並べただけにみえる歌。わけのわからない歌。万葉集に何首かみえる。「我妹子《わぎもこ》が額《ひたひ》に生ふる双六《すぐろく》の特負《ことひ》の牛の鞍の上の瘡《かさ》」の類。

18 聞書集・一七七。「ぬなは」はジュンサイの異称。「汀」のミギワに「身際」が掛けられているか。

私ももはや、あのように世間から見離されて人生の汀にたたずむ一介の老人にすぎない。いや、これといった立石を立てたこともなく、無用に終わった老残の身をこうしてただ養うのみだと。

「戯れ歌」の最後を飾るこの歌は、ひたすら暗い。昼寝から覚めて幼年時の楽しい思い出にひたった明るさはもうない。老年をうたったと思われる西行の他の歌、『聞書集』にのる「老人述懐」の三首[19]あたりに比べても、この暗さは特別に感じる。楽しい幼年期からの落差は、誰の目にも歴然と映るのである。こういうように突然極端に落ち込むことは、年寄りならずとも我々の人生にもままあるものだ。

西行は夏の日の午後、昼寝からさめたあと、おそらく三十分足らずの間に、麦笛に始まる明《めい》からジュンサイに蔽われた暗《あん》までの人生の縮図を、あたかも走馬燈のごとくに経験したのである。そしてそれを歌にした。そういう目であらためてみてみると、この「戯れ歌」十三首には、必ずしも明るい色調に溢れているとはいえないものがある。静かな淋しさといったらいいか、全体に老いの悲哀ともいうべき感情が伏在しているように思われる。小林秀雄はこの連作について「彼の深い悲しみに触れずには読み過せない」と書き[20]、吉本隆明は「これらの子供詠の調べは、西行の純粋さが負っている罪障感が練りに練られている」と評した[21]。「深い悲しみ」とまでいえるかどうかはともかく、吉本がいう「純粋さが負っている罪障感が練りに練られている」とは、生きるということ自体に関して西行が終始抱きつづけてきた罪意識とでもいうべきものが、幼年時代と現在の間に横たわる取り返しのつかぬ断絶を前に、死にむかって極まっていくおのずからの悲哀を指して言ったものであろう。

19 年高み頭に雪を積もらせて経りにける身ぞあはれなりける（聞書集・九七）、更けにけるわが身の影を思ふまに遙かに月の傾きにける（同・九八）、散る花も根にかへりてぞ又は咲く老いこそ果ては行方知られね（同・九九）の三首。

20 小林秀雄「西行」（『無常といふ事』一九四二・所収）。

21 吉本隆明「西行小論」（『抒情の論理』一九六三・所収）。

これが「戯れ歌」の連作十三首の持つ意味であった。そして最初にも述べたように、嵯峨にやってきた仲間たちの前で、実はこんな歌を作ってみたのだが、といって披露したのではなかったか。しかし披露した時には、一座の人々と共に、西行ももう笑い合ってすます余裕があったと思われる。

「嵯峨に住みけるに、戯れ歌とて人々よみけるを」という詞書は、「戯れ歌」なるものを人々が詠んだので、自分もついでに詠んだとも読めるから、この十三首は、もっと若いころに、西行が年寄りの身に寓意して詠んだ題詠歌ではないかとみる説もある。しかし、どの歌にも、西行が実際に経験した思い出が浮かび出ていて、とうてい空想の産物だとは思えないイメージの繊細さがあり、そこに老年の悲哀を重ね合わせている点からみて、やはり、晩年になって嵯峨に住んだころに詠んだ実詠とみるのが正しい気がする。

さて、最後に、詞書の「戯れ歌」という語義について、いささか贅言《ぜいげん》を付しておきたい。従来この語は、『万葉集』の「戯笑歌《げしょうか》」や『古今集』の「誹諧歌」、後世にいう「狂歌」や「ざれ歌」「戯歌《げか》」という範疇に入り、日常生活の中で気楽に詠まれる滑稽な歌の類一般を指すとみられてきた。先にみた『聞書集』の「市子《いちこ》もる姥女《うばめ》嫗《おうな》の」といった歌なども、明らかに「戯れ歌」の範疇に入る。こうした戯歌は、私家集などでは結構随所にみられ、俊頼の『散木奇歌集』にもかなりのっているし、『枕草子』や『源氏物語』などにも老女たちの歌にはよくみえる。しかつめ顔をした歌人たちも、気楽な日常世界では、こうした狂歌を多く詠んでいた。

しかし、あらためて見てみれば、西行のこの「戯れ歌」連作には、本来の言葉遊びや、冗談や諧謔といった要素が一切ないことに気づく。稲田利徳はその点を鋭く衝いて、この

58 うなゐ子がすさみに鳴らす麦笛の声に驚く夏の昼臥し

場合の「戯れ歌」は、戯笑歌や誹諧歌という意味ではなく、西行の当時にあった幼児の遊びを意味する「戯れ遊び」という用語を詰めたものではないかとした。[22]本書は論文ではないので、その説の当否についての私見は注に譲る。しかし、平安後期からの歌合の判で、特に秀句的な笑いの要素がなくても、広い意味で優雅ではない俗に近い表現に対しても「戯れ歌」に類する「なげ歌」「滑稽の詞」「狂歌体の歌」と呼ぶ事実があることに素直に従うべきであろう。「戯れ歌」を含め、これらの用語は正統的な純正な詩の列からはみ出すような、卑俗で自由な表現を持つ歌一般を指すタームとしても使われていたとみれば、そのまま納得できるのである。

そうした広義の意味でなら、言葉遊びの要素を持たないこの西行の連作も、「戯れ歌」の範疇に入ってくる。おそらくこの時集まった他の人々は皆、言葉遊びを含む滑稽な歌を披露したのであろうが、ただ西行だけは、かねて徒然《つれづれ》にまかせて詠んであった歌稿の中から、児童の遊びを取り込んだこの連作歌を示したのでないか。純正なテーマから外れた歌であるという点で、西行の意識ではこれはこれで、まさに「戯れ歌」にほかならなかったと思われる。幼年時の遊びにみずからの老年を重ねる、およそ誰でもが思いつこうとしなかったこんな連作を作ったのも、西行が自己の面目として保持してきた、歌に対する貪欲で自由な態度があったゆえであろう。

22『西行の和歌の世界』第三章第一節「西行の『たはぶれ歌』をめぐって」。この連作十三首には滑稽や諧謔に類する笑いの要素が皆無であり、「戯笑歌《げしょうか》」の類とはみられない、この「戯れ」は、児童の遊戯を意味する「戯れ遊び」という語を略したものとした。氏は、従来の戯笑歌《げしょうか》という意味なら「戯れによみける歌」とあってしかるべきだというが、そうだとすれば、逆に、なぜ西行は「戯れ遊びの歌」と書かなかったのかという疑問が生ずる。この時、西行以外の歌人が詠んだ歌がすべて児童の遊戯を詠んだ歌であることが実証されれば、氏の主張は正しいといえるが、それは無理であろう。そういうことよりも、当時の判詞類が、艶とはいえない卑俗な言葉遣い一般の歌を含めて「戯れ歌」と称したと考えられる以上、西行のこの連作に滑稽や諧謔の要素がないからといって、それを否定する根拠にはならないと思われる。

59 死出《しで》の山越ゆる絶え間はあらじかし亡くなる人の数《かず》続きつつ

（聞書集・二二五）

こんなに死んだ人間が多く出たからには、死者の行進が延々と続いて、死出の山を越える行列が途絶えることなんかおよそあるまいに。

【詞書】世の中に武者起こりて、西東北南、戦《いくさ》ならぬ所なし。うち続き人の死ぬる数聞く夥《おびただ》し。まこととも覚えぬほどなり。こは何事の争ひぞや、哀れなることの様《さま》かなと覚えて。

【語釈】○死出の山―仏説にいう、死後冥土に赴く途中にあるという険しい山。

これも『聞書集』にのみ見える歌。源平の武士の末路を、「死出の山」という言葉で統一してうたった連作三首の最初の歌である。源平の騒乱が終息に向かった元暦から文治にかけての頃、西行六十七、八歳ごろの歌と判断される。幼児期の遊びを回想した前項の連作とは、なんと趣きが変わっていることか。ここには、幼年時の追憶にひたる老西行の悲哀像が百八十度転回し、厳しい憤怒の相が現出している。

西行は、十二世紀の後半、京都の貴族界を揺るがした保元の乱を始めとし、それに続く平治の乱、治承・寿永の騒乱のすべてを見てきた人間であった。平家の一族が、旧体制の裂目に乗じて政権の中枢に踊り出て、やがて源氏の蜂起によって滅んでいくという過程である。幸いにというべきか、あるいはそうなることを見越していたのか、西行は保元の乱（一一五六年）が起こる十六年も前に、いち早く遁世に踏み切っていた[1]。もし西行が在俗のままでいたなら、清盛と付合いがあった彼もまた、その未曾有の動乱に巻きこまれていた可能性が高い。

1 西行の出家は、百錬抄によれば保延六年（一一四〇）十月十五日のこと。二十三歳。

詞書にある「世の中に武者起こりて、西東北南、戦《いくさ》ならぬ所なし」という認識は、まさに彼の生涯と並行したそうした歴史の現実を、そのまま示していて重いのだが、しかし、自分が武士であったことを忘れたような「世の中に武者起こりて」という突き放した言い方や、「こは何事の争ひぞや。哀れなることの様かな」という第三者的な物言いには、どこか冷ややかで無責任に近いアイロニカルな視線が流れている。

しかしこの視線は、もと武士であった自分の過去を差し引いた視線というより、もと武士であったからこそ、より深く見えてきた現実というべきであろう。それと同時に、軍記絵に描かれるような勇ましい行進シーンや、戦闘シーンではなく、死者の軍団が無数に行列をなして「死出の山」を越えていくという陰鬱なシーンを想像したこと自体が、仏者としての冷徹な視線に立って物をみていたことを雄弁に物語っている。あるいはかつて都大路のどこかで、平家か源氏の軍団の長々と続く行進を見たことがあって、そのイメージを、この死の行列に重ねたのかもしれない。

暗いモノクロの色彩に包まれたこの西行の視線は、この歌の後に続く「武者の限り群《む》れて死出の山越ゆらん。山賊《やまだち》と見える恐れはあらじかしと、この世ならば頼もしくや。宇治の戦《いくさ》かとよ、馬筏《むまいかだ》とかやにて渡りたりけりと聞こえしこと思ひ出でられて」という詞書のもとにうたわれた、次の二歌にも共通している。

沈むなる死出の山川《やまがは》みなぎりて馬筏《うまいかだ》もや叶はざるらん 2

「馬筏」とは、軍団が渡河する際に、水流に流されないよう馬を並べて押し渡ることを

2 聞書集・二二六。死後人が沈むという死出の山川は、流れならぬ人間の死体でみなぎり、さすがの馬筏をもってしても渡ることはできまい。

いう。治承の内乱の宇治橋合戦の際に足利忠綱の渡河で知れわたった方法で、西行が実際に見たとは思えないが、その荒々しい様は、西行には容易に想像されるシーンであったろう。西行はこの歌でも、いくら馬筏を組んでも、死出の川の死体の流れには負けるはずだと冷たく突き放している。荒々しい馬筏という具体的な映像が出ているだけ、掲出歌よりもリアルな迫力が増している。

西行の歌をいくら探ってみても、これほど諧謔と揶揄《やゆ》に満ちた放縦《ほうじゅう》ともいえるうたい方をしたものはそうそうはないが、これに続く三首めにも、その姿勢は、もっとあからさまに出ている。木曽義仲の末路をうたった「木曽と申す武者、死に侍りけりな」という詞書をもつ歌がそれである。

木曽人《きそびと》は海の怒りを鎮《しづ》めかねて死出の山にも入りにけるかな 3

ここでは、木曽は海を知らない山育ちだから、海神の怒りを鎮めかねて、ふたたび死出の山という山に追い戻らされたのであろうよ、という思い切った諧謔を弄している。第二句と三句にまたがる「怒りを鎮め」が、船の「碇を沈める」との掛詞であることは、容易に想像がつく。京都の街を横暴な支配で震え上がらせた木曽義仲という武士に対する侮蔑が底のところにあるのかもしれないが、この狂歌じみた揶揄は、「木曽と申す武者、死に侍りけりな」という詞書の調子にもそのまま表れている。「木曽という武者が死んだらしいよ」というような、こんな他人事めいた口調で書いた詞書は、他に類を見ないといっていい。

3聞書集・二二七。木曽から来た男は海神の怒りを鎮めかねてふたたび死出の山という山へ入っていったよ。

自分を武士たちとは無縁な人間ともいいたげな、徹底して非人間的といってもいいこの冷笑は、もちろん西行が、出家者としての自己をしっかりと律していたそのスタンスから出ているには違いないが、それにしても、もと武士であった身としての、西行のこの突き放し方は尋常普通ではない。

確かに彼は、世俗の名利や争い事を完全に無視できる立場にあった。早くに出家し、この世の栄華を斜めから見ることができる西行としては、当然そうあるべきでもあった。にもかかわらず、これらの歌に見られる冷ややかな態度には、現代の我々からすればどこか理解を越えた激しさがある。いくら相手が殺戮《さつりく》を本業とする武士であっても、人間の死をこうまでからかいの対象にするというのは、いささか常軌を逸しているといってもよい。それほど西行は、この三首では非情に徹している。なにか含むところがあったとしか思えないのである。

もと武士であったということが、西行の心にトラウマに近い慙愧《ざんき》の念を残していたのか。それとも、振幅の広い西行の心がたまたまこのとき、慈悲心とは正反対の怒りの側に大きく揺れていたのか。あるいは自身武士としてあった西行の血が、どうしようもなく同調して心を昂ぶらせ、武士に対する近親憎悪的な愛憎が噴出したものなのか。武士を捨ててあえて出家者として立った自分が、こうした悲劇を結局食い止めることができなかったことに対する絶望が、この逆説的な物言いを生んだのか。とにかくさまざまな想像にかられるのである。

いささか突飛な連想でいえば、西行伝説[4]のうちでももっとも有名な、出家の際に四歳の女児を縁側から突き落とすといった過激な行動がもし事実であり、また52の「操」の歌

4 徳川家本西行物語絵巻で有名な第一段の詞書には次のようにある。「年ごろ堪え難く愛《いと》ほしかりし四歳なる女子、縁に出で向かひて、父の来たるが嬉しさよとて袖に取りつきたるを、類《たぐひ》なく愛ほしく目もくれて思《おぼ》えけれども、これこそは煩悩の絆《きづな》を切ると思ひて、縁より下へ蹴落としたりければ、泣き悲しみけれども、耳にも聞き入れずして中に入りぬ」。

でみた、愛児が死んだという知らせを聞いても平然と弓を射ていたという『十訓抄』のエピソードが事実だったとすれば、その行動に表れた必死の形相は、この狂歌三首に示された冷たい視線とどこかで重なっているように思われてくる。あるいは、これまでに何度も述べたように、西行が私事といえるようなことを一切書き残さなかったという、強固な歌作りのスタンスともつながっているような気がする。

西行の本心がどこにあったかは、永久に分からないことだが、それにしても、ついに不明である西行という人間の謎の一面が、この「死出の山」三首にはしなくも表れているということはできるだろう。桜と月を愛する西行像の外に、どうやら我々は、西行の未知の顔をもう一つ見つけたというほかないようである。西行という人間の不可解さは[5]、諧謔好きで気さくな西行像のもう一方に、七十に近くなってもこうした憤怒に満ちた歌を残してやまない新たな西行像に接せざるをえないところにも由来する、といっていいようである。

5 西行の不可解性という点については、23の注8でいささか触れた。

60 見るも憂《う》しいかにかすべきわが心かかる報《むく》いの罪やありける

（聞書集・一九八）

この地獄絵を見るだけでも心がいたたまれなくなる。この悲惨な現実を前に、私はいったいどう心を働かせたらいいのか言葉を失う。こんなおぞましい報いを受ける罪が、本当にこの世にありえるものなのであろうか。

【詞書】地獄絵を見て。
【語釈】○地獄絵—地獄変相図ともいう。八大地獄の罪人が受ける苦患をリアルに描いた図。もっぱら絵解き用に作られた。

この歌をのせる『聞書集』は、前出した幼児期の種々の遊びをつづった「戯れ歌」や、源平の騒乱をうたった「死出の山」の連作など、通常の『山家集』にはない特異な連作を多く残すが、この「地獄絵」の連作は、その中でももっとも多い二十七首という連なりをなしていて、和歌史全体の中でも特別に異彩を放っている。

全編に溢れる恐怖感からいって、はじめて地獄図を見たときの衝撃をうたったものと考えられるから、比較的若いころの作とみてよいようだ。当時、東山の長楽寺には巨勢広高《こせのひろたか》筆とされる地獄絵があったというから[1]、出家後しばらく東山辺に住んだころに、その地獄絵などを見たときの感想ではないかとみられている。

地獄の恐怖は、周知のように、源信の『往生要集』によって克明に描写されたものであるが、かなり早くから地獄絵に絵画化されて、大寺の仏名会《ぶつみょうえ》などで公開されていたらしい。『枕草子』には、十二月の宮中の仏名会に飾られた地獄絵の屏風を、翌日、中宮定子

1片野達郎「西行『聞書集』の「地獄絵を見て」について」（和歌文学研究二十一号・一九六七）。

の部屋まで運んで見せたという記事があり、その後「これ見よ見よ」と中宮から強要され、さすがの清少納言も、その余りの気味悪さに逃げたという話がある。[2] 和泉式部や赤染衛門も、地獄図を見たときの恐怖を詠んだ歌を残した。

あさましや剣《つるぎ》の枝の撓《たわ》むまでこは何の身のなるにかあらむ[3]　和泉式部

罪は世に重きものぞと聞きしかどいとかばかりは思はざりしを[4]　赤染衛門

近代になっても、斎藤茂吉や太宰治が、幼年時に近在の寺で見た地獄図の恐ろしさを書き残している事実がある。[5] ちなみに、地獄図の完成に殉じて縊死《いし》していく一絵仏師の悲劇を描いた芥川龍之介の中編『地獄変』の主人公良秀は、平安時代中期にいたとされる伝説的人物（良秀不動とされる粉本が現存し、『宇治拾遺物語』にも説話を残している）であり、創作とはいえ、当時、地獄絵がいかに人々を畏怖せしめていたかという事実を背景にしなければ成立しなかった。

西行のこの「地獄絵を見て」連作は、和泉式部や赤染のそれに次ぐものとして注目されていいもの。しかし、その絵がどういう図柄であったのかは、西行自身が書いた詞書と歌から類推するほかない。現存している多くの地獄絵からして、針の山に追いやられたり、血の池に投げ込まれたり、銅の釜で煮立てられて、炎にあおられながら牛頭馬頭《ごずめず》や羅刹《らせつ》に責め苛《さいな》められる無数の罪人たちの姿が、絵全体に容赦なく描かれていたことおそらくは間違いあるまいが、その内容の深甚さは容易には計り知れない。

この歌は、二十七首の序に当たるとみていい歌。ポイントは、第二句の「いかにかすべきわが心」という言葉にある。「いかにかすべき」と心に問うても、すぐあとで、その答えなどないという絶望の溜息が聞こえてくるようだ。こんな想像を絶する報いを受けるの

2 枕草子・八一段に「御仏名の又の日、地獄絵の屏風とり渡して、宮に御覧ぜさせ奉らせ給ふ。由々しう、いみじきこと限りなし。これ見よ、見よと仰せらるれど、さらに見侍らじとて由々しさに上屋に隠れふしぬ」とみえる。

3 未刊稀覯本和泉式部集・一四八「地獄絵に剣《つるぎ》の枝に人の貫かれたるを見て」。

4 赤染衛門集・二六七「地獄絵に秤《はかり》に人をかけたるを見て」。

5 斎藤茂吉の第一歌集『赤光』に、生家の隣の宝泉寺で地獄極楽図を見てその恐ろしさをうたった「地獄極楽図」の連作十一首があり、「人の世に嘘をつきけるもろもろの亡者の舌を抜き居るところ」「人間は馬牛《うまうし》となり岩負ひて牛頭馬頭《ごずめず》どもの追ひ行く所」などの歌が見える。また太宰治は、第一創作集『晩年』所収「思ひ出」第一章に、少年太宰の教育に当たった女中たけに連れられて金木近在の寺で見た「地獄極楽の御絵掛地」の恐怖をつづり、嘘をつくと地

だったら、どう生きればいいのかといっても、いったいどうすればいいのか、さすがの西行も言葉を失ったと考えるほかない。この絶望は、51でみた、

世の中を思へばなべて散る花のわが身はさてもいづちかもせむ

という歌と、質的な深さにおいて一致するだろう。

西行は、俗世を振り切って出家の道を選んだ僧だった。いつも、この穢土《えど》を捨てて仏道に入ることこそが身を助けることになると人に説いていたに相違ないが、この地獄図の前では、そういうおざなりの言葉もすべて吹き飛んでしまったという気配がある。しかしそうはいっても、その絶望が、彼をして、詩人としてのもう一つの義務に駆りたてずにはいない。いくら言葉を失うとはいっても、彼はなお、それを歌に詠むことを止めなかったのである。それがこういう歌になった。これに続く歌々をいくつか眺めてみよう。

あはれあはれかかる憂き目を見る見るは何とて誰《たれ》も世に紛るらむ 6
憂かるべき終《つひ》の思ひを置きながら仮初《かりそ》めの世に惑ふはかなさ 7
受けがたき人の姿に浮かみ出でて懲《こ》りずや誰《たれ》もまた沈むべき 8

最初の歌は、57ですでに引用した歌。ああああ、この地獄絵を何度も目にして、こんなつらい目に遇うとわかっていながら、人はなんでこの憂き世にまみれたまま生きていかなければならないのか、という。二首めでは、この世の果てに怖ろしい終りが待っていると思いながら、それを放っておいて、なおこの仮そめの世に迷わなければならない人間のはかなさよ、とうたい、三首めでは、人間としてこの世に生まれること自体至難なのに、

獄に堕ちると聞かされて「恐しくて泣きました」と記している。

6 聞書集・一九九。57を参照。

7 同・二〇〇。「終の思ひ」は臨終時の思いをいう。

8 同・二〇一。「受けがたき人の姿に浮かみ出でて」とは、この世で人身《にんじん》を受けることは、大海の中で盲亀《もうき》が一本の浮木に遭う奇跡に等しいという涅槃経の比喩から出た言葉で、慣用句のように使われ、諸書に見える。

せっかく人間に生まれたにも関わらず、性懲りもなくまた罪を重ねて、誰もかもまた地獄に沈むのか、と歎きを重ねる。

これらの歌は、人がこの世の現実に否応なく足をすくわれて生きざるをえない痛苦をうたって、結局は西行自身、人々に向かってこの仮の世の苦悩を捨てるしかないのだと、当たり前の教えに追い込まれていくことを物語っているのだろうが、しかし、そのことをいくら繰り返し嘆いても、この地獄図の絵は、通り一遍の思いを越えて、具体的な責め苦の激しさをさらに伝えてくる。

なべてなき黒き炎《ほむら》の苦しみは夜の思ひの報いなるべし 9

異常に燃えあがる黒い炎の中で悶える男女の姿を見て詠んだこの歌では、夫婦の夜の営みの逃れられぬ報いがうたわれている。愛欲の夜の闇と炎のイメージが交錯して、苦しみがまっ黒な炎となってまっ正面からこちらに迫ってくる。

わきてなほ銅《あかがね》の湯の設《まう》けこそ心に入りて身を洗ふらめ 10

表向きは、窯《かま》の中の銅で煮たてられるこの堪え難い熱を思えば、どんな悪人も身に沁みて心を洗うこともあろうかとうたっているが、その実、苦への戦《おのの》きがやはり溜息の形でしか出てこない。

9 聞書集・二〇八。他に類がないこの黒炎に焼かれる苦しみは、男女の夜の営みの報いであるのだろう、怖ろしいことだ。

10 同・二〇九。地獄の数々の苦の中でとりわけ激しいのは銅の湯で煮たてられるこの苦しみ。これを目にすれば心に焼きついて、誰でも身を洗う気になるだろう。

憐れみし乳房《ちぶさ》のことも忘れけりわが悲しみの苦のみ覚えて11

ここでは、幼い頃に受けたこの世でもっとも尊いはずの母の慈愛を忘れて、おのれ一個の欲や苦に呑みこまれて生きるしかない、悲しい人間の性《さが》を思っている。この人間の愚かしい性《さが》を前にすると、母の慈愛とはいったい何であったのかとまで、疑わざるえないというのであろう。

たらちをの行方を我もしらぬかな同じ炎にむせぶらめども12

幼いころに死んだ父親が今どうしているのか知れないが、この地獄の炎に悶えている罪人の中には、武士として殺生戒を犯した父もいて、このどこかで苦しんでいるはずだとつい考えないわけにはいかない。そういう悲痛な想像にまで追い詰められて、西行はたじろいでいる。

ここぞとて開《あ》くる扉の音聞きていかばかりかは戦《をのの》かるらん13

また戻ってきたのかと喚《わめ》きながら、地獄の獄卒が重い鉄の扉をギシギシと開ける。西行自身がいま、百千の雷にも勝るその音をまざまざと耳にしているのである。ゼウスから山頂まで大岩を運び上げる刑を科され、その都度、大岩が転げ落ちる永遠の徒労に苦しむギリシャ神話のシジフォスのように、再び地獄へと舞い戻ってこざるをえない人間の愚かさ

11同・二一一。この身を慈しんでくれた母の乳房のことも忘れてしまった。自分の悲しみの苦ばかり思って。

12聞書集・二一二。あろうことか父親の行方を私も知らない。地獄の中で父もまた、この絵と同じ炎にむせび苦しんでいるのだろうか。

13同・二一九。ここが地獄だといって、獄卒が鉄の扉を開ける音を聞くときは、どんなにか心が戦くことであろう。

が、いま西行の心を突き刺している。

この連作には、この他にまだ十八首の歌があるが割愛する。いうまでもないことながら、これらの歌は、歌としてはどれも舌っ足らずで、言語表現としての明瞭な輪郭を欠き、評価の埒外にあるというほかない。この事実は、地獄絵が突きつけてくるおぞましさを、さすがに西行も、歌には十分に置き換えられなかったことを示している。そもそもが歌にうたえるような題材ではなかったし、伝統的な和歌の表現世界をはるかに超える苦悩であるからだ。迫真性ということなら、歌はついに絵画には及ばなかったというべきであろう。

しかし、とにもかくにも、これらの連作歌は、「戯れ歌」にしろ「死出の山」の歌にしろ、多くの王朝和歌が取り上げようとしなかった異端の題材に満ちていることは確かだ。歌としては未熟であろうとも、ここにも西行しか挑戦しようとしなかった世界が屹立しているといってよい。

61　夜《よる》の鶴《つる》の都のうちを出《い》でであれな子の思ひには惑《まど》はざらまし

（西行上人集・四三四）

子を思う夜鶴《やかく》だから泣くというのなら、すべからく都という籠《かご》の外へ出ないでおればよかったのだ。籠の中で泣くというのなら、親としてまだしも同情でき、子の思いにかくもとり乱すこともなかったであろうに。

これは『西行上人集』にのみ見える歌。

詞書にある「八嶋内府」とは、平清盛亡きあと、平家の総大将に立った清盛の次子内大臣平宗盛《むねもり》を指す。文治元年（一一八五）三月の壇ノ浦合戦で敗れて義経軍に捕縛され、いったん都大路を引き回されたあと、鎌倉まで護送されるが、頼朝にすげなく追い返され、六月、近江の篠原の地で、十五歳になる嫡男右衛門督《ゑもんのかみ》清宗と共に斬首されて死んだ。『平家物語』等によれば、事あるごとにわが子清宗と、その弟能宗の生死を気にしてやまなかったという。西行は、宗盛が近江で斬首《ざんしゅ》される直前にも、清宗のことを思って泣いたと聞いて、その妄念を哀れに思ってこの歌に詠んだ。今でいう一種の時事詠《トピック》とでもいうべき歌である。西行はこの当時、六十八歳であった。

初句「夜の鶴」は、白楽天の詩「五絃弾」にいう「夜鶴《やかく》子ヲ憶《おも》フテ籠《こ》ノ中《うち》ニ鳴ク」の「夜鶴」の和訓。巣ごもりする鶴が、夜になると子を想って鳴くという話を踏まえてう

【詞書】八嶋内府《やしまのないふ》（平宗盛）、鎌倉に迎へられて京へまた送られ給ひけり。武士の母の事はさることにて、右衛門督《ゑもんのかみ》（清宗）の事を思ふにぞとて泣き給ひけると聞きて。

【語釈】○夜の鶴―夜に巣籠もりする鶴、子を思う親に譬える。和漢朗詠集・下・管絃に載る白居易の詩「五絃弾」の「第三第四ノ絃《げん》ハ冷々《うち》タリ。夜鶴《やかく》子ヲ憶《おも》フテ籠《こ》ノ中ニ鳴ク」の詩句による。○出でで―出ないで。「で」は打ち消し接続。「て」と澄んで読むのでは意味が通じなくなる。

たった詩である。また『詞花集』には、儀同三司伊周《これちか》の母 高内侍《こうのないし》が、道長の策謀にあって左遷された息子伊周《これちか》のことを思って詠んだ、

夜の鶴都のうちに籠められて子を恋ひつつも泣き明かすかな[1]

という、この西行の歌によく似た歌がのせられている。「夜の鶴都のうちに」と「子」の語句が一致しているから、西行は楽天の詩句に加え、この高内侍の歌を踏まえて詠んだものと思われる。

藤原実資《さねすけ》の日記『小右記《しょうゆうき》』によれば、中《なかの》関白道隆の息儀同三司《ぎどうさんし》伊周《これちか》は、花山院狙撃や東三条院呪詛等の嫌疑をかけられて大宰府に流されることになったが、病と称して播磨の明石の地に滞留した。母の高内侍は会いに行くことを禁じられ、都のあったままこの歌を詠んだという。子を思って泣いたという点で宗盛の場合とよく似ている。

西行は北面時代から平家と親しかった。清盛とは同年かつ同僚であったし、出家後も清盛の父忠盛の屋敷で開かれた仏画の催しに出入し、[2]清盛が大和田の津で行った千僧供養と万燈会にもはるばると出掛けていって参加している。[3]また、「平家にあらずんば人に非ず」と豪語した清盛の小舅《こじゅうと》平時忠とも付き合いがあり、俊恵の歌林苑でも、平家歌人らと交流しているから、これは宗盛に同情して詠んだ歌であろうという見方が優勢であるが、そのようにとるのは早計であろう。

詞書の「武士の母の事はさることにて」とは、武士の妻が泣くのはいたしかたないとしても、平家の棟梁たる者が泣くとはどういうことだという意味だと思われる。すでに西行は、宗盛の失態を苦々しく思っているのである。ただし歌の上では、その批判を直接表には出さず、「都」のコに「籠《こ》」、つまり巣の意味を掛けて、その重い悲劇を軽い戯画へと

1 詞花集・雑上・三四〇・高内侍。「帥《そちの》前内大臣、明石に侍りける時、恋ひ悲しみて病になりて詠める」。

2 聞書残集・三一に「忠盛の八条の泉にて高野の人々、仏描き奉る事の侍りけるに罷りて、月明かりけるに、池に蛙の鳴きけるを聞きて」という詞書で「小夜ふけて月に蛙の声聞けば汀も涼し池の浮草」の歌がのる。

3 山家集・中・雑・八六二に「六波羅太政入道（清盛）、持経者千人集めて津の国和田と申す所にて供養侍りけり。やがてその序でに万燈会しけり。夜更くるままに灯火の消えけるを各々点し継ぎけるを見て」という詞書で「消えぬべき法の光の灯火を掲ぐる和田の泊りなりけり」の歌がある。

転化しているが、基調にあるのは侮蔑ととるのが順当であろう。「籠」といわず、あえて「都」の字を使ったのは、右の高内侍の「都のうちに」を意識すると同時に、平家の都落ちの一件を思い出してのことかと思われる。

高内侍は、都という「籠」に中にいたからこそ、息子のことを思って一晩中泣くことができた。子を思って泣くのだったら、宗盛がせめて都に留まっていれば「夜鶴」としての面目もあったろうに、子供と一緒に都から出て行った以上、子を思って泣く夜鶴の資格などもうないのだ、というのであろう。

三句めの「出でであれな」は、「出でで」と濁って読むべきところ。大方の注釈書は、ここを「出でて」と清音に取っているが、[4]「て」では意味をなさない。「て」で訳すと、都という「籠《こ》」から早く脱していればよかったという意になる。つまり都のうちを出さえすれば、子への恩愛も持たずに済んだというのだが、なぜ都の外へ出ていれば恩愛の情を捨てられるのか、理由が成立しない。そこで「都のうちを出る」とは早く出家をすればよかったという意味だという苦しい解釈もなされた。しかし「都を出る」を「出家すること」の同義とするのは無理がある。まさか西行は、妻子という絆《ほだ》しを捨てて出家した自分の過去を引き合いに出して、宗盛の愚かさを叱咤《しった》したわけではあるまい。

宗盛への軽侮に近いこの突き放し方は、59でみた「死出の山」の歌と直結しているだろう。そこで西行は、源平の武士たちが死出の山を越えていく哀れな末路を、冷徹な視線でうたっていたが、武士の営みを距離を置いて眺めるというその視線と、この歌は軌を一にしている。白峰の墓で崇徳院の霊をハッタとたしなめた歌も思い出されるところだ。

平家と親しかった西行の宗盛への同情とは取れないと書いたが、もっとも次のように考

4 濁音で解しているのは、川田順『西行研究録』、渡部保『西行山家集全注解』(風間書房・一九七一)、安田章生『西行』(弥生書房・一九八三)、有吉保『西行』(新典社・王朝の歌人8・一九八五)くらいである。

えることもできる。源平の武将を冷たく突き放した西行にしてみれば、軟弱さを露呈した宗盛の最期など、黙って無視することもできたはずである。それでもあえて、こうして宗盛のことを歌にしたのは、源平の武士の死を戯画化してでもなんでも、ともかく歌にしたかったという例の衝動が働いていたのだと。

鳥羽院や崇徳院の人生に対してもそうだったが、彼が普通の歌人だったら歌になど詠もうとしないこうしたビビッドな時事まで歌にしたのは、西行が歴史の転変に対して無関心でいられなかったことをよく物語っているといっていい。出家の身とはいえ、彼は人間の万般の営みに対する好奇心やこだわりを、最後まで捨てることをしなかった。いいかえれば、西行は決して超越的な人間ではなかった。西行の心の底には、35の瀬戸内の漁師たちの歌でみたように、人間存在が必然的に抱えこんでしまうどうしようもない現実を前に、同じ人間としてその哀しみに常に寄り添おうとする意思が流れていた。それがこのケースでは、歴史に対する好奇心として表れたのである。

西行は、出家者以前の一個の人間として生きる目というものを、終生失わなかったといってもいい。彼がしばしば自分の生き方を自嘲して、「世の中を捨てて捨て得ぬ心地して」などというのは、信仰心の不徹底を歎いたというようなものではなく、彼の内部にある、そのような世俗への関心の並はずれた強さから出た言葉だったのかもしれない。

宗盛の最期を歌に詠んだのも、彼が西行も親しかった平家の武将であったからという単純な理由ではなく、宗盛という人間の中に、人間としての根源的な愚かさや哀しみを見て取ったゆえのことだったのではあるまいか。そういう意味では、西行はやはり、世界の根源を透視しうる目を備えた本物の詩人であったというべきであろう。

62 深く入《い》りて神路《かみぢ》の奥を尋ぬればまた上《うへ》もなき峰の松風

（西行上人集・六二五、千載集・神祇・一二七八）

ここ伊勢神宮の神路山の奥へと深く分け入っていくと、松風が頭上を吹き渡って行く。あのこの上もない霊鷲山《りょうじゅせん》に吹いている風と同じだと思うと、この峰の松風以上のものがあるとは思えず、私の心もこれ以上なく澄んでくる。

西行が長く住んだ高野の奥を引き払って、それまでに何度か訪れたことのある神風の伊勢に移り住んだのは、治承四年（一一八〇）、六十三歳の時のこと。その年六月、清盛が断行した福原遷都のことを、伊勢の地で耳にして次の歌を詠んでいる。

雲の上や古き都になりにけり澄むらん月の影は変はらで[1]

伊勢では大神宮に近い東の二見浦《ふたみがうら》安養山のほか、いくつかの地に庵を結び、その間、禰《ね》宜《ぎ》の荒木田氏良や、その息子満良を始めとする内宮《ないくう》の祠官《しかん》らと親しく交流し、神宮を始め、斎宮館、三津、錦浜、答志島《とうしじま》などを訪れ、時に対岸の伊良子《いらこ》にも渡って約七年間を過ごした。

伊勢神宮は、古くから仏徒である僧尼を忌避してきた。この風習は西行の時代でもま

【詞書】高野の山を住み浮かれて後、伊勢の国二見浦《ふたみがうら》の山寺に侍りけるに、大神宮の御山をば神路山と申す。大日如来《だいにちにょらい》の垂迹《すいじゃく》を思ひて詠み侍りける。

【語釈】○神路―伊勢内宮の神域にある神路山、天照山《あまてらすやま》ともいう。○また上もなき―「また」は他にもう一つという意味の「又」。「上なし」は、その上がない最上という意。この上ない。「上もなき峰」で釈迦が説法をした霊鷲山を暗示するとともに、「松風」に掛かって、この松風の勝るものはないというのであろう。

1 西行上人集・四三五「福原へ都遷りあると聞こえしころ、伊勢にて月歌詠み侍りしに」。私が仰ぎみた宮中はもう古い都になってしまったが、その空に澄む月は昔と変わらないであろうよ。

だ行われており、僧のためには特別な遙拝所《ようはいじょ》が設けられたりした。目崎徳衛は、僧の伊勢参拝という歴史的事象として、西行がこの時期に大神宮に詣でたという事実は画期的なことであったと指摘する。[2] 氏はさらに、文治二年（一一八六）の二月に行われた東大寺大仏勧進上人俊乗坊重源《ちょうげん》一行の僧徒七百余人の伊勢参拝は、西行の斡旋もあったからではないかと推察し、西行と伊勢神官らとの交誼を通じてであろうとしているが、いずれにしても、西行の伊勢移住は、当時としてはかなり思い切った企てであったようだ。

この歌は、大神宮の内宮に奉納した「御裳濯川歌合」の最後の三十六番左に置かれた歌。右には次の歌が置かれた。

流れ絶えぬ波にや世をば治《をさ》むらん神風すずし御裳濯《みもすそ》の川 [3]

御裳濯川は、神路山に端を発して伊勢内宮の神域を流れる清流五十鈴《いすず》川の別名で、「御裳濯」の名は、この地に斎場を定めた倭姫命《やまとひめのみこと》がここで穢《けが》れを落としたという伝承に由来する。判者俊成は、「左の歌は、心詞《こころことば》深くして愚感抑へ難し。右の歌も、神風久しく御裳濯の岸に涼しからんこと、勝負《かちまけ》の言葉加へ難し。よって持《もち》と申すべし」として引分けにした。神を前にした当然の措置であろう。この歌合の巻頭一番に置かれた歌は、41の、

岩戸《いはと》あけし天《あま》つ尊《みこと》のその上《かみ》に桜を誰《たれ》か植《う》ゑ始めけん [4]

という歌だった。「岩戸あけし天つ尊」とは、いうまでもなく内宮の祭神である天照大神を指す。桜をうたったこの左の歌に対して右に、

神路山《かみぢやま》月さやかなる誓ひありて天《あめ》の下をば照らすなりけり [5]

2 目崎徳衛『西行の思想史的研究』第七章二の3「僧都の神宮崇敬とその本地垂迹思想」。

3 西行上人集・三七八「伊勢にて」。神風が涼しく渡るこの御裳濯川のつきせぬ波のおかげで、いつまでもこの世は安穏に治まっているのであろう。

4 同・六〇四。41を参照。

5 同・六〇一。41を参照。

という月の歌を配したことも記したが、俊成はこの桜と月に対し、「一番の番《つがひ》、左の歌は春の桜を思ふ余りに神世のことまで辿り、右の歌は天の下を照らす月を見て、神路山の誓ひと知れる心、共に心深く聞こゆ。持と申すべし」として、やはり「持」としている。この「御裳濯川歌合」の姉妹編ともいうべき「宮河歌合」の最初と最後の番でも、定家は俊成同様「持」の判を下しているから、[6]おそらく親子で申し合わせ、「持」と判定することで、大神宮に対する尊崇の念を表したのであろう。

ある時、西行は内宮の南に広がる神路山の神域に、一人深く入っていった。鬱蒼《うっそう》とそびえ立つ杉の木の寂び寂びとした神の森の雰囲気が、西行の全身を包み、梢を渡る風の音がこの上もなく尊いものに聞こえてきた。その感覚の真偽はともかく、西行はこの時、はるか昔、釈迦が説法をしたという霊鷲山《りょうじゅせん》（鷲の山）を吹いていた風の音を確かに感じ取ったのであろう。

院政期ごろから急速に展開したとされる本地垂迹《ほんちすいじゃく》思想では、天照大神の本地仏は大日《だいにち》如来とされ、この山に垂迹したので、神路山は天照山《あまてらすやま》という名を持つようになった。「神路山」が天照大神を表すとすれば、「上もなき峰」は、仏教誕生の至高の地霊鷲山《りょうじゅせん》を暗示する。大日と釈迦は本来は別な仏であるが、西行の意識では、この二仏は無理なく重ねられていたとみて差しつかえないだろう。特定の宗派に固執することなく、もともと宗教に対して自由な態度を持していた西行にとって、神と仏は対立するものではなかった。この歌で神路山と霊鷲山とを重ねて詠んでいるのも、彼の中では神と仏はすでに矛盾なく融合していたからである。

『山家集』中・雑には、「懺悔業障《ざんげごうしょう》」以下、経文の句を詠んだ歌が三十首近く並んでいる

6宮河歌合・三十六番判「…かやうの難は、この歌合にとりてすべてあるまじき事に侍れば、なずらへて又、持とや申すべからん」。57でも引用した。

が、その中に「無上菩提」の心を詠んだ、

鷲の山上《うへ》暗からぬ峰なれば辺りを払ふ有明の月[7]

という歌が見えている。「峯の松風」の代わりに、この歌では「辺りを払ふ有明の月」が霊鷲山の聖なる神秘を象徴するものとしてうたわれている。初句「鷲の山」は、右の歌の「神路山」に通い、また「峰」「上」が「上もなき峰の松風」に重なるから、おそらく西行は、かつて詠んだこの「鷲の山」の歌を脳裡に思い描いていたのだと思われる。とすれば西行が、神路山の「峰の松風」の音に、釈迦の悟りである無上正覚を表わす「無上菩提」の真理を感じ取っていたことは確かであろう。西行は、神や仏に対して過度の尊崇を示す人間ではなかったが、こうした歌をみると、彼もまた神や仏に対して純粋な信仰心を抱いていた中世人であったことが伝わってくる。

出家の道を選んだ西行は、いうまでもなく仏徒であった。西行が普段奉仕していた仏教が何宗であったのかについてはうるさい議論があるが、基本的には、天台の法華経や浄土教の持者として出発し、次第に真言僧としての立場を強めていったらしい[8]。叡山に入った形跡は、一時横川《よかわ》に住んだことがあったことと[9]、晩年に慈円の無動寺を訊ねたことぐらいしか見当たらないが、旧仏教の聖地である南都にもしばしば出入りし、そのほか熊野や大峯で修行したこともあり、見た目には、どこかに庵を作っては住み明かし、時々ひょっと顔を出す乞食僧のような印象を与えていた雑宗僧と見る方が当たっていよう。

そういう生活では、神も仏も、差別なきものとして同時に受け入れるような素地があっ

7山家集・中・雑・八九五。釈尊が説法をした霊鷲山は無上菩提の明澄な嶺であるから、有明の月も辺りを払うほど輝いているのであろう。

8西行の宗教的立場については27でやや詳しく述べた。

9このことについては最後の65でもみる。

たとしておかしくはない。その両者を混交して考える神仏習合思想はすでに奈良時代に始まっているとされるから、西行の在世当時は相当な伝染力をもって拡がっていたであろう。西行に信奉した内宮の神官荒木田満良が出家して蓮阿と名乗ったように、神官から仏教の世界に入る人間も多く出て来た。下鴨神社の神官であった鴨長明が、出家して蓮胤《れんいん》となったのもその一例である。

五百年後の貞享元年（一六八四）八月、芭蕉は『野ざらし紀行』の旅で伊勢外宮を訪れ、

「また上もなき峯の松風、身にしむばかり深き心を起こして」とこの西行の歌を引き、

晦日《みそか》月なし千歳《ちとせ》の杉を抱く嵐[10]

の一句を残している。西行の数ある歌の中でも、この「神路山」の歌は、彼の人生を象徴する特に印象深い歌として芭蕉に刻印されていたということであろう。

ただし、西行のこの歌から、西行の思想をそれ以上深く読み取ることは無理である。彼には神仏混交思想そのものをストレートにうたった歌はないし、逆に何を仏と考え、何を神とみていたか、思弁的に両者を区別していた形跡もない。そういう意味ではこの歌も、本地垂迹思想の上澄みを伝えるだけであって、西行の心の底までのぞき知ることはできない。そこに社《やしろ》があれば神を拝み、寺があれば仏に礼拝する、そういう西行の心のおもむくままの姿を素直に見せている、と押さえておけば十分であろう。いずれにせよ、神と仏を対立するものとみる衒学《げんがく》的思考は、彼とは無縁であった。神と仏をひとしなみに感じる心が、現代の私たちにもまだ伝わっている心意だとすれば、西行に向かって、その対立のことをうるさく問いつめることは野暮というものである。

10 通常の芭蕉真蹟本にはなく、波静編の安永九年刊甲子吟行に見える一首。

63

年《とし》たけてまた越ゆべしと思ひきや命《いのち》なりけり小夜《さや》の中山

（西行上人集・四七五、新古今集・羇旅・九八七）

年老いてからまた、この小夜の中山を越えることがあろうとは夢にも思わずにきたが、今こうしてふたたびこの峠を越えるとは、ああ、これが命というものなんだなあ。

【詞書】東《あづま》の方へ、あひ知りたる人の許へまかりけるに、小夜《さや》の中山見しことの昔になりたりける、思ひ出でられて。（山家集）

【語釈】○小夜の中山―現静岡県掛川市日川と菊川の間に延びる峠越えの道。静岡市の「宇津の山越え」ほどの難所ではないが、美しい名の響きから歌に多く詠まれた。「小夜」は「さよ」「さや」の両様の訓みが行われた。

いよいよ西行の歌も晩年にさしかかっている。西行は、文治二年（一一八六）、六十九歳という老齢の身に鞭打って、再度奥州へと出発した。後で触れるように八月中旬には鎌倉へ着いているから、旅立ちは七月末頃であったと思われる。

これはその旅の途次、現静岡県の掛川から菊川に至る峠道で詠んだ歌。帰りでは感動も半減されるだろうから、まだこの先にはるばるとした行程を拡げている往路での詠とみるべきだろう。ほとんどの人が、西行の絶唱として推賞してやまない歌だが、晩年に詠んだ歌はこの歌を含めてほんの数首しか残っていないから、そういう点でも十分貴重な歌である。リズム感のよさとあいまって、現代人の我々でもつい人生というものに思いをはせてしまう、そんな思いを抱かせる深い感懐のこもった歌だ。

特に四句めの「命なりけり」という言葉が光っている。前半をゆったりした調子で流し、「命なりけり」で一気に詠嘆に転じたあと、ふたたび「小夜の中山」と、体言で止める緩急をつけた構成が人を惹きつけてやまない要素にもなっていよう。

二度めとなるこの奥州の旅は、前項でも名を出した大勧進聖重源《ちょうげん》から砂金勧進のことを依頼されて、奥州の「あひ知りたる人」の許を訪れることに目的があった。この「あひ知りたる人」とは、いうまでもなく西行と同族関係にあった平泉の藤原秀衡やその一族を指している。奥州藤原氏が亡ぶのはこれより三年先のこと。秀衡やその子息の威勢はこの時はまだ強大で、奥州の金を一手に握っていた。

重源の右の要請が、西行の心の中に残っていた「たてだてしさ」にふたたび火をつけたことは間違いあるまい。それと同時に、七年も伊勢に住んだ彼の心の中に、久しぶりに旅に出たいという痼疾ともいうべき「浮かれ心」が鬱勃《うつぼつ》と湧き上がってきて、最後の旅へと彼を駆りたてたということもあったに違いない。命も分からない老年の旅だというのに、結局その旅への誘惑に負けてしまったのは、いかにも西行らしかった。

西行は、31以下でみたように、二十七歳を過ぎた壮健の時代に、最初の奥州への行脚を敢行したが、その途中、この小夜の中山を通ったことがあった。その若かりしころの旅の思い出が、四十数年の時を経て、今あらためて浮かび上がってきたのである。その隔世《かくせい》の思いが、第三句の「命なりけり」という嘆息となって口をついて出た。

初句の「たける」は「たけなわ」の「たく」と語源を同じくし、盛りになる、また盛りを過ぎるというような意味である。それを年齢に使った和歌は、西行以前にはみられないので、これは『和漢朗詠集』にのる許渾《きょこん》の詩[1]「年長《とした》ケテハ毎《つね》ニ労《いた》ハシク甲子《かっし》ヲ推《お》ス。夜寒クシテ初メテ共ニ庚申《こうじん》ヲ守《まぼ》ル」という詩句に倣ったのであろうとされている。

また、小夜の中山は、古歌ではもっぱら、

1 和漢朗詠集・庚申・六五〇・許渾。年を取ると自分の年齢もおぼろになって干支《えと》を勘定するのも億劫《おっくう》になり、この寒夜、初めて魂が抜け出さないように、友と一緒に庚申《こうしん》の徹夜の守りを行ったことであるよ、といった意味。西行は30で引用した歌でも、「月たけて」とこの語を使っている。

東路《あづまぢ》や小夜の中山なかなかに何しか人を思ひ初《そ》めけん[2]　紀友則

東路の小夜の中山さやかにも見えぬ雲居《くもゐ》に世をやつくさむ[3]　忠岑

のように、「中」から「なかなか」を、また「小夜《さや》」から「さや」という音を引き出す序詞として使われてきた。しかし歌人たちは、「小夜の中山」の語感に引かされてうたったのであって、西行のように、じかにその地を踏んで詠んだわけではない。小夜の中山が有名になったのは、東海道の往来が盛んになってからのこと、しかも実際にこの地を通った西行のこの歌が『新古今集』にのってから、歌枕としての知名度がより高まったとみて誤りはないと思われる。

西行がこの歌で、年がたけてまた越えるとは思わなかったと詠んだので、小夜の中山には難所というイメージがつきまとうようになるが、彼は難所という意識で詠んだわけではなかった。[4]「命なりけり」という嘆息も、難所での感想というイメージからは遠い。昔ここを通ったという記憶の底から、思わず口をついて出たという語句であって、それとともに、さすがに健脚を誇った西行であっても、六十九という年でここまでやって来たこと自体、並大抵のことではなかったことも示していよう。

この「命なりけり」という言葉は、どう訳しても「命であることよ」ぐらいにしかならない一言である。結局このまま、「命なんだなあ」と訳すほかに言いようがない表現だといっていい。そういう単一的な力強さがある言葉である。

実はこの「命なりけり」という言葉には先蹤《せんしょう》があった。『古今集』にも早い例として、

春ごとに花の盛りはありなめど相見んことは命なりけり[5]　読人知らず

もみぢ葉を風にまかせてみるよりも儚《はかな》きものは命なりけり[6]　大江千里《ちさと》

2 古今集・恋二・五九四・紀友則。東路の小夜の中山ではないが、どうしてこんな中途半端な気持ちで、つれないあの人を想い始めてしまったのか。

3 新古今集・羇旅・九〇七・忠岑。東路の小夜の中山ではないが、どこともはっきり知れないこの旅の空でこの世を終えるのであろうか。

4 伊勢物語の業平東下りの段には、宇津の山が難所として出ているが、小夜の中山については触れていない。また阿仏尼も、十六夜日記中で特に難所だとはいっていない。

5 古今集・春下・九七・読人知らず。春が来るたびに必ず花は盛りになるだろうが、それを目にできるのははかないこの命があってのことだ。

6 同・哀傷・八五九・大江千里。「病に患ひ侍りける秋、心地の頼もしげなく覚えければ、詠みて人の許へ遣はしける」という詞書がある。紅葉ばを風のままに散らすのを見るよりも、もっとはかないものは人の命であるよ。

という二首があり、和泉式部にも、

露を見て草葉の上と思ひしは時待つほどの命なりけり[7]

という歌がある。西行の脳裏にも、おそらくこうした古歌が記憶として残っていた。

しかしこれらの先例は、どれも「…は命なりけり」「…の命なりけり」という構文で使われており、「…」の部分に置かれたそれぞれの対象に対する術語として用いたものである。「春ごとに」の歌は、一見、毎年咲く桜にまた逢えたというわが命を喜んだもののようにみえ、西行はこの古今歌に倣ったものとも考えられるが、無常を象徴する桜が踏まえられている点では、残る二首が命のはかなさをうたっているのと同様、基本的には無常という観念によりかかったものであった。生きていることを、無常の理によって喜んだり、はかなんでいるのであって、要するに、生きるということを否定的に詠じたものといってよい。

これに対し、西行は逆に生きていてよかったという。生に対するベクトルが反対である。西行の嘆息は、あれからまた四十数年という長さを生きてきたという事実に対する、言葉にならない溜息なのだ。四十数年も生き永らえたということの感覚には、無常などという抽象的な観念が追いつく余地などないだろう。

使命を帯びた身であったとはいえ、この「命なりけり」の歌には、四十数年という過去の記憶と、現在の年老いての旅の苦しい思いとが不可分に張り付いていて、悲しみということからは遠い。生きていることがしみじみと深いというような厚い重みのある歌となっている。もちろんこの重みは、西行自身にしかわからないことであろう。しかし、本当は西行自身にもわからない何か根源的なものであったのではあるまいか。そういう意味で

7和泉式部集・三〇四。露を見て草葉の上に置く露にすぎないと思ってきたのは、実際には消える時を待つほんの一瞬の命であったのだった。

は、「命なりけり」という溜息は、まさに「授けられている」「生かされている」ということと同義であったというほかないと思われる。

繰り返すが、この「命なりけり」は、人生に対する何らかの総括を匂わせた術語ではない。そこにただ凝然《ぎょうぜん》と投げ出された溜息である。

ところで、この歌とは直接結びつかないが、小夜の中山を通過して二、三日後、鎌倉に着いた西行は、3の歌でも触れておいたように、頼朝に招聘《しょうへい》されて弓馬や歌道のことを語り合っている。西行伝の中の一大トピックとして必ず引用される『吾妻鏡』文治二年（一一八六）八月十五日の条である。かなり長いが、意訳して示そう。

八月十五日丑の日。二品《にほん》将軍（頼朝）が鶴岡《つるがおか》八幡宮に参詣したところ、一人の老僧が鳥居のあたりをうろついていた。怪しんで、梶原景季《かげすえ》に名字を尋ねさせると、もと佐藤兵衛尉憲清《のりきよ》（義清）、法名西行だという。そこで後刻また会って、和歌の事などをゆっくりと談じたいと申し出ると、西行も了承した。将軍はその後各宮寺を巡廻したが、早々に還御し、直ちに西行を幕舎に招いて芳談に及んだ。この間、歌道と弓馬のことについていろいろと尋ねられた。西行がいうには、「弓馬のことは在俗の始め、家に伝わる風を学んだりもしましたが、保延三年八月に[8]遁世した際に、秀郷《ひでさと》朝臣以来の九代嫡家相承の兵法を皆焼いてしまいました。罪業の因にもなりますし、そのことは心底に残ってもおりません。詠歌のことは、花月に対して動感の折節に僅かに三十一字を作るだけのことで、奥旨などまったく弁《わきま》えません。せっかくのお尋ねですが、申し上げたいことも特にございませぬ」ということだった。しかし将軍がなお親しく尋ねられたので、弓馬の道についてはその意見を披瀝した。将軍は俊兼に命じ、その

8 この年月は吾妻鏡の記述。百錬抄には保延六年十月十五日とあり、台記の西行自身の証言もあって、現在では百錬抄の方が正しいとされている。

文言を記録なさった。こうして話ははずみ、終夜に及んだ。

頼朝の恩問に答え、出家の時に相伝の資料をみな焼いたので忘失したと述べるこの西行の返答は、権力の前におもねらない潔《いさぎよ》さを余すところなく伝えていて心よい。とりわけ、歌狂いといっていいほど固執し、自己にとっての修行と同然に使命視してきた和歌について、あっさり「詠歌のことは花月に対し動感の折節、わづかに三十一字を作るばかりなり。まったく奥旨を知らず」と言い捨てていることは注目される。すべての贅言《ぜいげん》を切り捨てて揺るぎないこの立言には、「命なりけり」という小夜の中山での自足に満ちた心境と通じるものがあるといっていいのではあるまいか。どうやら西行は、ここに至って万機を突き抜けたところに出てきているようだ。

しかし、そうはいってもそれはまた、先の「戯れ歌」や源平の武士たちの死をうたった歌でみたような、老いの悲哀や、歴史の現実に対する怒りといった感情の振幅をともなうものであったことを忘れてはなるまい。それはなお、西行が決して悟りきった人間ではありえなかったということをわずかにでも物語っているといえよう。

64 風になびく富士の煙《けぶり》の空に消えて行方《ゆくへ》も知らぬわが思ひかな

（西行上人集・三四六、新古今集・雑中・一六一五）

【詞書】東《あづま》の方へ修行し侍りけるに、富士の山を詠める（新古今集）。

風になびいて富士の煙が大空に溶けていく。そのように私の思いもまた、これからどこに向かうのか、行方もしれず漂って消えていくことよ。

前歌と同じく、これも再度の東海道の旅の途中、富士を見て詠んだ歌。やはり古来、西行一期《いちご》の絶唱として、前歌に劣らず人々を惹きつけてやまない歌である。

景観をうたった歌かと思えばそうでもなく、内面をうたった歌かと思えばそうでもない。文字どおり景と心が融即してしまったような不思議な魅力を持った歌といっていい。前歌「命なりけり」とこの歌を合体させると、どこか斎藤茂吉の辞世と目されることになった、

いつしかも日が沈みゆき空蟬《うつせみ》の我もおのづから極まるらしも[1]

という歌を思わせるところがある。西行の歌も二つながら、その生がいよいよ最期に向かって「極まって」きたことを物語っているとでもいえようか。

この歌については、何よりも西行自身がみずから、自讃歌《じさんか》の第一と考えていたという証言があって、最高のヒントを与えてくれる。慈円が『拾玉集』の中に、西行本人がこの二、三年の程に詠んだ歌であること、さらに「これぞわが第一の自嘆歌《じたんか》」と語ったと、

1 茂吉の死後に刊行された『つきかげ』（一九五二）所収。無題。気がつけば、いつしか太陽も西の空に沈んでゆく。そのように、空蟬の身体を持つ私も自然のまま最期の時に向かって極まっているようだ。

はっきり記しているからである。[2] 本人がみずから断言しているこうしたケースはめずらしい。もっとも、この歌のどこが自讃するに値するのか、その理由まではわからない。だからこそ人は、好きな思いをこの歌に託して、賞めあげるのかもしれない。

西行の入滅は、文治六年（一一九〇）の二月十六日。右の慈円のコメントは、西行の死を聞いた慈円が、その入滅の日が、生前の望みどおり二月の満月の日と知って、寂蓮に贈った歌に添えた文章の一部である。生前の望みとは、もちろん、43の、

願はくは花の下にて春死なんその如月《きさらぎ》の望月のころ

の歌を指している。かねてこの歌を聞き知っていた俊成、定家、良経ら西行に近しかった人々も、西行の死に讃嘆を惜しまなかったことは、43で記したとおりである。

このとき、慈円が寂蓮に贈った三首にうちの一首に、次のような歌もある。

風になびく富士の煙《けぶり》にたぐひにし人の行方は空に知られて[3]

慈円は、西行が「行方も知らぬ」とうたって消えていった先が、ほかならぬ西方極楽浄土であることを「空に知られて」という句にこめ、西行が見事に西方に向かって旅立ったとうたうことによって、故人への限りない頌歌《オマージュ》とした。

が、新古今歌人らの追慕はともかく、慈円が右のコメントを残してくれたおかげで、西行自身が、この歌がみずからの七十年近い人生を締めくくる墓碑銘に近い作品だと認識していたことが知られる。西行の辞世とみるべき歌は、

鳰《にほ》てるや凪《な》ぎたる朝に見わたせば漕ぎゆく跡の波だにもなし[4]

であることをすぐ次項でみるが、この「風になびく」という歌も、西行にとってはほとんど辞世に匹敵するような重い意味合いを持っていたのであろう。

2拾玉集・第五・五一八五の歌の左注。「また、風になびく富士の煙の空に消えて行方も知らぬわが思ひかなも、この二三年の程に詠みけり、これぞわが第一の自嘆歌と申しし事」とある。

3同・第五・五一八四。風になびく富士の煙に自分の姿をまじえなぞらえた人の行方は、考えるまでもなくおのずから知られることだ。

4同・第五・五一三一。次の65で扱う。

ところで、西行には富士の煙を詠みこんだ、次のような見立の歌もある。

清見潟《きよみがた》月すむ空の浮雲は富士の高嶺《たかね》の煙《けぶり》なりけり[5]

富士の歌といえば、赤人の百人一首歌「田子の浦に」を思い出すまでもなく、古くは煙よりも白い冠雪を詠んだ例が多いが、西行は、煙をたなびかせるその縹渺《ひょうびょう》とした雄大さの方に惹かれていたようだ。西行の在世当時、細い煙はまだ見えていたらしいが、噴煙といったような激しい煙を吐くものではありえなかった。これより約五十年後に鎌倉へ下った阿仏尼は、『十六夜《いざよい》日記』の旅に、「富士の山をみれば煙も立たず」[6]と書いているから、阿仏の頃には、富士の煙はもう見えなくなっていたらしい。西行が見た煙は、そういう意味では最後といっていい例になる。

また、かつてこの「風になびく」の歌は、恋の歌だと解釈されたことがあった。『西行上人集』の類に恋の歌として配列されていることや、後で見る詠人知らずや躬恒の恋の歌にこの歌と同じ「行方も知らぬ」といった句が使われていることがその主な根拠で、第四句に「思ひ」という語があることが拍車をかけた。恋の「思ひ」に「火」を掛け、いつまでも消えることがない恋心を象徴させることは、確かに古来からの技巧であったが、富士山に引きかけてうたうことも多かった。たとえば『古今集』や『後撰集』にある、

人知れぬ思ひを常に駿河《するが》なる富士の山こそわが身なりけれ[7]　読人知らず

富士の嶺《ね》のならぬ思ひに燃えば燃え神だに消《け》たぬ空し煙《けぶり》を[8]　紀乳母

富士の嶺をよそにぞ聞きし今はわが思ひに燃ゆる煙なりけり[9]　朝頼

5山家集・上・秋・三一九「海辺月」。月が澄むここ清見潟の空にかかる浮雲は、そのまま富士の高嶺の煙であるよ。

6この文言の後に、さらに阿仏は「昔、父の朝臣に誘はれて、いかに鳴海の浦なればなど詠みし頃、遠江の国までは見しかば、富士の煙の末も朝夕確かに見えしものを、いつの年よりか絶えしと問へば、定かに答ふる人だになし」と記している。

7古今集・恋一・五三四・読人知らず。人知れぬ思いをするこのわが身こそ、思いの火を絶やさぬという駿河の富士の山であったのだなあ。

8同・雑体・一〇二八・紀乳母。富士山のように報われぬ思いの火に燃えるなら燃えよ。いくら神でも私のこの恋の煙を消すことはできない。

9後撰集・恋六・一〇一四・朝頼。富士の煙の火の存在をこれまでは他人事のように聞いてきたが、今はその煙はそのまま私の燃える思いの火だ。

とある歌などがそれであり、西行自身も、「思ひ」に恋の「火」をかけて、

煙たつ富士に思ひの争ひてよだけき恋を駿河《するが》へぞゆく[10]

という歌を作っている。「思ひ」の「火」に加え、「駿河」に「恋をする」の「する」を掛けて、恋に燃える火を富士の煙と競争させた技巧中心の遊戯的な歌である。

しかし、この恋歌説は、いうまでもなく木を見て森を見ない類というべきで、この歌に、恋の面影という要素は一切ない。この歌のポイントは、「思ひ」云々よりもむしろ、その前にある第四句「行方も知らぬ」という措辞の方にある。

前項でみた「命なりけり」に古歌の先蹤があったように、この「行方も知らぬ」という語にも先例があった。『古今集』にのる、

わが恋は空しき空に満ちぬらし思ひやれども行く方《かた》もなし[11]　読人知らず

わが恋は行方も知らず果てもなし逢ふを限りと思ふばかりぞ[12]　躬恒

という歌にみえる「行く方もなし」「行方も知らず」といった表現である。西行がこれらの歌から、「行方も知らぬ」の想を得たとみられないことはないが、この読人知らずの歌や躬恒の歌が、先行きが分からない恋の行方をうたったものであるのに対し、西行の歌には、そういう伝統的な「行方も知らず」から抜け出した新しい世界の展開があった。

青空に一筋にたなびいて消えていく富士の煙は、その景観のまま、行方もなく彷徨《ほうこう》する西行の思いを投影するものとして、実に平明かつあっさりとそこに投げ出されている。風になびくこの富士の煙は、物としての対象という域をこえて、あたかも西行自身に化して

10山家集・中・恋・六九一「恋」。私のこのおぞましい恋の火は、あたかも駿河にある富士の嶺の煙と競争をしているようだ。

11古今集・恋一・四八八・読人知らず。私の恋心は、何もない大空一杯に満ちてしまったらしい。いくらあの人のことを思いやっても、どこへ持っていっていいか当てもない。

12同・恋二・六一一・躬恒。48で一度引用した。

しまったかのようにそこにある。すでに十分老境に達していた西行は、当然ながら迫り来る死のことを意識していたはずだから、「行方も知らぬわが思ひ」に、死への不安を読み取ることもできなくはないが、しかし、それは恐怖や畏怖といったマイナス的な感覚をともなったものではない。この歌に、終始西行を悩ませてきた「身」や「心」という語が使われていないことにも注意したい。身でも心でもなく、いわば身も心もひっくるめて、西行という存在の全体が大空に溶けていくのである。

いうまでもなく彼は、終生花と月に眩惑《げんわく》されてきた歌人であった。しかし、桜や月の歌には、自身と自然が一体化し、凝然と溶け合ってしまうこの「富士」の歌のような陶然としたものは、かつてなかった。

蛇足すれば、空に上る煙を見て平安人士が思い描いてきたものといえば、炭竈の煙を除けば、ほとんど荼毘《だび》にふされた火葬の煙であった。

鳥辺山《とりべやま》谷に煙《けぶり》の燃え立たばはかなく見えし我と知らなん13　読人知らず
立ちのぼる煙につけて思ふかないつまた我を人のかく見ん14　和泉式部
後《おく》れじと常の御幸《みゆき》は急ぎしを煙に添はぬ旅の悲しさ15　藤原行成
定めなき世を浮雲ぞ哀れなる頼みし君が煙と思へば16　藤原資陰
山の端《は》にたなびく雲や行方なくなりし煙の形見なるらん17　覚蓮法師

火葬の煙を死んだ人とみてうたうこうした例は、枚挙にいとまがない。しかし、西行が右の歌で思い描いた最後の煙が、そうした人間の営む無常の煙ではなかったということは象徴的である。それは都人の誰もがうたわなかった大自然の中へ消えていく煙だった。もはや富士の煙と、西行の心にあるはずの「思ひ」は、二つながら自然の中へ溶けこむ

13拾遺集・哀傷・一三二四・読人知らず。鳥辺山の谷に煙が立ち上ったら、それははかなげに見えたこの私が死んだ火葬の煙と思ってほしい。

14後拾遺集・哀傷・五三九・和泉式部。立ち上る煙につけてつい思う。いつかまた、あれはこの私が死んだ火葬の煙と思って人はみることであろうと。

15同・哀傷・五四二・藤原行成。いつもの君の御幸だったら遅れまいと急いだものだが、君の今度の死出の旅はただちに連れそうわけにはいかない火葬の煙であるよ。

16金葉集・雑下・六二二・藤原資陰。無常のこの世を漂っていく浮雲が今日はひどく悲しい。心を寄せていたあなたの亡くなられた火葬の煙だと思うと。

17千載集・哀傷・六〇〇・覚蓮法師。山の端にたなびくあの雲は、行方なく消えてしまったあなたの形見の煙に違いない。

ように消えてゆくだけだ。この比喩によれば、西行の心はすでに、執着やわだかまりなどといったものとは無縁な世界に入っているかのようである。富士の煙とともに自然に帰るとうたうとき、そこには、死をも越えた解放された自由さといったものさえあったとみることができるようか。いうならば西行はこの歌で、伝統はもちろん、自分自身からも超脱したといってよい。

西行の時代、富士山はまだ必ずしも客体的な自然ではなく、霊場、霊山としての信仰対象ということもあったはずだった。聖なる神の山という意識がそこにはあったかもしれない。そうであれば、西行が煙の先にみた「行方」とは、慈円がいう西方極楽浄土ほど明確なものではなかったとしても、自分の生が帰っていく神聖な何か、永遠的で究極的な何かであったのかもしれない。

65

鳰《にほ》てるや凪《な》ぎたる朝《あさ》に見わたせば漕ぎゆく跡の波だにもなし

（拾玉集・第五・五一三二）

この静かな朝、凪《な》いだ琵琶湖の面を見わたすと、さきほど小舟が漕いで消えていった跡にはもう白波もたっていない。私の心境もそのようなものとお思い下さい。

【詞書】円位上人、無動寺へ上りて、大乗院の放出《はなちで》に湖《うみ》を見やりて。

【語釈】○鳰《にほ》てるや—琵琶湖（鳰《にほ》の海）にかかる枕詞であるが、ここを琵琶湖そのものを指す。○漕ぎたる跡の波—沙弥満誓《しゃみまんぜい》の古歌を踏まえる。本文参照。

当「私註」もいよいよ最後になる。

この歌は、西行のどの家集にものっていない。慈円の『拾玉集』にのみ記載されている歌である。詞書には、西行が最晩年、比叡山東塔の無動寺にいた慈円の許を訪ね、慈円の父忠通の創建になる大乗院の張出しの楼で詠んだ歌とある。慈円は、西行より三十七歳も年下であるが、俊成らを通じて早い時期から交流があった。

この歌を詠んだのは、『拾玉集』の歌順からみて、文治五年（一一八九）西行七十二歳の七月から八月上旬頃のこととみられている。七十歳で二度目の奥州旅行から帰った後、しばらく嵯峨あたりに住んだあと、西行は河内に引っ込んでいたが、何か思い立つことがあって慈円のもとを訪ねたらしい。[1] ちなみに、この『拾玉集』の記事とは別に、「慈鎮和尚自歌合」の十禅寺十三番左にみずから選んだ慈円の歌、

憂き世出でし月日の影の巡り来て変はらぬ道をまた照らすらむ[2]

1 松野陽一は西行のこの時の無動寺訪問は、「御裳濯川歌合」「宮河歌合」を含む「諸社十二巻歌合」の清書仲介を慈円に依頼するためだったと推定している（「『起請』再考」（『西行学』第四号所収・二〇一三）。

2 拾玉集には未載。昔、この世を出た時と同じ月日がまた巡って来て、その月と日がこれから後も変わらない道を照らすことでしょう。この歌は版本新古今集・雑下・一七八四に八条院高倉の歌としてのるが、慈鎮和尚自歌合によって慈円の歌であると知れる。

という歌がある。詞書に「円位上人、横川《よかは》よりこの度罷り出づることの、昔出家し侍りしその月日に当たりて侍ると申したりける返事に」とあり、慈円がこの歌を詠んだのは、西行が大乗院を訪ねた右の時、しかも西行が昔出家した十月十五日とみる考えもある。西行はそれまで横川に入っていて、修行を終えて慈円の所へ廻ったというのである。しかし、慈円の「憂き世出でし」の歌には、「変はらぬ道をまた照らすらん」という言葉があって、これは西行の今後をさらに期待する意であろうし、『拾玉集』の歌順年時とも合わないから、横川に籠もったのはもう少し早い頃であったろう。

ともあれ、西行が無動寺の慈円の許を訪れ、この「鳰てるや」の歌を詠んだのは、彼が河内の奥の弘川寺《ひろかわでら》に引っ込んだその年の秋のことであった。慈円はこの西行の歌を掲げたあと、すぐ続けて、

帰りなむとて、朝《あした》のことにて程もありしに、今は歌と申すことは思ひ絶えたれど、結句をばこれにてこそ仕《つかまつ》るべかりけれ、とて詠みたりしかば、

という補足を加えている。これによれば、西行が「もう今は歌を絶っていますが、結句をここで申し上げましょう」と言って詠んだこと、つまり、生涯のとじ目である「結句」としてわざわざ詠んだことが知られる。要するにこれは、西行の辞世に相当する歌にほかならなかった。三十歳以上年下である慈円の前で、西行が胸襟《きょうきん》を開いてこの歌を披露したのは、摂関家である名門九条家に生まれ、抜群の博識をもつ一方で、自分に近い形式にとらわれぬ歌をも平気で作る慈円の人となりに、将来を嘱望《しょくぼう》するにたる信頼を置いていた証拠であろう。慈円は慈円で、このまま見過ごしがたく、

ほのぼのと近江の海を漕ぐ舟の跡なき方《かた》にゆく心かな [3]

3 拾玉集・第五・五一三二。朝のほのぼのとした近江の海を漕ぐ舟の航跡がすっかり消えたその先に、あなたの心は向かうというのですね。

と和している。（慈円が最初の天台座主に就くのはこの三年後である。）

歌詞に「凪ぎたる朝」、慈円の左注に「朝のこと」とあるから、これは、慈円と二人で一晩語り明かした翌朝のことだったのかもしれない。また「今は歌と申すことは思ひ絶えたれど」と語っていることからすると、西行はこの時すでに歌を止めていたらしい。俊成が『千載集』編纂当時や「五社百首」を企画したとき、「判詞絶ち」の起請《きしょう》をしたことが思い出されるところだが、なぜ西行が歌のことを思い絶ったのか、詳しい理由は例によって説明していない。ただ、この和歌絶ちのことは、「宮河歌合」完成の際、定家と西行との間で交わされた贈答を知った慈円が定家に贈った文治五年頃の歌の詞書に、

円位上人、宮川歌合、定家侍従判して奥に歌詠みたりけるを、上人、和歌起請《きしょう》の後なれど、これは伊勢御神の御事思ひ企てしことの一つ名残にあらむを、黙示すべからずとて返ししたりければ……。[4]

と、「和歌起請」という語が見えるから確かであった。とすれば、西行七十歳の頃、奥州から帰って間もなく、生涯の決算として「諸社十二巻歌合」を企画して、「御裳濯川歌合」「宮河歌合」両自歌合二巻を結構して俊成・定家親子にその判を依頼する前に、清浄潔白な心をもって神前へ奉納するため、和歌絶ちのことを決めたと考えるのが順当だろうが、それと併せて、やがてわが身に訪れる死の準備のために、それより前から狂言綺語である数奇の道を絶つことを決意したということもあったに違いない。西行の晩年の歌が、58でみた「戯れ歌」以降これといって確認されないこともこれに関連すると思われる。[5]

いずれにせよ、この辞世を詠んだのは、死の数ヶ月ほど前のことであって、みずから「結句」と言っている点からしても、西行がこの世に遺した覚悟の歌であるとみて間違い

4 拾玉集・第五・五一七二の詞書。円位上人は西行の法号。俊成や慈円は西行のことをこの円位上人の名で呼ぶ。

5 西行の歌で、今のところ資料で確認できる最後のものは、文治五年（一一八九）の十月になって弘川寺にいる西行に届けた宮河歌合の判の後に定家が付した「君をまづ憂き世の夢をさめぬとも思ひ合はせむ後の春秋」に対する、西行の返歌「春秋を思ひ出でば我はまた月と花とを眺めおこせむ」という歌とされている。

ないところだ。

この歌はその表現から見て、26でも引用した『拾遺集』にのる沙弥満誓《しゃみまんぜい》の古歌、

世の中を何に譬《たと》へん朝ぼらけ漕ぎ行く舟の跡の白波[6]

を踏まえたものであることがわかる。清輔の『袋草紙』は、恵心僧都源信は、はじめ歌というものを認めていなかったが、ある僧がこの満誓の歌を口ずさむのを耳にし、和歌が「観念の助縁」になると悟って歌を詠むようになったという説話を伝えているが[7]、満誓の無常の歌は、どこか宗教者の心を動かす深いものを持っていたようである。

西行も、自分の辞世を著名なこの満誓の歌に引き寄せてうたった。ただ満誓の歌ではまだ湖面に「白波」の航跡が見えているが、この歌では、その白波さえもう消えてしまっている。さっきまで舟の航跡を残していた湖面が、またもとの平らな状態に戻っている。その状況が、現在の自分の心境に近いというのである。

この時の彼の心意は、外側から忖度《そんたく》するしかないとしても、後世の禅家がよくいう「明《めい》鏡《きょう》止《し》水《すい》」といった心境に近いものとみることは許されよう。もっともその「明鏡止水」という境地自体、我々の追体験の域を越えているが、ただこの歌の心が、西行の歌でいえば、前項で見た、

風になびく富士の煙《けぶり》の空に消えて行方も知らぬわが思ひかな

に近いものであることはほぼ了解できる。障碍《しょうがい》のない自由透明な境地とでもいおうか、西行が達したのは、「我」というものがない自然に溶け込んだそうした境地であった。

もちろんこれは、西行が自然の光景に託した一つの比喩にすぎない。西行自身にしても心の奥は比喩でしか語れないことを知っていたに違いない。しかし、ともかくも比喩に

6 拾遺集・哀傷・一三二七。万葉集・巻三・三五一にのる原歌では「世間を何に譬へむ朝開《あさびら》き漕ぎ去《い》にし舟の跡なきがごと」。

7 恵心僧都は和歌は狂言綺語とて詠み給はざりけるを、恵心院にて曙に湖を眺望し給ふに、沖より舟の行くを見てある人、「漕ぎ行く舟の跡の白波」といふ歌を詠じけるを聞きて、愛で給ひて、和歌は観念の助縁となりぬべかりけりとて、それより詠み給ふと云々。（袋草紙・雑談・八二）

よって語ることができる方途があったということ自体、歌人として生きてきた西行の冥加《みょうが》というべきであろう。大げさにいえば、西行が生涯にうたった二千三百首を越える歌は、ある意味ではこの一首の中に収束されている。この歌がなかったら、西行が西行であった一生はおそらく完結しなかったのではあるまいか。

すでに述べたように、西行の辞世としては、43でみた「願はくは花の下にて春死なん」という歌が引用されることが多い。しかしこの「願はくは」の歌は、そこで述べたように、五十八歳ころまでになった『山家集』の原型にすでに含まれているから、壮健のころに自分の理想とする死を幻想的にうたったものであって、むしろ傲慢な夢想とでもいうべきものであった。

こうして西行は世を去っていった。西行にとって歌とはいったいどういうものであったのか。歌を絶って、この一首を「結句」とした彼の先には、もはや期するものなど何もなかったのではないかという気がする。二千三百の歌を残して、彼は歴史の中へ湖上の小舟とともに消えていった。

西行は晩年の一年ちょっとを、河内の奥弘川寺《ひろかわでら》で過ごしたが、彼が自分の墓所を指定していたかどうかは不明である。本居宣長が生前、松坂の南郊山室山の地に墓所を定め、墓の周囲に山桜を植えることや、その位置、大きさなどを微に入り細に入り指定した十八ページにも及ぶ「遺言書」を遺して、[8]養子の大平《おおひら》の眉をひそめさせたことは有名だが、西行は果たしてどうだっただろうか。現在、弘川寺から奥に入った山腹に残る西行庵近くに、江戸時代初期の連歌師似雲《じうん》が建てたという西行の墓所がひっそりと静まっているが、西行が本当にそこを自己の永眠の地として決定《けつじょう》していたかどうかは、なお不明というしかない。[9]

8 寛政十二年七月作成宣長自筆「遺言書」。

9 普通には西行は河内の弘川寺で入滅したとみなされているが、西行物語の数本が、東山双林寺の堂で入滅したと書いていることが気になる。最近では、俊成家集に、弘川寺で病に陥っていた西行が「少しよろしくなりて、年の果ての頃、京に上りたりと申し程に、二月十六日になん隠れ侍りける」とあるのを承けて、西行は都で死んだのではないかという説があらためて浮上しつつある。五味文彦『西行と清盛』（新潮選書・二〇一一）、松野陽一「『起請』再考」（『西行学』第四号所収）を参照。

西行と比較的近い時代を生きた親鸞は、自分の身体は河に捨てて魚にでもやってくれとよく語っていたというし、[10]元禄の近松門左衛門や芭蕉は、生前に作った作品のすべてがそのまま辞世であると言った。[11]寺山修司も、その絶筆となった文章で、「私は肝硬変で死ぬだろう。そのことだけは、はっきりしている。だが、だからと言って、墓は建てて欲しくない。私の墓は、私のことばであれば、充分である」[12]と記している。おそらく西行も、墓のことなどは指定しなかったのではあるまいか。

10 親鸞の弟子覚如の『改邪鈔』に「それがし閉眼せば加茂川に入れて魚に与ふべし」と言っていたとある。

11 近松は享保九年（一七二四）十一月制作の肖像画に書いた自画賛に「それぞ辞世さる程にさてもその後に残る桜が花し匂はば」と書く。芭蕉は路通の芭蕉翁行状記（元禄八年刊）に、「平生これ辞世、何事ぞこの節にあらんや」と語ったとある。

12 寺山修司「墓場まで何マイル？」（週刊読売・一九八三年五月二十二日号）。

あとがき――西行論断章

1

西行は、歌によって、あるいは相手によって、実に多面的な相をみせる人間だった。西行というところまでは、ともすれば、揺らぎのない確固とした信念の持主のように描かれがちであった。そうではないと言おうものなら、西行に対して不遜《ふそん》だと叱られそうであるが、彼を称して多面的な人間だったと言ったとしても、西行当人は怒らないに違いない。歌を通してみえてくるその実像は、さまざまな顔を見せる懐の深い人間であり、他方ではいくつもの矛盾や逡巡や懊悩を内部に抱えた、そこいらに普通にいる人間であったように思われる。そういう振幅の大きい複雑な内面を持った人間というのが、西行という人間の実際の姿ではなかったか。

西行とくれば、まず一番に、桜と月をこよなく愛した人間というのが相場である。しかし、彼が桜と月を多くうたったことは、その性格の発現ということもさることながら、本来は表現者としてのあり方の問題とみるべきだろうから、ここではあえて取りあげず、本稿の最後に簡単に触れるにとどめる。

最初に、本書を通じて曲がりなりにも把握できた西行の日常的な風貌をいくつかあげてみよう。最初に気づくことは、宗教者としての廉直《れんちょく》で信頼感に溢れた顔、人間としての優しい思いやりに満ちた顔、物事を軽快に処理する洒脱でユーモラスな顔といったことであろうか。さらに、自分のことを淡々と記す醒めた人間としての顔、歴史の現実を冷徹に見据える老賢人としての顔、心身分離という永遠のアポリアを抱えて持てあましている顔があり、また時には、世界の深淵を覗きこんだかのような苦悶や絶望の表情をのぞかせることもあった。野たれ死への恐怖を抱えこんでいるかと思えば、それとは裏腹な死への甘味な夢もこだわりなくうたうし、またその甘味な夢とほぼ同質の、子供じみた稚気《ちき》や飽くなき好奇心といったものを平気でさらけだしてもいる。

そうかと思えばその一方で、偽悪的なボーズや天邪鬼《あまのじゃく》に近い我儘な気概、あるいは加虐的といってもいい側面を示すこともあった。逆説好みといった性分もまたその一つであろうか。これは本文では言及しなかったが、彼がみずから「円位わざ」と名づけた悪戯好きな人間であったことは、次のような西行の消息が教えてくれている（久曽神昇『平安時代仮名書状の研究』風間書房・一九六八）。せっかくなので、ここで紹介しておこう。

我、北国若狭《わかさ》妙楽寺へ下り侍りし、高野坊、普門院坊主と二人に行き遭ふ。二人共にくたびれ馬に乗り、この者落馬させんと思ひ、印の結び一句「行かじ来《こ》じ立たじ走らじ帰り来じ寝しや起きしや中に下がりし」とやりければ、二人共に落ちてけり。これ円位わざなりと呟きはべり。それより別れ、三方郡より別れけり。あなかしく。三日、円位

西行はけっこう気さくでふざけた人間でもあったのだ。さらに西行には、時空を超えて古人と連繫する歴史的感覚があり、また歴史を旅する人間として歌枕を確認する顔も見せる。その他、植物や動物に

対する親和的な顔、人恋しさを口にしてはばからない顔があるかと思えば、人間的矜恃《きょうじ》を無くしたかのような孤独にうちひしがれた顔や、老いてなお幼い恋の記憶に感動するみずみずしさをたたえた顔もあった。かと思うと、他人の苦を自分の苦として、その苦を受け止めて諧謔に朧化してしまう旺盛な歌心など、きりがない。そこには、蹴鞠や馬術や弓術などに堪能なスポーツマンとしての顔まであった。

また、こうしたいくつもの顔の奥に、頑強で気丈な武士敵性格からくる傲岸さや、不敵で剛直な精神とでもいうべき「たてだてしさ」(古今著聞集)を秘めていた事実を逸するわけにはいかない。この「たてだてしさ」についてはすぐ次項で触れるが、その延長上に、客気に近い奢《おご》りすらみせることがあり、また道心の堅固さと天真爛漫さとでもいうべきものが矛盾なく同居するという、通常の人間的バロメーターを超脱してしまうところもあった。

神格化され、後光に包まれた西行伝説のこちら側で、実際の西行は、こうした相互に矛盾するような多面的性情をいくつも抱え込んだ人間とみることは、新しい西行像を構想する際には、特に重要であると思われる。

西行を中世的偶像から解放することは、近代国文学が金科玉条とした実証主義の課題の一つであったはずだった。しかし、この試みは、論者自身の文学観が、「文学とは生きる実感だ」などというアララギ的な文学観や、自然主義風の素朴な反映論からほとんど脱し切れていないために、必ずしも成功したとはいえない。西行に対して相変わらず「人間的だ」とか「実情的」「文学的」といった旧弊な言辞を弄するようでは、いつまで経っても叶わぬ道である。

しかし、それはそれとしてやはり、西行という人間を歴史の現場から抽象化せず、彼が生きた具体的な日常からとらえ直すこと、それが平安末期という時代にもう一度西行を戻し据えるための、具体的な方途ではあるまいか。もっとも、そうした性情に属することを学問的に客観化することは至難であり、永久に無理な相談かもしれないが。

2

西行は、表面的な優しさの裏側に「たてだてしき」心を秘めていた人間だった。本文でも何度か触れたが、ここでそのことについて、他のエピソードと併せてまとめておきたい。

「たてだてしき」心とは、『古今著聞集』巻第十五・宿執第十四話「西行法師、後徳大寺左大臣実定・中将公衡《きんひら》等の在所を尋ぬる事」の末尾に見える「世を遁れ身を捨てたれど、心はなほ昔に変はらず、たてだてしかりけり」という『著聞集』編者の評言に基づく。話は以下のようである。

出家後かなり年限が経って、かつての主人徳大寺公能《きんよし》の孫後徳大寺実定《さねさだ》の家を訪ねてみると、寝殿の棟に縄が張ってあった。近くの者に訊くと、鳶《とび》を寄せないためだというので嫌気がさし、「鳶ぐらいで何の不都合があろう」と言ってその場から引き返した。次に、実定の弟実家《さねいえ》の許を訪ねたところ、北の方が乞食法師と見て家の中に入れなかったので、「この世の名利名聞を大事にする態度が情けない」と言って帰った。西行は実定の弟実守の子中納言公衡《きんひら》邸には、徳大寺家を継ぐに足る大臣の器と見こんでかねて親しく出入りしていたが、大臣に洩れたのに出家もせずにいるので、その理由を問うと、母尼公が堂を建てているのでその完成を待ってという返事だった。ところが、堂が成っても一向に出家する気配がない。手紙を出すと、「お目にかかった時に詳しく」という返事である。これを見た西行は「無下の人」と見限り、その後は行くのを絶った。

先の「世を遁れ……たてだてしかりけり」という感想は、この三つのエピソードの後に付されている。これによれば、「たてだてしかり」とは、本来は意地っぱりとか圭角があるといったような意味で使われ、潔癖で剛直な性格を指す言葉だったようだ。ちなみに右の実定家の鳶の話を再録した『徒然草』十段は、徳大寺家でも何かわけがあったのだろうと書き、むしろ西行の性急さを笑う気配を示しているが、ともかく西行と鳶の話は、当時はよく知られていた話であったらしい。

『十訓抄』第八「諸事堪忍すべき事」には、三、四歳になる娘の死を聞いても平然として弓を射ていたという話が出ている。52の「操」の歌で紹介した話である。

西行法師の在俗時代のこと、可愛がっていた娘で三、四歳になる女の子が重病にかかって命が危なかった。同僚である北面の武士たちから弓の遊びに誘われて、心ならず一日を送ったが、郎等男が走ってきて西行の耳元で何かささやいた。事情を知らない連中は何とも思わないでいたが、当時左兵衛尉であった西住法師に向かって「この事こそすでに」とつぶやいたまま、さりげない風情で少しも顔色を変えずに弓を射続けたという。「ありがたき心」であると、西住が後に語った。

「ありがたき心」とは、いうまでもなく、滅多になく稀な心という意味。これなどは、52でも書いたように、例の『西行物語絵巻』の、出家に際し縋り付く四歳の娘を縁側から蹴落としたという有名な逸話の姉妹編ともいうべきものであろう。

西行説話では評判の高い文明本『西行物語』下が伝える天竜川の渡場《わたしば》事件も、そうした西行の剛直な性格をよく物語る話である。

東海道の旅の途中、天竜川の渡しで満員の舟に乗っていたら、後からやって来た武士に「あの法師下りよ下りよ」とさんざんに笞《むち》打たれ、頭から血を流しても一言も発せずにいたので、同行の僧(西住か)が恥辱に思って泣いた。西行は「心弱く泣くものだ。だから連れ立つのはいやだと言ったのだ。修行に出たら、これ以上のことはいくらもある」と言い、「打つ人も打たるる我ももろともにただひと時の夢の戯《たはぶ》れ」という歌をくちずさんだ。

こう立て続けに似た話が出てくると、当時の説話作者たちは、西行とくればその武士的な意地や不敵さといった剛直な性格を取り上げるということを共通認識としていたと考えるほかない。当時はそう見られていたということだ。そのことを端的に語る話がもう一つある。

頓阿の『井蛙抄』巻六・雑談に、文覚《もんがく》と西行の出会いを語った次のような有名なエピソードがのっている。明恵の弟子の心源上人が語ったという話で、長くなるが、意訳して掲げる。

文覚上人は西行を憎み、「遁世者である以上、仏道修行のほか他事《たじ》があってはならぬ。それなのにあの法師は、数奇を立ててあっちこっちうそぶき歩いている、にっくい法師だ。どこでもいい、出合ったらば頭《かしら》をぶち割ってやる」と公言していた。弟子たちは「天下の名人西行にそんな事があったら一大事だ」と憂《うれ》いていたが、高尾《たかを》で法華会《ほっけゑ》があったとき、花の蔭などを西行が眺め歩いている。弟子どもは「上人には知らせるな」と言い合ったが、夕方になって庭に案内を乞う人がいる。上人が「どなたか」と問うと、「西行と申す者でござる。法華会結縁《けちえん》のために参りました。日暮になりましたので一晩お世話になろうと思いまして」と言う。上人は西行と聞いて手ぐすねを引いて出ていったが、西行の顔をじっと見守り、「どうぞ中へ」と招じ入れ、「お名前は前から承っておりました。お訪ね下さり、喜び入ります」などと懇《ねんご》ろに物語をして夜食などを振るまい、翌朝また斎《とき》などをすすめて返したので、弟子たちが「西行と出合ったら頭《かしら》をぶち割ってやると仰せだったのに、日頃の仰せと違うではありませんか」と質すと、「何とまあ不甲斐ない法師どもだ。あれは文覚に打たれるような者の面様《つらやう》か。この文覚を打ちかねない奴だ」と言った。

文覚は、西行より二歳年少。もと滝口の武士で遠藤盛遠《もりとお》といい、伝説では人妻袈裟《けさ》御前《ごぜん》殺害を機に出家したあと、熊野や各地で修行し、後白河院や頼朝の寄進を受けて荒廃していた高雄神護寺を再興した荒法師として知られた。『平家物語』は、その過激な修行振りや、後白河院御所を訪れて暴言を吐いた件で伊豆に流され、流人頼朝に謀叛をけしかけたといった数々の奇行を描いている。

この『井蛙抄』の話は、表向きは、狂言綺語の罪を犯す西行をなじるところにモチーフがあるが、さすがの文覚も西行の不敵な面　魂《つらだましい》を見てたじたじとなったという最後の落ちがメインであることはいうまでもない。西行は荒法師文覚をもたじろがせるほどのオーラを放っていたというのだ。この西行の風貌は、先に見たいくつかの説話と基底を同じくすることは間違いない。そういえば、『井蛙抄』が伝えていたもう一つのエピソード、「鴫立つ沢の秋の夕暮」の歌が『千載集』に入っていないと知って途中から引き返したという話も（本文14）、やはり西行の剛直な性格を語ったものと取れないこともない。

こうみてくると、西行の多面的な性格のバックには、確かにこの「たてだてしい心」が一本通っていた。しかし、これまで西行論者の多くは、こうしたエピソードは西行像を面白くするための伝説的性格から出るものではなく資料的価値に乏しいとして、あまり重要視してこなかった。目崎徳衛も「西行のイメージを考える場合、…その底にひそむ剛毅な武者の面魂を忘れてはならない」（中公新書『出家遁世』）

と強調しはするが、実際にはそれ以上言及することをしていない。吉本隆明が『西行論』（講談社文芸文庫）の第二章に「部門論」を当て、『源実朝』（筑摩日本詩人選）の実朝論で実朝を描いたのと同様、武士が置かれた当時の歴史状況の側から西行における武士的なるものを説き明かそうとしたことを除けば、西行の伝記を執筆する際の骨格部分として採用されることはほとんどなかった。

しかし、たとえば待賢門院の女房たちが西行に抱いた信頼感の底には、こういう筋の通った一本気な西行に対する信頼感があったことは間違いないし、崇徳院の霊に対して「よしや君昔の玉の床とても」とたしなめた姿勢や、晩年、頼朝を前に語った兵談や歌話などにも、権力を怖れぬ西行の傲岸な態度が垣間見えていた。高野や伊勢への長期の山籠もりや、二度の奥州行脚、西国や四国への旅など、七十年もの間、西行が健脚を誇ったという事実も、西行のこうしたしたたかな精神を想定しなければ考えられないことであろう。またこの西行の性格は、俊成や定家、慈円といった専門歌人たちの間にも、当然伝わっていたに相違ない。さもなければ、本来は西行の個人的な要請に過ぎない面倒な「御裳濯川歌合」や「宮河歌合」の加判を引き受けたり、無動寺に西行を迎えるといったこともなかったのではあるまいか。それは、西行という人間が普段から放っていたオーラに対して彼らが畏敬にも似た驚異の思いを抱いていたからこそのことだったのではあるまいか。

そして、西行におけるこのたてだてしい精神の存在は、それだけで終わるものではなかった。西行論にとって何よりも大事なのは、西行における最大の問題、西行がその生涯を通して一貫して和歌をもって自己の存在の証しとし続けてやまなかったとその不屈の姿勢は、実はこのたてだてしき心なくしてはありえぬことではなかったかということである。

3

西行は、和歌絶ちの起請を立てた晩年の一時期を除けば(65を参照)、生涯を通じて和歌を作り続けた。言い換えれば、西行といえば歌が付き物で、それが当たり前のように思える。しかしよく考えてみれば、専門歌人でもなかった一介の遁世者が、かくも異様なくらい歌に執着したという事実に、尋常ならざるものを感じてもいいのではあるまいか。

西行の詩の方法を考えるに当たって、押さえるべき要点が四つあるように思われる。

一つは、本書で何度も指摘したように、そこに彼の関心を呼び覚ますものがありさえすれば、それを何でも歌によんでやまなかったという事実である。西行を、桜や月の歌人として語ることは誰にでもできるが、桜や月の歌人とみなすだけでは肝心なことを見逃すことになる。彼がうたった対象は、日常生活の中のアヤとなるさまざまな自然のほか、鳩や鴫、熊や梟といった普通は忌避されるものにまで及んだ。また人間を対象にしても、地方の名もなき漁民から遊女まで、過去の伝説的人物や同時代の人間にまで及ぶ。そのほか、旅先での新しい発見、あるいは幼年時のたわいもない戯れ遊びや地獄絵といったものまで、うたいあげた対象は実に多種多様であった。そしてその多くは、彼しか取り上げなかった対象といってよかった。

二つめ。そうしたものをうたうに際し、西行は、歌はこうあるべきだとする貴族的規範や同時代の和歌的通念などおかまいなしに、自由奔放なリズムでうたった。伝統的な約束事は、彼にとってあって無きがごときものであった。およそ歌にはそぐわない内容のものでも、無理をして歌にするため、時に

「心余りて詞たらず」という状態になっても一向に頓着しなかった。

三つめ。彼は何を詠むにも、一見その対象に呼び掛けているようにみせながら、その実、そこに描き出されるのは自分自身の鏡像であることがほとんどであった。この独語性ともいうべき特徴について、桶谷秀昭は、自然をうたっても常に述懐の歌になってしまうと評したが（『中世のこころ』）、実際西行は、森羅万象の中に投げ出された自分が、何を感じ、どう考えたのかをひたすらうたい留めるのである。中野孝次の言葉を借りれば、西行ぐらい「心」だけを凝視してうたった歌人はそれまでいなかった（『西行の花』）。

そして四つめ。にもかかわらず彼は、他方では、目崎徳衛が鋭く見抜いたように、自分の私事につながる客観的な事象を歌には書かないという「芸術的選択」を行っていた（『西行の思想史的研究』、人物叢書『西行』）。目崎が指摘しているのは、もっぱら自分の子女や父祖、兄弟などの係累のこと、あるいは西行が生涯で成したいくつかの社会的事跡に関係した人名を一片も書かなかったということだったが、必ずしもそれだけではなかった。たとえば、本書で何度も強調したように、大峯入りや二度の奥州旅行、あるいは高野での修行や四国での修行でも、その目的やそこで体験した修行の実態といったものを歌にしようとはしていない。そのかわり意を注いだのは、地名や海産物の名などにかこつけて、そこで萌した想念を歌という形にしあげようとする工夫であった。このことは彼の歌づくりが、捨てることと拾い上げることとの自由な取捨選択によってなされていたことを物語っていよう。

もっとも、個人的・私的なことをうたわず、具体的な生《なま》の現実をそのままではうたわないということであれば、西行よりやや後の新古今歌人たちが取った方法もそうであった。しかし、新古今歌人たちが、生の現実に背を向け、その向こう側に美的幻想の世界をうち立てて、現実の醜悪さを消し去るという芸術至上主義的なデレッタンチズムへと進み入ったのに対し、西行による捨象と転化は、あくまで自身が経験した現実をいかに歌として組み立てるかという明確な目的のもとになされていた。そこに決定的な違いがある。

以上あげた四つの特質は、彼によって、詠むべき歌の方向が明確に思い定められていたということを示している。そうであればここから、西行にとって歌とは何であったのかという答えがおのずから導き出されてくるだろう。一口にいえばそれは、西行が歌を詠み続けることを、あたかも出家後の自己の使命であるかのように見なしたのではないかということである。このことは一見当たり前のことのようにみえるかもしれないが、専門歌人ではない一介の素人《しろうと》にすぎなかった西行にとっては、まさに一つの冒険であり、賭けであったと言ってよい。

4

西行の初期の歌学びが、『古今集』以来の見立て、縁語、掛詞といった伝統的技法の上になされたことは、それ以外の表現規範がなかった以上しごく当然であった。そのままでいけば、彼もまた、新古今歌人のような美的な歌をよむ歌人のはしくれに加わっていたかもしれない。しかし、彼はそういう伝統から離反し、自分の思ったこと感じたことを好きなようにうたう道を選んだ。これは西行の時代にあっては、まさに画期的なことであった。当時は誰も、歌は好きなように、うたいたいだけうたえばいいんだなどと考えた人間はいなかったからだ。

ちなみに、西行以前の僧形の歌人で、家集を残した歌人は、遍昭、恵慶、能因、行尊、俊恵などけっこういるが、歌数の上からいえば、一番多くて半ば専門歌人である俊恵の一千首強にすぎない。その父の職業歌人俊頼にしても千六百首余、西行が残した二千三百余首にはとうてい及ばないのである。西行と同時代の俊成は二千五百首、それより後の世代の定家・慈円・家隆らは百首歌を多く詠んだので三千首を越すようになるが、いずれにせよ西行以前に、西行に匹敵する歌数を残した歌人はいなかった。

問題は、彼がいつ決意して、歌というものを自分の詩の方法として選ぶに至ったのか、ということである。いろいろと取り沙汰されてきた西行出家原因説に加え、現代に至って新しく数奇の遁世説という視点を打ち出したのは、目崎徳衛の『西行の思想史的研究』であったが、その説を出家原因説として素直に受け取れば、西行は出家以前から歌に生きようと決意していたことになる。しかし西行が、出家前後の逡巡と決意の間で揺れ動く心境をいくつかの歌にしていることからすれば、最初から数奇に生きることを直線的に目指していたとは思えない。憧れの一つ足りえたかもしれないが、すべてであったとは思えないのである。西行は、出家直後、一体自分はこれから先どう生きていけばいいのか、と、つらつら思いを巡らしたに違いない。そのとき、歌を捨てるということも、選択肢の一つに入っていたはずである。出家した以上、所詮狂言綺語でしかない歌を、思い切って捨て去ろうと考えたことがあったとしても、それはむしろ当然であった。

しかし、いうまでもなく彼は歌を取った。歌を捨てるどころか、逆に彼は、歌をもって自分の後半生の生きる方途とすることを選んだ。しがない一遁世者として、世の垢を多少そぎ落としたくらいで生きていったとして、それが何になろう。少々の取り柄として自負できるものがあるとすれば、歌を詠めることぐらいではないか。ではせめてそれを逆手に取って、歌によって自分の後半生を切り開いてみたらどうか、西行はそういうところまで自分を追いこんだのではなかったか。

これはそれ自体が賭けに等しいできごとだったが、そう思い決めたとき、彼の前には一筋の活路が見出されたのだと思われる。法然が阿弥陀の請願にすかされ、また親鸞がその法然の決意にすかされて専修念仏門に突入したように、西行もまた、歌という一筋の光明にすかされて、すべてを歌にして後半生を生きることをみずからの使命として選んだのではなかったか。考えてみれば、そのこと自体が途方もない企てであった。そうであれば、なんであれ直面したことを言語化してうたいあげることは、自分にとっての新しい修行の一形態として俄然意味を持ってくるのではないか。西行はそう考えたのだと思われる。

彼が生涯に残した二千三百余首の歌は、次々とうたい捨てられる歌であったとみられがちであるが、そうとは思えない。なんであれ歌にしようと決意したとき、彼はすぐさま、過去の貴族詩的な表現方法の枠内ではうたい切れぬ問題があることに直面したはずである。西行にとって、その課題を克服することはまさに修行にも等しい過酷な行為であったに違いない。

明恵の弟子であった喜海の著とされる『明恵上人伝記』には、「我、歌を詠むは遙かに尋常に異なり、花・郭公・月・雪、すべて万物の境に向かひても、およそあらゆる相、皆これ虚妄なること、眼にさへぎり耳に満てり」(以下略)という、西行が語ったとされる歌話がのっている。これをそのまま西行の言とみるのは危険であるとされているが、少なくとも「歌、即ちこれ如来の真の形躰なり」に続く、「されば一首詠み出でては一躰の仏像を作る思ひをなし、一句を思ひ続けては秘密の真言をとなふるに同じ」というあたりの骨子は、西行が歌をもって修行の一形態として考えていたことの比喩的表現としてみれば、充分通用する言辞のように思われる。

異端の素材をうたうことによって、西行は、守旧的な和歌が見落としてきた歌のあり方を、みずから開拓しなければならないという難しい使命を得た。その作品の表情はさまざまであって、その方向も一定ではないが、歌はその時々の西行にとって必然であらねばならなかった。西行の日常は、いわば歌によって形成されていくのである。その歌はすべて、歌による心の可視化を図ろうとする試みに収束していくが、彼はともかくもその使命に従って、歌による芸術的自画像を二千三百首の歌の中に孜々《しし》として描き続けたのである。かくして『山家集』の歌とは、西行による修行の実践とほぼ同義になった。「まえがき」で述べた、これが二つめの問いに対する当「私註」の答えである。

5

ここで改めて、西行における出家とは何であったかという問題を整理しておきたい。

やや大仰にいえば、西行が西行となったのは出家してからであった。当り前だと言ってはなるまい。社会的な身分を捨てるということは、西行の当時にあっては、生き方自体を根底からひっくり返すような事態だった。出家以前の鳥羽院北面の武士佐藤義清《のりきよ》と、遁世後の西行、後の円位とでは、生きる根本が違う。俗世の柵《しがらみ》をまとって生きるか、体制外の人間として生きるか。別言すれば、他律的な人生を送るか、自立的な自由な世界を取るかの違いでもあり、外部に向けるその顔は極端に違う。出家するということは、一人の人間が人生を二度生きること、二つの異なった人格を生きるようなものだ。

やや余談に入るが、こうした生き方は、現在ではもうありえなくなっている。出家者自体は今でもいる。しかし近代以降は（正しくは江戸時代以降というべきかもしれないが、）仏教が世俗の秩序に組み込まれてしまったために、体制外批判者としての出家者という存在はなくなってしまった。僧という存在が存在のあり方ではなく、一つの職業になってしまったからである。近代は人間の生き方を職業という形で均一化、あるいは平等化してしまったのである。

中世以前にあっては、普通の人間であっても、いったん髪を切って山懐に隠れ住んだり尼寺に駆けこめば、もう一つの生が開かれていた。鴨長明の『発心集』第六の巻末に、「上東門院の女房深山に住む事」という話がある。北丹波の深い谷に入ったある聖が、上流から切花が流れてきたのでさらに奥を尋ねたところ、一軒の柴の庵に女を見出した。「あわれに類なく覚えて」由来を問うた聖に対し、女は、二十歳ばかりの時に上東門院（彰子）に仕えていたが、華やかな生活に無常を感じ、「走り隠れて」その後四十年近くこうして明け暮れの念仏に日を送っているという返事だった。聖は、共に浄土に生まれようと約束して帰っていったが、ふたたび衣や糧を持って訪れてみると、女はどこかへ姿をくらましていたという。

これは小説の話であるが、吉川英治の『宮本武蔵』の中に、日頃から批判的言辞を弄するために吉岡道場から破門された若い武士が、一乗寺下《さが》り松における武蔵と一門の死闘で、吉岡の名目人に立った少年が武蔵によって刺し貫かれるのを眼の当たりにし、その直後に武蔵に両眼を切断されて出家するというエピソードが点綴されている。武士は少年の菩提を弔うために、下り松の下で地蔵を彫りながら後半生を過ごすようになる。何年か後、その前を通りかかった武蔵は、乞食僧が自分が両日を潰した武士であることを知って戦慄の思いにとらわれるという話である。体制外から武蔵を批判する視点として、珍しく吉川が採用した話であるが、フィクションとはいえこうした生き方は、平安時代にも充分にあり得た生き方だったと考えていい。

世を捨てて山林に潜む隠逸伝の類は、本来は中国から来たものであるが、日本でも種々の『往生伝』や、『古事談』『発心集』といった説話集類に多く掲載され、早くから憧憬の対象になっていた。隠者とは約《つず》めていえば、「山寺にかき籠もりて仏に仕うまつるこそ、徒然もなく心の濁りも清まる心地すれ」（徒然草・十七段）というような純粋に仏に仕える生き方を理想とするものであったろう。西行の場合は、そうした出家者としての生き方に、数奇の歌人として生きることが分かちがたく重なっていたと考えればいい。奈良時代の満誓あたりをかわきりに、前述した喜撰、遍昭、増基、安法、能因といった多くの歌僧が時代を追って現れてきたことを踏まえれば、僧であると同時に歌人であるような半僧半俗の生き方は決して矛盾ではなかった。西行もまたその跡を慕って出家した一人であったとすることができる。

早く大隅和雄は、『シンポジウム中世の隠者文学』（学生社・一九七六）の基調提言の中で、「道心と西行の歌とは切り離せない」「西行の歌の中に出てくる孤独感というか、隠遁の精神というものは、やはり西行の信仰とは不可分の形で結びついている」等と述べ、西行を論ずる場合「道心深い隠者か、詩人か、あるいは聖か、歌人かといったような議論ではなくて、それを両方関連させてとらえるような視点」が必要であると主張した。この視点は、偶像化された中・近世期の西行像から離れようとする場合、きわめて重要な視点であり、その後、その延長上に西行の出家を見定めようとする高橋英夫の『西行』（岩波新書・一九九三）や饗庭孝男の『西行』（小沢書店・一九九三）なども現れている。本稿も基本的にはその線に沿って考えたいのであるが、これについてはさらに幾つかの補足が必要であろう。

6

西行が出家した時日や、いくつかある出家原因説については、これまでの西行論がほとんど例外なく語っているので、詳細はそれらの先行書に譲って、本書では割愛する。

西行の出家には、例外的なある特徴がある。普通、一人の人間が途中出家に踏み切るケースには、何らかの具体的な事件が絡んでいる。たとえば源信の弟子となった三河入道寂照（大江定基）の出家は、愛する女の死体から腐臭が漂ってきたことに世の無常を悟ったことが原因だった（『今昔物語集』・巻十九、『発心集』）。また前樹述した荒法師文覚の発心譚として知られる袈裟御前《けさごぜん》殺害事件（『源平盛衰記』巻十九）、鴨長明が同族の横槍によって下鴨河合社の禰宜職を奪われて世を恨んで出家したという事件（『源家長日記』）、高野僧の一人糟谷《かすや》がようやく下賜された上臈女房が一夜のうちにあっけなく強盗の手にかかって殺害されてしまったことをはかなんで出家したという事件（御伽草子『三人法師』）等々。

したがって、当時の人々が、西行の出家にも、具体的・直接的な事件があったはずだと考えて、北面の同僚範康《のりやす》が一晩のうちに突然死したことに無常を観じたこととか、とある上臈女房への叶わぬ恋に絶望したからといった事件を用意したのも無理からぬことだった。しかし、最も信憑性のある説は、諸家が一致して認めるように、頼長の日記『台記』が記した「俗時ヨリ心ヲ仏道ニ入レ、家富ミ年若ク、心ニ愁ヒナキモ、遂ニ以テ遁世ス」（永治二年三月十五日条）という出家後わずか二年めになされた同時代証言であることは、やはり動かないと思われる。要するに、これといった特定の要因がなく、早くからその心に萌していた道心が原因だというのである。こういう出家の事実はめずらしい方に属す。しかしそうはいっても、本当のところは地下の西行当人に直接訊くしかあるまい。いや、もしかしたら、西行自身の口からも、はっきりした答えなど期待できない問題なのかもしれない。

結局はこちらで忖度するしかないのだが、鳥羽院に出家の暇乞いをした時の「惜しむとて惜しまれぬべきこの世かは身を捨ててこそ身をば助けめ」という本人の歌が奇しくもそうと語っているように、西行本人にもはっきりとは分からない切迫した衝動に後ろから突き動かされるようにして、出家という障壁を一挙に飛び越えてしまったというのが本当だったのではあるまいか。西行の出家は、何か目に見える突発的な動機があってなされたのではなかったから、いわばこれは、彼に内部に起こった一つの思想的な事件とでもいうべきものだった。

が、それはそれとして、問題はやはり、西行における和歌に帰着する。最初に述べたように、西行が西行となったのは出家してからであったが、それは出家したことによって以前の義清とは違う西行という人間が、突如そこに出現したということではない。西行の場合、遁世という実態を内部から浮き彫りにする資料はほとんどないが、唯一遁世の前と後で共通している資料をあげるとすれば、やはり歌という存在以外にはありえなかった。

いうまでもなく西行は、晩年に一時和歌を絶ったことを除けば、生涯を通じて歌から離れることをしなかった。端的にいえば、西行から歌を取ったら何も残らないとさえいえるのである。歌がなければ、西行はその他大勢のただの隠遁者として終わり、後世にその名を残すこともなかったであろう。詰まるところ、西行の出家やその意味は、ひとえに歌によって測られるということである。

先に指摘したように、和歌の詠作は、出家後の西行の修行を実質的に形づくる実践行為としての意味を持った。しかしまた、そうした外在的な意味づけを指摘するだけでは、西行が出家以前から歌に惹かれていた真の原因を説明したことにはなるまい。おそらくそれとは別に、西行の心にいやおうなく潜んでいたのは、捨てようとして捨てきれぬ表現衝動、いいかえれば、詩人としての魂とでもいうべきものであったのではないか。日本ではこれを数奇というタームで括るのが普通だが、中国風に言えば、それは「詩魔」とでもいうべき存在であったと思われる。詩と管弦と酒の三つをもって「三友」と称し、生涯に二千八百首の詩篇を残した白楽天が、その詩「閑吟」にみずから「タダ詩魔ノミアッテ降スコトヲ未ダ得ズ」とうたったその「詩魔」である。日本でもこの語を襲って、天慶七年（九五三）に源順が延暦寺尊敬上人の詩集に付した「沙門敬公集ニ序ス」に、「遂ニ俗網ヲ脱シ天台山ニ遊ビ、五酔ヲ除却シ四魔ヲ降伏スルモ、ソレニモ猶降伏セザルハ独リ詩魔ノミナリ」（本朝文粋・八）と書いたりしている。西行が結局のところ、生涯歌を捨てられなかったのも、この「詩魔」の誘いであったとみておかしくはない。

第一、彼が心をよぎる想念を何であれ歌にしようとしたとき、その一つ一つが従来の伝統詩にはない新しい表現の可能性を要求したであろうから、その苦しみを前にたじろいだことも多々あったと思われる。それでもなおそれを歌にまでなしえたこと、そしてそうした歌づくりが同時に修行の道でありえたのも、その苦しみを詩魔と共有できることを通じて、それを日々の快楽《けらく》へと転化できたゆえのことだったからではあるまいか。

7

直接の理由は分からないことだが、若くして表現という詩魔に惹かれるようになった西行は、おそらく遁世という道を選ばなかったとしても、歌は詠み続けたことであろう。しかしその場合、その歌は貴族的な和歌伝統から大きくはみ出すことなく終わったであろう。彼は、俊恵の歌林苑のような文芸同好会のグループの一部や、寂然のような隠遁仲間、あるいはもと待賢門院の女房たちとは歌を自由に交わしあったが、貴族が主催する歌合の類には一切出ることをしなかった。そういう意味で西行にとって和歌は一生素人芸に過ぎなかったといってよいが、彼としてはそれで一向かまわなかった。出家することによって、逆に和歌は、貴族的桎梏から脱するチャンスとして、いいかえれば貴族和歌以前の日本の歌が持ち得た詩形式としての古典的な性格をくっきりと表すものとして、西行の前に明らかによみがえったに違いない。

画家パウル・クレーに「芸術は眼にみえるものを再現するのではなく。眼にみえるようにすることだ」という有名な言葉があるが、眼にみえるものを再現するのだったら、『古今集』以来の表現伝統に従えばよかった。しかし西行はそうしなかった。今までほとんど誰もうたったことがない自己の眼に見えない「心」というものを初めて歌にうたい、それを眼にみえるように表現化した。当然ながら、西行のこの方法は、物象に向かって心を叙すという古代的な歌のあり方に先祖返りすることでもあった。

帝王として和歌が持つ古代的な力の復権を希求した後鳥羽院は、西行を称して、「生得の歌人」「不可《ふか》説《せつ》の上手」といい、その骨法を俊成に近く「心深し」と評したが（後鳥羽院御口伝）、院がそう言ったのは、西行の歌の中に、そうした古代性が色濃く復活していることを鋭く見抜いたゆえにほかならないだろう。院がいう「心深し」とは、感動や詩心といった生《なま》の心情を、表現の場に転位するその深みのありようを示唆したものといってよいように思われる。それは、対象を比喩や見立てといった外在的なものを借りて表現する古今的な方法ではなく、自己の内心に直接結び付けて濾過させる方法であったといってもよい。57でみた「あはれあはれこの世はよしや」という歌に関し、定家が「宮河歌合」の判で「心を深く悩ませるところ」と言ったのも、おそらくそうした西行の骨法を見て取った上での評であったと思われる。

西行の取ったこの先祖返りの方法は、並々ならぬ表現的苦痛を強いたであろうが、結果的に『新古今集』に九十四首という最大の歌を提供したことを考えると、新古今歌壇におそらく相当のショックを与えたと思われる。自分の歌がまさか一勅撰集に九十四首も採られるようになるとは、西行もつゆ想像しなかったはずである。貴族詩に離反した人間が、逆に貴族たちに受け入れられたのは、まさに歴史の逆接にほかならなかった。

いずれにせよ、中世の始発期にあって、西行は、修行にも等しい労苦の果て、歌というものに「心」というものがなお決定的に重要であることを身をもって示した歌人として、和歌史の中に逸することができない位置を獲得した。貴族界から離脱することよって何でも自由にうたえる道を得たという、この事実の意味するところは大きい。歌は西行によって、いわば高踏的な文芸ではなく、日常に生きることと同等の意味をもってはじめてうたわれるようになったのである。

8

最後に、保留しておいた桜や月の問題について簡単に触れておこう。西行は合わせて六百首を越える桜や月の歌を詠んだが、再三くりかえしたように、客観的な対象物としてそれを描写することはなかった。桜や月は内心に萌した想念や感情を投影する対象に過ぎず、花月をうたっても結局は自分のことしか語っていないも同然であった。桜や月は、あたかも自分と「同質」（饗庭孝男『西行』）であるかのように遇されていた。

その場合、桜や月は、実にさまざまな接近の仕方で遇されていたが、西行が桜と月を見る視線には、忘れてはならない事実があった。本書42「春ふかみ枝も揺るがで散る花は風の咎にはあらぬなるべし」の歌で書いたことをもう一度ここで要約したい。

西行は、毎年花を散らして一旦根に帰った桜が翌年にはまた必ず蘇ってくるということを明瞭に自覚した人間であった。桜は無常の象徴であるとともに、いわば生と死を繰り返す永遠の存在としても意識されていた。西行は、散るのは自然の摂理だとうたうその奥で、いったんは死の世界を潜り抜けながら、来春にはこの世に蘇ってくるからこそ桜ははかなくも美しいのだと考えていた。死の世界から復活してくるからこそ、桜はこの世のものとは思えぬ絶対的な美を見せるのではなかったのか。この西行の桜に対する認識は、人間の魂をいやおうなく吸い寄せてしまう月に対しても同様であった。月もまた一度は欠けてひと月後には必ず蘇ってくるからこそ、余りにも透明で美しいのである。

とすれば、西行は、桜と月の両者に、永遠性というものの影を垣間見ていたとしても言い過ぎではあるまい。西行の時代にあっては、死は無常の発現であると同時に、その向こう側に西方浄土という彼岸を幻想させるものとしてもあった。その場合、死は必ずしも不吉なものではなく、むしろ甘味なものとして誘われるべき存在であった。西行が、「願はくは花の下《した》にて春死なんその如月の望月《もちづき》の頃」という幻想をうたい残したことは、そう考えれば別に不思議ではなかったのである。

くりかえすなら、桜と月は、西行にとっていわば生と死を循環させる永遠の存在にほかならなかった。それは、ただ美しいものとして憧憬されたわけではない。まさに、その美の底に死の世界を秘めるがゆえに、人間の心を幻惑させる存在だったのだと思われる。

西行をただ単に桜や月をこよなく愛し、桜や月に浮かれ出た人間だなどと安易に語るような西行論は、結局、西行の幻を見て論じている類というしかないように思われる。今後出る西行論は、桜は散り、月は欠けるという圧倒的な事実に対して、西行がその現象の奥に何をどう考えていたかまでを見据えて論じられるものでなければならないであろう。

西行和歌索引

一、数字はページではなく項目番号を表す。ゴシック体は見出し項目の歌、他はその本文中または脚注に引用・参照した歌。
一、ワ行の「ゑ」「を」で始まる歌は、ワ行に置いた。

ア 行

ナ行

ハ行

松村雄二（まつむら　ゆうじ）

昭和一八年東京生まれ。中世日本文学専攻。開成高校、東京大学文学部を経て、同大学院国語国文学博士課程を満期退学後、都立大泉高校、共立女子短期大学、国文学研究資料館に順次奉職。現在、人間文化研究機構国文学研究資料館名誉教授。

主要著書

『日本文芸史―表現の流れ・中世』（共著・河出書房新社・一九九八）、『百人一首―定家とカルタの文学史』（平凡社・一九九五）、『『とはずがたり』のなかの中世―ある尼僧の自叙伝』（臨川書店・一九九九）、『戦後和歌研究者列伝』（共著・笠間書院・二〇〇六）、『辞世の歌』（笠間書院・コレクション日本歌人選20・二〇一一）

西行歌私註

二〇一三年一一月一〇日　初版第一刷発行

著　者　松村雄二

発行者　大貫祥子

発行所　株式会社青簡舎

〒一〇一-〇〇五一

東京都千代田区神田神保町二-一四

電　話　〇三-五二一三-四八八一

振　替　〇〇一七〇-九-四六五四五二

装　幀　水橋真奈美（ヒロ工房）

印刷・製本　モリモト印刷株式会社

ISBN978-4-903996-69-1 C3092